DIE
SCHWÄGERIN

Snow Angels, Secrets and Christmas Cake

DIE
SCHWÄGERIN

SUE WATSON

Übersetzt von Lea Cyrus

bookouture

Herausgegeben von Bookouture, 2022

Ein Imprint von Storyfire Ltd.
Carmelite House
50 Victoria Embankment
London EC4Y 0DZ

www.bookouture.com

ISBN: 978-1-80314-411-5
eBook ISBN: 978-1-80314-410-8

Für meine Freundin Sharon Beswick, die wie ich aus dem Norden kommt, aber viel zu weit weg unter einer heißeren Sonne wohnt.

PROLOG

Ich schaute auf den Pool hinab und versuchte, das, was ich im Wasser zu sehen glaubte, zu begreifen. Langes, wogendes Haar, das sich wie ein goldener Fallschirm zu öffnen und zu schließen schien, ihr Körper, der auf dem strahlenden Blau umhertrieb.

Manchmal frage ich mich: Wenn ich vorher gewusst hätte, was sich im vergangenen Sommer zutragen würde, wäre ich dann gefahren? Wäre ich mit meiner Familie in diese weiß getünchte Villa an der Amalfiküste gefahren, wo in der wunderbaren, grausamen Hitze Geheimnisse preisgegeben und Leben zerstört wurden? Dann wiederum – wie hätte ich ahnen sollen, welch niederträchtiges Wesen auf der nach Zitronen duftenden Brise hereinwehen und unser aller Leben für immer verändern würde?

Ein Jahr ist seitdem vergangen, und noch immer erinnere ich mich an jedes Detail. Daran, wie sie nach Salz und Zitronen duftete. Daran, wie ihre Haut golden glänzte und wie sie lachte, mit zurückgeworfenem Kopf, entblößten weißen Zähnen, ganz dem Augenblick hingegeben. Manchmal höre ich ihre Stimme: sanft und zuckersüß, selbst wenn sie die grausamsten Dinge von sich gab. Manchmal habe ich das Gefühl, sie zu sehen – wie sie im Supermarkt im Gang verschwindet, in der Postschlange vor mir steht oder an kühlen Herbstmorgen mit mir durch den Park geht. Plötzlich kommt sie zwischen den dunklen Bäumen hervor und ist einfach da, hüllt mich ein in Angst und Schuld – eine mahnende Erinnerung an das, was passiert ist. Sie findet mich. Sie findet mich immer.

Und egal wo ich hingehe, ich weiß, dass auch sie immer dort sein wird – sie, die einen Sommer lang meine Schwester war, meine Nemesis, die Frau, die alles verändert hat.

1

Es ist erst ein Jahr her, und doch fühlt es sich an, als wäre eine Ewigkeit vergangen, seit wir die spektakuläre italienische Küstenstraße entlangfuhren und mein Stress von mir abfiel wie ein langes, flatterndes Tuch im Fahrtwind. Gefahr war das Letzte, woran ich gedacht hätte, als ich meine Sorgen den makellos weißen Schönwetterwolken überließ, die sich sämtlichen Alltagsschutt einverleibten. Selbst die unbestimmte Angst, dieses mulmige Gefühl, das sich seit einer Weile in meinem Magen breitmachte, wurde schwächer und schwächer.

Dan saß neben mir, die Kinder schliefen tief und fest auf der Rückbank, und ich weiß noch, wie ich dachte: *Alles, was ich brauche, habe ich hier bei mir im Auto, und keiner kann mir das nehmen.* Wir hatten diese Auszeit dringend nötig, und ich war ganz aufgeregt bei der Aussicht auf eine gemeinsame Familienzeit – zwei ganze Wochen voller Spaß und ohne Sorgen. Ich konnte es kaum erwarten, mit den Kindern zu spielen, tonnenweise Pasta zu essen und in der heißen Sonne zu liegen. Am meisten freute ich mich darauf, einfach Zeit mit Dan zu verbringen, über alles und nichts zu reden, uns an der Gesellschaft des jeweils anderen zu erfreuen und wieder zu merken, warum wir ein Paar waren.

Ich wandte mich ab und schaute aus dem Beifahrerfenster. »An einer Ehe muss man arbeiten. Selbst die besten Ehen funktionieren nicht einfach von allein«, hatte meine Schwiegermutter gesagt. Und recht hatte sie. Joy hatte immer recht.

Dan fuhr schon wieder zu schnell. Mit einer Hand hielt ich mich am Beifahrersitz fest, mit der anderen umklammerte ich meinen Gurt, sagte aber nichts. Ich wollte die Stimmung nicht verderben und versuchte deshalb, mich auf das Hitzeflimmern auf der Straße vor uns zu konzentrieren. Innerlich flehte ich ihn an, langsamer zu fahren – auf der Rückbank schliefen unsere Kinder, eine wertvolle Fracht. Auf den engen, kurvigen Straßen hatten keine zwei Autos nebeneinander Platz, und ich hielt die Luft an, während wir weiterrasten und nun den Berghang hinaufglitten, der sich über dem glitzernden Meer erhob. Ich verkniff es mir, seine Geschwindigkeit zu kommentieren, weil ich mich nicht wie eine Spaßbremse fühlen wollte – nicht wie die nörgelnde Ehefrau, sondern so begehrenswert und unbeschwert wie in meinen Vorstellungen.

Aber nach fünfzehn Jahren Ehe funktionierte unsere Kommunikation zuweilen auch ohne Worte, und als Dan mir einen Blick zuwarf, musste er die Panik in meinem Gesicht bemerkt haben.

»Über hochgelegene Küstenstraßen zu brettern ist also nicht so dein Ding?«, fragte er mit einem Lächeln. »Seltsam.«

»Nee, nun wirklich nicht«, antwortete ich lachend, »und deswegen bin ich noch lange nicht *seltsam*«, fügte ich hinzu und gab ihm einen liebevollen Klaps auf den Arm. »Wir sind vielleicht in Italien, aber du bist nicht im Ferrari-Team und das hier ist auch keine Rennstrecke.«

»Lass mir doch meine Jungsträume.« Lächelnd schaute er zu mir herüber und tätschelte mir freundlich das Knie.

»Augen auf die Straße und beide Hände ans Steuer, bitte«,

sagte ich in gespielter Entrüstung, unternahm aber nichts gegen seine Hand auf meinem Knie, denn seine Zuwendung tat mir gut. Mit drei Kindern unter zehn hatte eine Hand auf meinem Knie für uns schon fast den Stellenwert eines Vorspiels, aber ich war zuversichtlich, dass dieser Urlaub da einiges geraderücken würde.

Erneut drehte ich mich nach hinten um, betrachtete die drei perfekten, schlafenden Gesichter auf der Rückbank und wurde wie immer von einem übermächtigen Gefühl der Liebe überrollt.

»Ich kann kaum glauben, dass sie so rücksichtsvoll sind, sogar gleichzeitig zu schlafen«, sagte ich. »Diese himmlische Ruhe, fast schon ein bisschen *zu* ruhig.«

»Wird nicht allzu lange anhalten. Wir sind bald da, spätestens dann wachen sie wieder auf. Genießen wir so lange die Ruhe«, sagte er, die Augen auf die Straße gerichtet. »Ich kann es kaum erwarten: großer Pool, reichlich *Vino*, der weite, blaue Himmel, mit denen da hinten ...«, er deutete mit dem Kopf Richtung Rückbank, »... im Pool zu toben.« Endlich trat er auf die Bremse. Mir war schlecht.

»Du fährst immer noch ziemlich schnell, Dan.« Trotz meiner Panik gab ich mir Mühe, meine Stimme möglichst unbekümmert klingen zu lassen. Normalerweise fuhr Dan nie so schnell, es schien mir gefährlich zu sein – *er* schien mir gefährlich zu sein. War das eine Midlife-Crisis? Suchte er plötzlich den Nervenkitzel? Kurz musste ich an den Mann meiner Freundin Jackie denken, der sich einen Sportwagen gekauft und sie für eine Jugendliche sitzengelassen hatte.

Irgendwann verlangsamte Dan das Tempo dann doch, so dass meine Anspannung ein wenig nachließ und ich die umwerfende Aussicht genießen konnte, die sich uns bot, während wir immer höher den Berg hinauffuhren.

Wie immer würden wir unseren Jahresurlaub mit Dans Familie – seinen Eltern und seinem Bruder – verbringen.

Dieses Jahr markierte in gewisser Weise einen Wendepunkt, weil Dans Eltern, Joy und Bob, entschieden hatten, sich aus dem Familienunternehmen zurückzuziehen, und nach unseren beiden Urlaubswochen nicht in die Firma zurückkehren würden. Dan war schon seit zwanzig Jahren fest in das Unternehmen integriert, aber jetzt, mit dem Ausscheiden der Eltern, hatte plötzlich auch sein jüngerer Bruder überraschend entschieden, nach Hause zu kommen und Teil des »Betriebs« zu werden.

Er war jetzt zweiunddreißig Jahre alt und hatte sich bislang nie um das kleine Immobilienunternehmen der Familie am Stadtrand von Manchester gekümmert. Er war immer viel zu beschäftigt damit gewesen, in der Welt herumzureisen und dann auf seinen Heimatbesuchen alle mit seinen lebhaften und wahrscheinlich auch übertriebenen Geschichten aus Nepal, Thailand und Afrika, von den Küsten Australiens und den Killing Fields Kambodschas in den Bann zu ziehen. Das komplette Gegenteil von Dan, der gleich in das Familienunternehmen eingestiegen war und gerade in letzter Zeit viel dafür hatte arbeiten müssen, es über Wasser zu halten. Ihrem Jüngsten ließen die Eltern derweil alles durchgehen. Sie gaben ihm alle Freiheiten und ließen sich allenfalls einmal dazu hinreißen, bei Erwähnung seiner jüngsten »Abenteuer« liebevoll die Augen zu verdrehen.

»Mein freigeistiger Sohn lässt sich einfach durch nichts und niemanden aufhalten«, pflegte Joy mit geheuchelter Frustration zu sagen, wobei sie in Wirklichkeit vor Stolz fast platzte. Wenn er unterwegs war, vermisste sie ihn schmerzlich, aber wenn er sie von irgendeinem exotischen Ort aus über FaceTime kontaktierte, freute sie sich unermesslich und hielt allen, die Interesse hatten – oder auch nicht –, seine Instagram-Fotos unter die Nase.

»Ich verstehe nur nicht, wo diese komplette Kehrtwende so plötzlich herkommt. Was bringt unseren Jamie aus heiterem

Himmel auf die Idee, alles über den Haufen zu werfen, um mit mir zusammen bei Taylor's zu arbeiten? Das kann doch nicht von Dauer sein«, sagte Dan auf unserer Fahrt zur Villa.

»Tja, keine Strände, kein exotisches Essen, keine Traumfrauen in Bikinis mehr – wie soll er das bloß aushalten?«, seufzte ich und dachte an Jamies Fotos, ein Ensemble aus blauen Himmeln, Stränden und schönen Menschen.

Dans Unmut konnte ich gut nachvollziehen. Der Lifestyle seines jüngeren Bruders hatte schon etwas Egoistisches an sich, zumal er sich von seinen Eltern häufig finanziell unter die Arme greifen lassen musste. Die Taylors waren »wohlsituiert«, wie Joy sich auszudrücken pflegte, aber reich waren sie nicht, und verständlicherweise störte sich Dan daran, dass seine Eltern seinem Bruder immer wieder Geld zukommen ließen. Aber Jamie war und blieb Joys »Baby«, und sie und Bob würden einfach alles für ihre beiden Söhne tun. Wenn Jamie unterwegs war, vermisste Joy ihn fürchterlich, und wenn er eine Zeit lang nicht angerufen oder geschrieben hatte, durchforstete sie seine Social-Media-Accounts nach interessanten Informationen. »Über Instagram kann ich meinen Jamie immer erreichen«, sagte sie gern, gerade so, als stellte er die Fotos dort eigens für sie persönlich ein. Es kam vor, dass sie sich gerade noch an einem Foto von Jamie an einem Strand in Kambodscha erfreute und dann im nächsten Moment völlig erstaunt war, wenn er plötzlich vor der Tür stand. »Aber laut diesem Foto bist du gerade dort«, rief sie dann aus und hielt ihm ihr Telefon entgegen, woraufhin er sie darauf aufmerksam machte, dass er das Bild schon vor Tagen gepostet habe, und sie dann lachte und bewundernd den Kopf schüttelte über »meinen Jamie« und seine »Online-Zaubereien«. Meiner Ansicht nach wusste sie sehr wohl, wie alles funktionierte. All das war nur Teil des Spiels, das sie mit ihren »Jungs« spielte, um ihnen das Gefühl zu vermitteln, besonders, vielleicht sogar überlegen zu sein. Bei Joy war ich mir nie so ganz sicher, wer hier wem etwas vormachte – obwohl ich es für ausgemacht halte, dass sie bei all ihrer zur Schau gestellten Naivität trotz allem immer die Hosen anhatte.

»Gestern Abend vor unserer Abfahrt habe ich noch mit deiner Mutter gesprochen, die Villa gefällt ihr gut. Sie sind gestern gegen acht hier angekommen«, sagte ich, während wir weiter die italienische Küste entlangfuhren. »Ich hoffe nur, dass sie sich wirklich die Zeit nehmen, sich zu entspannen und ein bisschen runterzukommen«, sagte ich sehnsuchtsvoll. Für mich selbst erschien das wie ein unerfüllbarer Traum. Nicht nur, dass ich Vollzeit-Krankenschwester und Mutter war, ich kümmerte mich auch um die Taylor's-Website, was sich manchmal wie ein weiterer Job anfühlte. Zu Hause stand Entspannung für mich leider momentan nicht auf der Tagesordnung, aber in den kommenden zwei Wochen hatte ich vor, keinen Finger zu krümmen, und auch die Website konnte warten.

»Stell dir vor, wie es Dad ergehen wird, wenn er im Ruhestand den lieben langen Tag mit Mom verbringt. Sie wird ihn rund um die Uhr auf Trab halten.« Bei dieser Vorstellung schüttelte Dan leicht den Kopf und lächelte.

»Bestimmt schickt sie ihn permanent zum Supermarkt, um getrocknete Tomaten zu besorgen oder eingelegte Feigen oder was auch immer sie ihren Freundinnen gerade kredenzen will«, fügte ich hinzu.

Er warf mir einen Blick zu und wir lächelten einander wissend an.

»Sie haben nicht wirklich viel gemeinsam, oder? Manchmal frage ich mich, worüber sie wohl miteinander reden, deine Eltern.«

Dan zuckte mit den Achseln. »Trifft das nicht auf *alle* Paare zu?«

Das gab mir einen Stich. Sah er uns wie seine Eltern? Als altes, verheiratetes Paar mit nur wenigen Gemeinsamkeiten?

Mir blieb nicht viel Zeit, mich deswegen verletzt zu fühlen, weil er nun durch eine enge Kurve manövrierte. Zu schnell.

»Dan, bitte. Langsamer«, sagte ich. »Die Kinder sind hinten im Auto. Was ist bloß los mit dir?«

Ich konnte sehen, dass er den Kiefer anspannte, aber die Geschwindigkeit drosselte er nicht.

Laut Navi sollte die Fahrt vom Flughafen in Neapel bis zu unserer Villa eine gute Stunde dauern. Wir hatten die Geschäftigkeit der Stadt hinter uns gelassen, hatten erste Blicke auf das ruhig daliegende, glänzende Meer geworfen und fuhren nun, an Weinbergen vorbei, den steilen Hang hinauf. Hinter einem filigranen Blätterdach blitzte ab und zu die Sonne in allen nur erdenklichen Grüntönen hervor.

Zwischen den Bäumen konnten wir weit unter uns immer wieder einen Blick auf das im Abendlicht schimmernde Meer erhaschen – welch wunderschöner Anblick. Ich weiß noch, wie mich die Vorfreude auf die bevorstehenden zwei Wochen durchfuhr. Ich konnte es kaum erwarten, mit Dan und den Kindern zu schwimmen, zusammen mit Joy leckere Mahlzeiten zu zaubern und mit allen zusammen ganze Nachmittage in der Sonne zu verbringen. Im Alltag waren wir normalerweise so eingespannt, dass der Urlaub fast schon die einzige Gelegenheit für uns war, uns einmal richtig zu unterhalten und Zeit mit den Kindern zu verbringen, und auch mit Dans Eltern. Alles versprach, ganz wunderbar zu werden, genau das, was wir gerade brauchten. Ich hatte mir für die Ferien vor allem vorgenommen, Freddie ans Wasser zu gewöhnen und Alfie schwimmen beizubringen.

Mein Vater hatte mir das Schwimmen im Schwimmbad unserer Stadt beigebracht. Die Samstagnachmittage waren dafür reserviert, und an einem Samstag im Sommer, ich war neun, schaffte ich eine ganze Bahn. Ich weiß noch, dass ich mir wie eine Olympionikin vorkam, mit meinen Füßen, die den Beckenboden nicht berührten, meinen Armen, die durchs

Wasser ruderten und mich vorwärtstrieben, und Dad, der mich anfeuerte. Im folgenden Winter kam er bei einem Unfall ums Leben, als sein Laster bei Glatteis von der Straße abkam.

Über Nacht hatte sich unser Leben verändert, und Mom ist nie über Dads Tod hinweggekommen. Mit neun endete meine Kindheit also schlagartig. Die folgenden zehn Jahre verbrachte ich damit, Moms Trauer aufzufangen, bis sie schließlich selbst starb – an Krebs, wobei mir immer klar war, dass der wahre Grund ein gebrochenes Herz gewesen sein musste. Mit neunzehn hatte ich keine Eltern mehr und war völlig allein, ohne Familie. Bis ich Dan kennenlernte. Und die Taylors.

2

Plötzlich wurden meine Gedanken von einem zarten Stimmchen hinten aus dem Auto unterbrochen. Es gehörte Violet, meiner Neunjährigen, die als ältestes Kind verantwortungsvoll, vernünftig und immer ein wenig ängstlich war. »Wie lange noch?« Das Sonnenlicht, das durch die Bäume fiel, unter denen wir herfuhren, verfing sich in ihren langen, goldblonden Haaren, und ich gönnte mir, sie ein wenig anzuschauen. Mein kleines Mädchen, sie wurde langsam groß.

»Nicht mehr lange, Schätzchen«, beruhigte sie Dan.

»Sind Granny und Grandad schon in der Villa?«

»Ja.« Ich drehte mich zu ihr und lächelte sie an, ihr Gesichtchen war aus lauter Beunruhigung darüber, an einem unbekannten Ort aufzuwachen, ganz blass. »Seit gestern schon, Süße. Granny hat gesagt, dass die Villa richtig schön ist. Jungs, Jungs!« Ich fasste an Alfies Bein. »Wacht langsam auf, wir sind gleich da.«

Noch ganz verschlafen fing der vierjährige Alfie an, sich zu rühren, aber für Freddie mit seinen zwei Jahren war es zu viel, in einem fremden Auto aufzuwachen, so dass er zu weinen begann. »Klappe!« kam sofort von Alfie, woraufhin Violet ihm ein »Lass ihn doch!« an den Kopf warf und die beiden sich in einen Streit hineinsteigerten, während Freddies Geheule immer lauter und lauter wurde. Oh, die Freuden, die drei Kinder mit sich brachten ... Wenn sie zufrieden und aufgekratzt waren, war es das reinste, überbordende Glück, waren sie jedoch schlecht gelaunt oder müde, gerieten sie permanent aneinander.

Wie oft träumte ich davon, einfach nur mal fünf Minuten in Ruhe gelassen zu werden. Oder von dem Luxus, ohne Unterbrechungen ein ganzes Buchkapitel lesen zu können, oder von der betörenden Aussicht darauf, einmal ganz für mich allein auf die Toilette zu gehen. Manchmal machte mich das Verlangen danach geradezu schwindelig.

Ich drehte mich nach hinten, um die Passagiere auf dem Rücksitz zu beruhigen. »Wir sind gleich da. Erzählt mir doch mal, was ihr aus dem Fenster seht!«, schlug ich hoffnungsvoll vor, und die Jungs fingen an, »Bäume« und »Felsen« zu rufen. Aber dann behauptete Alfie, er habe einen Dinosaurier gesehen, woraufhin Violet ihn für dumm erklärte, und sofort hatten sie sich wieder kräftig in den Haaren.

»Gut gemacht, Clare!«, lachte Dan.

»Mach's besser«, gab ich zurück und streckte ihm die Zunge raus, was er aus den Augenwinkeln bemerkte, woraufhin er lächelte.

»Kommt, Kinder. Beruhigt euch!«, sagte ich freundlich und stellte dann, sämtliche Erziehungsblog-Ratschläge missachtend, vage in Aussicht, dass man nach unserer Ankunft ja schwimmen und Eis essen könne, vorausgesetzt, dass sich jetzt alle gut benähmen. Sofort ließ das Gezanke nach und Violet verkündete den Jungs, dass sie »Erdbeereis mit Streuseln« nehmen werde. Alfie schlug »Matschefrosch-Geschmack« vor und kringelte sich vor Lachen, bis Violet ihn aufklärte: »Die Sorte gibt's nicht, Blödi.«

Lächelnd drehte ich mich zurück nach vorn und schaute

wieder aus dem Fenster. Wir fuhren gerade an einer Gruppe junger Frauen in Shorts vorbei, und schlagartig wurde mir bewusst, dass ich mit meinen einundvierzig Jahren wahrscheinlich alt genug war, ihre Mutter zu sein. Ich beneidete sie um ihre entspannte, jugendliche Schönheit und die ganze freie Zeit, die man erst nachträglich zu schätzen weiß, sobald man Kinder hat. Auch ich war einmal gewesen wie sie, wohingegen ich jetzt nicht einmal mehr die Gelegenheit dazu fand, mir die Beine zu rasieren. Vorbei die Zeiten, als es zu meinen Urlaubsvorbereitungen gehört hatte, mir die Bikinizone zu wachsen, ein Ganzkörperpeeling vorzunehmen, Selbstbräuner aufzutragen und mir eine glamouröse neue Sommergarderobe zuzulegen. Ein bisschen Zeit, um mir die Beine zu rasieren, hätte ich mir vielleicht aber doch freischaufeln sollen. Fast konnte ich Joys Stimme hören: »Gute Körperpflege ist das beste Geschenk, das eine Frau sich selbst machen kann – und ihrem Mann«, hatte sie mir einmal verkündet. Sie hatte es als eine Art mütterlichen Ratschlag empfunden, was ich sehr liebenswert fand, aber Joys Ehetipps waren hoffnungslos veraltet. Heutzutage waren wir doch wohl hoffentlich schon so weit, dass die Gefühle des Ehemannes nicht vom Zustand der Beinbehaarung seiner Frau abhängig waren. Ich fragte mich, ob Dan meine behaarten Beine überhaupt auffallen würden. Eher nicht, und mir selbst waren sie auch ziemlich egal. Joys Ratschläge im Stil der *Frauen von Stepford* hin oder her, es würde niemandem zum Verhängnis werden, sich nicht die Beine zu rasieren oder keinen Lippenstift aufzutragen. Ich für meinen Teil hatte vor, in den nächsten beiden Wochen so viel herumzugammeln, wie ich wollte, und jedenfalls meine wertvolle Zeit nicht darauf zu verschwenden, Make-up aufzulegen oder meinen Körper zu glätten.

Schließlich bogen wir in die steile Kiesauffahrt zur Villa ein, die für die kommenden beiden Urlaubswochen unser Zuhause sein würde. Mit ihren drei Stockwerken wirkte die große, zwischen dem Meer und den Bergen eingebettete Villa, als sei sie früher einmal recht herrschaftlich gewesen, aber die abbröckelnde weiße Farbe zeugte von der zerstörenden Kraft der Seeluft.

Kaum hatte Dan die Handbremse gezogen, sprang ich auch schon aus dem Auto und ging zu den Bäumen hinüber, um alles besser in Augenschein nehmen zu können. Die Luft hatte noch die Hitze des Tages gespeichert, was sich im direkten Vergleich zum klimatisierten Auto besonders bemerkbar machte, aber von der Küste zog eine schwache Brise herauf, die salzig schmeckte und ein leichtes Pinienaroma hatte. Der Garten wurde von Zypressen eingerahmt, im Hintergrund konnte man in leuchtendem Türkis einen mosaikgefliesten Pool sehen; noch weiter hinten eröffnete sich ein spektakulärer Blick auf den Ozean, den die Abenddämmerung in schier unzähligen ins Goldene übergehenden Blautönen erscheinen ließ.

Diese ersten Momente wollte ich ganz für mich haben, allein mit meinen Eindrücken sein und in Vorfreude auf alles Kommende die klare, ruhige Luft einatmen. Während Dan den Kindern aus dem Auto half, gönnte ich mir diesen Moment des Alleinseins und hielt ihn wie einen Schmetterling in meiner Hand, bevor er davonflog und in den letzten Sonnenstrahlen des Tages verschwand.

Nach ungefähr neun Sekunden der Ruhe – für mich schon eine lange Zeit – begannen die Kinder, lautstark ihr Recht einzufordern. »Mummy, Mummy, ...« – »Mummy, kann ich ...« – »Du hast gesagt, wir dürfen ...« – »Du hast es versprochen ...«. Und so nahm alles seinen Lauf.

Von den aufgeregten Kinderstimmen auf unsere Ankunft aufmerksam gemacht tauchte plötzlich Joy auf, mit frisch aufgetragenem Puder und Lippenstift im Gesicht und einem vorfreudig lächelnden Bob im Schlepptau.

»Hallo! Herzlich willkommen! Oh, wie schön, dass ihr alle

gut angekommen seid«, begrüßte uns Joy und nahm uns in den Arm. Sie duftete nach feuchten Rosen.

Bob war warmherzig wie immer. Er war sichtlich erfreut, seine Familie wieder um sich zu haben, und ließ, während er uns der Reihe nach umarmte, immer wieder sein typisches »bestens, bestens« hören.

»Komm, Clare. Um die schweren Koffer sollen sich ruhig die Männer kümmern. Ich zeige dir so lange den Garten«, drängte Joy und führte mich am Ellbogen durch einen begrünten Bogengang, während Bob Dan mit unserem Gepäck zur Hand ging.

Die Kinder wirbelten umher und das Gespräch der Männer über Straßen und Verkehrsbedingungen während der jeweiligen Fahrten vertönte im Hintergrund, als Joy und ich auf den riesigen Garten zusteuerten, der bereits in der Dämmerung versank. In ständiger Sorge um meine Kinder trug ich Freddie auf dem Arm und rief gleichzeitig Violet zu, dass sie Alfie am Pool im Auge behalten solle, während Joy mich auf die Bougainvillea aufmerksam machte, die die mit dekorativen Kacheln gesäumte Türöffnung förmlich unter sich begrub. »Diese Farbe!«, rief sie aus. Ich bewunderte sie gebührend, und während die Kinder aufgeregt kreischend um den Pool herumtobten, sprach sie davon, was wir essen würden und welche köstlichen Rezepte sie seit unserem Urlaub im letzten Jahr entdeckt hätte. Wir waren beide leidenschaftliche Köchinnen und hatten Spaß daran, über Rezepte zu sprechen und sie zu analysieren. Es war etwas, was uns einander nahebrachte, etwas, was ich früher mit meiner Mutter geteilt hatte. Und auf ihre Weise war Joy immer für mich dagewesen. »Ich kann dir deine Mutter nicht ersetzen, aber ich werde versuchen, dir eine Mutter zu sein, so gut ich kann«, hatte sie an unserer Hochzeit zu mir gesagt und mich mit ihrer Güte zum Weinen gebracht. Und hatte dann aber auch gleich ein Taschentuch bei der Hand, um mein Make-up zu retten. Wie eine Mutter eben. In den Jahren, die seitdem vergangen waren, hatte sie ihr Versprechen gehalten und war immer, wenn ich Unterstützung brauchte, eingeschritten und mir die Mutter gewesen, die ich nötig hatte.

»Für heute Abend mache ich ein Risotto«, sagte sie, während wir gemeinsam durch den Garten gingen und ihn bewunderten. Sie sprach ›Risotto‹ auf die italienische Weise aus, was sie vorher noch nie getan hatte. Wahrscheinlich hatte sie es sich am Vorabend von einem Kellner im Restaurant abgehört. Joy war ein Chamäleon. Sie war in einer Arbeiterfamilie groß geworden und hatte das Streben nach Besserem daher quasi mit der Muttermilch aufgesaugt, wodurch sie manchmal recht unbeholfen zwischen den Stühlen saß. Ihr Leben schien in zwei Hälften geteilt, in Vergangenheit und Gegenwart. Bob war ihre mittellose Jugendliebe gewesen und hatte ihr schließlich das Leben bieten können, das ihr ihrer Meinung nach zustand, und ihr damit den Zugang zu einer anderen Welt eröffnet. Und wenn sie auch nicht übermäßig reich waren, hatte sie sich doch deutlich verbessert. Wenn man aus einem Reihenhaus in einem heruntergekommenen Stadtviertel stammte, war man mit einem freistehenden Eigenheim in derselben Gegend der Grafschaft Cheshire, in der auch die Fußballprofis von *Manchester United* wohnten, quasi in den Adelsstand aufgestiegen.

Mit den Jahren hatte Joy eine Metamorphose durchgemacht, hatte ihre Wurzeln hinter gut geschnittener Mode versteckt und den anderen Damen beim Lunch auf den Mund geschaut, um deren Aussprache, gewählte Ausdrucksweise und altmodische Ideale zu übernehmen. In Joys Welt waren Männer für zwei Dinge zuständig: fürs Geldverdienen und fürs Tragen schwerer Sachen. Alles Weitere blieb an »uns Mädels« hängen. Bob war derweil immer zu sehr mit Geldverdienen beschäftigt gewesen, als dass er die Zeit dafür gefunden hätte, sich eine Krawatte umzubinden oder den Tonfall seiner einfachen Herkunft loszuwerden, aber irgendwie kamen die beiden trotzdem ganz gut miteinander klar.

»Muuum, können wir jetzt schwimmen?«, rief Violet mir von der anderen Seite des großen Pools zu.

»Oh, Schätzchen, ich weiß nicht ...«

»Biiitte!«, legte sie los, was auch die anderen beiden in Gang brachte.

Ich war zu müde von der Reise, um noch groß zu argumentieren, und wollte an dem Abend einfach nur noch einen sanften Start in der Villa, weshalb ich innerhalb weniger Sekunden nachgab.

»Okay«, seufzte ich und verdrehte die Augen. »Ich muss rüber und auf sie aufpassen«, sagte ich zu Joy. Ich hatte Jeans und ein T-Shirt an, und wenn ich die Hosenbeine hochkrempelte und darauf achtete, dass die Kinder im Nichtschwimmerbereich blieben, konnte ich ein bisschen mit ihnen planschen.

»Oh, meine Liebe, meinst du nicht, dass es schon ein bisschen zu spät für sie zum Schwimmen ist?«, kommentierte Joy spitz. Es handelte sich um eine rhetorische Frage, als erwartete sie, dass ich ihr selbstverständlich zustimmen und den Kindern meine Meinungsänderung einfach mitteilen würde. Es war schon eine Weile her, seit Joy selbst Kinder gehabt hatte, und manchmal schien sie zu vergessen, dass ein nicht eingehaltenes Versprechen gut und gerne das Zeug haben konnte, den dritten Weltkrieg auszulösen. So unangenehm es sein konnte, sich über Joys Willen hinwegzusetzen, drei frustrierte Kinder am Rand der Tränen fand ich entschieden furchteinflößender.

Ich konnte sehen, dass das für Joy, die sich mit Sicherheit schon auf ihren Gin Tonic freute, sehr ungelegen kam. »Für einen Drink ist es nie zu früh, irgendwo auf der Welt geht immer gerade die Säufersonne auf.« Das war an Urlaubsnachmittagen ihr übliches Mantra. Und wie sehr sie nun auch versuchen mochte, ihre Gefühle zu kaschieren, es wollte ihr nicht so recht gelingen. Sie kniff die Lippen zusammen, als hätte sie gerade an einer Zitronenscheibe gesaugt. In ihrem Kopf hatte sie ein perfektes Bild ihrer Enkel, wie ein Foto, auf dem die Sonne ihnen wie ein Heiligenschein die blonden Haare beschien. Niedlich und folgsam sollten sie sein, brav zu Abend essen, ins Bett gehen und sich ohne Widerworte in ihre Pläne einfügen. Zu ihrem Leidwesen hatten die Kinder davon noch nichts mitbekommen.

So liebenswürdig Joy auch war, es gab Momente, in denen keiner von uns ihren Erwartungen gewachsen war, nicht einmal ihre heiß geliebten Enkel. Und so, wie es jetzt lief, hatte sie sich unsere Ankunft jedenfalls nicht vorgestellt. Sie presste die Hände übereinander auf den Bauch, gerade so, als ob sie, wenn sie sie nicht festhielte, selbst auch noch zum Schwimmen gezwungen würde. Die arme Joy fühlte sich offensichtlich unwohl. Sie liebte unsere Mädelsabende im Urlaub, so wie ich ja auch, aber da die Männer damit beschäftigt waren, das Auto auszupacken, waren die Kinder nun einmal unsere Aufgabe, jedenfalls bis Dan wieder auf der Bildfläche erscheinen würde oder die Kinder drinnen in Sicherheit wären. Ich konnte Lust darauf haben, so viel ich wollte, aber vorerst konnte ich noch nicht Joys Gin-Kumpanin geben. Am anderen Ende des Pools fing Alfie schon an, sich auszuziehen.

»Nein, Alfie, nicht an der Seite«, rief ich. »Da ist es tief. Komm hier rüber.« Mit einem entschuldigenden Schulterblick zu Joy, die zwar lächelte, aber doch etwas missbilligend die Stirn runzelte, machte ich mich zu ihm auf den Weg. »Alfie, warte ... Halt, stopp!«, rief ich, während er sich weiter die Kleider vom Leib riss und in die Luft warf, als wäre er Magic Mike. »Alfie, wenn du nicht SOFORT auf die flache Seite kommst, *musst* du rein ins Haus«, drohte ich in dem Versuch, ihm zu zeigen, wer hier das Sagen hatte.

»NEIN!«, schrie er und schien dann seine Strategie zu ändern. »*Muuum ...*«, fing er an zu quengeln.

»Du hast *versprochen,* dass wir schwimmen dürfen«, führte Violet von der anderen Poolseite den Satz ihres Bruders fort.

»Ihr habt euch ja noch gar nicht richtig umgeschaut. Wollt ihr nicht erst sehen, wie es drinnen aussieht?«, rief Joy in Violets Richtung, die diesen offensichtlichen Ablenkungsversuch natürlich sofort als solchen erkannte und gar nicht erst antwortete. »Mum und ich gehen jetzt ins Haus«, drohte Joy in der weltfremden Hoffnung, die Kinder würden den Pool tatsächlich links liegen lassen, um sich stattdessen die Inneneinrichtung zu Gemüte zu führen.

Ich blickte von ihr zu Alfie, der inzwischen splitterfasernackt gefährlich nah am Beckenrand stand, während Violet auf der anderen Seite des Pools im flachen Wasser auf mich wartete. Ein Teil von mir wäre Joy ja *wirklich* gerne einfach ins Haus gefolgt, um zu sehen, wie es dort aussah, und um mich, einen eiskalten Gin Tonic mit einer leuchtend gelben Zitronenspalte in der Hand, von ihr durch die wunderschöne Villa führen zu lassen. Aber verdammt noch mal, mein Vierjähriger stand dem ein Meter achtzig tiefen Wasser gefährlich nah.

»Es ist doch schon ziemlich spät, Clare, willst du ihnen wirklich erlauben, *jetzt* noch zu schwimmen?«, fragte mich Joy durch ihre perfekt geschminkten Lippen.

»Ich hab's versprochen«, gab ich entschuldigend zurück, aber noch bevor sie darauf etwas erwidern konnte, hörte man einen lauten Platsch gefolgt von furchteinflößender Stille.

3

Die furchteinflößende, tödliche Stille nach Alfies Verschwinden wurde von dem ebenfalls furchteinflößenden hektischen und immer wieder abreißenden Geschrei abgelöst, als er im ein Meter achtzig tiefen Wasser verzweifelt versuchte, nach Luft zu schnappen. Mir kam es so vor, als spielte sich alles in Zeitlupe ab. Meine komplette Aufmerksamkeit war auf einen einzigen Punkt fokussiert, alles andere blendete ich fast vollständig aus. Instinktiv drückte ich den kleinen Freddie Joy in die Arme, die, wie ich nur am Rande wahrnahm, mit offenem Mund zu Alfie starrte. Ich hechtete über den Rasen an den Beckenrand zu meinem ertrinkenden Vierjährigen, sprang vollständig bekleidet in den Pool, griff mit aller Kraft, die mir zur Verfügung stand, nach meinem kleinen Jungen und zog ihn aus der Tiefe nach oben. Ich hielt das schluchzende Kind, das versuchte, gleichzeitig zu atmen und zu weinen und »Mummy!« zu rufen, mit dem Gesicht über die Wasseroberfläche und fühlte mich einem Herzinfarkt nah, aber das war völlig egal, ich musste Alfie einfach nur in Sicherheit bringen.

Mit etwas Hilfe von Joy schafften wir es schließlich beide, aus dem Wasser zu klettern. Joy hielt noch immer Freddie auf dem Arm und hatte Violet bereits aufgetragen, ins Haus zu laufen und Handtücher zu holen.

Heftig umarmte ich Alfie. Eigentlich wollte ich einfach nur weinen, ihn für immer an mich drücken und vor Erleichterung schluchzen, gleichzeitig musste ich aber dafür sorgen, dass er so etwas nicht noch einmal tun würde. Sobald er sich ein wenig beruhigt hatte, zügelte ich also meine Tränen und lenkte sie um in strenge Worte.

»Alfie, das war *ganz* ungezogen von dir«, schimpfte ich, während ich meine nassen Sachen auszog und ein Handtuch von Joy entgegennahm. »Dir hätte was richtig Schlimmes passieren können, und Mummy ist sehr böse auf dich.« Ich blickte ihn finster an, um zu zeigen, dass ich es wirklich ernst meinte.

»Ich habe ja gesagt, wir hätten reingehen und Gin trinken sollen«, flüsterte Joy mir zu. Ihr Gesicht war kreidebleich, meines mit Sicherheit auch.

»Ja, recht hattest du, Joy«, flüsterte ich zurück.

»Also, Alfie, was haben wir gerade gelernt?«, fragte Joy sanft.

»Nicht nass machen?« Sein kleines Kinn zitterte – er hatte einen Mordsschrecken bekommen.

»Ich glaube, Granny will damit sagen, dass du gerade gelernt hast, dass du nie einfach so ins Wasser springen darfst, ohne dass ein Erwachsener dabei ist und ohne dass du deine Schwimmflügel umhast. Es ist zu tief. Das machst du nie wieder, Alfie, okay?«, fügte ich hinzu.

Energisch schüttelte er den Kopf. Ich hoffte nur, dass er sich zwar so sehr erschreckt hatte, dass er künftig vorsichtig sein würde, aber nicht so sehr, dass er sich nie wieder auch nur in die Nähe von Wasser trauen würde.

»Ich finde, wir sollten jetzt alle reingehen, damit ihr euch eure Betten aussuchen könnt«, sagte Joy zu den Kindern, sobald Alfie und ich in Handtücher gewickelt waren. In dem Moment war ich sehr dankbar, Joy bei mir zu haben, auch wenn sie das Zepter vielleicht ein bisschen zu sehr in die Hand genommen hatte. Kurz darauf stürmten die Kinder auch schon die Treppen hinauf, Alfies lebensgefährliches Abenteuer war bereits in Vergessenheit geraten. Bei ihm zumindest.

»Halt dem Freddie seine Hand gut fest auf der Treppe«, rief Bob Violet vom oberen Flur her zu, wo er und Dan immer noch mit dem Gepäck zugange waren.

»*Freddies* Hand, Schatz«, korrigierte ihn meine Schwiegermutter, die mit mir zusammen vom Fuß der Treppe aus zuschaute, wie Violet Freddie die Stufen hinaufmanövrierte, während Alfie hinterherstapfte.

Bob verdrehte die Augen in meine Richtung und ich lächelte. »Na, und ihr seid gleich schon mal 'ne Runde geschwommen, du und Alfie?«, fragte Bob und schaute von mir zu Alfie. »Frag nicht, Bob«, lächelte ich.

»Also, ich würde es so ausdrücken: Clare hat sich einen Gin verdient und unser Dan ist jetzt mit den Kindern dran«, lachte Joy und führte mich ins Wohnzimmer. Ich hoffte sehr, dass Dan sich um das Chaos und die Streitereien kümmern würde, die unweigerlich ausbrechen würden, sobald die Kinder oben ankamen und sich nicht einigen konnten, wer welches Bett bekommt, denn Bob war dafür nicht mehr schnell und ausdauernd genug. Aber Joy machte sich darüber keinerlei Gedanken. Sie hatte unsere Schützlinge an »die Männer« übergeben und machte es sich jetzt mit ihrem Glas in einem Sessel gemütlich. Meinen Drink hatte sie auf einen Untersetzer auf ein Beistelltischchen neben dem Sessel gestellt, der ihrem am nächsten war, und ich, immer noch ins Handtuch gewickelt, ließ mich hineinfallen und griff dankbar nach dem eiskalten Glas.

»Und, wie läuft's?«, fragte sie verschwörerisch.

»Gut«, antwortete ich schnell. Ich wollte in Urlaubsstimmung kommen und unsere jüngsten Probleme vergessen. Joy schnüffelte ganz gerne ein bisschen herum, aber eigentlich wirklich nur, weil sie sich um uns alle sorgte.

»Sagt einfach Bescheid, falls ihr mal ein bisschen rauskommen und zu zweit in eine Bar wollt oder was auch immer«, sagte sie und nickte langsam. »Und morgen kommt Jamie«, fügte sie hinzu. »Ich freue mich schon so auf ihn, wir haben seit Wochen nicht miteinander geredet.«

»Aber du bist über Instagram mit ihm in Kontakt?«, fragte ich. Ich selbst folgte Jamie auch und wusste, dass er vor Kurzem in Indien gewesen war. Manchmal schickte ich ihm auch Nachrichten, in letzter Zeit aber nicht mehr. Ich hatte einfach zu viel um die Ohren.

»Ja, man bekommt den Eindruck, dass er es sich sehr gut gehen lässt«, sagte sie, und der Gedanke an ihren jüngsten Sohn zauberte ihr ein Lächeln auf die Lippen. »Ihr habt ihn seit Weihnachten nicht mehr gesehen, oder? Bestimmt habt ihr viel zu bequatschen. Bob und ich können auf die Kinder aufpassen, falls ihr mal einen Abend zusammen ausgehen wollt.«

»Ja, das wäre schön«, sagte ich. Nur wir drei, ohne Joy und Bob, das war immer sehr nett. Wir konnten über alles und jeden reden und hatten immer viel Spaß zusammen.

Vor einigen Jahren, kurz nach Violets Geburt, als wir mal alle zusammen in Spanien waren, hatten wir Joy und Bob auf Violet aufpassen lassen und waren zu dritt in einen Nachtclub gegangen. Wir hatten uns wohl miteinander gefühlt und uns vorgenommen, Weihnachten oder solche Familienurlaube immer zum Anlass zu nehmen, uns zu treffen. Trotz der typischen brüderlichen Konkurrenzkämpfe und »Kabbeleien«, wie sie sich ausdrückten, kamen Dan und sein Bruder gut miteinander aus, und ich verbrachte gerne Zeit mit beiden zusammen. Zwar konnte Jamie ein fauler Sack sein, der bis mittags im Bett rumhing und beim Kochen oder Abwaschen keinen Finger krumm machte, aber er hatte einen guten Draht zu den Kindern. Und wenn er sich dann doch mal aus dem Bett bequemte, war er, ganz anders als der gute, alte Bob in letzter Zeit, voller Energie.

Ich machte mir immer Gedanken darüber, ob Bob mit den Kindern nicht überfordert war. Letzten Sommer hatten wir unseren Urlaub in Südfrankreich verbracht, und als Violet die Sonnenblumen auf einem Feld in der Nähe sehen wollte, hatte Bob angeboten, mit ihr und Alfie hinzugehen. Ich war ernsthaft besorgt, Alfie könne weglaufen, ohne dass Bob es überhaupt bemerken würde, dass ihm ein Kind abhandengekommen war, weil ihn das Blumengucken so sehr ablenkte. Ich hatte nur hoffen können, dass die damals achtjährige Violet ihren dreijährigen Bruder etwas im Auge behalten würde. Ich weiß noch gut, dass ich die ganze Zeit bis zu ihrer Rückkehr in Unruhe verbrachte und geradezu überrascht war, als sie vollzählig den Weg zur Villa hochkamen, Alfie huckepack auf Bobs Schultern, Violet munter am Plappern und alle Drei mit einem Lächeln im Gesicht.

Ich hatte mit Joy im Garten gesessen und erinnere mich daran, wie sie zu mir herüberschaute. »Bob kommt klar«, hatte sie gesagt. »Ich weiß, dass er manchmal selbst wie ein Kind wirkt, und bei Gott, manchmal frage ich mich, wie er es schafft, durch den Tag zu kommen, aber er liebt diese Kinder über alles und würde niemals zulassen, dass ihnen etwas geschieht, Clare.«

Ich weiß noch, wie unangenehm es mir gewesen war, dass Joy meine Unruhe mitbekommen hatte und denken musste, dass ich Bob den Umgang mit seinen eigenen Enkeln nicht zutraute. Aber Joy bekam die meisten Sachen mit. Manchmal hatte ich fast das Gefühl, sie könne meine Gedanken lesen – ich war also nicht wirklich überrascht.

In diesem Jahr hatte ich die Hoffnung, dass Dan sich etwas häufiger einbringen und mir dadurch die Möglichkeit geben würde, auch mal locker zu lassen und mich wieder mehr der entspannten Frau anzunähern, die er geheiratet hatte. Natürlich war es auch sein Urlaub, aber manchmal hatte ich das Gefühl, dass er sich ein bisschen zu sehr darauf verließ, dass seine Eltern sich um die Kinder kümmern würden, wenn wir nicht da waren. Ich hatte versucht, ihm deutlich zu machen, dass wir das nicht von ihnen erwarten konnten. Schließlich waren sie langsam auch nicht mehr die Jüngsten, und Alfie und Freddie konnten einen ganz schön auf Trab halten.

»Ich habe ein Kochbuch mit fantastischen Rezepten entdeckt«, verkündete Joy, als wir im Wohnzimmer saßen, während die Kinder oben mit der Bettenauswahl beschäftigt waren. Ich konnte ein paar erhobene Stimmchen hören, aber sie klangen eher aufgeregt als aggressiv, also konzentrierte ich mich auf das angenehme Klirren, das entstand, als Joy die Eiswürfel in ihrem Gin herumschwenkte.

»Oh, ein neues Kochbuch? Da bin ich dabei, Maître«, witzelte ich. Schon immer hatten wir während des Urlaubs gemeinsam gekocht, Joy und ich. Sie war eine gute Köchin, von der ich mir viel abgucken konnte, aber es ging darüber hinaus und war geradezu rituell: ein Zusammenkommen der Frauen der Familie. Nie waren wir einander so nahe, als wenn wir Fleisch schnitten, Gemüse vorbereiteten, uns über Rezepte austauschten und darüber sprachen, welche Speisen wir schon einmal zubereitet hatten und welche wir erneut zubereiten würden. Wir hatten eine gemeinsame kulinarische Geschichte, was etwas war, das ich so in dieser Art und Weise mit meiner eigenen Mutter nie gehabt hatte und entsprechend genoss. Zu Weihnachten pflegten wir in der gemütlichen Wärme von Joys Küche über die Ofentemperatur für den Truthahn nachzusinnen oder darüber zu diskutieren, welche Menge an Kräutern für dessen Füllung benötigt wurde, und jetzt, in der mittsommerlichen Hitze einer mediterranen Küche, würden wir die Luft mit Gesprächen, Kochdämpfen und Knoblaucharomen füllen. Später dann, wenn das Essen im Ofen vor sich hin garte und wir die Kinder in der Obhut der Männer wussten, würde

Joy dann das Eisfach öffnen, ein paar Eiswürfel herauslösen, zwei Gläser schnappen und mit mir ein nettes Fleckchen finden, um dort zusammen Gin zu trinken. So lief es immer. »Komm, lass uns schnell einen kleinen Muntermacher trinken, bevor alle wieder eintrudeln«, sagte sie dann, woraufhin wir miteinander anstießen und uns austauschten. Nie war sie besser drauf als in diesen goldenen Momenten. Eine Frau, die meinen Mann und meine Kinder ebenso liebte, wie ich es tat. Wir trugen die gleichen Kämpfe aus, hatten mit denselben Problemen umzugehen – wir waren ein Team.

Während der Familienurlaube und auch bei allen übrigen Familientreffen kam den Mahlzeiten immer eine zentrale Rolle zu. Sie stellten eine Gelegenheit für uns dar, uns gemeinsam um einen Tisch zu versammeln, an dessen Kopf Joy stolz präsidierte.

Jeden Heiligabend fuhren wir zu Joy und Bob, um in ihrem großen Haus ein funkelndes Weihnachten mit allem Drum und Dran zu feiern. Einmal hatte Violet eine schwere Erkältung gehabt, aber Joy hatte darauf bestanden, dass wir trotzdem kamen. »Pack sie dick ein und flöß ihr ordentlich Fiebersaft ein, Clare«, hatte sie gesagt. »Es geht doch nicht, dass ihr die Familienweihnacht verpasst.« Aber ich wollte Violet nicht mit raus in die Kälte nehmen und auch Alfie nicht durcheinanderbringen. Das hatte ich auch zu Dan gesagt, der aber meinte: »Wenn wir nicht bei Mum und Dad sind, ist es kein richtiges Weihnachten.« Dann hatte er hinzugefügt: »Es würde Mum das Herz brechen, wenn wir nicht bei ihnen feiern würden.« Ich hatte nachgegeben, und in kürzester Zeit war Violet wieder fit gewesen. Fast war es so, als hätte Joy die Kraft, durch bloße Willensanstrengung das perfekte Weihnachten heraufzubeschwören. Ihr kam so schnell nichts in die Quere, und am Ende hatte sie immer recht.

Mit den Urlauben lief es ähnlich: Es waren Familienunternehmungen, die Joy organisierte, bezahlte und mit großem

Enthusiasmus buchte. Und so kam es, dass wir nun hier in Italien an der Amalfiküste waren, wo ich immer schon einmal hatte hinfahren wollen, und bislang war alles so schön, wie ich es mir vorgestellt hatte.

Mit meiner Schwiegermutter zusammenzusitzen und Gin zu trinken war angenehm – nicht zuletzt, weil sie immer den besten Gin dahatte und es immer nett mit ihr war. Häufig ist das Verhältnis von Schwiegertöchtern zu den Müttern ihrer Männer recht angespannt, und auch bei uns lief nicht immer alles glatt. Aber abgesehen davon, dass sie ein bisschen herrisch sein konnte, war Joy eigentlich ganz in Ordnung. An jenem ersten Abend in Italien war es heiß und ich war emotional und körperlich erschöpft, und während Joy redete, lehnte ich mich im ledernen Sessel zurück. Es fühlte sich gut an, hier zu sein. Die Villa war ein Traum. Das Wohnzimmer hatte dicke, hohe Wände, die weiß getüncht und über und über mit Bildern behängt waren, und es war mit großen Samtsofas, Einbauschränken aus dunklem Holz und riesigen Lampen eingerichtet. Aber es gab da auch düstere Elemente wie einen Käfig mit einem ausgestopften Vogel, der mich jedes Mal, wenn ich hinüberschaute, aus schwarzen Knopfaugen vorwurfsvoll anzublicken schien, was ich ein bisschen unangenehm fand. Das war nur eine Kleinigkeit, die durch die Gewölbedecke, die hölzernen Fensterläden und den Marmorboden mehr als wettgemacht wurde.

»Da ist so eine reizende Boutique, von der Margaret mir erzählt hat, direkt neben der ...«, sagte Joy gerade.

»Toll!«, gab ich zurück, wobei ich keinesfalls davon überzeugt war, dass die Kinder Spaß daran haben würden, einen Tag lang durch Boutiquen zu tingeln, aber ich wollte nicht Nein sagen. Ich wollte sie einfach nicht enttäuschen. Dan und Bob ging es genauso, selbst Jamie bot keine Ausnahme. Wir alle wollten Joy zufriedenstellen, so war sie nun einmal.

Ich kann mich noch gut an die Enttäuschung erinnern, die

ich in Joys Augen zu sehen glaubte, als Dan mich das erste Mal mit nach Hause brachte, um mich ihr vorzustellen. Dan und ich hatten uns eines Samstagnachmittags in der Notaufnahme kennengelernt, wo ich als Krankenschwester arbeitete. Er hatte einen Freund begleitet, der sich bei einem besonders ruppigen Rugbyspiel verletzt hatte, und unsere Blicke trafen sich über einen Gipsverband hinweg. Ich war jung, Single, gerade mit dem College fertig, und Dan war gutaussehend mit dunklem Haar und großen braunen Augen, und wie er sich um seinen Freund sorgte, war wirklich äußerst liebenswert. Nachdem er also mehrere Stunden auf einem Plastikstuhl im Wartebereich zugebracht und auf seinen Freund gewartet hatte, bat er mich um meine Telefonnummer, und ich gab sie ihm. Gleich am nächsten Tag rief er an und lud mich auf ein Date ein. Ich mochte seinen Sinn für Humor und seine Körperhaltung, und auch die Art und Weise, wie er, schon bei unserem ersten Date, meinen Körper hielt. Joy und Bob habe ich bei ihnen zu Hause kennengelernt, sie hatten uns auf ein paar Drinks und zum Essen eingeladen. Es war Sommer, und wir waren in ihrem riesigen Garten. Joy, blond und zierlich, gab mir die Hand und zog ihre weiche, graue Kaschmirstola fester um sich, wie um sich vor der nicht vorhandenen Kälte zu schützen.

Laut Dan hatte seine Mutter die Hoffnung gehegt, ihn mit der Tochter einer ihrer Freundinnen zu verkuppeln, die Pferdebesitzerin war und eine exklusive Privatschule besucht hatte. Ich hatte das Gefühl, mich enorm anstrengen zu müssen, wenn ich bei ihr Billigung finden wollte. Und das wollte ich, weil ich mir Dan als Partner wünschte und schon damals erkannte, dass Joy einen zwar damenhaften, aber nichtsdestotrotz starken Einfluss auf ihre beiden Söhne ausübte. Es war keine leichte Aufgabe, und ich bin mir ziemlich sicher, dass ich mit meinen mausgrauen Haaren und meinem Mangel an Glamour anfangs nicht sonderlich hoch bei ihr im Kurs stand. Wahrscheinlich stand ich fast schon auf einer Stufe mit dem armen Bob, der sich selbst bei diesem ersten Dinner anhören musste, dass er sein Messer nicht ablecken solle. Nach ein paar weiteren Treffen taute sie aber zunehmend auf – möglicherweise wurde ihr allmählich deutlich, dass ich Dan guttat und dass ich, was noch wichtiger war, keinerlei Intentionen hatte, fortzuziehen und ihr ihren Sohn wegzunehmen. Warum hätte ich das auch tun sollen? Ich sehnte mich nach Stabilität und einer Familie und freute mich, da ich selbst keine Mutter mehr hatte, über Joys Ratschläge zu allem und jedem – selbst zu meinem Hochzeitskleid.

Damals, als wir prüfend weiße und elfenbeinfarbene Stoffe an meine Haut hielten und uns über die Windbeuteltoppings für das Hochzeitsfrühstück Gedanken machten, wusste ich allerdings noch nicht, dass der Weg, auf den ich mich begab, steinig werden würde. Und wenn mich jemand davor gewarnt hätte, ich hätte wohl nicht darauf gehört. Als ich zum Altar schritt, wo ich von meinem gutaussehenden Bräutigam begrüßt und herzlich in den Kreis seiner liebevollen Familie aufgenommen wurde, war ich aufrichtig überzeugt davon, mein Glück gefunden zu haben. Inzwischen weiß ich, dass mein Glück so fragil und empfindlich war wie der Schleier aus feiner Spitze über meinem Gesicht und dass die Zukunft weniger Lachen für mich bereithielt als Tränen.

4

Dieser erste Abend in der Villa war zauberhaft. Die Hitze hatte kaum nachgelassen, so dass man abends um sieben noch mit bloßen Armen draußen sein konnte. Wir hatten uns um den großen Eichentisch auf der Terrasse versammelt und taten uns an Joys köstlichem Wildpilzrisotto gütlich, zu dem ich einen meiner kindertauglichen Salate mit Orangenspalten und Granatapfelkernen reichte, den ich in der Hoffnung zubereitet hatte, den Dreien Vitamine schmackhaft zu machen. Zusätzlich hatten wir eine Servierplatte mit italienischen Fleisch- und Käsespezialitäten angerichtet. Während Joy und ich den Tisch deckten und die Speisen anbrachten, zündete Violet die Teelichter an, die ich von zu Hause mitgebracht hatte und die jetzt wie Sterne auf dem ganzen Tisch verteilt waren.

Joy trat einen Schritt zurück, um unser Werk zu bewundern. »Wir sollten unser eigenes Catering-Unternehmen aufmachen, Clare«, sagte sie und brachte damit gleichzeitig zum Ausdruck, dass wir ein Team waren. Ich lächelte. Im Urlaub machte das alles ja Spaß, aber Joy konnte einen auch ganz schön herumkommandieren und hatte immer gern die Zügel in der Hand. Ich war mir ziemlich sicher, dass ich den

Spaß daran recht schnell verlieren würde, wenn wir einen Dauerzustand daraus machen würden.

Sobald alles auf dem Tisch war, machten wir uns hungrig über das Essen her und ließen uns anschließend vom Abend einhüllen, unterhielten uns und tranken Kaffee. Freddie war neben uns auf einem Liegestuhl eingeschlafen, während Violet und Alfie Verstecken spielten, vornehmlich unter dem Tisch. Joy fragte mich, ob ich nicht das Gefühl hätte, dass allmählich Bettgehzeit sei.

»Fünf Minuten noch«, sagte ich. »Sie spielen gerade so schön.« Zuweilen musste ich meiner Schwiegermutter ordentlich die Stirn bieten, hatte aber mittlerweile mit ihr umzugehen gelernt.

»Was müssen diese Kinder müde sein«, seufzte sie, um mich erneut daran zu erinnern, dass sie der Ansicht war, sie gehörten ins Bett. Ich warf einen Blick auf meine Uhr. Es war nach acht, entsprechend war ich bereit einzulenken und wollte gerade schon aufstehen und verkünden, dass es Zeit fürs Bett war, als Joy plötzlich aufschrie, um dann, nach einem Blick unter den Tisch, von wo aus Alfie sie offenbar am Bein gekitzelt hatte, ins Lachen zu verfallen. »Jetzt habe ich doch glatt einen Moment geglaubt, du wärst das gewesen, Bob«, kicherte sie, woraufhin sich Bob fast an seinem Bier verschluckte. Dan und ich stimmten ins Gelächter mit ein, woraufhin auch die Kinder sich von der allgemeinen Heiterkeit anstecken ließen und mitlachten. Ich schaute in der Runde umher, und wie ich so alle Taylors gemeinsam lachen sah, wurde mir bewusst, dass dies einer der sehr seltenen Augenblicke war, an denen ich ein echtes Zugehörigkeitsgefühl empfand. Wie durch Alchemie verwandelte sich jede Mühsal, jeder Kummer, der Alltagstrott und das ganze kleinliche Gezänk plötzlich in Gold, und ich dachte: »*Das ist es, was im Leben wirklich zählt – Familie.*« Keine Sorgen, einfach nur Herzlichkeit und Lachen, nette Gespräche mit Menschen, die man liebt, die Kinder um einen herum, alle miteinander satt und zufrieden und in Sicherheit.

Durch das Lachen der Erwachsenen angestachelt wollte Alfie gar nicht mehr damit aufhören, Granny unterm Tisch am Bein zu kitzeln, bis ich Dan einen Blick zuwarf, woraufhin dieser »Jetzt reicht's« sagte und ihn zu sich auf den Schoß hob.

»Es ist *offensichtlich*, dass er müde ist«, verkündete Joy. Da ich die ausgelassene Stimmung nicht verderben wollte, stimmte ich ihr zu.

»Bettgehzeit«, verkündete ich, worauf sie mit einem Anflug von Triumph auf den perlmuttschimmernden Lippen lächelte. Aber nichts konnte diesen Abend für mich überschatten. Die Luft war warm und verheißungsvoll, und als ich Dan über den Tisch hinweg in die Augen schaute, wie er mit Alfie auf seinem Schoß kuschelte, fühlte ich eine tiefe Zufriedenheit.

Später, nachdem Dan und ich die Kinder ins Bett gebracht hatten, zogen wir uns in unser eigenes großzügiges Doppelzimmer zurück, wo ich mich mit ausgebreiteten Armen aufs Bett fallen ließ. Es war perfekt: ein riesiges, mit fester, weißer, kühlender Baumwolle bezogenes Bett mitten im Zimmer und luftige weiße Vorhänge vor einem Panoramafenster, das den Blick auf den Garten freigab und aus dem man im Hintergrund sogar das Meer sehen konnte.

Dan löschte das Licht, zog die Vorhänge weit auf und legte sich zu mir aufs Bett, wo wir in der warmen und stillen Dunkelheit nebeneinander lagen und nach draußen in die Sterne schauten. »Ich weiß, dass es in letzter Zeit nicht leicht für dich gewesen ist«, sagte er leise. »Es tut mir leid.«

Er umarmte mich und wir liebten einander wie zwei Fremde, gerade so, als würden wir noch einmal ganz neu miteinander beginnen, was in gewisser Weise ja sogar stimmte. Es würde ein guter Urlaub werden, die intensive Hitze ließ meine Knochen tauen und mein Herz heilen. Als ich später in seinen Armen lag, hatte ich sogar das wunderbare Gefühl, dass alles sich für uns zum Guten wenden würde. Ein Gefühl, das ich schon sehr lange nicht mehr gehabt hatte.

Am nächsten Tag kam Jamie nicht an. Er kam auch nicht am übernächsten Tag an. Er kam schließlich am Mittwoch an, mit einem Tag und mehreren Stunden Verspätung, was aber niemanden überraschte. »Mein Jamie kommt immer zu spät«, musste selbst Joy kopfschüttelnd und mit einem nachsichtigen Lächeln auf den Lippen einräumen. Offenbar hatte Jamie Joy eine Nachricht geschickt und seine Ankunft für den Morgen angekündigt, woraufhin sie wie auf heißen Kohlen gesessen hatte und immer wieder aufgesprungen war, um vor die Villa zu treten und nach ihm Ausschau zu halten. Es wurde dann aber früher Nachmittag, als er endlich kam.

Wir hatten gerade zu Mittag gegessen. Joy und ich waren noch in der Küche, um klar Schiff zu machen. Die Küche war klein und gemütlich und hatte eine Tür, die auf die Terrasse hinausführte, was perfekt war, wenn wir im Freien essen wollten, was während des Urlaubs eigentlich immer der Fall war. Es war zwar erst unser dritter Tag in Italien, aber ich wusste schon von vorigen Urlauben, wie es laufen würde.

Egal wo wir den Urlaub verbrachten, der Satz »Es ist schon fast zwölf« aus Joys Mund war für mich wie ein Pawlowscher Reiz, so dass ich in Nullkommanichts für das köstliche gemeinsame Ritual der Mittagsvorbereitung bereitstand. Im Prinzip holten wir einfach alles hervor, was der Kühlschrank gerade hergab – Wurst, Schinken, Käse, Salate –, und richteten alles in Körben und Schüsseln an, die wir in den Küchenschränken fanden, fast wie bei einer Schatzsuche. Wie Joy zu sagen pflegte: »Fürs Mittagessen kocht man nicht, man arrangiert.« Dann trommelten wir unsere »Helfer« zusammen – die Kinder –, die alles mit uns auf die Terrasse trugen, wo wir dann im Schatten von Weinranken an einem

Holztisch saßen und gemeinsam aßen. So war es in allen Urlauben gewesen, und heute ist mir klar, wie beruhigend ich diese Routine fand, dieses sichere Gefühl, dass es immer genau so sein und niemals aufhören würde. Wenn man neun Jahre alt ist und plötzlich die Polizei vor der Tür steht und einem mitteilt, dass der Vater nie wieder nach Hause kommen wird, dann hält man ein solches Immer-genau-so-Sein nie wieder für selbstverständlich. Wir waren damals plötzlich keine Familie mehr gewesen, sondern nur noch Mum und ich, und als Einzelkind war ich ganz allein dafür zuständig gewesen, sie zu trösten. Doch sie konnte nicht aufhören zu trauern und erholte sich nie wieder von ihrem gebrochenen Herzen.

Ich war gerade dabei, den übrig gebliebenen Käse in den Kühlschrank zurückzustellen (und genoss dessen angenehme Frische), als ich hörte, wie draußen auf dem Kies ein Auto vorfuhr. Ich wusste sofort, dass er es war. Jamie.

Entschieden schob ich die Käseplatte in den Kühlschrank und trat aus seiner herrlichen Kälte heraus, um einen Blick aus dem Fenster zu werfen. »Ein Taxi«, sagte ich. »Da ist ein Taxi, Joy ...«

Um ein Haar hätte sie die Schüssel, die sie gerade hielt, fallen lassen, so sehr beeilte sie sich, ans Fenster zu kommen, von wo aus sie mit vor Hitze und gespannter Vorfreude gerötetem Gesicht die Auffahrt in den Blick nahm, um ja nicht den Moment seiner Ankunft zu verpassen.

Nach wenigen Sekunden öffnete sich die Beifahrertür des Taxis und er kletterte heraus – groß und schlank wie Dan, aber doch ganz anders als er. Jamies Haare waren heller, er lächelte bereitwilliger, auch er war gutaussehend, aber auf andere Weise. Er war der zweite Sohn, derjenige, auf dessen Schultern nicht die Last der Familie ruhte, der Risiken einging, durch die

Gegend trampte und in seinem ganzen Leben noch keine einzige Haushaltsrechnung hatte bezahlen müssen.

»Jamie«, entwich es Joy, die sich ihre »Küchenqueen«-Schürze – ein Geschenk der Kinder – vom Leib riss, sie auf die Arbeitsfläche schleuderte und davonflitzte.

Ich beobachtete vom Fenster aus, wie Jamie das Taxi bezahlte und dann sein Gepäck aus dem Kofferraum hob.

Joy war jetzt draußen. Ich hörte sie nach Bob rufen und es dauerte nicht lange, bis ich ihn durch den Garten in Richtung von Jamies Taxi schlendern sah. Joy überholte ihn, wobei sie fast mit ihm zusammenstieß, so sehr wollte sie vor allen anderen bei Jamie ankommen. Als sie ihn – tatsächlich als Erste – erreichte, warf sie sich ihm in ihrer Aufregung so schwungvoll an den Hals, dass sie ihn fast zu Boden gerissen hätte, und das, obwohl sie ein so zartes Persönchen war.

Jamie brauchte ein paar Sekunden, um sich wieder zu fangen, aber dann lachte er und hob sie hoch in die Luft, während sie wie ein Teenager kreischte, er solle sie runterlassen. Bei diesem Anblick musste ich lächeln. Ich freute mich, Jamie zu sehen. Uns ging es auch so schon sehr gut, die letzten Tage waren perfekt gelaufen: Wir hatten viel gelacht, gegessen und mit den Kindern gespielt und fingen alle allmählich an, uns zu entspannen. Aber mit Jamie kam immer noch das gewisse Extra dazu. Während ich zusah, wie Jamie Bob umarmte, wurde mein Blick plötzlich von der hinteren Beifahrertür angezogen, die sich langsam öffnete und in der nach wenigen Sekunden erst ein, dann zwei lange, gebräunte Beine in hochhackigen Designersandalen sichtbar wurden, bevor schließlich die ganze dazugehörige Person auf dem feinen, weißen, aufgeheizten Kies stand. Offenbar hatte Jamie auf seinen Reisen wieder einmal eine schöne Frau aufgegabelt. Sie war höchstens Mitte zwanzig, schlank und sah mit ihrem dunkelgoldenen Haar und ihrer noch dunkler gebräunten Haut wirklich atemberaubend aus. Sie war auf eine exotische Weise glamourös, die man für kein Geld der Welt im Schönheitssalon imitieren konnte. Seelenruhig stand sie etwas abseits von Jamie und seiner Mutter, deren Aufmerksamkeit nach wie vor völlig davon in Anspruch genommen war, ihren Sohn lachend an sich zu drücken. Also mal wieder eine von Jamies Freundinnen? Es kam gelegentlich vor, dass er sie mit zu den Familientreffen brachte. Meistens waren sie ganz in Ordnung, wobei Joy immer sagte, dass es nicht dasselbe war, wie wenn wir ihn im Urlaub ganz für uns hatten.

Ich sah weiterhin vom Fenster aus zu, als Jamie ihr nun bedeutete, näher zu kommen, um sie mit seinen Eltern bekannt zu machen. Wie immer war Joy herzlich und überschwänglich, wobei sie Jamie bestimmt gerne für sich gehabt hätte. »Mit Jamies Freundinnen bin ich noch nie so richtig warm geworden«, hatte sie mir einmal anvertraut, »aber das lasse ich mir natürlich nicht anmerken. Jamie zuliebe bin ich immer nett zu ihnen, und außerdem wissen wir ja alle, dass das immer nur Eintagsfliegen sind«, hatte sie kichernd hinzugefügt. Seine neueste Flamme trug ein weißes Maxikleid, von dem sich ihre satte Bräune perfekt absetzte. Kurz schaute ich auf meine eigenen blassen, von Sommersprossen übersäten Arme hinunter und wünschte, ich hätte wenigstens etwas Selbstbräuner mitgebracht. Ich konnte nicht widerstehen und schaute wieder durchs Fenster. Sie lächelte unbeschwert, ihre Züge waren von makelloser Gleichmäßigkeit, ihre Figur war perfekt und die honigfarbenen Akzente in ihren langen Haaren stammten entweder von der Sonne oder von einem guten Friseur. Ihr Alter schätzte ich auf Anfang zwanzig, und auch wenn ich sie auf die Entfernung nicht so genau sehen konnte, war es doch offensichtlich, dass diese Frau im Unterschied zu mir etwas gegen ihre Körperbehaarung unternommen hatte.

Inzwischen hatten sich auch Dan und die Kinder dazugesellt, und plötzlich wurde mir bewusst, dass ich als einziges Familienmitglied nicht mit von der Partie war und dass ich ebenfalls hinausgehen sollte, um das Begrüßungskomitee zu vervollständigen und die Neuankömmlinge willkommen zu heißen. Also versuchte ich, mein vom Poolwasser wirres Haar notdürftig zu glätten, und wischte mir mit einem Küchenhandtuch den Schweiß aus dem Gesicht. Hätte Jamie doch wenigstens kurz Bescheid gesagt, dass er vorhatte, in Begleitung zu kommen, dann hätte ich mich entsprechend vorbereiten können und wäre nicht gar so nachlässig aufgetreten.

Als ich aus der steinernen Villa ins Freie trat, traf mich die Hitze wie ein Schlag. Es war noch schwüler geworden und der Himmel verdunkelte sich, als hätte sich ein Schatten über die Sonne gelegt. Die Luft war drückend, und während ich auf das Grüppchen zuging, das sich eng um die Unbekannte geschart hatte, dachte ich, dass uns wahrscheinlich ein Gewitter bevorstand.

Violet hüpfte aufgeregt auf und ab. Alle drei Kinder taten das, sobald Uncle Jamie in der Nähe war. Aber diesmal war es nicht die allgemeine Aufregung, weil ein Familienmitglied angekommen war, vielmehr schienen alle auf etwas in der Hand der jungen Frau konzentriert zu sein. Als Violet mich entdeckte, löste sie sich aus der Gruppe und packte mich am Ellenbogen. »Komm mit zu Uncle Jamie«, forderte sie mich auf.

Mich überkam eine plötzliche Schüchternheit, aber ich setzte ein Lächeln auf und ließ zu, dass Violet mich zwischen Dan und Bob in den Kreis hineinzog. Ein bisschen fühlte ich mich ausgeschlossen. Alle wussten schon, wie die Neue hieß und warum sie hier war – nur ich nicht.

Mit einem blöden Grinsen sah Jamie mich an, offensichtlich mächtig stolz darauf, sich eine Frau geangelt zu haben, die noch jünger und noch schöner war, als man es ohnehin schon von ihm gewohnt war. So stolz sogar, dass er ihr den Arm um die Schulter gelegt hatte, was mir für seine Verhältnisse doch recht besitzergreifend vorkam und woraus ich schloss, dass er diesmal besonders scharf auf seine Neueroberung war. Andererseits war er anfangs immer scharf auf seine Frauen.

»Hallo«, sagte ich und lächelte sie an, während ich darauf wartete, dass man uns einander vorstellen würde.

Sie deutete ein kleines Winken mit den Fingern an.

»Das ist Clare ... Dans Frau«, sagte Jamie, als ich näher kam. Beide waren unglaublich groß, wie Models, wodurch ich mir selbst sehr klein vorkam.

»Clare«, wiederholte sie mit einem offenen, betörenden Lächeln, das ihre weißen Zähne sehen ließ.

Sie war wirklich von umwerfender Schönheit, und ich vermutete, dass diese Frau, wenn sich unter dem Maxikleid nicht doch noch unrasierte Beine verbargen, gänzlich ohne körperliche Makel war.

»Das ist Ella«, hörte ich jemanden sagen, wahrscheinlich Jamie oder Dan.

»*Ella*, wie schön, dich kennenzulernen«, sagte ich, und bevor ich noch etwas hinzufügen konnte, kam sie schon mit weit geöffneten, natürlich festen und durchtrainierten Armen auf mich zu, um mich zu umarmen. Damit hatte ich nicht gerechnet. Sie war sehr selbstbewusst für ihr Alter und dafür, dass sie uns alle noch nicht kannte.

Unbeholfen breitete auch ich die Arme aus, und wir umarmten uns linkisch, wobei das Linkische allein von mir ausging.

»Dann heiße ich dich herzlich in unserer Familie willkommen«, sagte Dan und ich zuckte innerlich zusammen. Wenn er sich doch nicht so stammhaltermäßig aufführen würde, schließlich handelte es sich bei uns ja nicht gerade um die königliche Familie. Es war mir peinlich, wie Dan zuweilen den verblendeten Klassendünkel seiner Mutter übernahm.

Ella lächelte anmutig. Gott, sie war wirklich unglaublich hübsch.

»Trotzdem hätte ich mir gewünscht, dass du uns *Bescheid*

sagst«, sagte Joy, die ihre Irritation nicht ganz verbergen konnte und deren anfängliche Herzlichkeit ein wenig nachließ. In dem offensichtlichen Versuch, sich selbst zu schützen, kniff sie die Lippen zusammen. »Bei der Hochzeit unseres Sohns wären wir gerne dabei gewesen, nicht, Bob?«, fügte sie spitz hinzu.

Bob nickte und wirkte ein wenig verwirrt, aber nicht halb so verwirrt wie ich. In Sekundenschnelle verarbeitete ich, was ich Joy gerade hatte sagen hören, und schaute von Jamie zu Ella und ihrer linken Hand.

Und tatsächlich, da war er – ein Platinring. Das war es, was alle bestaunt hatten, als ich sie eben aus der Entfernung beobachtet hatte. Die anderen hatten nicht auf etwas *in* ihrer Hand geschaut, sondern *an* ihrer Hand.

»Hochzeit?«, war alles, was ich hervorbringen konnte. Hier handelte es sich also nicht einfach nur um eine weitere hübsche Freundin in der langen Reihe von Jamies hübschen Freundinnen, die er bald schon durch eine noch hübschere ersetzen würde. Hier handelte es sich um seine Ehefrau.

»Ja, die beiden hier haben einfach heimlich geheiratet – gestern! Sie waren schon in Italien, aber haben uns nichts davon gesagt«, brachte Joy vorwurfsvoll hervor. Sie versuchte, es so wirken zu lassen, als wäre ihr Unmut nur vorgetäuscht, aber er war echt. Um die Hochzeit eines ihrer Söhne betrogen worden zu sein, musste sie wirklich hart getroffen haben. Nicht nur hatte sie den Tag der Tage verpasst, sie hatte bei diesem Großereignis auch nicht Regie führen können. Und was noch schlimmer war: Sie hatte keine Gelegenheit gehabt, ihre künftige Schwiegertochter vorher auf Herz und Nieren zu prüfen.

»'Tschuldigung, Mum, aber wenn die Liebe zuschlägt ... Außerdem *musste* ich ja wohl sofort Nägel mit Köpfen machen, sonst hätte sie mir nachher noch wer vor der Nase weggeschnappt.« Er schaute Ella an, die zustimmend gurrte. »Ich meine, guckt sie euch doch mal an.« Während die beiden im

Blick des jeweils anderen versanken, als wären sie allein auf der Welt, entstand ein betretenes Schweigen.

»Also! Wo seid ihr euch begegnet? Wir wollen alle Einzelheiten wissen!«, rief Joy aus, hakte sich bei ihrem Sohn unter und zog ihn langsam den Kiesweg entlang – weg von Ella, womit sie ihre Besitzansprüche anmeldete. Das rief Erinnerungen an die Vergangenheit in mir wach. Bei mir und Dan hatte sich Joy ähnlich verhalten.

»Wir haben uns in Manchester kennengelernt, ist eigentlich sogar schon was her«, hörte ich Jamie sagen. »Wir sind uns in einer Bar über den Weg gelaufen. Um mich war's innerhalb der ersten fünf Sekunden geschehen. Sie hat etwas länger gebraucht.«

»Eine Stunde!«, lachte Ella von hinten, wie um ihn daran zu erinnern, dass sie auch noch da war.

Jamie löste sich sanft aus Joys Umklammerung und drehte sich zu seiner frisch angetrauten Braut um. »Wie auch immer, jedenfalls wollten wir eh beide nach Indien. Und da habe ich halt vorgeschlagen, dass wir das ja auch gemeinsam tun könnten.«

»Das passt ja gar nicht zu dir«, merkte Joy spitz an. In ihren Augen meinte ich den Ärger darüber aufblitzen zu sehen, so von ihm im Stich gelassen zu werden. »Normalerweise reist Jamie lieber allein, stimmt's, mein Schatz?«, fuhr sie an beide gerichtet fort.

»Jetzt nicht mehr«, gab Ella strahlend zurück, und ich fragte mich, ob Joy in ihr vielleicht ihre Meisterin gefunden hatte.

»Genau. Mir war klar, dass ich ohne sie nicht mehr leben konnte, also habe ich sie gefragt, ob sie mich heiraten will. Und als sie Ja gesagt hat, sind wir für die Hochzeit nach Italien gefahren ... und natürlich auch, um euch zu treffen«, schob er nach, als wäre ihm seine Familie gerade noch eingefallen.

»Ich habe mir schon immer gewünscht, in Positano zu heiraten.« Ella schaute ihren neuen Ehemann träumerisch an.

»Ach, aber wenn ihr doch einfach ein klein bisschen gewartet hättet, damit wir auch hätten dabei sein können, Jamie«, seufzte Joy mit einem traurigen, aber liebevollen Blick auf ihren Sohn.

»'Tschuldigung, Mum, wir wollten das einfach schnell über die Bühne bringen.«

Enthusiastisches Nicken von Ella, die neben ihm stand.

»Aber wie habt ihr das alles so schnell geregelt?«, fragte Dan, während er versuchte, sich von Alfie zu befreien, der sich ihm in einem plötzlichen Anfall von Schüchternheit ans Bein gehängt hatte. »Muss ja verdammt stressig gewesen sein, das alles so kurzfristig zu planen«, fuhr er fort. Wie immer dachte er vor allem ans Praktische. Statt des liebestrunkenen Tatendrangs sah er ausschließlich, was es für Probleme mit sich brachte, wenn man in kürzester Zeit eine Hochzeit im Ausland zu organisieren hatte.

»Viel leichter, als man denkt«, antwortete Jamie. »Eigentlich muss man nur die richtigen Papiere dabeihaben und wissen, wie's läuft. Zum Glück hat meine Frau mehr zu bieten als bloß ein hübsches Gesicht. Hat nur ein paar Tage gedauert und – zack – hatten wir alles unterschrieben und das Aufgebot bestellt.«

»Wir wollten eine kleine Hochzeit, nur wir zwei ...«, ergänzte Ella mit einem Blick auf Joy, die eine Augenbraue hob, aber sofort versuchte, die Geste mit einem Lächeln abzumildern, das jedoch eher steif ausfiel.

»Diesen Fisch wollte ich mir einfach nicht von der Angel springen lassen«, sagte Jamie, der ausnahmsweise einmal nichts von der Missbilligung seiner Mutter mitzubekommen schien. Er hatte nur noch Augen für seine neue Frau, die er hingebungsvoll anlächelte. Er versank förmlich in ihrem Blick.

»Natürlich, natürlich.« So langsam schien Joy sich wieder etwas zu fangen. »Nach unserer Rückkehr können wir ja immer noch ein bisschen was für die Familie und unsere Freunde ausrichten, im Golfclub vielleicht?« Sie schaute hinüber zu Bob, der lediglich mit den Schultern zuckte.

Ich für meinen Teil war mir sicher, dass Jamies und Ellas Alleingang hauptsächlich dem Ziel gedient hatte, einen großen Bogen um Lokalitäten wie den »Golfclub« zu machen, der mit seinen Holztischen und beigefarbenen Bartheken nicht gerade instagramtauglich war. Nein, diese beiden waren dafür bestimmt, sich vor der glamourösen und wunderschönen Kulisse der italienischen Küste das Jawort zu geben.

»Oh, Jamie«, seufzte Joy erneut. Sie machte einen nervösen Eindruck und war sicher hin- und hergerissen zwischen der Freude darüber, dass ihr Sohn endlich angekommen war, und der Panik, die es in ihr auslöste, dass er soeben eine völlig Fremde als seine Ehefrau vorgestellt hatte. »Wenn du nur vorher irgendetwas *gesagt* hättest. Ich wusste ja noch nicht einmal, dass du überhaupt jemanden ... mit herbringen würdest.«

»Ist doch jetzt egal. Jetzt sind wir ja alle hier, und ihr habt zehn Tage Zeit, um Ella kennenzulernen, und Ella hat zehn Tage Zeit, um euch kennenzulernen.« Für Jamie war alles immer ganz einfach und unkompliziert. Er sah nur, was er wollte, und nahm es sich, ohne auch nur darüber nachzudenken, was das für andere bedeuten mochte.

»Ich freue mich darauf«, sagte Joy, obwohl offensichtlich war, dass das nicht stimmte. Ihr Gesicht sprach Bände, es war nicht zu übersehen, dass die ganze Sache sie völlig überrumpelt hatte – uns anderen im Übrigen ja auch. »Und jetzt habe ich ein schlechtes Gewissen, weil ich für dich nur das kleine Einzelzimmer vorgesehen habe, Jamie.«

»Kein Problem«, gab der zurück und griff nach seinem Rucksack sowie Ellas Gucci-Reisetasche. »Wir können überall schlafen, wir haben sogar schon draußen übernachtet ... unterm Sternenhimmel, stimmt's, Babe?«

»Ja, Babe.« Ella nickte, und die Erinnerung zauberte ihr ein

Lächeln ins Gesicht. Sie schaute zu ihm auf, und indem sie sich sanft bei ihm unterhakte, machte sie erneut deutlich, dass sie es jetzt war, und nicht seine Mutter, die ihn für sich beanspruchen durfte.

Ich legte Violet, die Ella inzwischen anstarrte, als hätte sie eine echte Disney-Prinzessin vor sich, den Arm um die Schulter.

»Aber nein, nicht doch, ihr könnt doch nicht *draußen* schlafen. Also, im Prinzip sind das hier ja jetzt eure Flitterwochen«, sagte Joy mit einem Seitenblick in meine Richtung, weil sie davon ausging, dass mir die ganze Angelegenheit genauso unangenehm war wie ihr. Ich schaute zu Bob hinüber, um vielleicht abschätzen zu können, wie er die Neuigkeiten aufnahm, aber er war wie auf Autopilot und griff gerade nach den übrigen Taschen von Jamie und Ella.

»Im Kofferraum ist auch noch was«, sagte Jamie, woraufhin die Kinder wie der Blitz hinten ans Auto liefen und anfingen, im geöffneten Kofferraum herumzuwühlen. Wahrscheinlich hofften sie, dort die üblichen Geschenke von Uncle Jamie zu finden. Da er sie nur ein paar Mal im Jahr sah und dann eh fast immer gerade von irgendwoher zurückgekommen war, hatte er meist ein Souvenir von seiner letzten Reise für sie dabei. Diesmal jedoch war möglicherweise Ella das einzige Souvenir, das er mitgebracht hatte.

5

»OMG! Wie schwer ist DIE denn!«, hörte ich Violet ausrufen, als sie eine riesige Versace-Tüte über den Kiesel zog.

»Ist das ein Geschenk für mich?«, erkundigte sich Alfie mit seinem herzigen Lispeln und schaute Jamie mit großen Augen fragend an. Jamie schaute auf ihn hinab, und ich konnte förmlich zusehen, wie die Erkenntnis sich in seinem Gesicht breitmachte. Vor lauter liebestrunkenem neuem Eheglück hatte er völlig vergessen, den Kindern etwas mitzubringen.

»'Tschuldige, Kumpel«, sagte er mit einem breiten Lächeln. »Ich wollte dir heute Vormittag noch was besorgen, aber dann hat Auntie Ella in den ganzen Klamottenläden zu lang gebraucht.« Dann bückte er sich, fuhr Alfie durchs Haar und hob sich Freddie auf die Schultern, was meinen Jüngsten offensichtlich hoch erfreute.

»Hü, Pferdchen, hü!« kreischte Freddie und zog an Jamies Ohren, als wären das seine Zügel. Eigentlich brauchten die Kinder gar keine Geschenke, Jamies Aufmerksamkeit reichte ihnen völlig.

Joy folgte Dan, Bob und Violet mit den Augen, wie sie mit einer ganzen Einkaufstaschenkollektion italienischer Designer-label an ihr vorbeizogen. »Na, da wart ihr aber gut beschäftigt ...«, sagte sie mit einem Anflug von Missbilligung in der Stimme zu Ella.

»Oh ja, wir waren vorhin noch in der Stadt«, antwortete Ella. »Ich brauchte noch ein paar Kleinigkeiten.«

»Ein paar Kleinigkeiten?«, rief Bob aus und prustete los. »Das ganze Zeugs da muss ein Vermögen gekostet haben!«

»Aber, aber, Bob, jetzt bring Ella doch nicht so in Verlegenheit«, ruderte Joy zurück. Sie zog es vor, ihre Missbilligung subtiler zum Ausdruck zu bringen. »Wenn man als Braut während der Flitterwochen nicht ein paar schöne Sachen kaufen kann, dann stimmt doch was nicht, oder Liebes?«, wandte sie sich an Ella in dem Versuch, Bobs doch recht vulgäre Bemerkung in Bezug auf die Kosten wiedergutzumachen.

Ella schenkte Bob ein nachsichtiges Lächeln und wandte sich dann wieder Joy zu. »Männer haben einfach keine Ahnung von Shopping«, seufzte sie, woraufhin Joy bestätigend die Augen verdrehte. Hatte ich da gerade einen Bonding-Moment beobachtet? Sollte sich doch noch alles zum Guten wenden? Vielleicht würde Ella sich ja gut einfügen und alles wäre in bester Ordnung? Als Einzelkind hatte ich mir schon immer eine Schwester gewünscht. Wer weiß, vielleicht würde Ella mir die jüngere Schwester werden, die ich nie gehabt hatte.

Beladen mit Bergen von Gepäck und Einkäufen verschwanden die Männer und die Kinder im Haus, während Ella dem abfahrenden Taxi nachschaute und Joy Bob Anweisungen dazu hinterherrief, in welches Zimmer die Sachen gebracht werden sollten. Er drehte sich nicht um, sondern hob nur die Hand, um zu signalisieren, dass er sie gehört hatte.

»Bob! BOB!«, rief Joy, die wohl deutlicher bestätigt bekommen wollte, dass er sie verstanden hatte. Missbilligend schnalzte sie mit der Zunge, wandte sich wieder um und sah ebenfalls dem Taxi hinterher, das weißen Kieselstaub aufwirbelte und in der Ferne verschwand. »Er hört einfach nie zu«, brummelte sie, »macht immer einfach, wie's ihm gerade in den Sinn kommt, und eh man sich versieht, hat er alles im falschen Zimmer abgeladen und wir müssen alles nochmal umräumen.«

Jetzt standen nur noch wir drei draußen auf dem Kies herum. Verstohlen warf ich den beiden anderen Frauen, die keine Anstalten machten, sich von der Stelle zu rühren, einen Blick zu und war nicht sicher, wie ich mich verhalten sollte. Sollte ich hineingehen, den anderen mit den Taschen helfen und Joy mit ihrer neuen Schwiegertochter allein lassen, oder wollte sie vielleicht, dass ich dablieb, um ihr den Rücken zu stärken? Oder wollte *Ella*, dass ich dablieb, um *ihr* den Rücken zu stärken? Eigentlich die wahrscheinlichere Variante, schließlich musste es doch jeder als einschüchternd empfinden, eine neue Schwiegerfamilie kennenzulernen.

Die junge Frau stieß einen Seufzer aus und hob sich die langen, sonnenverwöhnten Haare von den Schultern. »Es ist so unglaublich heiß«, stöhnte sie.

Unter den Trägern ihres Kleides konnte ich erkennen, dass selbst ihre Schulterblätter perfekt geformt waren wie eine Skulptur. Über meine eigenen hatte ich bis dahin noch nie nachgedacht, war aber sicher, dass sie hinter ihren zurückblieben. Wer, bitte, hatte Schulterblattneid? Gab es so etwas überhaupt?

Ella ließ die Hände hinterm Kopf und hielt sich weiterhin die Haare hoch, wobei ihr das eine oder andere Strähnchen entwischte und ihren Nacken umspielte, der etwas feucht von der Hitze war. Wie sie so dastand – mit durchgebogenem Rücken, kecken Brüsten und dazu diesen Schulterblättern –, hätte man sie glatt für ein Model aus einer Zeitschrift halten können, zum Beispiel als Aufmacher zu einem Artikel über Hautpflege im Sommer oder darüber, wie man die perfekte Bräune hinbekommt. Mein Blick wanderte zurück zu ihren

Händen und diesem funkelnden Diamanten, der sie zu einer von uns machte.

»Komm, ich führ dich rum«, sagte Joy, nahm Ella beim Arm und geleitete sie in Richtung Garten. Ich bekam noch mit, wie sie ihr »später Gin Tonic auf der Terrasse« versprach, genau wie sie es mit mir getan hatte.

Mit der letzten Tasche, die Ella einfach in der staubigen Hitze hatte stehenlassen, trottete ich hinter ihnen her. Ich glaube, ihr war gar nicht bewusst, dass ich mich darum kümmerte, und als ich endlich zu ihnen aufschloss, war sie schon viel zu beschäftigt damit, beeindruckt den Pool und die sich dahinter auftuende Aussicht zu bewundern.

»Wir werden einen solchen Spaß haben«, flüsterte sie fast wie zu sich selbst.

Joy nickte zustimmend. Die beiden hatten sich inzwischen wieder in Bewegung gesetzt und gingen nun auf den Eingang der Villa zu. Als Joy sich zu mir umdrehte, bemerkte sie, wie ich mich auf recht unelegante Art und Weise schwitzend mit Ellas letzter Tasche abplagte, und lächelte mitleidvoll. »Kommst du klar?«, fragte sie, und sofort ließ die jüngere Frau sie stehen und kam auf mich zu.

»Oh, Clare, lass mich das machen«, sagte sie, die neben ihrem Tiffany-Schmuck lediglich eine Prada-Handtasche an ihrem zarten Arm trug. Eher halbherzig versuchte sie, mir die Tasche abzunehmen. Auf den ersten Blick konnte ich sehen, dass deren Gewicht ihr wahrscheinlich das Handgelenk gebrochen hätte, also schüttelte ich den Kopf.

»Das geht schon, kein Problem«, lächelte ich.

»Bist du sicher?«, erkundigte sie sich, und fügte dann flüsternd hinzu: »Also, ist das nicht zu schwer für dich in deinem Alter?«

Ich blieb stehen, nicht ganz sicher, ob ich richtig gehört hatte. »Was ...?«, fragte ich und versuchte zu lächeln, weil ich es für einen Scherz hielt.

»Ach, nichts. Aber pass bitte auf der Treppe auf«, – sie beugte sich zu mir vor und sprach nun etwas hörbarer –, »ich würde es mir nie verzeihen, wenn dir etwas zustoßen würde.«

Dann schlenderte sie zu Joy zurück, die nichts von dem, was Ella mir gerade zugeraunt hatte, mitbekommen hatte.

»Komm doch rein, Ella«, sagte sie gerade. »Die Klimaanlage lässt zwar zu wünschen übrig, aber immerhin ist es drinnen etwas kühler als hier draußen, bei der Hitzewelle, die wir gerade haben.« Dann zog sie sie in die Villa. Ich ging nicht direkt hinterher, sondern blieb noch einen Moment lang fassungslos stehen, es hatte mir den Atem verschlagen. Hatte ich sie vielleicht völlig falsch verstanden? Hatte sie wirklich »in deinem Alter« gesagt? Und dann diese Bemerkung, ich solle auf der Treppe aufpassen. Irgendwie hörte sich das weniger wie ein Sicherheitshinweis zugunsten meiner Unversehrtheit an als wie eine verdeckte Drohung.

Irgendwann ging ich dann doch in die Villa, immer noch mit Ellas Sachen beladen, und ich hoffte, dass Dan auftauchen und sie mir abnehmen würde, noch bevor ich die Treppe erreichte, aber er war weit und breit nicht zu sehen. Ella war inzwischen am oberen Ende der geschwungenen Treppe angelangt und munter ins Gespräch mit Joy vertieft. Mit dem eisernen Willen, zu beweisen, dass ich dazu sehr wohl noch in der Lage war, stieg ich ihnen, als wäre ich hier der Hotelpage, keuchend mit ihrer Tasche hinterher und versuchte mich derweil davon zu überzeugen, dass ich mich verhört hatte.

Als ich im für den allein reisenden Jamie vorgesehenen Einzelzimmer ankam, setzte ich mich aufs Bett. Vielleicht war die Bemerkung zu meinem fortgeschrittenen Alter nur ein Witz gewesen? Manche Leute fanden so etwas witzig, wie Dan und Jamie, wenn sie sich kabbelten. Ja, wenn sie das wirklich gesagt hatte, dann konnte es sich nur um einen Witz gehandelt haben, um eine Kabbelei.

Ich schaute zu, wie sie sich elegant durch den Raum bewegte, während Joy geschäftig die Taschen umherschob.

»Ich bin quasi Italienerin«, verkündete Ella gerade. »Mein Vater war waschechter Italiener – durch und durch. Aus Sorrent. Ich hab's also im Blut.«

»Ach, Sorrent ist hier ganz um die Ecke«, erwiderte Joy, als spräche sie vom nahegelegensten Lebensmittelladen, wobei es von unserer Villa nach Sorrent in Wirklichkeit mindestens fünfzehn Kilometer waren. »Kannst du denn auch Italienisch?«, erkundigte sie sich hoffnungsvoll.

»Ein bisschen«, antwortete Ella, während sie stapelweise weiße Spitzendessous aus einer der Einkaufstaschen hervorholte und auf dem Bett ausbreitete. Ich wandte den Blick ab. Irgendwie kam es mir zu intim vor, so etwas machte man doch nicht vor den Augen seiner frisch angeheirateten Familie.

»Vielleicht kannst du *mir* ein bisschen Italienisch beibringen? Das wäre toll!«, sagte Joy, die keine Gelegenheit ausließ, bei anderen Eindruck zu schinden, und ein ganzer italienischer Satz, den ihr ihre neue Schwiegertochter beigebracht hatte, würde seine Wirkung zu Hause bei den »Mädels« (alle über siebzig) sicher nicht verfehlen.

Darüber musste ich gerade lächeln, als Dan in der Tür auftauchte. Auch er sah die Dessous, und sofort fragte ich mich, ob er sich insgeheim wünschte, Ella würde sie für ihn tragen – ein missliebiger und irrationaler Gedanke, den ich gleich wieder verdrängte. Dan signalisierte mir mit dem Kopf, ich solle zu ihm vors Zimmer kommen, gerade so als fürchtete er, beim Übertreten der Schwelle von einem Fluch getroffen zu werden.

Widerwillig erhob ich mich und folgte ihm aus dem Zimmer und ein Stück den Flur entlang. »Was, Dan?«, fragte ich leicht gereizt, etwa so wie Violet, wenn man sie dazu aufforderte, das Tablet wegzulegen.

»Ich fühle mich nicht so ganz wohl damit, dass sich die

beiden während ihrer Flitterwochen so ein schmales Bett teilen müssen«, flüsterte er in ernstem Tonfall.

»Jamie hat gesagt, das sei kein Problem«, gab ich zurück.

»Schon, aber ich kann mir nicht vorstellen, dass *sie* das auch findet. Stell dir doch nur mal vor, man hätte *dir* gesagt, dass wir uns in unseren Flitterwochen in so ein schmales Bett hätten quetschen müssen«, fügte er hinzu.

»Das kann man nicht vergleichen. Bei uns hätte es nicht passieren können, dass wir uns in ein schmales Bett hätten quetschen müssen, weil wir unsere Flitterwochen *geplant* haben, so wie alle vernünftigen Menschen es tun würden«, erwiderte ich. Diesen kleinen Seitenhieb gegen die spontanen Turteltauben, die sich zwischen uns eingenistet hatten, konnte ich mir nicht verkneifen. Zugegeben, ein wenig Enttäuschung schwang auch mit. Ich hatte mir vorgestellt, dass Jamie im Urlaub Zeit mit Dan und mir verbringen würde. Jetzt, wo Jamie vorhatte, mit Dan zusammenzuarbeiten, war ich davon ausgegangen, dass wir wie früher ein Trio bilden, Karten spielen und einen über den Durst trinken würden. Da Joy ja angeboten hatte, während unseres gemeinsamen Aufenthalts auch mal die Kinder zu übernehmen, hatte ich mich schon darauf gefreut, dass wir drei zusammen mal einen Abend die Piste unsicher machen würden. Aber jetzt, wo Jamie verheiratet war, hatte ich den Eindruck, dass alles anders geworden war.

»Ich dachte nur ...«, fing Dan an und holte tief Luft, »ich dachte nur, dass wir ihnen vielleicht unser Zimmer anbieten sollten?«

»Das wäre eine nette Geste, Dan, aber wo würden *wir* dann schlafen?«

»Ich dachte ... vielleicht können *wir* ja in dem kleinen Zimmer schlafen? Oder einer von uns schläft bei den Kindern und der andere im kleinen Zimmer?«

Ich konnte kaum glauben, was er da vorschlug. »Aber zu Hause haben wir nie Zeit für uns! Das hier ist unser Urlaub, *unsere* Ehe ... Wie sollen wir denn wieder zueinanderfinden, Dan?«

»Unseren Urlaub nimmt uns ja keiner weg, wir können ja trotzdem Zeit miteinander verbringen. Ich finde nur, dass wir uns hier wie die Erwachsenen verhalten und ihnen das Doppelzimmer anbieten sollten.«

In dem Moment steckte Joy den Kopf aus dem Zimmer. »Alles klar bei euch beiden?«, fragte sie.

»Ja, ja, alles klar«, antwortete Dan mit einem zweifelnden Unterton in der Stimme, der Joy sicher nicht entging.

Ich merkte, wie mir die Tränen in die Augen stiegen: Es ging nicht nur um das Zimmer, es ging darum, wie Dan immer alles andere wichtiger fand als mich, als uns. Kaum war Jamie hier aufgetaucht und hatte aus dem Nichts verkündet, er habe geheiratet, schlug Dan auch schon vor, dass wir unser wunderschönes Zimmer für ihn und Ella aufgeben sollten, so als wäre es für uns schon zu spät, als wäre bei uns eh schon Hopfen und Malz verloren. Es verletzte mich, wie er uns so fallen lassen konnte. Indem er seinem Bruder unser Zimmer schenkte, verschenkte er unsere letzte Chance auf ein neues Zusammenwachsen.

Ich wandte mich ab, ließ Dan und seine Mutter stehen und ging schnellen Schritts durch den Flur zu unserem Zimmer. Joy sollte meine Verzweiflung nicht mitbekommen, sie würde nur wissen wollen, was los war, und dann versuchen, alles wieder zu regeln. Aber ich wollte, dass Dan ausnahmsweise einmal selbst verstand, wie wichtig mir das Ganze war, und es nicht wieder Joy überlassen würde, Lösungen für unsere Probleme zu finden.

Eine Zeit lang lag ich auf dem Bett herum und hoffte, dass Dan zu mir kommen würde, damit wir wenigstens unter vier Augen darüber reden konnten, aber dann hörte ich ihn auf der Treppe über irgendetwas lachen. Offensichtlich war er auf dem Weg nach unten und hatte überhaupt nicht vor, mir hinterherzukommen. Nicht zum ersten Mal fragte ich mich, wie viel ich ihm eigentlich bedeutete. Ein paar Minuten später hörte ich, wie Violet nach mir fragte. Sie war direkt vor der Tür, und ich wollte schon aufstehen und die Tür öffnen, als ich hörte, wie Joy sie mit säuselnder Stimme weglockte und ihr eine Runde Schwimmen und Vorlesen in Aussicht stellte.

»Mummy ist gerade ein bisschen müde, Liebes«, sagte sie.

Ich wollte zu Violet, aber mein Gesicht war vom Weinen ganz verquollen, also rief ich nicht nach ihr, sondern blieb einfach auf dem wunderschön bezogenen Kingsize-Bett mit seinen angenehm kühlen Laken liegen, wo Dan und ich vorsichtig damit begonnen hatten, eine Ehe wieder zusammenzuflicken, die einer Intensivbehandlung bedurfte. Wie hatte er auch nur vorschlagen können, den Komfort und die Bequemlichkeit dieses großen, weißen Bettes aufzugeben und stattdessen in einem Einzelbett oder gar in getrennten Zimmern zu schlafen?

Ja, es waren Jamies und Ellas Flitterwochen, und natürlich war es aufmerksam von Dan, an sie zu denken, nur wünschte ich mir, dass er auch ab und zu mal an mich denken würde. Wie Ella hatte auch ich mir immer Flitterwochen in Italien gewünscht. Ich weiß noch genau, wie ich ganz begeistert mit Dan darüber gesprochen und stapelweise Italienprospekte aus dem Reisebüro angeschleppt hatte. Wir hatten ein wunderbares Hotel inmitten der primelgelben und terrakottafarbenen Häuser gefunden, die sich hoch über Positano an den steilen Hügel schmiegten. Ich hatte uns zwei genau vor Augen gehabt, wie wir – inmitten der farbenfrohen Häuser und wild wuchernden Bougainvilleen – auf einem Balkon sitzen und die Aussicht genießen, Wein trinken und unsere gemeinsame Zukunft planen würden. Dann hatten wir die Prospekte mit zu Dans Eltern genommen, und ich war voll und ganz davon ausgegangen, dass Joy begeistert in die Hände klatschen und gleich in die Planung mit einsteigen würde, aber stattdessen hatte sie etwas zurückhaltend reagiert, gemeint, es wirke doch recht teuer, und ob es nicht doch vielleicht besser wäre, wenn wir in England blieben? Später hatte ich Dan damit aufgezogen – »Mummy will wohl nicht, dass ihr kleiner Junge in Flitterwochen fährt«.

Wenn ich heute darauf zurückblicke, glaube ich, dass ich damit gar nicht so falsch gelegen hatte. Ich weiß, dass es Joy in den ersten Jahren nicht leicht gefallen war zu akzeptieren, dass es in Dans Leben neben ihr nun noch eine andere Frau gab. Wahrscheinlich war das zu erwarten gewesen. Bis ich auf der Bildfläche erschienen war, hatte sie ihre beiden Söhne immer ganz für sich gehabt.

Wie auch immer, unsere Flitterwochen in Italien hatten nicht sollen sein, denn kurz vor der Buchung bekamen wir von einer Freundin von Joy das Angebot, eine Woche in ihrem Cottage in Devon zu wohnen, es sollte ihr Hochzeitsgeschenk sein. Joy wies darauf hin, wie unhöflich es wäre, das Angebot auszuschlagen, und außerdem könnten wir uns von dem gesparten Geld doch eine ganz wunderbare dreiteilige Polstergarnitur kaufen. Dan stimmte zu und versprach, wir würden ein andermal nach Italien reisen. Also nahm auch ich das großzügige Angebot von Joys Freundin mit dem gebotenen Anstand an und ließ mir meine Enttäuschung nicht anmerken. Immerhin hatten Dans Eltern unsere Hochzeitsfeier im Golfclub finanziert, wofür ich dankbar war, und keinesfalls wollte ich in Joys Augen wirken wie ein verwöhntes Gör. Und es war eine schöne Hochzeit gewesen – mit zweihundert Gästen, einem Drei-Gänge-Menü, überbordendem Blumenschmuck und einem Traumkleid. Ich hätte eine kleinere, weniger kostspielige, etwas privatere Feier bevorzugt, aber, wie Joy gesagt hatte: »Man heiratet schließlich nur einmal, Clare, und wir haben eine große Familie und viele Freunde, wir tun das gerne für euch.«

Sie unterstützten uns sogar beim Eigenkapital für unser

erstes Haus, das nicht allzu weit von dem ihrigen entfernt war. Joy hatte ihre Jungs gerne um sich, und ich glaube, Dan in der Nähe zu haben, entschädigte sie in gewisser Weise dafür, dass Jamie ständig unterwegs war. Allerdings zahlten wir einen Preis der anderen Art, indem wir abends oder an den Wochenenden regelmäßig mit unangekündigten Besuchen rechnen mussten, was den spontanen Momenten der Intimität in den Anfangsjahren unserer Ehe doch recht abträglich war. Es war einfach ein Stimmungskiller, wenn man gerade zusammen auf dem Sofa lag und mit einem Mal Joy durch die in der Haustür eingelassenen quadratischen Scheiben spähte und Bob mit lauter Stimme wissen ließ: »Ich glaube, sie sind zu Hause«. Wenn wir daraufhin die Tür öffneten, flötete sie: »Wir kommen zufällig gerade vorbei, wir sind auf dem Weg zum Supermarkt und haben uns gefragt, ob ihr vielleicht was braucht.« Ich glaube, Joy brauchte einfach Gesellschaft – mit Bob allein zu sein, hatte ihr nie wirklich ausgereicht. Also baten wir sie herein, machten Tee und unterhielten uns mit ihnen. Ich tat es aus Höflichkeit, aber vor allem, um Joy bei Laune zu halten, wie wir alle.

Und bei guter Laune war sie auch jetzt. Jamie mochte sie überrumpelt haben, aber immerhin hatte auch der weltenbummlerische, rebellische Sohn wieder zu ihr gefunden: Sie hatte beide Söhne um sich, endlich war die Familie wieder vereint.

Jetzt konnte ich sie alle hören, die Taylors. Von unten drang ihr gedämpftes Lachen zu mir hoch, während ich nach wie vor allein auf meinem Kingsize-Bett herumlag. Ein Weilchen später wurde das Gelächter durch das Klirren aneinanderstoßender Gläser durchbrochen – dieses täglich wiederkehrende Geräusch, das den frühen Abend einläutete. Joy würde sich jetzt langsam ans Kochen machen und mich in der Küche erwarten, also bürstete ich mir die Haare und wusch mir das Gesicht. Ich musste an Ellas wunderschönes Kleid denken, an ihre gebräunten Beine und die Art, wie sie die Haare angehoben hatte, um sich den Nacken zu kühlen, und schaute die Kleider durch, die ich im Schrank hängen hatte. Als ich die Sachen aus dem Koffer geholt hatte, war ich noch ganz zufrieden damit gewesen, aber jetzt wirkten sie nur noch altbacken auf mich, aber meine Wahl fiel auf ein pinkfarbenes Baumwollkleid, das ich eigens für den Urlaub gekauft hatte. Im Laden hatte es mir richtig gut gefallen, und ich hatte mir vorgestellt, wie ich es mit gebräunter Haut tragen würde, nur dass meine Haut jetzt noch nicht sonderlich gebräunt war, weil ich bislang zu sehr mit den Kindern beschäftigt gewesen war, als dass ich die Zeit gefunden hätte, mich zu sonnen. Ich zog mir das Kleid über den Kopf und dachte daran, wie figurschmeichelnd es bei der Anprobe gewesen war. Ich ging zum Spiegel, aber statt einer goldbraunen, schlanken Version meiner Selbst starrte mir dort eine überhitzte, untersetzte Frau mittleren Alters in Pink entgegen. Gestern und vorgestern hatte mir das noch nichts ausgemacht, aber jetzt war Ella hier, und ich befürchtete, dass man uns vergleichen und ich dabei schlecht abschneiden würde. Ich redete mir ein, dass das Quatsch sei, dann kramte ich ein altes Seidentuch hervor, band es mir um den Kopf und befestigte es oben mit einer lockeren Schleife. Das konnte ich tragen, da war ich sicher. Den Hairstyle hatte ich bei einer jüngeren Kollegin gesehen, es war ohnehin an der Zeit, dass ich an meinem Look einmal ein bisschen was änderte.

Aber egal, was ich mir einredete, durch die Gegenwart dieser schönen Frau fühlte ich mich unter Druck gesetzt. Bestimmt würde sie in irgendeinem märchenhaften Outfit und mit sorgfältig geschminktem Gesicht zum Dinner erscheinen. Ein zu einer Schleife gebundenes Tuch mochte vielleicht avantgardistisch sein, aber reichen würde das nicht, und schon gar nicht in Kombination mit meinem von der Hitze und dem Vormittag am Pool geröteten Gesicht. Nein, von meiner besten Seite zeigte ich mich nicht gerade.

Plötzlich hörte ich Schritte die Treppe heraufkommen, die weder nach dem wilden Getrappel kleiner Kinderfüße noch nach dem schwerfälligen Quietschen von Herrensandalen klangen, sondern nach filigranen Absätzen, die leicht über das Holz klackerten. In meinem Zimmer war es so leise, dass ich schnell herausgehört hatte, dass die Person auf dem Weg in Joys und Bobs Zimmer war. Wahrscheinlich war Joy kurz heraufgekommen, um sich vor dem Kochen des Abendessens noch eben ein wenig frisch zu machen.

Ich fragte mich, ob sie vielleicht irgendeine Wunder-Foundation hatte, die ich benutzen konnte. Sie freute sich immer, wenn sie anderer Leute Probleme lösen konnte, und hatte immer ein Taschentuch dabei, um triefende Kindernasen zu putzen oder weinenden Schwiegertöchtern auszuhelfen. Joy hatte für jede Situation das richtige Mittelchen parat: eine Salbe, um fiesen Ausschlag wegzubekommen, Pflaster, um eine angeknackste Ehe zu flicken ... das Skript für das Telefonat, um die andere Frau loszuwerden.

Ich würde zu ihr hinübergehen und sie fragen, ob sie eine hautberuhigende Creme für mich hatte und ob alles gut bei ihr war, vielleicht brauchte sie ja ein wenig Unterstützung, um die schockierende Neuigkeit von Jamies Hochzeit zu verarbeiten.

Also spritzte ich etwas Wasser auf mein Gesicht, um es etwas abzukühlen, und ging zu ihrem Zimmer. Die Tür war angelehnt, und für den Fall, dass sich Joy gerade umzog, wollte ich nicht einfach so hineinspazieren, weshalb ich einen vorsichtigen Blick durch den Türspalt warf. Zu meiner Überraschung stand jedoch nicht Joy an ihrem Frisiertisch, sondern Ella. Ich kam noch etwas näher an den Türspalt heran, um erkennen zu können, was sie dort tat. War sie allein? Wie als Antwort auf meine Frage hörte ich Joy unten mit Bob schimpfen, der sich wohl offenbar am Kühlschrank bedient hatte: »Das ist fürs Abendessen!«

Ich beugte mich so weit vor, wie ich nur konnte, und sah,

wie Ella Joys Schmuckrolle aufnahm und ein Paar Diamantohrringe herausholte. Ich kannte sie genau und konnte selbst auf die Entfernung sehen, wie sich das Sonnenlicht vom Fenster funkelnd in ihnen brach. Fasziniert beobachtete ich Ella, wie sie sich die Ohrringe an ihre Ohrläppchen hielt, so als wollte sie sehen, wie sie sich an ihr machten. Ich war völlig durcheinander – was tat sie da? Warum ging jemand in anderer Leute Zimmer, um in deren Abwesenheit ihren Schmuck zu durchsuchen? Hatte Joy sie möglicherweise darum gebeten, die Ohrringe für sie zu holen? Aber warum sollte sie das tun? Nein, die ganze Situation war sehr zwielichtig – ein Eindruck, der sich noch verstärkte, als ich beobachtete, wie Ella sich umschaute und die Ohrringe dann in den Taschen ihres Sommerkleids verschwinden ließ. Vor Schock blieb mir der Mund offen stehen Hatte sie der Mutter ihres Ehemannes tatsächlich gerade Schmuck entwendet?

Ich wusste nicht, wie ich reagieren sollte, und versuchte, für das, was ich da gerade beobachtet hatte, eine rationale Erklärung zu finden. Stimmte es wirklich, dass Ella die Ohrringe genommen und in ihre Tasche hatte gleiten lassen? Ich konnte mir einfach keinen Reim darauf machen, was ich da gesehen zu haben glaubte, und schaute weiter durch den Türspalt. Erneut blickte sie sich um, als wollte sie sichergehen, dass niemand sie beobachtet hatte. Vorsichtig trat ich einen Schritt von der Tür weg, wobei jedoch eine Diele knarrte. Im Spiegel konnte ich sehen, wie Ella herumschnellte und Richtung Tür starrte.

Dicht an die Tür gelehnt blieb ich stehen, völlig bewegungslos und mit angehaltenem Atem, aber mein Herz pochte so heftig, dass ich mir sicher war, dass sie es hören musste. Durch den Spiegel sah ich, wie sie die Tür weiterhin mit ihrem Blick fixierte und dann, als sie sich offenbar davon überzeugt hatte, dass dort niemand war, die Schmucktasche wieder aufrollte und wieder genau an ihren ursprünglichen Platz zurücklegte. Als sie sich zum Gehen umwandte, lief ich, die

knarrenden Dielen und das Klappern meiner Flipflops verflu-
chend, schnell und möglichst leise zurück in mein Zimmer.
Sobald ich drinnen in Sicherheit war, schloss ich die Tür ab, um
Zeit zum Nachdenken zu haben. Ich musste etwas sagen, oder
nicht? Ella war zwar Jamies Frau, aber als die beiden vorhin von
ihrer Romanze erzählt hatten, hatten sie relativ vage von
»Wochen« gesprochen. Wie gut kannte Jamie diese Frau
überhaupt?

6

Ich musste die ganze Zeit darüber nachdenken, was ich beobachtet hatte, und versuchte immer wieder, irgendeine vernünftige Erklärung dafür zu finden. Ich konnte jedoch nicht endlos oben bleiben, sondern musste irgendwann wieder nach unten zu den anderen, wo ich mich in Ellas Gegenwart aber ganz unwohl fühlte. Es fühlte sich für mich so an, als sähe ich alle durch eine Glasscheibe hindurch, als gehörte ich nicht wirklich dazu. Wie eine Beobachterin versuchte ich, alles, was Ella sagte oder tat, zu analysieren.

»Und die Blumen ... hattest du einen Brautstrauß, Ella?« Noch immer wollte Joy alles über die Hochzeit in Erfahrung bringen, offenbar war sie noch nicht darüber hinweg, davon ausgeschlossen gewesen zu sein.

»Das erklärt auch, warum du plötzlich ins Familienunternehmen einsteigen willst«, sagte Bob und hob sein Glas, wie um seinem Sohn zuzuprosten. »Bist du also doch noch zur Ruhe gekommen, mein Junge.«

»Ja. Und bestimmt wirst du jetzt auch ein Haus kaufen wollen ...«, fügte Joy heiter hinzu. Jamie hatte nun zwar eine Frau, aber Joy konnte auch darin etwas Positives sehen, immerhin war der verlorene Sohn nach Hause zurückgekehrt, das ewige Reisen hatte ein Ende.

»Und von der Sorte dürfen's dann wahrscheinlich auch ein paar sein«, sagte Dan und zeigte auf Freddie und Alfie, die sich gerade auf dem Teppich wälzten und einander anschrien.

Jamie lachte, und mir fiel auf, wie er Ellas Knie drückte. Fast unmerklich zwar, aber ich fragte mich, ob sie nicht vielleicht schon schwanger war.

Ich hockte auf der Armlehne von Dans Sessel und kam mir wie eine Zuschauerin vor, die einer sich entwickelnden Liebesgeschichte beiwohnte. Ella hatte ununterbrochen die Hand auf Jamies Arm und er hatte seine auf ihrem Knie. Und wenn einer von beiden sich ein wenig anders hinsetzte oder sich minimal vom anderen entfernte, rückten sie einander gleich wieder näher. Es war wie bei einer Partie Twister, bei der sich die beiden mit mindestens einem Körperteil berühren mussten. Ständig trafen sich ihre Augen und führten einen geheimen Tanz auf, ihre eigene, private Unterhaltung hinter der öffentlichen. Ich konnte mich noch gut daran erinnern, dass auch ich das früher einmal erlebt und wie sich das angefühlt hatte.

Ich warf Dan einen verstohlenen Blick zu, aber er bemerkte mich nicht. Er schaute Jamie und Ella an, nickte zustimmend, wenn sie etwas sagten, und lächelte darüber, was sie erzählten. Zwischen Dan und mir gab es jedoch nicht die kleinste Berührung.

»Hier ist es echt total ... reizend«, sagte Ella und hob beim Wort »reizend« die Stimme, als handelte es sich um eine Frage. »Joy, ist die Villa aus dem neunzehnten Jahrhundert?«

»Ich ... also, da bin ich ehrlich gesagt überfragt.« Ich konnte Joy ansehen, dass es ihr extrem unangenehm war, nicht Bescheid zu wissen. Sie gefiel sich als Autorität in allen Dingen. »Im Prinzip ist sie in ihrem ursprünglichen Zustand, aber ein paar Gebäudeteile sind erst später dazugekommen«, bot sie in dem verzweifelten Versuch an, trotzdem informativ zu sein. Mit einem Mal hellte sich ihr Gesicht auf, als wäre ihr plötzlich etwas eingefallen, eine Information, die sie weitergeben konnte. »Oh, und der Marmor ist aus Carrara.«

»Ja, der ist wirklich sehr edel«, sagte Ella, »einfach traumhaft. Diese leichte Maserung, die fast schon an weiß grenzt ... deutlich zurückhaltender als das hellere Weiß des Calacatta-Marmors.«

»Mit Marmor kennst du dich offensichtlich aus!«, sagte Dan, der sichtlich beeindruckt war. Und die ganze Zeit über hatte ich nur einen Gedanken im Kopf: *Warum? Warum in aller Welt hast du Joys Ohrringe eingesteckt?*

Unterdessen bedachte Joy Ellas Marmoranalyse lächelnd mit einem bekräftigenden Nicken.

»Ella kennt sich auch mit Architektur aus, sie ist schon in Schlössern auf der ganzen Welt gewesen«, verkündete Jamie stolz.

»Wow, in Schlössern? Da bin ich aber neidisch«, sagte ich, woraufhin sie mich anlächelte.

»Sie interessiert sich sehr für Fotografie, stimmt's, Liebling?«, fügte Jamie hinzu, und sein Blick war so dermaßen voller Liebe, dass es mir einen Stich versetzte. So wollte ich auch geliebt werden.

Ella nickte heftig und schlug die Beine übereinander. Ihre nackten Zehen waren klein und kompakt, ihre Zehennägel wie kleine silberne Edelsteine. Ich war mir nicht ganz sicher, ob ich neidisch auf sie war oder ob ich *sie* sein wollte, aber wenn ich Violets Gesichtsausdruck richtig deutete, wollte meine Tochter, wenn sie groß war, ganz eindeutig Ella sein.

»Ihr wart also zusammen in Indien, hattet ihr gesagt? Wie romantisch. Kanntet ihr euch da schon ... lange?«, erkundigte ich mich.

»Lange genug«, antwortete Ella, wobei sie jedoch Jamie ansah, nicht mich.

Davon ließ ich mich nicht abschrecken. »Was machst du eigentlich beruflich?«, fragte ich.

»Sie ist Model«, sagte Jamie stolz.

Bei dieser Neuigkeit weiteten sich Violets Augen vor Bewunderung.

»Na ja, für Freunde von mir, die Designer sind, habe ich mal Bademode gemodelt, solche Sachen halt. Aber ich bin jetzt kein *echtes* Model oder so. Ich möchte mehr so in eine Richtung gehen, wo ich echt was bewegen kann – Fotografie, Vlogging, Blogging – den Planeten retten und so.«

»Wow! Du wärst eine tolle YouTuberin«, schlug Violet ehrfurchtsvoll vor.

»Schon möglich«, sagte Ella, so als könnte sie alles sein, wenn sie nur wollte. Ich beneidete sie um ihr Selbstbewusstsein ... oder war es eher Arroganz?

»Ella stellt ihr Licht unter den Scheffel«, fügte Jamie stolz hinzu. »Sie hat schon auf der ganzen Welt gemodelt, auf sämtlichen Laufstegen der Fashion Week, Modefotografie, Dessous. Ständig melden sich irgendwelche Designer und Fotografen bei ihr und wollen, dass sie gleich losfliegt ...«

»Meine Güte«, sagte ich. Modenschauen und Modefotografie, dazu noch Dessous, das waren, so dachte ich, doch ziemlich unterschiedliche Arten des Modelns. Konzentrierte man sich als Model nicht normalerweise auf eine Richtung? Ganz sicher war ich mir da zwar nicht, aber nach dem, was ich kurz zuvor beobachtet hatte, stellte ich nun alles in Frage, was Ella von sich gab. Natürlich stand überhaupt nicht in Frage, dass sie in jeder Beziehung als Model geeignet war, ein Müllsack würde an ihr wie Haute Couture aussehen, aber vielleicht übertrieb Jamie auch einfach nur, um seine neue Frau vor der Familie möglichst gut dastehen zu lassen? Das wäre nicht untypisch für ihn. Alle Taylors hatten die leicht nervige Angewohnheit, alles immer etwas auszuschmücken, aber Jamie war von allen der Schlimmste.

»Wenn Ella modelt, ist das Perlen vor die Säue. Schließlich ist sie keine Modetussi, sondern unglaublich kreativ«, sagte er nun.

»Du bist so süß«, erwiderte sie und gab ihm einen Kuss auf die Wange.

»Sie hat fünfundzwanzigtausend Follower auf Instagram!«, verkündete er strahlend.

»Ich mache einfach nur, was sich richtig anfühlt, und hoffe, dass es bei den Leuten ankommt«, sagte sie.

Ich fand sie schwer zu deuten. Vielleicht konnte ich mir ein genaueres Bild von ihr machen, wenn ich mir mal ihren Instagram-Account anschaute? Dann wiederum konnte Instagram einen auch nur noch mehr durcheinanderbringen. Oft ging es dort mehr darum, wer man sein *wollte*. Als ich damit angefangen hatte, den Instagram-Account für Taylor's zu führen, hatte ich auch einen für mich selbst erstellt und war mir durchaus nicht zu schade, Fotos vom Familienessen bei Pizza-Express so aussehen zu lassen, als stammten sie von einem schicken Dinner in Mailand.

»Dann bist du also eine von diesen Insta-Influencerinnen?«, fragte ich. »Bekommst du auch immer schicke Sachen zugeschickt, damit du sie auf deiner Instagram-Seite trägst?«

»Seite ... man spricht da von einem *Profil*, Clare«, korrigierte sie mich mit einem kurzen Kichern und guckte zu Jamie, der hinabschaute. Ich wusste nicht so recht, wie ich das aufnehmen sollte. Machte sie sich über mich lustig?

»Für mich ist das alles viel zu technisch«, sprang mir Joy zur Seite.

»Meinte ich ja auch. *Profil* natürlich«, sagte ich, erst einmal vom Positiven ausgehend. »Also wie jetzt – du bekommst Sachen geschickt, mit denen du dann modelst?«, hakte ich nach. Wie ein Hund mit einem Knochen ließ ich nicht locker.

»Ja, ja, ja«, sagte sie abschätzig, ohne mich anzusehen. Es

war offensichtlich, dass sie nicht darüber sprechen wollte. Ich aber schon.

»Klasse!«, sagte ich lächelnd. »Muss ein toller Job sein.«

Darauf reagierte sie nicht. Ich hoffte, dass sie mich nicht als zu aufdringlich empfunden hatte. Zwar machte sie einen selbstbewussten Eindruck, war jedoch gleichzeitig sehr zurückhaltend in Bezug auf ihre Karriere. Ich fragte mich, ob sie möglicherweise nicht ganz so erfolgreich war, wie Jamie es darstellte. Mir war klar, dass es ihm wichtig sein musste, dass Ella als Familienmitglied akzeptiert und aufgenommen wurde, aber dafür war es doch nicht notwendig, dass er sie uns gegenüber so anpries. Wahrscheinlich ging es doch wieder nur darum, Joy bei Laune zu halten. Wenn Mum zufrieden war, waren *alle* zufrieden. Aber wie sie jetzt so dasaß, das Gin-Glas umklammert und ein festgefrorenes Lächeln im Gesicht, war ihr Gemütszustand nur schwer zu ergründen.

»Ella hat so viel zu bieten. Ich sage ja immer, dass sie eigentlich ins Fernsehen gehört, vielleicht eine Reality-Show oder so etwas?«, sagte Jamie nun.

»Oh Gott, ja, das würde ich so GERNE machen, das wäre der absolute Traum«, seufzte sie.

»Och nein, aber doch nicht eine von diesen fürchterlichen Sendungen«, meldete Joy sich zu Wort. »Und überhaupt sind die meisten Leute, die da mitmachen, Singles. Du bist jetzt eine verheiratete Frau, Ella.«

»Na ja, ist ja nur ein Job«, erwiderte Ella mit einem Anflug von Irritation. »Und was die da zahlen, also – manche werden da zu Millionären.«

»Mum hat recht, nachher wollen sie noch, dass du vor laufender Kamera eine Affäre beginnst«, sagte Jamie. »Gegen eine Million habe ich natürlich nichts einzuwenden, aber nicht, wenn du dafür mit wem anders anbändeln musst.« Er lachte nervös.

»Um Gottes willen, nein!«, fiel Joy mit ein, ganz entsetzt bei dem bloßen Gedanken daran, ihre Schwiegertochter könnte im Fernsehen eine geschmacklose sexuelle Beziehung eingehen. Was würden die Nachbarn dazu sagen?

Ella ging auf beide nicht wirklich ein, und ich muss zugeben, dass ich mich schon ein wenig fragte, wie weit genau sie für die Million wohl gehen würde. Es sah so aus, als hätte sie mit den Diamantohrringen schon einmal einen Anfang gemacht.

»Ich kann es gar nicht erwarten, hier alles zu fotografieren«, sagte sie – das Thema Reality-TV war für sie offenbar abgeschlossen – und fuhr mit der einen Hand über die Sofalehne, mit der anderen über Jamies Arm.

»Der Pool ist eine Wucht«, schlug Joy vor. »Mosaikfliesen in allen nur erdenklichen Blautönen.«

»Ja, ist mir schon aufgefallen. Den Pool werde ich als Hintergrund nehmen.« Sie lächelte und lehnte sich plötzlich vor. »Wenn das okay ist ... Also, ihr habt kein Problem damit, oder? Dass ich hier ein bisschen fotografiere?« Sie schaute von Joy zu Bob und wieder zu Joy. Offensichtlich hatte sie schon innerhalb der ersten paar Stunden herausgefunden, wer hier das Sagen hatte.

»Aber sicher doch, Liebes, du kannst knipsen, so viel du willst.« Joy lächelte, aber ich war sicher, einen Anflug von Unsicherheit in ihrem Gesicht gesehen zu haben. Sie wusste nicht so ganz, wie sie diese Frau, diese Unbekannte zu nehmen hatte, die plötzlich mitten in unserem Urlaub hier aufgetaucht war. Niemand hatte sie um Erlaubnis gefragt, und bis zu diesem Nachmittag hatte Joy noch nicht einmal geahnt, dass ihr Sohn überhaupt eine Freundin, geschweige denn eine Ehefrau hatte.

»Habt ihr Fotos von eurer Hochzeit?«, fragte ich. Hauptsächlich aus Höflichkeit, aber ich war auch neugierig darauf, Ellas Kleid zu sehen, Jamie in voller Hochzeitsmontur, die wunderbare italienische Landschaft als Kulisse.

»Eins oder zwei«, sagte Ella und fing an, sich durch ihr

Handy zu wischen, bis sie die Bilder gefunden hatte und mir hinhielt.

Ich erhob mich von Dans Sessellehne, um nach dem Telefon zu greifen, aber Ella hielt es fest und klopfte auf die Armlehne neben sich, damit ich mich zu ihr setzte. War das ein Machtspielchen oder wollte sie mir aus irgendeinem Grund einfach nur nicht ihr Handy überlassen?

Ich setzte mich dicht neben sie auf die Armlehne. Ein Geruch von Salz und Zitronen ging von ihr aus, ein Duft von Orten, an denen ich noch nie gewesen war, ein Hauch floraler Aromen, eine Idee von Jasmin. Sie roch, wie sie aussah – duftig, exotisch, unvergleichlich.

Während sie durch die Fotos scrollte, fiel mir ihre Designeruhr ins Auge, das Funkeln des großen Diamanten an ihrem Ringfinger. Ich fragte mich, wie sie da wohl »drangekommen« war. Die Sorte Geld hatte Jamie eigentlich nicht, vielleicht hatte er sich etwas geliehen? Oder vielleicht hatte Ella ja Geld? Aber sollte das der Fall sein, warum würde sie dann anderer Leute Schmuck stehlen? Ich versuchte, nicht an die Ohrringe zu denken, und konzentrierte mich stattdessen auf die Bilder von ihrer atemberaubenden Hochzeit vor der Kulisse einer italienischen Felsküste. Ich muss zugeben, dass ich sie schon ein wenig darum beneidete.

»Das hier war die Zeremonie«, sagte sie und tippte mit ihren langen, klar lackierten Nägeln auf den Bildschirm, wo sie als Brautpaar zu sehen waren: Sie in einem langen, zartrosafarbenen, ihre schlanke Figur und vollen Brüste betonenden Seidenkleid mit ausgebreiteter Schleppe, Jamie in einem Designeranzug, das Hemd mit offenem Kragen. Um sie herum standen ein paar andere Leute, wahrscheinlich Trauzeugen, die auf dem Bild aber nicht weiter ins Gewicht fielen. Braut und Bräutigam jedoch sahen aus wie Filmstars, wie sie da mit sonnengebräunter Haut vor der glitzernden Amalfiküste standen und mit ihren makellosen Zähnen in die Kamera lachten. Sie sahen unglaublich glücklich aus und jung und sexy und reich, und ich konnte mir nur ausmalen, wie ihr weiteres Leben wohl aussehen würde. Auf jeden Fall völlig anders als unseres.

Zwar behaupteten beide, ins Familienunternehmen einsteigen zu wollen, aber beim besten Willen konnte ich mir nicht vorstellen, wie sie dauerhaft im regnerischen Manchester einer geregelten Arbeit nachgehen würden. Jamie hatte in seinem ganzen Erwachsenenleben noch keinen festen Job oder Wohnsitz gehabt, und wenn ich mir Ella so ansah, schien es mir auch nicht gerade ihre Bestimmung zu sein, ihr Leben zwischen Arbeit und Kindern in einer Neubausiedlung am Stadtrand zu fristen. Nein, sie waren einfach völlig anders als wir. Ich stellte mir ihre Instagram-Profile vor mit Schwarz-Weiß-Bildern von einem geräumigen Pariser oder Mailänder Stadthaus mit Fensterläden. Und in diesem Liebesnest würden sie ganz wunderbare bilinguale Kinder zeugen, Ella würde nie fett werden und er nie das Interesse an ihr verlieren.

»Wunderschön«, presste ich hervor und versuchte, diese strahlende Braut mit der Frau in Einklang zu bringen, die ich vor wenigen Stunden noch dabei beobachtet hatte, wie sie Ohrringe aus dem Zimmer ihrer Schwiegermutter entwendete.

»Ich werde ein paar Abzüge für euch machen lassen«, sagte Ella, »dann habt ihr was zum Einrahmen.«

»Super, danke«, lächelte ich und ging wieder zur Armlehne des andern Sessels, wobei ich insgeheim hoffte, dass Dan mir seinen Platz anbieten und damit allen zeigen würde, dass er mich genauso liebte wie Jamie Ella. Tat er aber nicht.

»Bist du denn bereit für *echte* Arbeit?«, fragte er Jamie.

»Ich bin schon bereit auf die Welt gekommen«, gab dieser mit geschwellter Brust zurück – offenbar fühlte er sich in seiner Männlichkeit durch den älteren Löwen im Dschungel bedroht.

»Dann ist ja gut. Ich will nur hoffen, dass du weißt, worauf du dich da einlässt«, fügte Dan hinzu, der sicherlich ganz froh darüber war, dass Jamie sich endlich mal dem richtigen Leben stellen musste. Vielleicht hätte er seine Häme nicht ganz so offensichtlich zur Schau stellen sollen.

»Wenn du damit meinst, ob ich weiß, dass ich mich darauf einlasse, dir endlich mal zu zeigen, wie man die Dinge anpackt, Bruderherz, dann ja. Weiß ich«, erwiderte Jamie mit einem Grinsen, das verriet, dass er es nicht ganz ernst meinte.

»Wir werden ja sehen«, gab Dan ohne abmilderndes Grinsen zurück.

Das hatte ich zwischen Dan und Jamie noch nie erlebt. Bislang hatten sie ihre Geschwisterrivalitäten immer schlagfertig, aber letztlich herzlich ausgetragen, wohingegen nun eine gewisse Schärfe spürbar war. Jetzt, wo Jamie eine Frau hatte, der er imponieren wollte, mochte er sich offenbar nicht länger mit der Rolle des kleinen Bruders zufriedengeben.

»Tatsächlich haben Ella und ich schon viel über das Unternehmen geredet«, teilte er nun mit. Also hatte er *wirklich* vor, mit einzusteigen? Ich hatte das alles für billiges Geschwätz gehalten und konnte mir beim besten Willen nicht vorstellen, wie das funktionieren sollte – abgesehen davon, dass es sicher stressig für Dan werden würde, seinen jüngeren Bruder »auf Kurs« zu halten. »Ella hat einige sehr gute Ideen für Taylor's.«

Schnell drehte ich mich zu ihr um. Sie konnte sich doch nicht ernsthaft für unser kleines Immobilienunternehmen interessieren? Sie hatte doch sicher Bedeutenderes vor? War da nicht was mit Fotografie, Modelkarriere und Reality-TV gewesen?

»*Wunderbar*«, sagte Joy. An ihrem gequälten Lächeln konnte ich ablesen, dass sie es definitiv nicht so meinte. Im Leben würden Joy und Bob das Heft nicht wirklich aus der Hand geben. Wahrscheinlich trauten sie nicht einmal ihren Söhnen zu, dass diese nach ihrem Rückzug alles richtig machen würden, geschweige denn der neuen Schwiegertochter, von der sie so gut wie nichts wussten.

»Ideen?«, wiederholte Dan, der noch nicht einmal den

Versuch unternahm, seine Zweifel zu verbergen. »Dann lass mal hören, Ella.« Seine Stimme hatte einen neckischen Unterton und seine Augen funkelten. Aber warum? Fand er sie nun lächerlich oder faszinierend? Ich konnte es nicht ausmachen, aber jedenfalls lehnte er sich vor, um sich anzuhören, was sie zu sagen hatte.

Ella blickte von Jamies Ohr auf, das sie bis dahin liebkost hatte. »Na ja, Jamie hat mir alles über Taylor's erzählt, und mein Eindruck ist, dass da beim Marketing noch Luft nach oben ist.« Sie setzte sich etwas aufrechter hin, gerade so, als wäre dies ein Vorstellungsgespräch, das Dan mit ihr führte und bei dem sie ihn beeindrucken wollte, bei dem sie ihn davon überzeugen wollte, dass sie es ernst meinte. »Die Sache ist, ihr braucht eine neue Website, ihr müsst auf Instagram und allen Social-Media-Plattformen aktiv sein ... Heutzutage *muss* man einfach interagieren, man muss Fragen stellen ... zum Beispiel ›Hier das neue Penthouse, das bei uns zum Verkauf steht, könnt ihr erraten, welcher Architekt es entworfen hat ...‹.«

»*Penthouse?*« Ich konnte mir ein Grinsen nicht verkneifen und schaute mich im Zimmer nach weiteren ungläubigen Gesichtern um, aber alle guckten nur zu Ella.

»Clare, jetzt hast du meinen Gedankengang unterbrochen«, schnappte sie und hielt sich recht dramatisch die Hände an die Schläfen.

»Entschuldigung«, nuschelte ich und hielt dann meinen Mund, während alle anderen höflich darauf warteten, dass sie weitersprechen würde. Selbst die Jungs waren still, was aber wohl mehr damit zu tun hatte, dass sie in irgendein Spiel auf dem iPad vertieft waren.

Violet hingegen saß mit angehaltenem Atem da und hing gespannt an den Lippen ihrer neuen Heldin. »Du hast was von einem Architekten gesagt ... in einem Penthouse«, half sie Ella auf die Sprünge.

»Ja ... genau, das war's. Danke, Vee.«

Das irritierte mich ein wenig. Ihr Name war bitteschön Violet. Oder stellte ich mich über Gebühr an?

»Ja ... also«, fuhr Ella nun fort, »... das Penthouse. Ich würde mich also zum Beispiel mit einem Farbenhersteller zusammentun und eine Werbeaktion mit denen machen – so was wie ›Für welche Farbpalette würdest *du* dich entscheiden, wenn das hier dein neues Zuhause wäre? Teil es uns in den Kommentaren mit und gewinne Farbe für ein ganzes Jahr!‹ Versteht ihr?« Fragend schaute sie umher und nickte aufmunternd. »Man stellt den Followern halt irgendwelche Fragen, und wenn sie den Scheiß umsonst wollen, müssen sie antworten?«

Als das Wort »Scheiß« fiel, warf Violet mir einen schnellen Blick zu und konnte sich ihr Grinsen nicht ganz verkneifen, aber ich zuckte mit keiner Wimper. Joy hingegen schon. »Taylor's gründet auf altmodischen Werten, Ella, da haben Instagram und Twitter bislang einfach nicht eine so große Rolle gespielt«, sagte sie.

»Aber es stimmt, dass wir das mit den sozialen Medien stärker in Angriff nehmen müssen«, wandte Dan ein. Dem konnte ich nur zustimmen, und Dan und Jamie würde die Aufgabe zufallen, das Unternehmen auf eine Weise zu modernisieren, die es ihm ermöglichen würde, mit den Größten und Besten Schritt zu halten. Und die sozialen Medien konnten dabei ein höchst wirkungsvolles Werkzeug sein.

Ella strahlte Dan an. »Du hast ja so recht.« Sie lächelte, und die beiden tauschten einen Blick, dass mir ganz flau wurde.

»Ja, natürlich müssen wir das in Angriff nehmen«, wiederholte ich – einfach um auch etwas zu sagen und mich dazwischenzudrängen. »Ich werde mich darum kümmern, wenn ...«, fing ich an, aber sie ignorierte mich und fiel mir ins Wort.

»Mit *meinen* Followern mache ich das auch so. Ich bringe sie dazu, mit mir zu interagieren, indem ich sie Sachen frage. Welchen Bikini ich tragen soll, welcher BH mir am besten steht.« Sie strich sich mit den Händen über den Busen, während Dan gebannt lauschte. »Ich frage sie, was ich ihrer Meinung nach zu einer Party anziehen soll, oder zu einem Date ... also, das war natürlich vor Jamie.« Plötzlich fiel er ihr wieder ein und sie tätschelte ihm das Knie, was ihm zu reichen schien – jedenfalls lächelte er liebevoll zurück.

»Wow, das hört sich genial an«, sagte Dan, der sie ansah, als hänge sein Leben von ihren Worten ab. Ich kannte diesen Blick, denn es hatte auch Zeiten gegeben, in denen er mich auf diese Weise angesehen hatte, was ich im ganzen Ehe- und Kinderchaos nur vergessen hatte. Mein Mann übte auf Frauen eine unwiderstehliche Wirkung aus. »Wir bei Taylor's können uns möglicherweise nicht leisten, dich *und* Jamie zu bezahlen, also nehmen wir einfach nur dich, Ella«, sagte er lachend.

Ella strahlte über das ganze Gesicht.

»Einen Instagram-Account haben wir ja schon«, rechtfertigte ich mich. »Jetzt nicht mit so vielen Followern wie du, aber es läuft eigentlich ganz gut. Und interagieren und Fragen stellen tue ich auch ...« konkretisierte ich vorsichtig, eine einsame Stimme auf weiter Flur. »Ich habe nur nicht die Zeit, mich jeden Tag darum zu kümmern. Das mit den sozialen Medien mache ich an meinen freien Tagen.«

»Ja – euren Social-Media-Auftritt kenne ich. Und, also, nichts für ungut, Clare, aber ... na ja, an deinen freien Tagen? Also jetzt echt, das ist nun wirklich nichts, was ein Unternehmen so nebenbei laufen lassen sollte, mal eben zwischen Wäsche und Kochen.«

Das trieb mir doch ein wenig die Röte ins Gesicht. »Ich habe nun mal einen Job – ich bin Krankenschwester«, setzte ich mich zur Wehr. »Ich arbeite Vollzeit und habe lange Schichten. Beim besten Willen könnte ich nicht mehr Zeit in die Website stecken, als ich es bereits tue.« Ich versuchte, ruhig zu bleiben und mir nicht an meiner Stimme anmerken zu lassen, wie sehr mich ihre Bemerkung geärgert und verletzt hatte.

»Ganz genau, du bist halt mit anderem beschäftigt ... und

mir scheint, du machst auch so schon genug«, sagte sie auf eine Weise, die mir ein wenig gönnerhaft vorkam. »Nein, Clare, du gibst dir wirklich Mühe, und wow ... alles neben deiner Arbeit als Krankenschwester? Bei den ganzen Betten, die man da machen muss, ... du musst echt k. o. sein. Aber mal im Ernst, Leute, die Website muss professionell betrieben werden, das kann man nicht als Hobby machen. Jetzt nichts gegen dich, Clare, versteh mich nicht falsch.«

Nicht falsch verstehen? Im Gegenteil, ich verstand sehr gut und fühlte mich *extrem* angegriffen, zwang mich aber, nichts zu sagen.

»... mondäner, interaktiver, Taylor's muss größere Kunden anziehen.« Sie war immer noch nicht fertig. »Und vor allem Kunden, die an größeren Immobilien interessiert sind ... an Spitzenimmobilien.«

»Grundsätzlich stimme ich dir ja zu, Ella«, sagte ich, immer noch von meiner Armlehne aus. »Aber wir sind nun mal ein kleines Unternehmen. Ja, wir bräuchten jemanden dafür, aber wir können niemanden bezahlen«, erklärte ich und erwartete, dass Dan mir zustimmen würde, immerhin gab ich ja nur wieder, was er selbst immer gesagt hatte.

»Ihr könnt euch nicht leisten, jemanden dafür zu bezahlen, weil euer Social-Media-Auftritt so schlecht ist, dass ihr nicht genug Kunden an Land zieht«, seufzte sie gelangweilt, als hätte sie mir das alles schon tausend Mal erklärt.

»Vielleicht, aber wir haben auch deshalb nicht so viele Follower, weil sich die meisten unserer Kunden halt nicht auf Instagram herumtreiben. Wahrscheinlich wissen sie noch nicht einmal, was das überhaupt *ist*«, fügte ich noch hinzu, wohl wissend, dass es wahrscheinlich besser wäre, einfach den Mund zu halten und es dabei bewenden zu lassen, aber ihre Kritik hatte mich einfach zu sehr getroffen. Wieder schaute ich mich um in der Hoffnung, irgendjemand würde mich unterstützen und bestätigen, was ich gerade gesagt hatte, aber wie eben schon kam von den anderen kein Mucks, und Dan starrte Ella so intensiv an, dass ich bezweifelte, dass er mir überhaupt zugehört hatte.

»Ach, Clare«, sagte Ella, als hätte ich gerade etwas absurd Lächerliches von mir gegeben. »Wenn die meisten unserer Kunden nicht wissen, was Instagram ist – dürfte ich vielleicht vorschlagen, dass wir uns langsam mal nach anderen Kunden umsehen?«

»Entschuldigung, aber ...«, hob ich an, doch Jamie unterbrach mich. »Lass Ella doch einfach mal ausreden.« Niemand widersprach ihm. Nacheinander schaute ich die anderen Familienmitglieder an, um ihre Reaktionen auf die ganze Sache einordnen zu können. Dan war hin und weg, Joys Gesicht ließ keine Regung erkennen, und Bob wirkte einfach nur verwirrt.

Ella warf Jamie ein dankbares Lächeln zu und drehte sich zu mir. »Schau mal, Clare. Ich mache dir ja gar keinen Vorwurf daraus, dass das mit Social Media nicht läuft, aber ein Unternehmen wie Taylor's braucht einen ... jüngeren, frischeren Ansatz. Wir brauchen neue Ideen, wir brauchen mehr Drive.« Das alles sagte sie mit dem sanften Tonfall, mit dem man einem Kind gegenüber komplexe Sachverhalte zu erklären versucht. »Du möchtest doch nicht *abgehängt* werden, oder?« Irgendetwas in der Art, wie sie das sagte, wirkte, als bezöge sie sich dabei nicht ausschließlich auf die Bedeutung der sozialen Medien.

Jamie nickte zustimmend und Ella warf die Haare zurück. Ich hatte immer mein Bestes gegeben, um das Familienunternehmen zu unterstützen, aber vielleicht war mein Bestes ja nicht gut genug gewesen? Weder Dan noch Bob noch Joy verteidigten mich. Vielleicht waren sie alle der Ansicht, dass Ella recht hatte, dass sie wirklich jemanden brauchten, der jünger war und neue Ideen mitbrachte, eben jemanden wie Ella. Vielleicht war ja wirklich etwas dran an dem, was sie sagte, und vielleicht, wirklich nur vielleicht, nahm ich die ganze

Sache einfach nur viel zu persönlich. Möglicherweise wollte sie wirklich nur helfen, und wer war ich denn, dass ich zu wissen glaubte, was funktionieren würde und was nicht? Immerhin war sie die Expertin.

»Okay«, sagte ich mit einem Lächeln und erhob mich von Dans Armlehne. »Ich glaube, wir alle wollen die Arbeit im Urlaub außen vor lassen und entspannen. Können wir ab jetzt vielleicht wieder einfach nur über Sonnencreme und Gin reden?«, fragte ich. »Und da wir gerade von Gin sprechen – will jemand noch einen Drink?«

»Eine hervorragende Idee«, rief Joy mit Erleichterung in der Stimme, während Ella zu Jamie schaute, der ihr beschwichtigend die Hand auf den Arm legte.

Alle wollten sie noch einen Drink, und während ich die Gläser befüllte und herumreichte, versuchte ich, mir nichts davon anmerken lassen, dass ich gerade vor versammelter Mannschaft gehörig Prügel hatte einstecken müssen. Ich hoffte, dass das alles nur Anfangsschwierigkeiten waren, wie sie schon mal vorkommen konnten, wenn sich Leute neu kennenlernten und erst noch herausfinden mussten, wie sie jeweils tickten. Ich hoffte, dass es auch eine einfache Erklärung für die Sache mit Joys Ohrringen gab. Vielleicht würden Ella und ich irgendwann, wenn wir einander besser kannten, auf unsere erste Begegnung zurückblicken und gemeinsam darüber lachen? Ich hoffte, dass wir Freundinnen werden konnten, vielleicht sogar Schwestern. Ich hatte ja selbst keine Familie mehr, weshalb mir die Taylors auch so wichtig waren.

Nachdem mein Vater ums Leben gekommen war, war unsere Familie zerbrochen. Ich war alt genug gewesen, um die Erinnerung an meinen Vater in mir wach zu halten, und ich wusste, dass mein Leben reicher gewesen wäre, wenn uns mehr Zeit miteinander vergönnt gewesen wäre. Schon als ich noch ein kleines Mädchen war, hatte er mir von Dingen und Gedanken erzählt, die ich damals noch gar nicht in ihrer Gänze begreifen konnte. Erst später lernte ich zu schätzen, was er mir damit fürs Leben mitgegeben hatte. Eine meiner »Lieblingsgeschichten« war die vom Schmetterling. »Erzähl mir nochmal das vom Schmetterling«, forderte ich ihn immer wieder auf, worauf er lächelte und mir erklärte, wie ein Schmetterling, der in China mit den Flügeln schlägt, letztlich einen Hurrikan in Amerika auslösen konnte. Ich war fasziniert von dieser Vorstellung, und oft spielten wir ein Spiel, bei dem wir uns selbst alle möglichen Dinge ausmalten, die dadurch irgendwo auf der Welt passieren konnten. Heute weiß ich, dass das mehr war als nur ein Spiel: dass mein Dad mir damit auch etwas beibrachte, mich dafür sensibilisierte, die Verantwortung für meine Handlungen zu übernehmen und mir der Folgen dessen, was ich tue, bewusst zu werden. »Im Leben geht es immer um Konsequenzen, Clare. Alles, was du tust, wirkt sich irgendwo auf der Welt irgendwie auf jemanden aus, wie bei dem Schmetterling«, pflegte er zu sagen. Damals verstand ich noch nicht wirklich, was er mir damit vermitteln wollte, aber je älter ich wurde, desto mehr Sinn ergab es für mich. Und durch alles, was letzten Sommer passiert ist, sind mir die Konsequenzen unserer Handlungen noch einmal mit besonderer Deutlichkeit vor Augen geführt worden und ich habe verstanden, wie das leiseste Flattern eines Schmetterlings zu den unvorstellbarsten Dingen führen kann.

7

In den paar Tagen vor Ellas und Jamies Ankunft war es mir zur angenehmen Gewohnheit geworden, jeden Morgen gegen halb sieben, während die anderen noch schliefen, hinunter auf die Terrasse zu gehen. Um diese Zeit war es dort perfekt, so ruhig und friedlich, der Pool spiegelglatt, die Bäume regungslos, die Vögel erwachten allmählich zum Leben und alles war noch so neu und frisch und unberührt. Ich bereitete mir auf dem Herd immer eine Kanne echten italienischen Kaffee zu, griff mir mein Buch und einen Stuhl, und dann saß ich einfach da und genoss die Ruhe. Dieser Teil des Tages bedeutete mir wirklich viel, weshalb ich am Morgen nach Ellas und Jamies Ankunft unwillkürlich etwas enttäuscht war, als ich mit meinem Kaffee nach draußen trat und dort auf Ella stieß, die bereits auf der Terrasse war. Nicht nur sah sie atemberaubend aus in ihrer korallfarbenen Yogakleidung aus Lycra, sondern sie stand auch noch vornübergebeugt und berührte ihre Zehen mit den Händen – wozu ich selbst seit etwa 1998 nicht mehr in der Lage war.

»Oh, ich hatte nicht damit gerechnet, dass jemand hier ist«, sagte ich, woraufhin Ella sofort aufschnellte.

»Hast du mich aber erschreckt, Clare«, lachte sie.

»Entschuldigung«, sagte ich, stellte meinen Kaffee ab und setzte mich mit meinem Buch an den Tisch.

Sie sah wirklich gut aus, keinerlei Tränensäcke, und selbst ohne Make-up war ihre Haut makellos, völlig glatt, ohne jede Falte. Ihre Nägel hatte sie heute in einem glänzenden Cappuccino-Ton lackiert, und fast automatisch wanderte mein Blick zu meinen eigenen Nägeln, die mir in einem nur als grell beschreibbaren Korallenrot entgegenleuchteten. Als ich den Nagellack bei Boots gekauft und ein paar Tage zuvor aufgetragen hatte, war mir die Farbe noch schön und sommerlich vorgekommen, aber dank Ellas elegant zurückhaltender Cappuccino-Nägel schämte ich mich nun dafür.

»Schön hier, nicht?«, sagte sie. Die Hände in die schmalen Hüften gestemmt und mit straffem Bauch stand sie vor mir.

»Ja, wir haben echt Glück. Jedes Jahr buchen Joy und Bob einen Urlaub und laden uns dann dazu ein.« Ich lächelte.

»Wie nett«, sagte sie. Dann beugte sie sich zu mir vor und fragte flüsternd: »Sind sie in Ordnung? Also, Joy und Bob? Sie machen ja einen netten Eindruck, aber ...«

»Ja, ich mag sie gern, sie sind wirklich sehr nett.«

»Joy kann aber manchmal ein bisschen erdrückend sein, oder?«

»Schon, aber wenn man sie erst einmal etwas besser kennt ...«

»Ist sie ein bisschen herrisch?« Sie lächelte.

Darauf musste ich lachen. Das hatte Ella sofort richtig erkannt. »Ja, das stimmt, ein bisschen herrisch ist sie wirklich, und wenn man sie lässt, dann kann sie einen auch ganz schön herumkommandieren. Aber im Grunde ist sie wirklich sehr nett und hilfsbereit. Sie kann auch sehr witzig sein, mit seiner Schwiegermutter kann man es wirklich schlechter treffen. Ich habe eine Freundin, deren Schwiegermutter ...« Aber bevor ich meinen Satz zu Ende bringen konnte, hatte sich Ella schon davongemacht und ging auf die andere Seite der Terrasse. Dort angekommen schloss sie die Augen und stellte sich mit ausgebreiteten Armen hin. Das kam mir schon etwas unhöflich vor, aber offenbar hatte sie keine Lust, mit mir über die Schwiegermutter meiner Freundin zu tratschen. Na, wie auch immer, dachte ich, dann konnte ich wenigstens weiterlesen.

»Machst du Yoga?«, fragte ich beim Umblättern.

»Nee, ich back hier nen' Kuchen.«

Überrascht blickte ich auf.

Sie öffnete die Augen. »Ja, ich mache Yoga, Clare.« Sie verdrehte die Augen und lächelte. Ich nickte und lächelte zurück – das war wohl wieder ihr besonderer Humor. »Was liest du da?«, fragte sie, während sie sich streckte und den ganzen Körper dehnte.

»Ach das, das ist ein Buch, das ich hier in der Villa gefunden habe, bisschen Lokalgeschichte.«

»Sieht gut aus. Ich frage mich, ob ich das vielleicht für mein Bücherregal zu Hause stibitzen kann? Joy hätte doch nichts dagegen, oder?« Inzwischen hatte sie die Arme hinter dem Kopf verschränkt und drückte ihren straffen, bronzefarbenen Bauch nach vorne durch.

»Du musst es gar nicht mitnehmen«, antwortete ich. »Lies es doch, während du hier bist. Ich bin fast durch.«

»Ach, *lesen* will ich es gar nicht«, lachte sie. »Mir geht's um das Cover, das ist voll schön. Tolle Farbe, würde sich voll gut auf meinen farblich sortierten Bücherregalen machen. Die kommen auf Social Media super rüber.«

»Ach so«, sagte ich und sah zu, wie sie ihre Gliedmaße in alle möglichen und unmöglichen Positionen verdrehte. Ich stellte mir vor, wie sie und Jamie auf dem Einzelbett miteinander Sex hatten. So viel zu Dans Vorhaben, ihnen unser Kingsize zu überlassen (was er, wie ich hoffte, schon wieder vergessen hatte). Ohne Frage konnte Ella bei ihrer Beweglichkeit selbst in einem schmalen Bett kreativ sein. »Ich würde mal davon ausgehen, dass die Besitzer eine Inventarliste haben und hinterher abgleichen«, sagte ich zur Warnung für den Fall, dass sie wirklich vorhatte, das Buch mitzunehmen. Wieder musste ich an die Ohrringe denken, verdrängte den Gedanken aber wieder. Je mehr ich darüber nachgrübelte, desto unsicherer wurde ich, ob sie sie wirklich gestohlen hatte – ich konnte mich auch getäuscht haben.

»Die Besitzer gleichen eine Inventarliste ab? Sind das denn nicht Joy und Bob?« Für einen Moment unterbrach sie ihr Stretching, um mich anzusehen.

Ich lachte. »Nein, die Villa *gehört* ihnen nicht, sie haben sie nur gemietet«, klärte ich sie auf, woraufhin sie sich für irgendeinen Oberschenkel-Stretch von mir abwendete, so dass mir ihre Reaktion darauf verborgen blieb.

»Wo sind deine nach Farben sortierten Bücherregale eigentlich jetzt gerade?«, fragte ich, um das Thema zu wechseln.

»Was?«

»Deine Bücherregale. Sind sie zu Hause ... oder eingelagert, wo wohnst du überhaupt?«

Sie hielt einen Moment inne und begann dann, ihr Bein auf eine Weise um ihren Kopf zu wickeln, die ich für unmöglich gehalten hätte. Nach einer Weile sagte sie: »Eingelagert«.

»Oh, dann wohnst du also gerade nirgendwo?«

Keine Antwort.

»Wo kommst du her?«, fragte ich nun etwas direkter.

»Früher habe ich mal in Manchester gewohnt, ich besitze eine Wohnung in London ... Ein kleines Apartment in New York ...«

»Wow, echt? Das wusste ich gar nicht.«

»Woher auch?«

Ihre Heftigkeit irritierte mich ein wenig, aber wahrscheinlich versuchte sie nur, sich zu konzentrieren. Eigentlich wollte ich gar nichts weiter sagen, aber meine Neugierde war geweckt.

»Es ist nur ... Das finde ich überraschend. Zwei Wohnungen? Scheint mir recht viel zu sein für dein Alter.«

»Findest du? Ich gehöre halt einer anderen Generation an als du – wir fackeln nicht lange, Clare. Ich hab mein Geld gemacht, bevor ich fünfundzwanzig war. In New York wollte ich ein Apartment haben, weil mein Vater dort Anwalt ist.«

»Ach, ist er New Yorker?«

»Durch und durch.«

»Und du und Jamie, ihr habt gar nicht vor, nach London zu ziehen ... in deine Wohnung?«

»Fragen über Fragen, Clare ...«

»Entschuldigung, ich will ja gar nicht rumschnüffeln. Ich meine ja nur – wenn du zwei Wohnungen hast, warum wohnst du dann in keiner von beiden?« Sie vermittelte mir das Gefühl, zu viele Fragen zu stellen, wo ich doch nur versuchte, sie besser kennenzulernen. Ich fragte mich, was eine Jetsetterin wie Ella mit ihrem Lifestyle dazu brachte, sich am Stadtrand von Manchester niederzulassen und in einem kleinen Familienunternehmen mitzuarbeiten, wenn sie stattdessen auch in den beiden spannendsten Städten der Erde wohnen könnte.

Sie gab mir keine Antwort, sondern machte weiter damit, sich die Beine um den Körper zu wickeln. Manchmal konnte ich etwas neugierig rüberkommen, und es war ihr gutes Recht, mir nicht gleich alles über sich preisgeben zu wollen. Ich nahm mir vor, mich für den Moment auf unkompliziertere Themen zu beschränken. Wer weiß, vielleicht würde ich mit der Zeit ja ihr Vertrauen, wenn nicht sogar ihre Freundschaft gewinnen. Es würde uns das Leben deutlich erleichtern, wenn wir beide miteinander auskamen.

»Wahrscheinlich ist es das ganze Yoga, das dich so schlank hält, oder?«

»Ja, Yoga und dann natürlich der *fantastische* Sex«, antwortete sie, während sie mich mit den Augen fixierte und langsam ihre Beine weit spreizte.

»Ich frage mich, ob ich nicht auch mit Yoga anfangen sollte«, sagte ich und gab mir alle Mühe, ihren herausfordernd präsentierten Schritt zu ignorieren. »Es ... vielleicht würde es mir ganz guttun?«

»Schon möglich?« Endlich schloss sie die Beine wieder. »Wobei ältere Menschen echt aufpassen müssen, Clare. Ich würde dir empfehlen, dich ausgiebig aufzuwärmen, um deine Muskeln ein bisschen geschmeidiger zu machen, besonders wo du ja in den Wechseljahren bist.«

»Bin ich gar nicht«, patzte ich sie an.

»Oh, Entschuldigung, aber du bist doch schon in dem Alter, oder?«

War sie jetzt gehässig oder einfach nur taktlos?

»Ich bin gerade mal einundvierzig, Ella«, sagte ich und wischte mir heimlich den Schweiß vom Nacken, schließlich sollte sie bloß nicht auf die Idee kommen, ich könnte eine Hitzewallung haben.

»Entschuldigung, Clare, aber hättest du was dagegen, nicht zu reden?«

»Alles klar, kann ich verstehen«, sagte ich, immer noch vom Positiven ausgehend. »Deswegen setze ich mich morgens auch immer allein hier raus. Damit ich mich konzentrieren kann. Keine Kinder und keine Patienten.« Ich lächelte.

»Genau. I feel you«, sagte sie, während sie immer noch ihren Körper verdrehte. »Ich muss mich hier konzentrieren. Und mich darüber zu unterhalten, wie toll deine Kinder in der Schule sind oder wie viele Betten du letzte Woche im Krankenhaus gemacht hast, lenkt mich nun mal ab. Danke für dein Verständnis.«

Ich konnte kaum fassen, was sie da gerade gesagt hatte. Machte sie Witze?

Ich schaute sie an, und eine Zeit lang blieb ihr Gesicht völlig ausdruckslos. Offenbar hatte sie es ernst gemeint, und ich würde nicht einfach so dasitzen und mir alles gefallen lassen.

»Wow!«, rief ich aus.

»Was?«

»Das war jetzt aber schon ein bisschen unverschämt.«

Für einen Moment schaute sie mich an, als wollte sie etwas sagen, schien es sich dann aber anders zu überlegen und riss stattdessen die Augen auf. »OMG, Clare, ich hab dich doch nur ein bisschen auf den Arm genommen. Ich habe dich doch hoffentlich nicht gekränkt, oder?«, rief sie aus und hielt sich erschrocken die Hand vor den Mund.

Fand sie die Vorstellung, mich gekränkt zu haben, wirklich so schrecklich oder machte sie sich nur über mich lustig? Ich wollte ihr nichts unterstellen und weiterhin davon ausgehen, dass sie nicht gehässig sein wollte. »Kann sein, dass du manchmal Sachen sagst, die andere in den falschen Hals bekommen«, sagte ich freundlich. »Was dir witzig erscheint, kommt bei anderen vielleicht nicht immer so witzig an, sondern wirkt einfach nur unverschämt auf sie.«

»Auf dich vielleicht«, fauchte sie, ohne mich eines Blickes zu würdigen. Vielleicht hatte ich sie in Verlegenheit gebracht, was nicht meine Absicht gewesen war. Aber dann schien sie sich wieder zu fangen, schaute hoch und schenkte mir ein schiefes Lächeln. »Hey, tut mir leid.« Sie kam rüber zu mir und berührte mich an der Schulter.

Noch immer war ich mir nicht sicher, wie ernst es ihr gewesen war, aber Dan sagte auch immer, ich würde mir alles zu sehr zu Herzen nehmen. Vielleicht hatte er ja recht. Ich musste mich einfach mal zusammenreißen.

»Wahrscheinlich habe ich einfach nur einen anderen Humor als du«, lenkte ich ein.

»Tja, da solltest du dich besser dran gewöhnen, Clare.« Sie nahm ihre Übungen wieder auf, und mit dem Rücken zu mir sagte sie: »So bin ich nun mal.« Noch bevor ich darauf reagieren konnte, rief sie: »Scherz!«

»Nicht witzig«, rief ich im selben Singsang zurück und wandte mich wieder meinem Buch zu.

»Hey, Clare«, sagte sie wenige Minuten später. »Wenn du willst, kannst du mitmachen, solange du dich ordentlich aufwärmst und nicht dabei redest. Vielleicht kann ich dir helfen, was gegen deine Wampe zu unternehmen?«

Da wurde mir klar, dass Ella nicht einfach nur taktlos war oder einen eigenwilligen Humor hatte, sondern dass alles genau so beabsichtigt war. »Danke«, presste ich durch ein verkniffenes Lächeln hervor. »Geht schon.«

»Okay, jetzt brauch ich Ruhe«, erwiderte sie und fing an, vor sich hin zu summen.

»Ich brauch auch Ruhe«, sagte ich mürrisch und schaute wieder in mein Buch, aber Ella reagierte nicht mehr darauf. Sie schien völlig vertieft in ihre Übungen zu sein, wedelte mit den Armen umher und warf sich in alle möglichen Positionen. Das lenkte mich dermaßen ab, dass ich mein Buch Buch sein ließ und ihr zusah.

»Solches Yoga hab ich ja noch nie gesehen«, sagte ich. Diesen Kommentar konnte ich mir einfach nicht verkneifen.

»Das hätte mich auch gewundert, da muss man schon echt gelenkig für sein. Hab ich gelernt, als ich in L. A. gewohnt habe.«

»L. A. – du hast in L. A. gewohnt?«, fragte ich und ging geflissentlich über die Anspielung hinweg, dass es mir an Gelenkigkeit mangelte. Dem hätte ich ohnehin nicht wirklich etwas entgegenzusetzen gehabt. »Meine Güte, du hast ja echt schon eine ganze Menge in dein Leben gepackt.«

Keine Reaktion.

»Entschuldige, Ella ... Ich weiß, dass ich dich mit Fragen löchere.« Ich zwang mich zu einem Lächeln. »Es ist nur, weil ... na ja, vorhin hattest du ja gesagt, dein Dad sei New Yorker, aber ich hätte schwören können, dass er gestern noch Italiener war – aus Sorrent?«

»*Was* hast du da gesagt?«, fragte sie und starrte mir direkt in die Augen, was ich als bedrohlich empfand.

»Ich mein ja nur, wie kann er New Yorker sein ›durch und durch‹ und gleichzeitig auch waschechter Italiener ›durch und durch‹?« Ich hielt ihrem Blick stand und starrte zurück.

»Nennst du mich etwa eine Lügnerin, Clare?« Sie unterbrach ihre Übungen, stand auf und kam mit in die Hüften gestemmten Händen sehr konfrontativ auf mich zu.

»Nein ... das sag ich ja gar nicht«. Ihre Reaktion hatte mich doch etwas erschreckt, mit einem Mal war alles anders geworden.

»Du musst sehr vorsichtig sein, Clare.« Ellas Stimme hatte plötzlich einen bedrohlichen Tonfall angenommen und sie kam noch näher an mich heran. Sie baute sich so dicht vor mir auf, dass sie die Sonne vollständig verdeckte. In wenigen Augenblicken war aus einem verbalen Schlagabtausch etwas weit Finstereres geworden.

Ich hielt den Atem an. Mit ihrem schönen Gesicht war sie jetzt so nah an mir dran, dass ich sehen konnte, wie ihre botoxglatte Stirn in perfekt gebogene Augenbrauen überging. Aber in ihr war etwas hässlich geworden. Ihre leuchtenden Augen waren jetzt kalt und hart, die perfekte Haut verknittert, weil sich über ihrer Nase wütende Zornesfalten eingruben.

Dann lehnte sie sich zu mir vor, bis sie mit ihrer Nase fast die meinige berührte. Langsam zeigte sie mit zwei Fingern erst auf ihre Augen, dann auf meine, als wollte sie sie mir aushöhlen. »Ich sehe dich«, sagte sie und blieb deutlich zu lange in meinem Gesicht. Endlich richtete sie sich wieder auf. »Ich wette, dass du nachts kaum ein Auge zubekommst«, zischte sie.

Wie gebannt starrte ich ihr in die Augen. Ich wagte nicht, mich zu rühren, das Herz schlug mir bis zum Hals. Am liebsten hätte ich sie umgestoßen, ich wollte weglaufen, flüchten – aber ich konnte nicht. Ich war dort, in ihrem Schatten. Immer noch auf meinem Stuhl, mein Buch fest umklammert.

»Du glaubst doch nicht etwa, dass Jamie und ich irgendwelche Geheimnisse voreinander haben? Nein, wir reden über *alles*.« Sie grinste. »Auch über *dein* schmutziges kleines Geheimnis. Also solltest du vielleicht langsam mal anfangen, nett zu mir zu sein.«

8

Später fuhr Dan mit den Kindern zum Frühstücken ins nahegelegene Dorf, wo es ein tolles Café geben sollte, das Pfannkuchen im Angebot hatte, weshalb die Kinder es unbedingt einmal ausprobieren wollten. Unter normalen Umständen wäre ich mitgefahren, aber ich war so verstört, dass ich Zeit für mich brauchte, um nachdenken zu können. Die nächsten beiden Stunden brachte ich damit zu, mir Sorgen zu machen und die Kleidung der Kinder in der kleinen Küche zu waschen, wo ich stumpf vor mich hin rubbelte und der Panik darüber Herr zu werden versuchte, dass Ella wusste, was ich so lange verborgen gehalten hatte. Wusste sie wirklich *alles*? Bestimmt bluffte sie nur. Was um Himmels Willen hatte Jamie ihr wohl erzählt? Selbst wenn sie nur teilweise Bescheid wusste, war ich in der Bredouille. Wenn ich sie gegen mich aufbrachte, musste ich damit rechnen, dass sie allen davon erzählen und damit mein Leben und meine Familie zerstören würde. Sie war niederträchtig, und mir war klar, dass ich ihr nicht trauen konnte. Aber ich musste nun unbedingt versuchen, den Frieden zu wahren, zumindest bis zum Ende des Urlaubs. Wenn ich mir wirklich Mühe gab, mich mit ihr anzufreunden, vielleicht würde sie dann den Mund halten? Aber die bloße Erinnerung an ihr hasserfülltes Gesicht und die Art, wie sie mir fast mit den Fingern in die Augen gestochen hätte, machten mir diese Hoffnung zunichte, denn obwohl sie mich noch so gut wie gar nicht kannte, hasste sie mich bereits.

Ich nahm mir vor, den Ohrringdiebstahl vorerst für mich zu behalten und ihn erst einzusetzen, wenn es nötig werden sollte. Ich würde den geeigneten Moment abwarten und Ella derweil weiter beobachten und mehr darüber in Erfahrung bringen, wer sie wirklich war – und so mich und mein Geheimnis schützen.

Als ich etwas später mit der Wäsche fertig war und nur Joy am Pool liegen sah, hielt ich es für sicher, ebenfalls nach draußen zu gehen. Aber nur wenige Minuten, nachdem ich es mir bequem gemacht hatte, tauchte auch Ella auf, wie eine Erscheinung.

»Hey«, säuselte sie im Näherkommen.

»Hi. Es ist immer noch so heiß«, sagte ich und tat so, als wischte ich mir den Schweiß von der Stirn – ich wollte ihr unbedingt zeigen, dass ich ihr nichts nachtrug.

»Ja, wobei, ich liebe Hitze«, gab sie zurück und klapperte in ihren Flipflops auf uns zu, blieb dann aber wenige Schritte vor uns stehen und drehte sich um, um die Villa zu betrachten. In den wenigen Sekunden Stille, die dadurch entstanden, bekam ich Angst, sie könnte gleich vor Joy irgendetwas ausplaudern, also warf ich schnell ein bisschen harmloses Geplänkel zum Wetter ein, um die lockere Stimmung aufrechtzuerhalten.

»In der hellen Sonne sieht die Villa besonders prächtig aus, findest du nicht?«, sagte ich. Keine Reaktion, also versuchte ich es weiter. »Hast du schon Bilder von der Villa gepostet?«, fragte ich fröhlich, bevor mir klar wurde, dass sie gar nicht die Villa ansah, sondern sich nur umgedreht hatte, um ein Selfie zu machen.

Leicht irritiert schaute sie mich an.

»Hättest du was dagegen, wenn ich dir auf Instagram folge, damit ich mir die Fotos von der Villa ansehen kann?« Damit hoffte ich natürlich, sie mir gewogen zu halten, aber ehrlich gesagt wollte ich zum Teil auch einfach nur mehr über sie erfahren. Immerhin behauptete sie ja auch, *meine* Geheimnisse zu kennen.

Sie zuckte mit den Achseln. »Klar, kein Problem. Wusste gar nicht, dass du einen Account hast, Clare.« Sie nahm auf Joys anderer Seite Platz und schaute mit einem Duckface auf ihr Display.

»Tja, selbst langweilige Mütter dürfen sich auf Instagram herumtreiben«, sagte ich lächelnd.

»Oh, Clare, tut mir leid. Da hab ich dich gestern Abend richtig mit getroffen, nicht? Ich kann manchmal echt taktlos sein. Bitte vergiss einfach, was ich gesagt habe – von wegen, dass du Teilzeithausfrau bist oder was auch immer.«

»Schon vergessen«, sagte ich und fragte mich, ob sie vielleicht auch schon vergessen hatte, wie sie wenige Stunden zuvor noch mit mir gesprochen hatte.

»Es ist nur, du fühlst dich einfach echt voll schnell angegriffen«, fügte sie hinzu. »Ich wusste ja nicht, dass du so superempfindlich bist, aber ich verspreche hoch und heilig, dass ich ab jetzt keine Witze mehr darüber reiße, dass du deine ganze Zeit mit Kochen und Waschen verbringst. Oder dass du dein Geld mit Bettenmachen verdienst.«

»Danke.« Ich ließ mich nicht von ihr provozieren.

»Hey, gerade ist mir was richtig Cooles eingefallen«, sagte sie und räkelte sich auf dem Liegestuhl.

Über meine Sonnenbrille hinweg schaute ich zu ihr hinüber. »Was denn?«

»Du solltest Fotos von deinen Kindern machen und damit einen eigenen Insta-Mum-Account starten. Vororthausfrau auf Diät und Mutter mit süßen Kiddies ... oder so was in der Art?«

Ich schob mir die Brille zurück auf die Nase. »Genau. Fette Mutter in mittleren Jahren, die mit Bettenmachen Geld verdient«, gab ich sarkastisch zurück.

»Das könnte echt was sein, Clare. Sag Bescheid, falls du meine Hilfe brauchst«, erwiderte sie mit einem Grinsen.

Darauf sagte ich nichts mehr. Wenn ich noch irgendwelche Hoffnungen gehegt hatte, dass wir doch noch Freundinnen werden könnten, hatten die sich gerade in Luft aufgelöst. Ich verstand einfach nicht, warum sie sich so extrem auf mich eingeschossen hatte. Eine Bedrohung stellte ich ja nun nicht gerade für sie dar.

»Oh nein, ich hab dich doch hoffentlich nicht *schon* wieder gekränkt?« Sie stieß einen theatralischen Seufzer aus. »Jetzt mal ehrlich, sie ist ja schon ziemlich sensibel, oder, Joy?«

Joy, die in ihr Buch vertieft war, schaute nur kurz auf und lächelte, was Ella bestimmt als Bestätigung auffasste.

»Nicht die Spur sensibel«, sagte ich und schloss die Augen, um ihr zu signalisieren, dass das Gespräch beendet war.

Was spielte sie da nur für ein Spielchen?

Als wir später alle zusammensaßen, um das Essen zu uns zu nehmen, für das Joy und ich den ganzen Nachmittag in der Küche gestanden hatten, erkundigte sich Ella bei Joy, wie wir das Gemüse zubereitet hatten.

»Um das Gemüse hat sich Clare gekümmert«, sagte Joy.

»Nichts Besonderes, einfach über leicht gesalzenem Wasser gedünstet, ein Flöckchen Butter drüber, dann noch abgeschmeckt, das war's auch schon.« Ich lächelte.

»Oh wow, so viel Salz – und Butter, Clare?«, fragte sie entsetzt und schaute zu Jamie.

»So viel war's gar nicht«, sagte ich. »Und außerdem haben ein bisschen Butter und eine Prise Salz noch niemandem geschadet.«

»*Clare.* Menschen sind nicht dafür ausgelegt, Salz zu sich zu nehmen – und ja, ein *bisschen* Butter mag ja noch in Ordnung gehen, aber Schätzchen, du hast die Möhren ja förmlich darin *ertränkt.*« Sie schenkte mir ein süßes Lächeln.

»Oh, Entschuldigung.« Ich aß weiter. Auch hiervon würde ich mich nicht provozieren lassen.

»Nein, ich entschuldige mich, das war unhöflich von mir. Ich kann ja schließlich nicht davon ausgehen, dass jeder das Clean-Eating-Konzept begreift.«

»Heißt das, dass du gar keine verarbeiteten Lebensmittel isst?«, fragte ich skeptisch.

»Ganz genau, und nach Möglichkeit nehme ich vollwertige Nahrung zu mir, häufig Rohkost. Und Veganerin bin ich auch. Ich esse nichts, was ein Gesicht hat.« Dabei starrte sie demonstrativ auf das saftige Stück Lammfleisch, in das ich gerade biss – fast hätte ich es blöken hören – und sie blickte mich auf eine Weise über den Tisch hinweg an, dass ich mir fast wie eine Kannibalin vorkam. Einen kurzen Moment lang zog ich tatsächlich in Erwägung, die nächste Gabel Lamm wieder abzulegen, sagte mir dann aber, dass ich mir von einer Frau, die am Vortag erst angereist war, kein schlechtes Gewissen wegen meiner Essgewohnheiten einreden lassen würde. Wir aßen gerade eine Mahlzeit, zu deren Zubereitung in einer sehr heißen Küche an einem sehr heißen Nachmittag ich beigetragen hatte, während sie selbst die Zeit damit zugebracht hatte, sich auf einer Sonnenliege selbst zu fotografieren.

Ich kaute ruhig weiter und lächelte sie an. Natürlich wollte ich, dass sich meine Familie gesund ernährte, und auch ich mochte Tiere. Aber ich aß nun einmal *gerne* Fleisch und nahm ihr übel, dass sie mir das vermiesen wollte. Gerade wollte ich noch etwas dazu sagen, als mir unsere morgendliche Unterhaltung – ihre verdeckte Drohung – wieder einfiel, so dass ich darüber hinweglächelte und einfach weiteraß und weiterredete, so als wäre sie gar nicht da.

Langsam fing ich an, mich in ihrer Gegenwart unwohl zu fühlen. Ständig hatte ich das Gefühl, mich rechtfertigen zu müssen, traute mich aber nicht, ihr irgendetwas entgegenzusetzen, weil ich Angst davor hatte, was sie daraufhin vor versammelter Mannschaft sagen würde. Wäre sie einfach nur eine von Jamies Freundinnen gewesen, wäre ich ihr einfach höflich aus dem Weg gegangen. Aber Ella war mit Jamie *verheiratet*, sie gehörte zur Familie. Nicht nur war sie nun auch eine Taylor, sie würde uns auch wie ein unerwünschtes Souvenir nach Hause begleiten. Wir würden uns nicht einfach am Flughafen voneinander verabschieden – erst der Tod würde uns scheiden!

Nach dem Lammdinner brachten Dan und ich die Kinder ins Bett. Er schlug vor, wir könnten ja noch zusammen spazieren gehen, und weil ich mir das ganz romantisch vorstellte, griff ich die Gelegenheit begierig beim Schopfe. Offenbar waren es aber nicht ein plötzlicher Anflug von Leidenschaft und das dringende Bedürfnis, mich unter dem Sternenhimmel zu küssen, gewesen, was ihn dazu verleitet hatte, mich abends um zehn in den Garten zu führen.

»Clare, ich habe dich hier nach draußen gebeten, weil ... ich dir etwas beichten muss, das dir nicht gefallen wird.«

»Du bist doch hoffentlich nicht wieder mit ... *ihr* zusammen?«, hörte ich mich fragen. Mir blieb die Luft weg.

»Nein, nein, nichts dergleichen. Es ist nur ... na ja, ich hatte ein schlechtes Gewissen wegen Jamie, und dann hat Mum gefragt, ob es uns etwas ausmachen würde, ihnen unser Zimmer zu geben, weil sie ja schließlich gerade in Flitterwochen sind.«

Sprachlos guckte ich ihn an. Er wusste genauso gut wie ich, wie wichtig es für uns in diesem Urlaub war, Zeit zu zweit zu verbringen. Egal mit welcher Überzeugungskraft Joy ihn bearbeitet haben mochte – nach allem, was passiert war, konnte er doch wohl nicht einfach unser Zimmer aufgeben, unsere Chance, in unserer Ehe noch einmal die Kurve zu kriegen? Das ließ mich daran zweifeln, ob er es wirklich ernst damit gemeint hatte, als er gesagt hatte, er wolle unsere Ehe nicht aufgeben.

Natürlich war in unserer Beziehung nicht alles Friede, Freude, Eierkuchen gewesen, aber was es zwischen uns wirklich zum Bröckeln gebracht hatte, war, dass ich vor nicht einmal drei Monaten herausgefunden hatte, dass er mich mit einer Frau betrogen hatte, die nicht einmal halb so alt war wie er.

9

»Es tut mir leid, aber was hätte ich denn sonst sagen sollen«,
seufzte Dan auf mein Schweigen hin. »Ist doch nur ein
Zimmer. Und auch nur noch für neun Tage.«

Meine anfänglichen Gefühle von Frustration und Enttäuschung schlugen um in Ärger und Wut. »Es ist überhaupt nicht
nur ein Zimmer. Nach allem, was passiert ist, ist es viel, viel
mehr.«

»Ich weiß ja. Aber du kennst doch Mum. Wenn sie sich
etwas in den Kopf gesetzt hat, lässt sie nicht locker, bis sie ihren
Willen hat. Sie hat halt ein schlechtes Gewissen, weil die
beiden nicht auch so groß geheiratet haben wie wir.«

»Das haben sie sich doch selbst so ausgesucht.«

»Pssst, sonst *hören* sie dich noch«, zischte er und warf einen
Blick zurück in Richtung Villa. Durchs Fenster konnte ich sie
alle um den Tisch sitzen sehen. Gedämpft drangen ihr Lachen
und das Klirren von Gläsern zu uns nach draußen, wo wir in
der unerträglichen Hitze in entgegengesetzte Richtungen am
Strang zogen.

»Worum geht's dir hier eigentlich *wirklich*, Dan?«, fragte
ich. »Geht es dir darum, deine Mutter bei Laune zu halten,

oder deinen Bruder? Oder ist dir einfach nur unsere Ehe egal? Willst du lieber allein schlafen, damit du in Ruhe an *sie* denken kannst?«

»Hör auf, Clare. Ich habe doch zugegeben, dass das ein Fehler war«, gab er verärgert zurück.

»Ein Fehler, der sich über Monate hingezogen hat.«

»Immerhin habe ich Schluss mir ihr gemacht oder etwa nicht?« Wie er das sagte, klang es fast so, als habe er mir damit gnädig einen Gefallen erwiesen.

»Du hast mir ihr Schluss gemacht, um dir die Unannehmlichkeit zu ersparen, mich zu verlassen. Und weil du es deiner Mutter und den Kindern nicht zumuten wolltest.«

»Bitte, Clare, jetzt fang nicht schon wieder damit an. Gerade geht es nicht um uns und darum, was los war. Es geht einfach nur darum, dass du und ich, dass wir meinem Bruder und seiner neuen Frau einen Gefallen tun. Ja, Mum hat mich unter Druck gesetzt – aber eigentlich bin ich eh ihrer Meinung. Jamie und Ella sind frisch verheiratet, und *natürlich* sollten sie ein Doppelzimmer haben. Sie sind auf Flitterwochen!«

Ich antwortete nicht. Meine Gefühle fuhren Achterbahn, so dass ich ihn einerseits von mir stoßen und andererseits fest an mich drücken wollte. Er hatte mich auf eine Weise verletzt, dass ich den Unterschied zwischen Liebe und Schmerz schon gar nicht mehr wahrnehmen konnte.

»Schau mal, wenn wir zwei uns das kleine Bett teilen würden, könnte das doch mindestens genauso romantisch werden wie im großen«, tastete er sich vor und lächelte. Dan konnte einem schöne Dinge sagen, er hatte nicht weniger Charme als sein Bruder, er setzte ihn nur sparsamer ein. Wahrscheinlich sparte er ihn sich für die Zwanzigjährigen auf. Diesmal ließ ich mir aber keinen Honig um den Mund schmieren. Inzwischen kannte ich Dan zu gut, als dass ich mich von seinem Geschäker und Geschmeichel hätte blenden lassen. Ich wollte einfach nur einen Ehemann, der ehrlich war und dem ich vertrauen konnte.

»So wie die beiden sich gerade beim Abendessen betatscht haben, haben sie unser großes Bett gar nicht nötig, das war ja wohl nicht zu übersehen«, schnappte ich. »Hat nicht viel gefehlt und sie hätte ihn bei Tisch bestiegen!«

»Jetzt mach doch nicht so ein Drama. Ja, du hast gesagt, dass du unser Zimmer nicht abtreten willst, aber du bist doch sonst auch immer die Nette, Clare. Tut mir leid, ich war halt einfach davon ausgegangen, dass du schon zustimmen würdest. Aber wenn du echt nicht willst, dann lassen wir's.«

»Ich will echt nicht.«

»Okay, alles klar, dann werde ich ihnen das erklären.«

»Ihnen?«

»Mum ... und Ella. Sie war dabei, als Mum den Zimmertausch vorgeschlagen hat.«

»Na prima. Wie taktvoll von deiner Mutter, das in ihrer Gegenwart zu fragen«, sagte ich. Ich verstand schon, warum Joy den Vorschlag gemacht hatte. Sie hatte wirklich das Gefühl, den beiden eine Hochzeit oder wenigstens eine Art Flitterwochen schuldig zu sein, aber ich wünschte, sie hätte uns nicht so dermaßen unter Zugzwang gesetzt. Zwar schien sie die Spannungen zwischen Ella und mir nicht wahrgenommen zu haben, aber aus heutiger Sicht frage ich mich, ob nicht doch auch ein wenig Boshaftigkeit mit im Spiel war. Ob sie sich schon gedacht hatte, dass ich den Zimmertausch rundherum ablehnen würde? Und dann dafür gesorgt hatte, dass auch Ella das mitbekam?

»Du und ich, wir beide können doch trotzdem Zeit miteinander verbringen«, sagte Dan nun mit vor Frustschweiß glänzender Stirn.

»Das weiß ich selbst, aber merkst du denn nicht, dass du durch deine Zustimmung zum Ausdruck bringst, dass du ihre Ehe als wichtiger ansiehst als unsere eigene? Und dass ich, wenn ich dann *nicht* zustimme, einfach nur wie die letzte Egoistin dastehe?«

»Wirst du doch gar nicht«, seufzte er. »Ich dachte halt einfach, dass es nett von Mum war, das vorzuschlagen. Und es ist doch auch völlig egal, wer noch dabei war, als wir das besprochen haben.« Auf typisch männliche Weise tat er ausgerechnet das, was von größter Bedeutung war, als Nebensächlichkeit ab. Und für mich war es zu spät, auch nur ansatzweise meine weibliche Sicht auf die Vielschichtigkeit der Angelegenheit zu erklären und zu zeigen, inwiefern der Girl Code hier verletzt worden war. »Clare, was soll ich denn deiner Meinung nach jetzt machen. Mum bittet mich, mein Zimmer für einen guten Zweck abzugeben, du verbietest es mir. Es ist immer das Gleiche. Ich versuche, es allen recht zu machen, und mache es am Ende niemandem recht.«

»*Dein* Zimmer?«, fragte ich.

»*Unser* Zimmer ... du weißt doch, was ich meine, jetzt dreh mir doch nicht das Wort im Mund herum.«

Wir spazierten weiter langsam durch den Garten. Beim Anblick der wunderschönen Aussicht rief ich mir in Erinnerung, dass wir es Joy und Bob zu verdanken hatten, überhaupt hier zu sein, und bekam ein schlechtes Gewissen. Vielleicht sollte ich das Zimmer doch zur Verfügung stellen, möglicherweise würde das auch Ella mir gegenüber etwas milder stimmen. Immerhin gehörte sie nun zur Familie. Für immer.

Für uns war das Timing einfach nur unglücklich. Ehrlich gesagt war die bloße Gegenwart von Flitterwöchlern das Letzte, was wir gerade gebrauchen konnten, denn während wir uns der mühsamen Aufgabe stellen mussten, Wunden zu heilen und Vergangenes aufzuarbeiten, blickten Ella und Jamie einer strahlenden Zukunft entgegen. Und mit Jamie hatte Ella es gut getroffen. Er hielt mit seiner Liebe und Zuneigung nicht hinterm Berg, er schien seine jeweiligen Freundinnen geradezu anzuhimmeln und nahm sie vor aller

Welt in den Arm und küsste sie. Dan war da deutlich reservierter.

Jamie und Ella führten uns ununterbrochen vor Augen, was Dan und ich früher auch einmal gehabt hatten und was ich nun schmerzlich vermisste. Auf unserem Gang durch den dunklen, wunderschönen Garten wurde mir bewusst, dass es bei unserem Gespräch nicht um ein Zimmer ging, sondern um meinen Versuch, die Dinge wieder zum Besseren zu wenden, sie wieder so werden zu lassen, wie sie vorher gewesen waren. Bevor Dan die Bombe hatte platzen lassen.

»Ich habe jemanden kennengelernt«, hatte er eines Abends vor drei Monaten gesagt, als ich gerade dabei war, den Kindern Fischstäbchen zum Abendessen zu braten. Schon vorher hatte ich geahnt, dass irgendetwas nicht stimmte. Er war reizbar und distanziert gewesen und hatte sich kaum noch um die Kinder gekümmert. Zwar hatte ich mir einzureden versucht, es liege daran, dass er müde war, überarbeitet, und sich um das Unternehmen sorgte, aber in meinem tiefsten Inneren hatte ich es gewusst.

»Ich wollte das alles gar nicht ... es ist einfach ...«, hatte er gestottert.

Ich hatte in die Pfanne gestarrt und zugeschaut, wie die ursprünglich gold panierten Fischstäbchen erst braun, dann schwarz wurden. Ich fühlte mich wie vor den Kopf gestoßen. Es habe nach der Taylor's-Weihnachtsfeier im Jahr zuvor angefangen, beichtete er mir. Sie war die Buchhalterin. Ich erinnerte mich, sie auch schon einmal im Büro gesehen zu haben – eine eifrige, hübsche Mittzwanzigerin im marineblauen Hosenanzug und mit glänzendem, rotbraunem Haar. Ich weiß noch, dass sie eine Brille getragen hatte, was irgendwie zu ihr passte, und dass ich zu Dan gesagt hatte: »Komisch, wie Namen manchmal überhaupt nicht zu den Leuten passen. Ich meine, die Gute ist nicht gerade eine Marilyn Monroe, oder?«, woraufhin er gelacht und gemeint hatte, der Schein würde manchmal trügen. Eigentlich hätte ich da schon

Bescheid wissen müssen, hatte ich aber nicht. Meine ganze Aufmerksamkeit war davon in Anspruch genommen, dass ich bis abends Schichten schob, den Patienten ihr Abendessen brachte und sie für die Nacht herrichtete, bevor ich nach Hause zu unseren drei Kindern eilte, die so ziemlich die gleichen Bedürfnisse hatten.

Dan hatte nie wirklich damit gedroht, mich zu verlassen, aber letztlich ist eine Affäre nichts anderes als eine solche Drohung, nur eben implizit. Mit einer Affäre sagt man im Grunde, *ich probiere das mal an und schaue, wie es mir steht.* Die Drohung schwang die ganze Zeit mit – sie lag mit uns im Bett, sie winkte mir im Restaurant zu, wenn wir ausgingen und uns an einer »*Date-Night*« versuchten, wie wir es optimistisch nannten. Das war Joys Idee gewesen. »Ich glaube, die jungen Leute sagen ›*Date-Night*‹ dazu«, hatte sie gesagt. »Ein schönes Essen in einem guten Restaurant, mehr braucht ihr gar nicht. Halt mal eine Gelegenheit, euch auszusprechen«, so als wäre die ganze Angelegenheit nicht mehr als ein Fleck, den man einfach nur mit einem feuchten Tuch entfernen musste.

Eigentlich hatte ich ihr gar nicht davon erzählen wollen. Aber dann war sie eines Nachmittags bei uns vorbeigekommen. Ich machte mich gerade für die Nachtschicht fertig und sie sollte auf die Kinder aufpassen, bis Dan nach Hause kommen würde. Ich war verheult, sie fragte mich, ob alles in Ordnung sei, und eh ich mich's versah, schüttete ich ihr auch schon mein Herz aus und erzählte von Dans Affäre. Ich brauchte einfach jemanden auf meiner Seite, und weil sie mir auch früher schon dabei geholfen hatte, mit Problemen umzugehen, vertraute ich ihr. Natürlich war Joy entsetzt, und besonders aufgebracht war sie darüber, dass es sich um eine ihrer Mitarbeiterinnen handelte.

»Der hab ich noch nie über den Weg getraut«, murmelte sie gedankenverloren.

»Nicht nur ihr – ich traue *ihm* nicht mehr«, sagte ich.

»Denk gar nicht an sie, sie ist ein Niemand. Ich verspreche dir, dass sie kein Problem darstellen wird«, erwiderte sie und ihre Miene hellte sich auf. »Lass dir die Haare machen, kauf dir ein hübsches Kleid, und morgen Abend habt ihr frei – ich passe auf die Kinder auf.« Das war zwar sehr nett, aber ich konnte mich des Eindrucks nicht erwehren, dass da implizit der Vorwurf mitschwang, dass es gar nicht erst so weit gekommen wäre, wenn ich von vornherein etwas mehr auf meine Frisur geachtet hätte.

Am nächsten Abend kam Joy hereingeweht, als wäre sie Joan Collins in Person, mit grell geschminkten Lippen und einem Tonfall, der keinen Widerspruch duldete. »So, ihr zwei, ab mit euch. Jetzt klärt ihr, was zu klären ist, und geht in das neue französische Restaurant im Ort«, hatte sie vorgeschlagen, voller Überzeugung, dass ein Filet Mignon ihren Sohn schon von seinen Ausschweifungen heilen würde.

Aber nach dreien dieser *Date-Nights* hatten wir noch rein gar nichts »geklärt«, sondern nur gestritten. So hatte Dan mir dargelegt, dass eines »unserer« Probleme darin bestehe, dass ich nicht »spontan« sei und er in seinem Leben mehr brauche »als nur Schlaf und Arbeit«.

Und ich, erschöpft von der Arbeit und den Kindern und dem Schlafmangel, hatte gesagt: »Jeder wünscht sich manchmal mehr, Dan, selbst ich.«

Seine Reaktion? »Jetzt red doch nicht schon wieder nur über *dich*, Clare.«

Dessert und Kaffee ließen wir sein. Stattdessen fuhren wir früh zurück und sagten Joy, wir seien müde und wollten zeitig ins Bett. An der Haustür zwinkerte sie mir zum Abschied verschwörerisch zu, als wäre sie die magische Ehefee, denn offenbar ging sie davon aus, dass wir es kaum noch erwarten konnten, uns gegenseitig die Kleider vom Leib zu reißen. Kaum war sie weg, gingen wir gemeinsam hoch, wie sie gehofft hatte –

nur dass Dan dann im Gästezimmer schlief, woran sich seitdem auch nichts geändert hatte.

Auch heute noch frage ich mich, ob er mich überhaupt je wirklich geliebt hat. Ich bin die Mutter seiner Kinder, ich bin Teil seines Lebens, ich füge mich in seine Familie und seine Verpflichtungen ein. Ich bin seine Frau, die akzeptierte und angemessene Schwiegertochter auf der Besetzungsliste im Taylor-Drama. Aber ist das alles, was ich für ihn bin?

Ich musste daran denken, wie Jamie gesagt hatte, sein Herz schlage jedes Mal höher, wenn er Ella sehe, und ich fragte mich, ob Dans Herz bei meinem Anblick überhaupt *jemals* höher geschlagen hatte.

Dass *ich* ihn liebte, wusste ich. Deshalb hatte ich ihn auch nicht verlassen, nachdem er mir gestanden hatte, sich in eine andere verliebt zu haben. Anders als die letzten Male davor schien es sich diesmal aber nicht nur um ein flüchtiges Abenteuer zu handeln, diesmal ging es offenbar tiefer und schien etwas Ernsthafteres zu sein – ein Schock für mich und gleichzeitig der schmerzhafte Beweis dafür, dass Dan durchaus zu echter, leidenschaftlicher Liebe in der Lage war. An der Art, wie er von ihr sprach, konnte ich erkennen, dass sie ihm mehr bedeutete als jeder andere Mensch – mehr als ich. Ich habe ihm nie gesagt, wie es mir damit ging, zu schmerzhaft war es gewesen, seinen abwesenden Blick wahrzunehmen, als er mir mitteilte, er habe mit der anderen Frau Schluss gemacht.

Aber ich musste ihm vergeben, schließlich liebte ich ihn, und an jenem Abend im Garten der Villa glaubte ich noch immer, dass er mich dadurch, dass ich ihm vergeben hatte, endlich lieben gelernt hatte. Deshalb gab ich mir auch Mühe, sein Dilemma wirklich nachzuempfinden: Er war vollkommen hin- und hergerissen zwischen den Wünschen seiner Mutter und dem, was ich von ihm verlangte, um glücklich und zufrieden zu sein. In der mondbeschienenen Dunkelheit konnte ich die Panik in seinen Augen erkennen, und mir war klar, dass nur ich dieses Tauziehen beenden und ihn aus seiner Zerrissenheit befreien konnte. Also reichte ich ihm meine Hand, die er dankbar ergriff, und flüsterte: »Okay, die beiden können unser Zimmer haben. Aber dafür schuldest du mir was.«

Er lachte vor Erleichterung. Die Anspannung schien von ihm abzufallen und instinktiv nahm er mich in den Arm. »Danke. Ich wusste, dass du Ja sagen würdest. Ich weiß, wie wichtig dir das Zimmer war, wichtig für uns, aber ich habe es einfach nicht übers Herz gekriegt, in Ellas Gegenwart abzulehnen.«

»Das kann ich gut verstehen, und deine Mutter hätte dich gar nicht erst in eine solche Situation bringen sollen, aber auch sie hat es wahrscheinlich einfach nur gut gemeint«, seufzte ich und griff nach seiner Hand, während wir unseren Gang durch den Garten fortsetzten. Uns beide zog es Richtung Pool, der immer noch beleuchtet war und als helltürkises Rechteck in der Dunkelheit dalag. Wie hypnotisiert standen wir Hand in Hand im blauen Schein des Wassers, und ohne Dan loszulassen, setzte ich mich an den Beckenrand. Dan setzte sich zu mir, und ich streifte meine Sandalen ab und tauchte beide Füße ins Wasser. Es war kühl und wunderbar erfrischend, und in der drückenden Hitze überkam mich der Drang, mitsamt meiner Kleidung ins Wasser zu gleiten und das kalte, blaue Nass über mir zusammenschlagen zu lassen.

»Ich möchte rein«, sagte ich zu Dan.

Er lächelte. »Das geht nicht.«

»Warum nicht?«

»Weil ... dann deine ganze Kleidung nass würde.«

»Ich könnte sie ja vorher ausziehen?«, schlug ich vor und sah ihm in die Augen. »Wir könnten ja zusammen rein?«

Einen Moment lang konnte ich sehen, dass er es wirklich in Erwägung zog – er hatte dieses zurückhaltende Lächeln um den Mund, in das ich mich einst verliebt hatte. War es zu spät, noch einmal von vorn zu beginnen und diesmal alles richtig zu machen?

»Komm schon«, flüsterte ich und wackelte unter Wasser mit den Zehen. Wie sehr wollte ich mich von diesem glitzernden Türkis umfangen lassen und unsere Hitze daran abgeben.

Er gab mir keine Antwort, sondern ließ seinen Blick nur auf der großen, blauen Fläche ruhen, während er über meinen Vorschlag nachdachte. Dank des Weins, den ich zum Abendessen getrunken hatte, war mein Übermut geweckt und traten meine Hemmungen in den Hintergrund, so dass ich langsam mein Kleid aufwickelte und abstreifte, bis ich nur noch in Unterwäsche dasaß und ganz froh war, vom Halbdunkel umgeben zu sein. Joy pflegte scherzhaft zu sagen, dass Mondlicht Frauen über vierzig schmeichle. Die Theorie mochte ich. »Leg dir doch ein paar gut sitzende Dessous zu und dimm das Licht«, hatte sie nach Dans Affäre vorgeschlagen, offenbar der Überzeugung, dass ein Push-up-BH und ein Spitzenhöschen ihn schon wieder gefügig machen würden. Ich war sicher, dass sie eine ganze Liste hatte voller »Dinge, die eine Frau tun sollte, um ihren Mann vom Fremdgehen abzuhalten«, und augenscheinlich hatte ich nicht eins davon umgesetzt. Im Wesentlichen war also alles meine Schuld.

Ich weiß noch, wie ich lachend zu einer Freundin gesagt hatte: »Da braucht es aber mehr als gute Unterwäsche und schlechtes Licht, um mich wie die Fünfundzwanzigjährige aussehen zu lassen, mit der er ins Bett gestiegen ist.« Und jetzt saß ich hier bei Mondschein in meiner Unterwäsche, als wäre ich geradewegs Joys »Zehn Arten, wie man seinen Mann zurückbekommt«-Programm entsprungen.

»Was ist, kommst du mit rein?«, fragte ich, und versuchte, meiner Stimme einen koketten und etwas mysteriösen Tonfall zu verleihen, was nach fünfzehn Jahren Ehe und drei Kindern gar nicht so einfach war. Sein Schweigen interpretierte ich als Zeichen dafür, dass er darüber nachdachte, wodurch ich mich ermutigt fühlte, aufstand und ins Wasser sprang.

Der plötzliche Kick durch das kalte Wasser war ein herrlich erfrischender Gegensatz zur erdrückenden Hitze, aber als ich wieder im Mondlicht auftauchte, fiel mein wasserverhangener Blick direkt auf Dans verärgertes Gesicht. »Ach Clare, nicht!«, fuhr er mich an. »Komm raus. Da ist doch das Zimmer der Kinder.« Er zeigte zur entsprechenden Seite des Hauses. »Wenn sie dich hören ...«

»Die hören mich nicht. Die sind völlig erledigt und schlafen tief und fest. Und falls sie rufen, wird Joy schon zu ihnen gehen. Ich dachte, du würdest mit mir reinkommen?«, sagte ich. Inzwischen kam ich mir etwas blöd vor, weil ich ins Wasser gesprungen war.

»Pssst!«, fuhr er mich erneut an. »Nein, natürlich nicht. Es ist schon spät, und außerdem hast du zu viel getrunken. Das ist gefährlich.«

»Ich hatte nur zwei Gläser Wein«, gab ich etwas zu laut zurück.

»Jetzt komm schon.« Er streckte mir die Hand entgegen, um mir aus dem Wasser zu helfen, aber ich würde den Teufel tun und mir von ihm den Spaß verderben lassen.

»Du hast selbst gesagt, ich soll spontaner sein, Dan.«

»Ja, aber doch nicht jetzt. Und nicht hier ...«

»Aber genau das ist Spontaneität.« Ich war gekränkt, enttäuscht.

»Ist es nicht ... das ist ... Idiotie. Jetzt komm raus, nimm meine Hand«, forderte er mich genervt auf.

»Nein! Verzieh dich! Auf deine Hilfe kann ich verzichten!«

»Dann mach doch, was du willst!«, zischte er und entfernte sich.

Da versuchte ich schon, so zu sein, wie er mich haben wollte, und er ließ mich immer noch abblitzen.

»Du bist hier der Unspontane!«, rief ich ihm nach. »Du hast

so viel Schiss vor deiner Mutter, dass du nichts ohne ihre Erlaubnis machen kannst«, schleuderte ich mit tränenerstickter Stimme noch hinterher. Ich wollte ihn reizen, weil ich mir so unbedingt wünschte, dass er sich umdrehen und zurückkommen würde, wenn auch nur, um das letzte Wort zu haben, aber nichts. Er ging einfach nur weiter, bis ihn die Dunkelheit verschluckte.

Ja, ich hatte etwas getrunken, also hätte ich wohl wirklich nicht schwimmen sollen. Aber selbst in meiner beschwipsten Wut konnte ich nicht anders, als mich zu fragen: *Wenn er das so gefährlich findet, warum lässt er mich dann angetrunken und allein im tiefen, dunklen Wasser zurück?*

10

Ich schwamm bis ans flache Ende und zog mich aus dem Becken. Um mich herum war alles dunkel, ich fühlte mich einsam und allein, meine vor wenigen Minuten noch leicht übermütige Stimmung war zerplatzt. Ich kam mir so blöd vor. Ich hatte mir gewünscht, dass Dan sich so dermaßen von der Leidenschaft hätte packen lassen, dass wir in oder neben dem Pool miteinander geschlafen hätten. Ich hatte versucht, so zu sein, wie ich dachte, dass er mich haben wollte, und hasste mich dafür, dass ich versucht hatte, jemand zu sein, der ich gar nicht war.

Bis zu Marilyn war ich zufrieden gewesen, hatte sogar gelernt, mich selbst halbwegs zu mögen. Wie schon seit Monaten fragte ich mich auch jetzt, wie ich dem Vergleich mit ihr standhielt. Wünschte sich Dan, wenn er mich ansah, er hätte sie vor sich statt nur mich? Kramte er Erinnerungen an sie hervor, wenn wir miteinander im Bett waren, um damit wie mit einem Porno seine Leidenschaft anzukurbeln? Und blieb ich dann hinter ihr zurück?

Ich weiß gar nicht, warum ich so überrascht war, dass er

sich in sie verliebt hatte. Schließlich waren sie rund um die Uhr zusammen. Sie war für die Gelddinge verantwortlich, er für die unternehmerischen Fragen. Für das Wachstum von Taylor's spielte sie eine wichtige Rolle, immer fand sie irgendwelche Möglichkeiten und Schlupflöcher, um mit den vorhandenen Mitteln möglichst große Sprünge machen zu können. Darüber hinaus war sie auch noch hübsch, siebzehn Jahre jünger und drei Kinder leichter als ich. Wenn man von außen draufguckte, war es wahrscheinlich vorhersehbar gewesen (nur nicht für mich), dass sich zwischen den beiden etwas anbahnen würde. Aber schließlich war ich ja noch nie gut darin gewesen, Überraschungen vorherzuahnen – von Dans Heiratsantrag vor fünfzehn Jahren bis zu der von ihm geplanten Überraschungsparty zu meinem vierzigsten Geburtstag. Aber das Feuerwerk zum Vierzigsten inklusive Tiffany-Armband war nichts gewesen gegen das Geständnis, er habe seit einem halben Jahr eine Affäre mit der Buchhalterin laufen. Ohne Frage, Dan hatte schon immer die Fähigkeit besessen, mir den Atem zu verschlagen.

Dabei war es noch nicht einmal das erste Mal. Etwa drei Jahre zuvor hatte er ein Techtelmechtel mit einer Stewardess gehabt, die er auf einem Businessflug nach Dublin kennengelernt hatte, wo er ein paar Immobilien besichtigen wollte – offenbar hieß sie Carmel. Während unseres Griechenlandurlaubs in jenem Sommer hatte ich mitbekommen, wie er mit ihr telefonierte. Es war furchtbar, ich war so verletzt, so desillusioniert. Erst später, sehr viel später, hatte er mir von ihr erzählt und gesagt, die Sache mit ihr sei nichts als ein flüchtiges Abenteuer, aber er habe ihr versprechen müssen, mich zu verlassen, weil sie damit gedroht hatte, sich umzubringen. Irgendwann machte er dann aber doch mit ihr Schluss, und damit gingen die Probleme erst so richtig los.

»Sie will einfach nicht akzeptieren, dass das zwischen uns

nicht wirklich was war«, berichtete er mir. »Ständig ruft sie mich bei der Arbeit an und macht alles kompliziert – und schickt mir rund um die Uhr Nachrichten aufs Handy.« Dan beschrieb sie als Fantastin, geradezu als Stalkerin, die ihn einfach nicht in Frieden lassen konnte, und meinte, er mache sich ernsthaft Sorgen, die Kinder und ich könnten ins Kreuzfeuer geraten.

Ich war völlig fertig gewesen. Ich hatte getobt und gezetert und geweint und seine Brust mit Fäusten bearbeitet, bis sie grün und blau war, und mich dafür verabscheut, zu einer Frau geworden zu sein, die sich so verhielt. Aber Joy, die die Anrufe im Büro mitbekommen hatte, wies darauf hin, dass wir zwei kleine Kinder hatten und entsprechend beide von schlaflosen Nächten ausgelaugt waren, so dass es nicht weiter verwunderlich sei, dass er auf Abwege geraten war – wir würden ja nebeneinanderher leben. Dan versicherte, alles sei ein schrecklicher Fehler gewesen, aus dem er seine Lehren gezogen habe, es werde nie wieder vorkommen.

Also ließ ich mich darauf ein und entschied, dass ein dummer Fehler es nicht wert war, dafür eine Ehe aufzugeben und eine Familie auseinanderzureißen. Außerdem hatte ich mittlerweile meine eigenen Probleme und wollte vermeiden, dass ans Licht kam, was ich bis dahin verborgen hatte. Entsprechend akzeptierte ich, was vorgefallen war, und gab mir Mühe, an unserer Ehe zu arbeiten, was nicht heißt, dass ab dann alles glatt gelaufen wäre. Immer wieder klingelte bei uns zu Hause das Telefon, aber wenn ich dann abhob, meldete sich niemand, und am anderen Ende der Leitung wurde nur in den Hörer geschwiegen, was sehr unheimlich war. Natürlich konnte ich nicht sicher sein, aber ich ging davon aus, dass es sich bei den Anrufen um Carmel handelte, die versuchte, mit Dan in Kontakt zu treten. Der meinte zwar, ich solle das einfach ignorieren, aber nichtsdestotrotz empfand ich das Ganze als sehr stressig. Eines Tages klingelte das Telefon, als Joy gerade auf einen Sprung bei uns war, um die Kinder zu besuchen, und wieder kam mir aus dem Hörer nichts als Schweigen entgegen. Inzwischen ging ich deswegen so sehr auf dem Zahnfleisch, dass ich am liebsten in Tränen ausgebrochen wäre.

Joy bemerkte, was mit mir los war. »Ist sie das?«, fragte sie ruhig.

Ich nickte.

»Sag ihr, dass du von ihr weißt, dass er dir gesagt hat, sie bedeute ihm nichts – und dass du schwanger bist.«

»Ich weiß alles«, wiederholte ich mit bis zum Hals klopfendem Herz und versuchte, mir nicht anmerken zu lassen, wie dicht vor den Tränen ich stand. »Dan hat mir erzählt, dass Sie ihm nichts bedeuten.«

Ohne etwas zu sagen, machte Joy mir Mut, sie lächelte mir aufmunternd zu und hatte mir die Hand auf den Arm gelegt.

»Ich bin schwanger mit unserem dritten Kind«, fügte ich hinzu und versuchte, mich zu beruhigen.

Vom anderen Ende der Leitung drang ein leises Geräusch an mein Ohr, es hörte sich wie Weinen an. Ich stellte das Telefon auf Lautsprecher, damit Joy mithören konnte.

»Mir hat er gesagt, er sei Single ... Ich wusste nicht, dass er verheiratet ist«, sagte sie schließlich mit tränenerstickter Stimme.

»Sag ihr, dass sie ein dummes, kleines Ding ist ... sag ihr, dass sie euch in Frieden lassen soll und dass sie ihm egal ist und schon immer war«, flüsterte Joy neben mir. »Droh mit der Polizei.«

»Hauen Sie ab, Sie dummes, kleines Ding«, wiederholte ich. »Und wenn Sie uns nicht sofort in Ruhe lassen, werden wir die Polizei einschalten und Sie wegen Belästigung anzeigen«, fügte ich hinzu und knallte den Hörer auf die Gabel.

Ach Joy, die Gute. Sie war auf meiner Seite und wollte

nicht weniger als ich, dass meine Ehe funktionierte. Mehr noch, sie zögerte keine Sekunde, alles aus dem Weg zu räumen, was dem entgegenstehen konnte. Nach dem Vorfall mit dieser ersten Affäre hatte Joy gesagt: »Lass nicht zu, dass Dans Midlife-Eskapädchen alles kaputt machen«, womit sie natürlich recht gehabt hatte, weshalb ich nun auch bei der zweiten und jüngsten Affäre gute Miene zum bösen Spiel machte und die gleiche »Augen zu und durch«-Haltung an den Tag zu legen versuchte. In Wirklichkeit war es jedoch die reinste Qual gewesen, und in den Wochen, nachdem ich davon erfahren hatte, war ich sehr unruhig und misstrauisch geworden. Ständig stellte ich sie mir zusammen im Büro vor, malte mir aus, wie sie sich mittags zum heimlichen Stelldichein trafen, und wenn Dan abends mal später nach Hause kam, kannte meine Unruhe kein Halten mehr.

Irgendwann, nach unseren missglückten *Date-Nights*, der ganzen Unruhe und dann auch noch meinen eigenen Problemen, kam ich zu dem Schluss, dass mir eigentlich nur noch das Aufgeben blieb. So schwer musste das Leben doch wohl nicht sein? Ich teilte Dan mit, dass ich die Scheidung wolle, dass ich so nicht weiterleben könne. Dan erzählte seinen Eltern davon – manchmal hatte ich das Gefühl, dass er nichts ohne Unterstützung oder Billigung seiner Mutter tun konnte – und innerhalb weniger Minuten stand Joy bei uns auf der Matte.

»Versuch gar nicht erst, mir das auszureden, Joy«, sagte ich. »Ich nehme die Kinder und das war's dann. Ich habe die Schnauze voll, ich kann so nicht leben. Er mag mit ihr Schluss gemacht haben, aber aus unserer Ehe ist sie trotzdem noch nicht verschwunden.«

»Was für ein Unsinn, Liebes«, seufzte Joy. Ich weiß noch, wie sie meine Hände in den ihren hielt und dabei verzweifelt versuchte, den Verrat ihres Sohnes herunterzuspielen. »Ich weiß, wie verletzt du bist, aber hier geht es nicht nur um dich und deine Gefühle – du musst auch an die Kinder denken. Familie ist das Wichtigste, Clare«, sagte sie mit Tränen in den Augen, und mir fiel auf, dass ich sie in den zehn Jahren, die ich sie inzwischen kannte, noch kein einziges Mal hatte weinen sehen. Noch nicht einmal bei unserer Hochzeit. »Wenn du unsere Familie wirklich verlässt ... Nun.« Sie schniefte und wandte sich ab. »Für Bob und mich bist du die Tochter, die wir selbst nie gehabt haben. Es wäre eine Katastrophe, für uns alle. Es würde uns zerreißen. Kinder brauchen nun einmal ihre Mutter.« Seit ich von Dans Affäre wusste, war ich mir so einsam und verloren vorgekommen, dass meine Freundinnen schon schimpften, wie dumm es von mir sei, das mit mir machen zu lassen, und dass ich einen Schlussstrich unter die Beziehung setzen sollte. Und dann war da plötzlich Joy, die mich daran erinnerte, dass ich eine Familie hatte, wofür ich so *verdammt* dankbar war. Allerdings frage ich mich mittlerweile, ob sie mir in Wirklichkeit damit drohte, aus dem Herz der Familie ausgestoßen zu werden? Wollte Joy andeuten, dass ich mich, wenn ich mich von Dan trennte, auch von allen anderen loslöste ... sogar von meinen Kindern?

»Solange er noch ständig Kontakt zu Marilyn hat, kann ich ihm nicht verzeihen«, sagte ich zu Joy, die nickte und Gin nachschenkte.

»Mach dir wegen Marilyn keine Gedanken«, erwiderte sie.

Ich habe keine Ahnung, was wirklich vorgefallen ist, aber am nächsten Tag hörte Marilyn bei Taylor's auf. Selbst in meiner Wut hatte ich noch ein schlechtes Gewissen, dass jemand meinetwegen jetzt ohne Job dastand, wollte aber gleichzeitig nichts weiter davon erfahren, unter welchen Umständen Marilyn gegangen war. Ich war einfach nur froh darüber, wie schnell man sich ihrer entledigt hatte. Es führte mir einmal mehr vor Augen, wie uneingeschränkt loyal Joy sein konnte – besonders, wenn ein Familienmitglied betroffen war. Ich weiß noch, wie ich damals dachte, dass ich mir meine Schwiegermutter lieber niemals zur Feindin machen wollte.

Und nun, Monate später unter dem italienischen Sternenhimmel, lernte ich allmählich zu akzeptieren, was passiert war. Jetzt, wo Marilyn uns nicht mehr im Weg war, konnte ich mir langsam vorstellen, dass Dan und ich wirklich noch eine Chance hatten. Nach Kräften versuchte ich, die in mir aufkeimende Hoffnung zu hegen und zu pflegen und mir sein Versprechen in Erinnerung zu rufen, dass so etwas nie wieder vorkommen würde. Mir ist klar, dass das naiv von mir war, aber ich liebte ihn nun einmal und wollte unsere Ehe nicht aufgeben, solange noch ein Fünkchen Hoffnung für uns bestand. Es ging nicht nur um mich, sondern um meine Familie, es stand einfach zu viel auf dem Spiel, als dass ich einfach hätte aufgeben können. Gleichzeitig hatte sich jedoch meine Perspektive etwas verschoben, so dass ich mein Vertrauen infrage stellte.

Jetzt saß ich allein und immer noch nass in der Dunkelheit am Pool, und dachte daran, wie er mir früher am Abend nach einer witzigen Bemerkung von mir noch die Hand geküsst hatte. Wir hatten uns für Fotos in Szene gesetzt und uns fast schon flirtend angelächelt. Wenn ich uns von außen zugesehen hätte, hätte ich dieses ungetrübt glückliche Paar beneidet, das es offenbar gar nicht erwarten konnte, endlich allein miteinander zu sein. Dabei sah die Wirklichkeit ganz anders aus, und ich fragte mich, ob das alles nur Show war – ob Dan sich und seine Familie, allen voran Joy, davon zu überzeugen versuchte, dass zwischen uns noch alles in Butter war.

Bislang hatte er sich mir gegenüber nie demonstrativ leidenschaftlich verhalten, und ich war immer davon ausgegangen, dass das nun einmal seine Art war. Er war immer freundlich und liebevoll zu mir gewesen, aber wenn er von Marilyn sprach, hatte ich in seinen Augen etwas ganz anderes aufblitzen sehen und eine Ahnung davon bekommen, wie er auch sein konnte, und ich wollte ihn ganz. Ich wollte den Dan, den die Stewardess und Marilyn gesehen hatten, nicht den Dan, den er mir oder seiner Familie präsentierte. Was ich im vergangenen Sommer noch nicht erkannt hatte, war, dass sich unsere Ehe mitnichten erholt hatte, sondern dass sie nur noch Fassade war, eine Fassade aufgesetzt lächelnder Gesichter, die sich wunderbar auf gerahmten Fotos auf Joys Kaminsims machten.

11

An jenem Abend, als Dan mich einfach im Pool zurückgelassen hatte, kam ich mir wirklich gänzlich einsam vor. Ich war wirklich davon ausgegangen, dass er noch einmal zurückkommen würde, und sei es nur, um zu schauen, ob alles in Ordnung war. Aber er kam nicht. Das löste eine solche Wut und einen solchen Trotz in mir aus, dass ich zurück in das dunkle, kalte Wasser sprang. Ich wollte einfach nur schwimmen, mich verstecken, alles und jeden vergessen und frei von Sorgen mit mir allein sein, nur ich und das Wasser.

Der Mond stand hoch am Himmel und beleuchtete scheinwerfergleich nur einen kleinen Teil der Wasseroberfläche, so dass der Rest des Pools tiefschwarz und unergründlich dalag. Mit kräftigen Zügen pflügte ich durch das Dunkel und wartete auf das erlösende Gefühl süßer Freiheit, das sich beim Schwimmen normalerweise einstellte, aber vergebens. Als ich nach einigen weiteren Minuten das silberne Geländer schwach in der Dunkelheit vor mir glänzen sah, griff ich danach, aber meine Hände waren so rutschig, dass ich zurück ins Wasser fiel. Der Alkohol in meinem Blut ermöglichte es mir zu entspannen, mein Gewicht an das Wasser abzugeben und mich einfach davontragen zu lassen. Es fühlte sich herrlich an, fast magisch: dahinzutreiben, aber gleichzeitig gehalten zu werden, ein Gefühl der Freiheit, wie ich es noch nie zuvor empfunden hatte.

Plötzlich durchbrach ein Geräusch die wässrige Stille – ein Rascheln in den Bäumen. Wahrscheinlich war es nur eine spätabendliche Brise, ein Luftzug, der einen Teil der Hitze mit sich nahm, aber mit einem Mal fühlte ich mich schutzlos und verwundbar. Wie eine Pfütze aus Seide lag mein Kleid noch immer an der Stelle, wo ich es in dem Versuch, meinen Mann ins Wasser zu locken, hatte fallen lassen. Nach seiner abweisenden Reaktion kam ich mir sehr blöd vor, aber auch wenn ich es gerne gewollt hätte, konnte ich nicht die ganze Nacht hier draußen bleiben, sondern musste mich wieder in die Villa begeben, meine Rolle spielen und so tun, als wäre alles in Ordnung. Ich griff nach dem Geländer und zog mich daran aus dem Wasser.

Ich hob mein Kleid und die Sandalen vom Beckenrand auf und trottete zurück zum Haus wie ein Kind, das nach dem Schwimmen zurückgelassen worden war.

Traurig stellte ich fest, dass Dan noch nicht einmal die Tür für mich angelehnt gelassen hatte. Das führte mir vor Augen, wie allein ich dort draußen gewesen war – bei geschlossener Tür hätte man mich noch nicht einmal gehört, wenn ich um Hilfe geschrien hätte. Auch die Fenster waren fest verschlossen, wohl in der vergeblichen Hoffnung, die klapprige Klimaanlage könnte so dazu gebracht werden, die permanente erschlagende Augusthitze etwas abzumildern. Die Familie befand sich in der sicheren Kühle des Hauses, während ich draußen gelassen worden war.

Ich drehte am riesigen Messingknauf. Es war eine uralte, schwere Tür, die ächzte und knarzte und sich kaum geräuschlos öffnen ließ, aber ich gab mir Mühe und schaffte es schließlich unter Aufbringung meiner ganzen Körperkraft, sie zu bewegen und ins Haus zu kommen. Drinnen war es stockdunkel und die Lautlosigkeit noch überwältigender. Kein Rauschen in den Bäumen, keine Eule, die aus der Ferne rief, einfach nur eine samtene Stille. Durch den Spalt unter der Wohnzimmertür schimmerte ein wenig Licht hervor, das mir bei dem Versuch, in der Dunkelheit den Schalter für das Flurlicht ausfindig zu machen, ein wenig dringend notwendige Orientierung bot. Auf keinen Fall wollte ich die Aufmerksamkeit der sich hinter der Tür aufhaltenden Person auf mich ziehen. Ich war von oben bis unten nass und nicht dazu aufgelegt, mich zu erklären. Wahrscheinlich war es Bob, der gerne lange aufblieb. In meiner Vorstellung genehmigte er sich heimlich eine Zigarre und genoss den kostbaren Moment der Ruhe, der sich ihm bot, während Joy oben dank der pinkseidenen Augenmaske vorübergehend ihrer Sicht beraubt war und das Gesicht unter einer dicken Schicht *Crème de la Mer* versteckt hatte.

Wie eine Pantomimin tastete ich mich mit beiden Händen die Wand entlang, als die Stille plötzlich von Stimmen durchbrochen wurde, von Frauenstimmen, die aus dem Wohnzimmer drangen. Es konnten nur Joy und Ella sein. Ich ging davon aus, dass sie Gin Tonic tranken, und plötzlich kam mir der Gedanke, dass ich selbst halbbekleidet und nass, wie ich war, einfach anklopfen und hineingehen konnte. Statt mich dafür zu schämen, was passiert war, konnte ich es in eine Richtung wenden, die mich gut dastehen lassen würde. Zum Beispiel konnte ich erzählen, dass mir nach einem Bad im Mondschein gewesen, Dan aber zu müde dafür gewesen sei. Gemeinsam würden Joy und ich darüber lachen, wie unseren Männern die romantische Ader fehle, und Ella würde mir gegenüber ein wenig auftauen und merken, dass ich nicht einfach nur eine langweilige Dreifachmutter war, sondern durchaus auch mal über die Stränge schlagen konnte, wenn ich es nur wollte. Vielleicht konnte ich ja sogar der Kitt in unserer neuen Beziehung sein und Ella den Weg in unsere Mitte ebnen. Sicher würde sie mir gegenüber dann etwas sanftmütiger werden, so dass ich nicht mehr ihren spitzen Kommentaren und doch recht einschüchternden Drohungen ausgesetzt wäre.

Ich ging also barfuß und tropfend den Flur entlang Richtung Wohnzimmer, vor dessen Tür, wie ich wusste, ein Wäschekorb mit frischen Handtüchern stand. Aus irgendeinem Grund, ich weiß selbst nicht, warum, zögerte ich vor dem Anklopfen, und gerade als ich meine Hand hob, fiel hinter der Tür mein Name. Natürlich hielt ich instinktiv inne und versuchte zu verstehen, was dem wohl folgen würde. Rückblickend würde ich sagen, dass ich Joy nicht ganz vertraute, und Ella schon mal überhaupt nicht.

»... aber sie ist eine gute Mutter«, hörte ich Joy sagen. Mich störte dieses einleitende »aber«. Was war wohl kurz davor gesagt worden? Und von wem?

»Oh, sicher ist sie das. Ich bin sicher, dass sie eine ganz tolle Mutter ist. Deine Enkel sind wirklich supersüße Kinder«, säuselte Ella. »Und Dan, wirklich ein *klasse* Vater«, schleimte sie weiter. »Alfie ist ihm unglaublich ähnlich, findest du nicht?« Ihr einschmeichelnder Small Talk schien gar kein Ende zu nehmen.

»Wie aus dem Gesicht geschnitten!«, brüstete sich Joy. »Als Dan in Alfies Alter war, sah er auch genauso aus. Ich bin stolze Mutter *und* Großmutter.«

Anschließend wanderte das Gespräch zu Ellas Reisen und dazu, wie sie gemerkt hatte, dass Jamie *der Mann fürs Leben* war – »Als ich ihn zum ersten Mal gesehen habe, hab ich's sofort gewusst, ich hab's einfach *gewusst*. Seine Augen sind der Wahnsinn, wie tiefblaue Seen.«

Gott im Himmel, ich hätte kotzen können. Sie hörte gar nicht auf, seine Vorzüge in höchsten Tönen zu loben, und vor meinem inneren Auge konnte ich förmlich dabei zusehen, wie Joys Brust vor Stolz anschwoll, und als sie Ella fragte, ob sie noch einen Gin wolle, wurde mir klar, dass meine neue Schwägerin mich überhaupt nicht dafür brauchte, um in den Kreis der Familie aufgenommen zu werden. Und wie, als wäre das ihr geheimes Stichwort gewesen, sagte sie: »Joy, ich bin so glücklich. Nicht nur darüber, dass ich Jamie kennengelernt habe, sondern auch darüber, zu dieser Familie zu gehören.«

»Und wir freuen uns sehr, dass du jetzt bei uns bist«, gab Joy zurück. Dann das Geräusch von einem ins Glas fallenden Eiswürfel, ein »Danke« von Ella, ein weiterer Gin.

Als ich mich gerade zum Gehen wandte, weil ich mir Ellas Arschkriecherei nicht länger antun wollte, hörte ich sie plötzlich sagen: »Und ich finde dich auch überhaupt nicht herrisch.«

»Herrisch, Liebes?«

»Ja, Clare meinte, du wärst voll herrisch und ich solle mich bloß nicht von dir herumkommandieren lassen, aber so bist du doch gar nicht!«

Fast wäre ich auf der Stelle tot umgefallen. Ja, das hatte ich zwar gesagt, aber erst, nachdem Ella mir die Worte quasi in den Mund gelegt hatte! Für mich war das nichts als ein harmloses, beziehungsförderndes Geplänkel zwischen zwei Schwägerinnen gewesen, aber jetzt vor Joy hörte es sich richtig gemein an.

»Oh, das tut mir aber leid, dass sie mich so empfindet«, sagte Joy, und ich konnte mir ihren verkniffenen Mund dabei bildlich vorstellen. Ohne Zweifel hatte sie das getroffen. »Ich versuche halt, zu helfen, wo ich kann, und Clare habe ich sogar ziemlich viel geholfen, würde ich sagen. Offenbar nimmt sie meine Hilfe fälschlicherweise als Bevormundung wahr. Aber dass ich sie herumkommandiert hätte ...«

»Natürlich nicht! Das ist mir völlig klar, Joy. Clare ist ja wirklich nett, aber so schrecklich unsicher. Das ist für dich bestimmt ein ständiger Eiertanz, und für Dan auch.«

Ich traute meinen Ohren nicht. Am liebsten wäre ich sofort ins Zimmer gestürmt, um mich zu rechtfertigen, schließlich kannte ich Joy und wusste sehr gut, was das bei ihr anrichten würde. Über Jahre hinweg hatte ich an einem guten Verhältnis zu ihr gearbeitet, indem ich penibel darauf geachtet hatte, sie bei Laune zu halten und ihr nicht zu nahe zu treten, und jetzt machte ein einziger Satz alles kaputt.

»Ich mache mir schon ein wenig Gedanken über Clare und Dan«, gab Joy zu. Ich hielt den Atem an und hoffte inständig, dass sie vor der Neuen jetzt nicht gleich mein ganzes Eheschlamassel ausbreiten würde. »Besonders über Clare. Sie ist ziemlich empfindlich ... Im Moment hat sie ein bisschen die Krallen ausgefahren, sie fühlt sich ziemlich schnell angegriffen, vor allem in Gegenwart einer so attraktiven Frau wie dir.«

»Gott, aber ich bin doch für niemanden eine Bedrohung!«

»Nein, natürlich nicht.« Es entstand eine kurze Pause, dann fragte Joy: »Ich hoffe, *du* empfindest mich nicht auch als herrisch, Ella?« Dass sie das alte Thema noch einmal aufnahm, zeigte, wie sehr die Bemerkung einen Nerv getroffen hatte.

»Ganz und gar nicht! Im Gegenteil, ich glaube, du bist sogar die beste Schwiegermutter, die man sich nur wünschen kann ... besonders weil meine eigene Mutter ja nicht mehr lebt.«

»Oh, Liebes! Jamie hat erwähnt, dass du keine Familie mehr hast. Du bist sehr jung dafür, dass du deine Mutter schon verloren hast. Wann ist sie denn gestorben?«

Nach einer Pause antwortete Ella mit gebrochener Stimme: »Schon vor Jahren.«

»Oh nein. Und dein Vater?«

»Auch ...« Es folgte eine weitere Pause, bis Joy schließlich das Wort ergriff.

»Ach, Liebes, ich bin froh, dass ich für dich da sein kann – dass wir alle für dich da sein können.«

Ich malte mir aus, wie Joy ihr Glas abstellte, um zu Ella zu gehen und sie zu umarmen, ein weiteres mutterloses Mädchen, das sie unter ihre Fittiche nehmen und zu der Tochter formen konnte, die sie selbst nie gehabt hatte. Langsam und lautlos entfernte ich mich von der Tür und schlich auf Zehenspitzen nach oben, wobei ich den ganzen Holzboden nasstropfte. Ich machte mir nicht die Mühe, hinter mir trocken zu wischen, was ziemlich mies von mir war, zumal ich schon kurz daran gedacht hatte, dass das gefährlich war und man auf dem Weg nach oben ausrutschen konnte, wenn man zu viele Gins intus hatte. Aber ich war so aufgebracht und frustriert. Die Art und Weise, wie Ella mich erst nachgerade dazu gezwungen hatte, ihr beizustimmen, dass Joy herrisch war, und das jetzt nun Joy gegenüber völlig aus dem Kontext gelöst gegen mich ins Feld führte, machte mich völlig fertig.

Niemand fiel in jener Nacht die Treppe hinunter, aber es überraschte mich schon, dass mir solch dunkle Gedanken kamen – und wie ich über Ella und Joy dachte. Ich benahm mich wie ein eifersüchtiges Kind, dessen Mummy jemand anderen zum Liebling erkoren hatte. Ich fühlte mich betrogen. Nicht nur von Ella, die mich so schlecht dastehen ließ, sondern auch von Joy, die sich so leicht von Ella täuschen ließ. War sie so erpicht darauf, mich gegen das neueste Schwiegertochtermodell einzutauschen? Wenn es mir nur nicht so viel ausgemacht hätte, aber so ist es nun mal, wenn man seine eigene Familie früh verliert. Man verbringt sein ganzes Leben mit der Suche nach einer Ersatzfamilie, der man sich zugehörig fühlen kann. Aber genau das ist das Problem: So richtig gehört man dann doch nie dazu, die pseudofamiliären Beziehungen hängen an einem seidenen Faden, der jederzeit reißen kann.

Als ich die Tür zu unserem schönen Zimmer öffnete, war ich enttäuscht, aber nicht überrascht, es dunkel vorzufinden. Es kam häufiger vor, dass Dan früh und allein zu Bett ging. Im Zimmer war es stickig und unerträglich heiß, also zog ich meine nasse Unterwäsche aus und legte mich aufs Bett, ohne mich zuzudecken. Dan hingegen war komplett eingewickelt, kein Stückchen Haut war zu sehen. Er wollte nichts und niemanden an sich heranlassen – weder die schwüle Hitze noch mich. Dieser Urlaub hätte uns so guttun, er hätte der Anfang vom

Ende seines Betrugs sein können, der Ausgangspunkt für meine Vergebung, aber nun war dies die letzte Nacht, die wir noch zusammen in diesem Zimmer mit dem riesigen Bett und dem schönen Blick auf den mondbeschienenen Pool verbringen würden. Und er hatte noch nicht einmal darauf gewartet, dass ich mit ins Bett kommen würde, und war auch nicht gekommen, um in der gefährlichen Dunkelheit nach mir zu schauen.

Sein Mangel an Aufmerksamkeit, Leidenschaft oder wie auch immer man es nennen kann, hatte mich verunsichert. Ich hatte die naive Vorstellung im Kopf gehabt, dass wir einfach nur nach Italien kommen mussten, wo dann durch die Hitze, die Umgebung und die Abwesenheit alltäglicher Verpflichtungen alles von uns abfallen würde, aber in Wirklichkeit hatten wir unsere Belastungen mitgebracht. Zu lange schon hatte die Vorstellung, dass er eine andere liebte, schwer auf mir gelastet, als dass es lediglich ein paar italienischer Sonnenstrahlen bedurft hätte, damit sich alles in Wohlgefallen auflöste. Während Dan schlief, lag ich in der schweren, dunklen Stille auf dem Bett, nach wie vor tief getroffen. So gern wollte ich, dass er aufwachte oder dass er sich rührte, zu mir drehte und etwas sagte oder auch nichts sagte, sondern mich einfach nur anschaute. Er schaute mich ja noch nicht einmal mehr *an*!

Nach etwa einer halben Stunde hörte ich Ella und Joy flüsternd und kichernd die Treppe herauftorkeln. Unfassbar, wie schnell die beiden warm miteinander geworden waren. Hatte Ella etwas, was ich nicht hatte? Spielte meine Schwiegermutter irgendwelche Spielchen? Oder hatte Joy Taylor dieser selbstbewussten jungen Frau, die offenbar genau wusste, was sie vom Leben – und wahrscheinlich auch von den Taylors – wollte, schlicht nichts entgegenzusetzen gehabt?

In der Hitze fiel mir das Einschlafen schwer, aber irgendwann döste ich dennoch ein, nur um kurz darauf von einem dumpfen Pochen wieder aus dem Schlaf gerissen zu werden. Ich hatte geträumt, dass Joy an unsere Tür klopfte, daher kletterte ich in einem Zustand zwischen Traum und Wirklichkeit aus dem Bett und kam erst so richtig wieder zu mir, als ich schon den halben Weg zur Tür zurückgelegt hatte. Ich schaute hinüber zu Dan, der ruhig dalag und fest schlief. Das Pochen kam aus dem Nebenzimmer, und schlagartig wurde mir klar, woher es rührte. Jamie und Ella – die Schreie, das Stöhnen, das Verlangen.

Bei der Erinnerung daran, wie es früher einmal gewesen war, liefen mir die Tränen übers Gesicht, während nebenan Ella immer lauter schrie und Jamie immer heftiger stöhnte. Ich fragte mich, ob die beiden wohl wussten, dass ich sie hören konnte – wie Ella mich mit ihrer Lust verspottete. Mich und meine verfahrene, treulose Ehe.

12

Am nächsten Morgen wurde ich von Dan geweckt, der mich daran erinnerte, dass wir unsere Sachen aus dem Zimmer räumen mussten. Als mir dann auch noch das Gespräch wieder einfiel, das ich belauscht hatte, wurde mir ganz anders. Mir war klar, dass ich bei Joy einiges wiedergutzumachen hatte. Noch immer nahm ich es Ella sehr übel, dass sie Joy weitererzählt hatte, was ich ihr gegenüber gesagt hatte. Wie hinterhältig! Dann wiederum wäre es natürlich besser gewesen, ich hätte es gar nicht erst gesagt, und jetzt *wusste* ich wenigstens, dass ich ihr nicht trauen konnte. Jetzt hatte ich noch weniger Lust, ihr unser Zimmer zu überlassen, stopfte meine Sachen widerwillig in einen Koffer und fuhr Dan wegen jeder Kleinigkeit an. Das Bett war zerwühlt und die Laken zerknittert. Welch Ironie, dass ein Außenstehender hätte denken können, unsere Nacht wäre voller Leidenschaft gewesen, was natürlich mitnichten der Fall war. Jetzt stand das Bett bereit, um von Jamie und Ella durcheinandergebracht zu werden, wenn diese sich in ihrem frischverliebten Zustand darin herumwälzen würden.

Als ich fertig gepackt hatte, zog ich meinen Koffer über den Flur zum Zimmer der Kinder, in dem zu schlafen ich vorhatte.

»Wir können doch zusammen in das Zimmer, wenn du magst«, schlug Dan vor, als er etwas später den Kopf durch die Tür steckte. »Für uns beide ist das Bett zwar zu schmal, da würden wir kein Auge zubekommen, aber ich könnte doch auf dem Boden schlafen?« Ich war gerade dabei, Freddie vorzulesen, der behauptete, Kopfschmerzen zu haben »wie Mummy immer«. Es beunruhigte mich, dass die Kinder mir das mit den Kopfschmerzen mittlerweile schon abschauten. In Wirklichkeit waren Kopfschmerzen mein Euphemismus für »Ich lege mich hin, weil ich extrem unglücklich bin und Angst vor der Zukunft habe«. Wie auch immer, offensichtlich hatten die Kinder ganz richtig verstanden, wie ich die Kopfschmerzen einsetzte, nämlich wie etwas, dessen man sich beliebig bedienen konnte, wenn man das Bedürfnis nach ein wenig Ruhe hatte. Wie gerne hätte ich diese Ausrede jetzt selbst eingesetzt. Dieser Unterhaltung mit Dan wäre ich gerne aus dem Weg gegangen. Jamie und Ella hatten letzte Nacht kein Problem mit der Größe des Betts gehabt, für uns beide war es aber offensichtlich zu klein.

»Schon okay, Dan, ich werde hier bei den Kindern schlafen«, sagte ich und schaute, sehr zu Freddies Missfallen, kurz von Peppa Wutz hoch. »Nicht nötig, dass hier irgendwer auf dem Boden schläft«, fügte ich hinzu. Wenn er unser Zimmer schon zum Tausch zur Verfügung stellte, konnte er auch gleich allein schlafen.

Schlecht gelaunt wandte ich mich wieder dem Buch zu und las weiter, während Dan noch ein paar Sekunden in der Tür stand, bis Joy ihn von unten rief und er sich aus dem Staub machte. Genau das war das Problem – er war hin- und hergerissen zwischen seiner Frau und seiner Mutter. Schon sein ganzes Leben lang war er daran gewöhnt, gesagt zu bekommen, wie er sich zu verhalten hatte, aber da wir nun zu zweit waren, musste er sich entscheiden und entschied sich immer für die Stärkere.

Irgendwann bestätigte Freddie, dass seine »Kopfschmerzen«, wie ich vermutet hatte, gar nicht wirklich wehtaten.

»Dann sind es also keine Kopfschmerzen«, sagte ich.

»Sind es WOHL, Mummy!«

»Aber wenn es Kopfschmerzen sind, muss es auch wehtun, du Dummerjan.« Liebevoll wuschelte ich ihm durchs Haar.

»Ich bin nicht Jan, ich bin Freddie«, kicherte er.

»Na so was, da habe ich dich doch glatt für Jan gehalten, aber wo ist denn dann Jan abgeblieben?«, sagte ich und fing an, nach Jan zu rufen, was Freddie sehr amüsierte, und als ich dann auch noch unter dem Kopfkissen nachsah, konnte er sich vor Lachen gar nicht mehr einkriegen. Da er wirklich keine Kopfschmerzen hatte, schlug ich vor, zu den anderen an den Pool zu gehen, was er begeistert aufnahm. Ich half ihm, seine Badehose anzuziehen, und schlüpfte selbst in meinen schwarzen Einteiler. Die letzten paar Wochen vor dem Urlaub hatte ich mich bei Wein und Zucker zurückgehalten und hoffte, dass mein alter Badeanzug – ich hatte nicht die Zeit gefunden, mir einen neuen zu kaufen – besser an mir aussehen würde als in den Jahren zuvor. Während der ersten Urlaubstage hatte ich den Anzug auch angehabt, aber nach Ellas Ankunft konnte ich die Vorstellung nicht ertragen, damit in ihrer Nähe stehen zu müssen, während sie selbst in einem fluoreszierenden Traum von Tanga daherkam. Beim Blick in den Ankleidespiegel machte mir der bloße Gedanke an Ellas Badekleidung jegliches Selbstvertrauen zunichte.

Es ließ sich nicht leugnen – für meine delligen Oberschenkel brauchte ich dringend einen Sarong, was mir aber erst aufgefallen war, nachdem ich gesehen hatte, wie glatt Ellas Beine waren. Ich kramte ein großes, schwarzes Tuch hervor und wickelte es um, versteckte mich zusätzlich hinter einer Flasche Sonnencreme, die ich wie ein Schutzschild vor meinen Körper hielt, stieg dann mit Freddie auf dem Arm die große Treppe hinunter und machte mich auf in Richtung Pool.

Näherkommend sah ich schon Ella am Beckenrand stehen, wie sie sich streckte und ihre dicke Haarpracht der Sonne entgegenhielt, als böte sie ihr ein Opfer dar. Ich war entsetzt, wie knapp der Bikini war, den sie anhatte – das Höschen bedeckte noch nicht einmal ihre Pobacken! War das vor der neuen Schwiegerfamilie nicht ein bisschen sehr gewagt oder machte sich da doch langsam mein Alter bemerkbar?

Als Ella sich nach hinten streckte, sprang mir die perfekte S-Form ihrer Wirbelsäule ins Auge, und ihre festen Brüste reckten sich auf eine Weise Richtung Sonne, dass nicht ganz klar war, ob dies nun eine Gabe der Natur oder nicht doch eher der Schönheitschirurgie war. Selbst von der entgegengesetzten Poolseite aus konnte ich erkennen, wie straff ihr Bauch war und wie beneidenswert schlank ihre Hüfte. Sie fühlte sich nicht nur wohl in ihrem Körper, sie liebte ihren Körper. Uns trennten siebzehn Jahre, und damit gehörte sie nicht nur einer anderen Generation an, damit stammte sie quasi von einem anderen Planeten. Wie ich da mit einem Kind auf der Hüfte, Dehnungsstreifen und überschüssigen Pfunden aus der letzten Schwangerschaft um den Pool watschelte, kam ich mir hingegen vor wie eine behäbige Zuchtstute. Durch meine Sonnenbrille geschützt beobachtete ich Ella. Sie war perfekt! Selbst wenn sie sich vornüberbeugte, um Alfies Beachball aus dem Busch zu fischen, zeigte sich nicht die geringste Delle oder Unebenheit, da war nur goldene, kieselglatte Haut.

»Ella ... Ella, hier!«, rief Alfie ihr zu, als sie sich vorbeugte und allen Anwesenden einen freien Blick auf ihre Pobacken präsentierte. Er ritt Huckepack auf Jamies Schultern, Violet saß malend bei Granny und Grandad, und Dan – der »klasse Vater«, den Ella am Abend zuvor so sehr bewundert hatte – döste auf einer Liege vor sich hin.

Ich zog den Sarong fester um mich und ging mit Freddie, den ich noch immer auf dem Arm hatte, hinüber zu Violet und

Joy, um mich dazuzusetzen – von wegen Schutz in der Masse und so.

»Hey, Mummy«, rief Violet mir zur Begrüßung zu.

Jamie winkte, Ella blickte auf und warf mir ihr weißestes Instagram-Lächeln zu und Joy schaute mich über den Rand ihrer Sonnenbrille an, als könnte sie kaum glauben, dass wirklich ich es war.

»Geht's Freddie besser?«, fragte sie.

»Wie bitte?«

»Hat er nicht Kopfschmerzen?«

»Nein, ihm geht's gut.« Plötzlich fiel mir schlagartig wieder ein, dass sie wusste, dass ich sie herrisch genannt hatte. »Aber danke der Nachfrage, Joy, du bist wirklich immer sehr aufmerksam«, fügte ich daher noch hinzu. Ja, wenn es hart auf hart kam, konnte ich ihr gegenüber zugeben, dass ich sie als herrisch bezeichnet hatte, aber ich konnte es auch abstreiten und Ella der Lüge bezichtigen. Abgesehen davon, dass ich dann aus dem Schneider wäre, würde Joy sich dadurch vielleicht auch besser fühlen. Ich wollte sie nicht verletzen und die Bemerkung tat mir leid.

»Ich dachte nur, weil Violet mir erzählt hat, er habe Kopfschmerzen.« Sie setzte die Sonnenbrille wieder richtig auf, bevor sie hinterherschob: »Wie Mummy.« Klar, dass sie sich für eine solche Bemerkung lieber hinter getönten Gläsern versteckte. Offensichtlich nahm sie mir das, was sie von Ella gehört hatte, immer noch übel, was ich gut nachvollziehen konnte – das wäre jedem so gegangen.

»Nein, Freddie geht's gut und mir auch,« sagte ich mit unsicherer Stimme. Jeder Versuch, mich zu rechtfertigen, war zwecklos.

»Oh, du hast Schwimmsachen an«, sagte sie in einem Tonfall, in dem sie auch hätte sagen können: »Oh, du kommst gerade aus der Kanalisation«.

»Ja ... Ich dachte, ich wollte heute mal in den Pool steigen«, antwortete ich und fühlte mich immer gehemmter.

»Ist alles klar – zwischen dir und Dan?« Wieder schaute sie mich über den Rand ihrer Sonnenbrille hinweg an. Meine Wangen glühten und ich konnte nur nicken.

Es kam mir immer so vor, als wüsste Joy alles über alle, manchmal sogar, bevor diese es selbst wussten. Beispielsweise hatte sie mir gesagt, ich sei wieder schwanger. Das war, als Alfie unterwegs war, mit dem ich, um es milde auszudrücken, nicht im Geringsten rechnete, weshalb ich es auch entschieden von mir wies und später Dan gegenüber behauptete, Joy habe wohl langsam nicht mehr alle Tassen im Schrank. Als ich dann aber wenige Tage später über der Kloschüssel hing, musste ich wieder an sie denken.

»Ich frage mich, was wir heute Abend kochen sollen«, sagte sie wie zu sich selbst, als wir nun nebeneinander in der Sonne saßen.

»Vielleicht die Hackbällchen?«, schlug ich vor. Hier war ich wieder auf sicherem Terrain, und ich war erpicht darauf, wieder an unsere frühere Vertrautheit anzuschließen. »Das Elizabeth-David-Rezept?«

Joy setzte gerade zur Antwort an, als Ella, die offenbar damit fertig war, sich am Pool in Szene zu setzen, unter Zurschaustellung ihrer goldenen Haut und straffen Muskulatur zu uns herüberkam. »Hey, Mädels«, flötete sie und winkte uns zu, als wären wir weiß Gott wie weit entfernt.

»Wir haben gerade darüber nachgedacht, was wir heute Abend kochen sollen«, sagte Joy, nahm die Sonnenbrille ab, schützte die Augen mit der flachen Hand und schaute darunter zu Ella hoch.

»Ich würde sagen, Hackbällchen«, sagte ich und lehnte mich zurück, als wäre es entschiedene Sache. Ich, Joy und die Hackbällchen hatten eine lange Geschichte. Es gab sie jedes Jahr, sie waren geradezu eine Spezialität des Hauses Taylor.

Inzwischen war Ella bei unseren Liegestühlen angelangt und kniete sich Joy zu Füßen. Als die Mutter ihrer einzigen Enkel thronte ich zu ihrer Rechten auf meiner Sonnenliege – mit drei Anwärtern auf das Familienerbe hatte ich den Fortbestand der Linie mehr als gesichert, da sollte mir ein bisschen Bequemlichkeit doch wohl zustehen. Selbst Ellas fiese Indiskretion darüber, was ich gesagt hatte, hatte dem Band zwischen mir und Joy nichts anhaben können.

Ich hatte wahrlich versucht, mich mit dieser Frau anzufreunden, die die Taylor's-Website, für die ich verantwortlich war, kritisiert hatte, die meine Arbeit als Krankenschwester als bloßes Bettenmachen degradiert hatte, die versucht hatte, mich vor meiner Schwiegermutter schlechtzumachen und mir auch noch damit gedroht hatte, allen von meinem »schmutzigen kleinen Geheimnis«, wie sie sich ausgedrückt hatte, zu erzählen. Gott, wie inständig ich hoffte, dass sie damit nur bluffte, aber *irgendetwas* musste sie ja wissen, denn sonst hätte sie das schließlich nicht gesagt. Ich traute ihr nicht über den Weg, wie also sollten wir Freundinnen sein? Seit dem Moment, als sie mit ihren Louboutins den Kiesweg betreten und nur mit den Fingern ein süßes, kleines Winken in meine Richtung angedeutet hatte, hatte ich gewusst, dass sie mich auf dem Kieker hatte. Aber warum nur? Immer und immer wieder ließ ich mir diese Frage am Pool durch den Kopf gehen, während ich gleichzeitig vor Augen hatte, wie ihr der Tanga fast im Hintern verschwand und ihr Mann sie förmlich mit den Augen auffraß.

»Hack... bällchen?«, wiederholte Ella nun auf meinen Vorschlag hin, gerade so als hätte ich angeregt, einen der streunenden Hunde zu schlachten und zuzubereiten.

Ich nickte abwesend und wandte mich an Joy. »Dazu könnten wir vielleicht wieder die leckere Knoblauchsauce machen, wie letztes Jahr in Südfrankreich?«, schlug ich vor. Ich war mir dessen bewusst, dass ich Ella dadurch ausschloss, aber ich wollte deutlich machen, dass wir das hier so machten und schon immer so gemacht hatten und dass sie nicht einfach auftauchen und alles umkrempeln konnte. Joy wollte mir gerade antworten, als Ella dazwischenfuhr. »Es ist nur, weil ich ja, wie ich gestern Abend schon gesagt habe, kein Fleisch esse.«

»Ach ja, natürlich, das hattest du erwähnt«, nickte Joy. »Was können wir dir denn dann stattdessen machen?«

»Na ja, ich hatte gedacht ... vielleicht könnten wir ja *alle* vegan essen? Für die Kinder ist das auch gesünder«, sagte sie vorwurfsvoll, gerade so, als hätte ich sie die ganze Woche nur mit Schokoriegeln ernährt.

»Die Kinder essen viel Gemüse«, sagte ich, »aber ich möchte, dass sie sich ausgewogen ernähren, und gerade im Wachstum ist Eisen auch sehr wichtig.«

»Ja, und in grünem Blattgemüse ist jede Menge Eisen drin, dafür muss man ihnen keine toten Kühe vorsetzen«, gab sie zurück, woraufhin Violet, die in der Nähe an ihrem Tablet saß, verkündete, sie habe nicht die Absicht, jemals wieder »tote Kühe« zu essen, und wolle auch »Veganierin werden, genau wie Auntie Ella«.

»Okay, aber lass uns damit bis nach dem Urlaub warten«, sagte ich. Bestimmt fand Joy das alles sehr lästig, sie wollte einfach nur ein leckeres Essen für alle auf den Tisch bringen. Wenn Ella einen Teller Grünzeugs essen wollte, herzlich gern, aber ich wollte Hackbällchen und Joy ebenfalls, die in der Regel allem, was sie nicht selbst praktizierte, sehr misstrauisch gegenüber eingestellt war – Veganismus eingeschlossen. »Ella, ich respektiere deine Entscheidung«, fing ich an, »aber würde es dir etwas ausmachen, dich beim Thema Fleischverzicht vor den Kindern etwas mehr zurückzuhalten?«

Mit gespielter Überraschung zog sie den Kopf zurück.

»Warum zum Teufel ...?«

»Entschuldige, aber es ist schon schwer genug, Violet überhaupt dazu zu bringen, irgendetwas zu essen, und wenn sie dann auch noch denkt, dass Fleisch schlecht für sie ist, dann ...«

»Aber Clare ... es IST schlecht für sie.«

»Das ist deine Meinung ... Ich ...«

»Nein, das ist nicht nur meine Meinung, das ist eine Tatsache.«

»Wie auch immer, wenn du einfach ...«

»Und es geht hier auch nicht nur um die Ernährung, sondern auch um die Umwelt. Wenn man auf Fleisch- und Milchprodukte verzichtet, kann man damit seinen CO_2-Fußabdruck um mehr als siebzig Prozent reduzieren ...«

»Bestimmt hast du recht, aber das ist eine Entscheidung, die Dan und ich bei Gelegenheit gemeinsam treffen werden, und später auch die Kinder selbst. Es ist nichts, womit ich meinen Kindern während des Urlaubs Angst einjagen möchte.«

»Wow«, sagte sie. »Reg dich ab, Clare.«

»Ich rege mich überhaupt nicht auf«, sagte ich und zwang mich, meiner Stimme einen unaufgeregten Ton zu verleihen. »Und ich verstehe ja, was du meinst. In weiten Teilen stimme ich dir ja sogar zu, Ella, aber ich möchte nicht, dass meine Kinder aufhören, Kuhmilch zu trinken oder Fleisch zu essen — noch nicht. Wenn sich Violet später, wenn sie älter ist, für eine milch- und fleischlose Ernährung entscheidet, dann ist das ihre Sache, aber im Alter von neun Jahren braucht sie meiner Meinung nach noch die Nährstoffe und die Proteine ...«

»Oh, Clare, du hast so was von keine Ahnung ...«, sagte sie kopfschüttelnd.

»Also. Ich bin hier immer noch ihre Mutter, und als solche verlange ich einfach nur, dass du respektierst, worum ich dich BITTE«, sagte ich viel zu schrill und viel zu laut, so dass Joy aufblickte und Jamie in offensichtlicher Sorge um seine Frau beschützerisch zu uns herüberschaute.

Das war mir peinlich, ich hätte nicht so schnell die Beherrschung verlieren sollen, aber ich fühlte mich sehr unter Druck. Es sollte ein Urlaub sein, aber ich musste mir wegen zu vieler Dinge Gedanken machen und zu viele Leute zufriedenstellen, unter anderem meine Kinder, von denen das eine dem anderen gerade einen Plastikeimer über den Kopf zog. Mein Mann schien von dieser Attacke nichts mitzubekommen, weil er viel zu beschäftigt damit war, Ella anzustarren.

»Alfie, hör SOFORT damit auf!«, schrie ich und kletterte unelegant und mit erhobenem Zeigefinger von der Liege. »SOFORT aufhören!«, wiederholte ich wütend und war mir dessen bewusst, dass meine Aggressivität unterbewusst eher gegen Ella gerichtet war als gegen meine Kinder, die ja eigentlich nur miteinander spielten, wenn auch etwas rabiat.

»Was ist los?«, rief Jamie über den Pool hinweg. Er erhob sich und stand nun auf der gegenüberliegenden Seite des Beckens, gebräunt, schlank, gutaussehend. Ella ging zu ihm zurück, so als wollte sie sich vor meiner Wut in Sicherheit bringen. Derweil war mein Sarong auf den Boden gerutscht, so dass die Dellen auf meinen Hüften für alle gut sichtbar waren, als ich barfuß über den gefliesten Boden marschierte und dabei wie ein Oberfeldwebel brüllte.

Als ich bei den um den Eimer streitenden Jungs ankam, fuhr ich wie eine Furie auf sie nieder und riss ihnen das umkämpfte Spielzeug aus der Hand, worauf Alfie verzweifelt zu schluchzen begann und schrie: »Spiderman, Mummy hat meinen Spiderman geklaut!«, während ich, den Eimer fest im Griff, mich wieder von ihnen entfernte. Inzwischen starrten Dan und alle anderen mich an, als hätte ich einem Kind aus purer sadistischer Lust sein Spielzeug weggenommen und es zum Weinen gebracht. Natürlich war meine Reaktion unangemessen. Die Mütter von den Erziehungsblogs hätten mit den Kindern argumentiert, sie abgelenkt, ein lustiges Spielchen daraus gemacht, aber nicht so ich, die überforderte Mittvierzigerin.

Ich fühlte mich mies, und auf dem Weg zurück zu meiner Liege, der mir wie ein Spießrutenlauf vorkam, konnte ich sehen, dass Ella und Jamie nun beieinanderstanden und mich beobachteten, ein Urteil über mich fällten. Und selbst in diesem Moment, in dem ich eigentlich darüber hätte nachdenken sollen, wie ich Alfie beruhigen und die Situation entschärfen könnte, hatte ich nur einen einzigen Gedanken: *Was reden sie über mich?*

13

»Mein Gott, das war ein Eimer – ein harter Plastikeimer, Dan. Er hat richtig fest damit zugeschlagen«, insistierte ich zwei Stunden später, immer noch ärgerlich, als Dan mir wegen meines Ausbruchs am Pool Vorhaltungen machte.

»Aber du hättest sie nicht gleich anbrüllen müssen.«

»Da war die Hölle los«, gab ich zurück. »Aber davon hast du ja nichts mitbekommen.«

»Hab ich wohl, und da war rein gar nichts, bloß das übliche Alfie-und-Freddie-Gerangel, mit dem du jeden Tag zu tun hast. Du flippst doch sonst nicht so aus mit den Kindern«, sagte er. Er saß auf meinem Bett im Zimmer der Kinder, die gerade mit Grandad draußen unterwegs waren, um »italienische Insekten« zu suchen.

»Ich weiß, aber nach allem, was passiert ist, fühle ich mich total unter Druck.« So lagen die Dinge inzwischen. Egal wie viel Mühe ich mir gab, das zu vermeiden, immer wieder lief alles auf die Affäre hinaus.

»Es tut mir leid. Wie oft soll ich mich noch entschuldigen?«

»Du und ... sie ... das hat echt etwas mit meinem Selbstbewusstsein gemacht. Ich habe das Gefühl, eine schlechte

Ehefrau, eine schlechte Mutter zu sein ... eine schlechte Schwiegertochter. Ich mache mir Sorgen, den Kindern nicht gerecht zu werden, und im Krankenhaus kann ich mich einfach nicht mehr konzentrieren, und da geht es um Leben und Tod. Da kann ich mir keinen Durchhänger leisten.«

»Mensch, Clare, jetzt hör aber mal auf, dich selbst so fertigzumachen«, sagte er sanft. »Wenn es ein Trost ist, mir geht das manchmal ganz genauso, also das Gefühl, als Ehemann nicht gut genug zu sein ...«

Darauf hätte ich am liebsten »Bist du ja auch nicht« gesagt, konnte es mir aber verkneifen.

»Und dann die Kinder«, fuhr er fort. »Manchmal habe ich das Gefühl, nicht genug Zeit mit ihnen zu verbringen.«

Hierauf hätte ich gern »Tust du ja auch nicht« geantwortet, hielt mich aber erneut zurück, weil wir immerhin miteinander redeten. Ich und Dan sprachen miteinander – wir schrien uns nicht an, wir machten uns keine Vorwürfe oder Vorhaltungen, wir sprachen einfach nur miteinander, und das war gut.

»Manchmal kommt es mir so vor, als hätte ich dieses Leben überhaupt nicht verdient«, seufzte ich. »Ich habe tolle Kinder, ich habe dich und die übrige Familie, tolle Urlaube wie diesen hier ...« Ich zeigte Richtung Fenster, das in diesem Fall zwar auf den Parkplatz hinausging, aber Dan verstand, was ich sagen wollte. »Deine Familie ist gut zu mir ... zu uns.«

Er nickte.

»Früher hatte ich das Gefühl, eine gute Mutter zu sein«, fuhr ich fort. »Eine gute Frau, aber dann ... hast du ...«

»Hör auf, Clare.«

»Ich sage das ja nicht, um dir ein schlechtes Gewissen zu machen, ich muss nur ehrlich zeigen, wie es mir geht. So langsam sehe ich Licht am Ende des Tunnels, aber es war wirklich schmerzhaft, und natürlich frage ich mich – was habe ich falsch gemacht? Wie habe ich als deine Frau versagt, dass du das Gefühl hattest, eine andere zu brauchen? Und wie können wir verhindern, dass das noch einmal passiert? Weil, es war jetzt ja auch nicht gerade zum ersten Mal ... die Stewardess hat es ja auch gegeben. Die hat mich zu Hause angerufen, verdammt noch mal, die wusste, wo wir wohnen, Dan. Du hast die Sicherheit unserer Kinder aufs Spiel gesetzt ...«

»Clare, jetzt dramatisierst du aber. Gefährlich war sie nun wirklich nicht«, sagte er verärgert, vielleicht war es ihm auch immer noch ein wenig unangenehm. Dann sprach er in sanfterem Tonfall weiter. »Ich kann die Vergangenheit nicht ungeschehen machen, aber ich kann mich auch nicht bis in alle Ewigkeiten dafür entschuldigen. Ich kann nur hoffen, dass du mir eines Tages verzeihen wirst.«

Das Bett unter mir quietschte, als Dan sich zum Gehen erhob. Schon hatte ich ihn wieder verloren. Ich hätte mir selbst in den Hintern treten können. Warum konnte ich das Gespräch nicht einfach mal laufen lassen, warum musste ich immer wieder darauf zu sprechen kommen, auf sie, auf seine Untreue? »Weil diese beiden Frauen für dich die ganze Zeit anwesend sind«, hätte meine Freundin Jackie darauf geantwortet. »Für dich sind das die beiden Elefanten im Raum, sobald du mit Dan zusammen bist, und ehe du sie nicht aus dem Kopf bekommst, wird sich nichts verändern.« Bei Carmel war mir das ja eigentlich auch bereits gelungen gewesen, aber die Sache mit Marilyn hatte auch sie wieder reaktiviert.

Joys Art, damit umzugehen, war, alles unter den Teppich zu kehren, die Frauen aus unserem Leben zu entfernen und so zu tun, als wäre nie etwas gewesen. Für mich waren sie aber wie ein Blutfleck auf einem weißen Teppich: Ich konnte putzen und schrubben, so viel ich wollte, ich konnte sie einfach nicht aus meiner Ehe entfernen. Sie waren immer um Dan herum, der Duft ihres Parfums noch in der Luft.

An der Tür hielt Dan inne. »Bitte versuch, dich nicht in den ... schlechten Dingen zu verlieren«, sagte er.

Ich nickte langsam, wobei ich wenig überzeugt davon war,

dass es mir je gelingen würde, sie vollständig abzuschütteln. Mir ist natürlich sehr bewusst, dass immer zwei dazugehören, dass seine Schuld nicht kleiner war als ihre. Aber ihn konnte ich nicht hassen, denn andernfalls hätte ich meine Ehe beenden müssen, und selbst nach allem, was passiert war, liebte ich ihn noch immer.

»Ich werd mal nach den Kindern sehen«, sagte er. »Dad wird sich mittlerweile ziemlich an ihnen verausgabt haben.«

Darüber mussten wir beide lächeln. Ich mochte es, wenn Dan lächelte.

»Der arme Bob, ich finde, er sieht müde aus«, sagte ich. Bei den Kindern schien Bob immer deutlich schneller an seine Grenzen zu kommen als Joy.

»Ja, da hast du recht, und das, obwohl er jetzt im Ruhestand ist. Hat über fünfzig Jahre lang geschuftet. *Mit vierzehn vonner Schule ab, weißt du?*« Dabei ahmte er die Stimme seines Vaters nach. Bob war sehr stolz darauf und wies gerne darauf hin: »Ein Studium anne Uni hab ich gar nicht gebraucht.« Ich konnte förmlich hören, wie Joy aus dem Hintergrund an seiner Grammatik herumkrittelte und musste lachen. Bob empfand seinen Mangel an formaler Ausbildung geradezu als Ehrenauszeichnung, er war ein Selfmademan. Mit der modernen Welt, dem Internet und Vertragsunterzeichnungen konnte er nichts anfangen. »Für uns hat damals ein Handschlag gereicht«, sagte er oft, während schon der bloße Gedanke an solche Gepflogenheiten Dan sämtliche Farbe aus dem Gesicht weichen ließ. »Bei der Art, wie Dad Geschäfte macht, wundert es mich nur, dass man ihn nicht ständig übers Ohr gehauen oder sonstwie in den Ruin getrieben hat«, hatte er mir gegenüber einmal gesagt. »Wenn er Veränderungen gegenüber etwas offener eingestellt gewesen wäre, hätte Taylor's in einer ganz anderen Liga spielen können.« Aber Bob hatte gar kein Interesse daran, Millionen zu scheffeln, er wollte einfach nur, dass alles glatt lief, und wenn es doch einmal zu Problemen kam, regelte er sie einfach. Zwar gab es bei Taylor's einiges Personal, aber Bob schien in seinem eigenen Universum mit seinen eigenen Regeln zu agieren, und Dan ließ ihn einfach machen, während er selbst versuchte, das Unternehmen ins einundzwanzigste Jahrhundert zu hieven. An Potenzial mangelte es nicht, und ich weiß, dass es Dan manchmal wurmte, dass so vieles davon ungenutzt blieb, aber Bob sagte immer: »Mein einziges Ziel war immer, meine Familie zu versorgen – alles darüber hinaus ist ein Bonus.«

Bereit zum Gehen stand Dan nun im Türrahmen zum Kinderzimmer. »Was war da vorhin eigentlich zwischen dir und Ella los?«

»Was meinst du mit ›Was war los‹?«, fragte ich, wobei mir klar war, dass die hektischen Flecken, die sich immer in meinem Nacken breitmachten, wenn ich nicht die Wahrheit sagte, mich bald entlarven würden.

»Du weißt genau, was ich meine. Als du ihr gegenüber vorhin am Pool so laut geworden bist?«

»Ach das. Ich habe sie einfach nur darum gebeten, nicht ständig vor den Kindern übers Fleischessen zu reden, als wäre Fleisch das reine Gift.«

»Du magst sie nicht, oder?«

»Ich hab's versucht! Als die beiden Mittwoch hier angekommen sind, dachte ich noch, es wäre bestimmt schön, noch eine andere Frau im Boot zu haben, dass wir zusammen shoppen gehen könnten und ...«

»Ha! Als würdet ihr beiden in denselben Läden shoppen.«

»Wie meinst du das?«

»Na, guck sie dir doch mal an.«

Das saß. »Willst du sagen jung und schlank und ...?«

»Nein, jetzt fängst du schon wieder damit an, dich selbst runterzumachen und mit anderen zu vergleichen. Ich meine vom Preissegment her. Ella steht auf Designersachen. Gerade gestern Abend hat Jamie sich noch beklagt, dass er ein

Vermögen für Klamotten ausgibt. Da hat er sich ordentlich was aufgehalst.«

»Aber es ist doch wohl nicht Jamies Aufgabe, sie in Gucci zu kleiden. Als Model und was auch immer sie da sonst noch macht, wird sie sich die Sachen doch selbst kaufen können, meinst du nicht?«

»Wahrscheinlich schon. Modeln kann ganz schön lukrativ sein, oder?«

Ich nickte. »Sich für Taylor's um die sozialen Medien zu kümmern hingegen nicht.« Wie ich nur zu genau wusste.

»Falls sie tatsächlich mit an Bord kommt, wird sie das nicht allzu lange machen. Für Leute wie Ella ist Taylor's nicht genug.«

Ich versuchte, nicht allzu viel in seine Worte hineinzulesen, aber letztlich implizierte er, dass für Leute wie mich Taylor's sehr wohl genug war.

»Aber ist *Jamie* ihr denn genug?«, sinnierte ich. »Die beiden sind so unterschiedlich. Sie wirkt so materialistisch und ...«

»Sie haben doch gerade erst geheiratet, jetzt gib ihnen doch erst einmal eine Chance!«, lachte Dan. »Wäre es dir lieber, Jamie hätte seine neue Frau nicht mit in den Urlaub gebracht?«

»Nein.«

»Ich sehe die roten Flecken in deinem Nacken.«

Erwischt. »Fahr zur Hölle, Daniel Taylor«, sagte ich theatralisch. »Mir ist das nur alles ein bisschen viel, wie sie mit großen Augen Vorträge über tote Kälber hält und den Kindern Plastikflaschen verbietet. Ich hab gehört, wie sie zu Alfie gesagt hat, dass er den Planeten rettet, wenn er die Toilette nicht spült. Er wusste überhaupt nicht, wovon überhaupt die Rede war, bei ihm ist nur angekommen ›du darfst die Toilette nicht spülen‹. Es hat mich ein ganzes Jahr gekostet, bis ich ihn endlich soweit hatte, hinter sich zu spülen, verdammt noch mal.«

Darüber musste Dan lachen. »Na, ist doch gut, ist ja auch mal Zeit, dass unsere Kinder lernen, warum Plastikflaschen schlecht sind und was es mit Abwasser auf sich hat. Ist schließlich ihre Zukunft, die hier gerettet werden soll.«

»Ja, schon, aber Ella ist wirklich nicht in der Position, mir da Vorträge zu halten. Diese Scheinheiligkeit. Sie selbst schminkt sich mit Kosmetiktüchern ab und ist ständig auf Reisen und hat eine Wohnung in Amerika, wo sie angeblich regelmäßig hinfliegt – sie muss so viel fliegen, wie andere Leute Bus fahren. Wie kann sie es wagen, uns hier Vorschriften zu machen, als wäre sie eine Umweltschützerin vor dem Herrn oder was, während es in Wirklichkeit ihre Kosmetiktücher sind, in denen sich die ganzen Thunfische verfangen.«

»Verfangen die sich nicht eher in den Fischernetzen?« Dan sah verwirrt aus.

»Ja, aber was ich sagen will, ist, dass sie mit ihren tollen Abschminktüchern mindestens genauso verantwortlich für das Ozeansterben ist wie Alfie, wenn er die Toilette spült. Und glaub mir, wenn ich wählen müsste, würde ich mich dafür entscheiden, dass Alfie spült – in unser aller Interesse«, fügte ich hinzu.

»Ich weiß auch, wie es in der Kloschüssel aussieht, nachdem Alfie drauf war, und kann dir daher nur zustimmen«, sagte Dan mit einem Lächeln. »Aber Clare ... sachte. Die beiden haben gerade erst geheiratet, du willst Ella doch nicht gleich in der ersten Woche verschrecken.«

»Sie *verschrecken*? Du machst wohl Witze. Da mach dir man keinen Kopf, unsere Ella weiß sich ganz gut zu wehren.«

»Da wäre ich mir nicht so sicher«, wandte er ein. »Auf mich macht sie einen ziemlich zart besaiteten Eindruck.«

»Typisch Mann, lässt sich von falscher weiblicher Zerbrechlichkeit blenden«, sagte ich und verdrehte die Augen.

»Ja, na ja, ich finde sie jedenfalls in Ordnung«, fuhr er fort. »Und sie wird Jamie guttun, sie ist genau, was er braucht.«

»Mag sein«, sagte ich, aber bevor wir das Gespräch noch

weiter fortsetzen konnten, scholl ein gebieterisches »Daddy!«
zu uns herauf.

»Das ist Alfie«, sagte Dan, schon halb aus der Tür. »Wahrscheinlich will er in den Pool. Ich muss dann mal runter, sonst springt er noch ohne mich rein.«

»Ja, das macht er, das weiß ich aus Erfahrung. LOS!«, lachte ich.

»Schau mal, was ich ja nur sagen will«, sagte er, »sei bitte einfach nett zu Ella.« Um das Ganze etwas abzumildern, zwinkerte er mir noch zu und machte sich dann fix aus dem Staub. Typisch Dan. Irgendwann hatte er mir mal erzählt, wie er früher als Kind, wenn es darum ging, Joy zu widersprechen, immer sagte, was er loswerden wollte, und dann, bevor sie darauf reagieren konnte, einfach abhaute. So wie er es gerade mit mir gemacht hatte. Aber obwohl er auf diese Weise Reißaus genommen hatte, war es doch das erste Mal seit Langem gewesen, dass wir uns mal wieder richtig unterhalten hatten, und es fühlte sich an wie ein kleiner Schritt nach vorn. Auch wenn es hauptsächlich um Ella und die Umwelt gegangen war (wenn sich das nicht wie Reality-TV anhörte), wurden wir offener und waren ehrlich miteinander, und darauf kam es ja schließlich an, denn ich hätte es nicht verkraftet, wenn er noch etwas vor mir versteckt hätte. Dann rief ich mich zur Vernunft – was für eine Heuchlerin ich doch war, denn was auch immer es noch hätte sein können, was er für sich behielt, schlimmer als das, was ich vor ihm geheim hielt, konnte es schließlich nicht sein.

14

Etwas später ging ich nach unten zu den anderen an den Pool. Als ich dort ankam, saßen Ella und Joy nebeneinander und kicherten, was ich etwas beunruhigend fand, da Joy sonst eher nicht so leicht kicherte. Da ich Dans Worte aber noch frisch im Ohr hatte, beschloss ich, mir erst einmal nichts weiter dabei zu denken, und ging mit einem offenen Lächeln auf die beiden zu.

»Ella und Jamie sind gerade vom Bäcker zurückgekommen und haben leckeren Kuchen mitgebracht«, sagte Joy. »Wir haben dir ein Stück aufgehoben. Ich hab's im Schatten aufbewahrt.« Sie zog eine weiße Pappschachtel unter ihrem Liegestuhl hervor. Ella nahm einen Teller von einem Stapel auf einem Tablett und reichte ihn mir, dabei lächelte sie mich an. Ich lächelte zurück und dachte, dass es für sie nicht so leicht sein konnte, in diese Familie einzuheiraten, und dass sie sich allem Anschein zum Trotz als Neue vielleicht doch genauso unsicher fühlte wie ich mich dadurch, dass sie hier war.

»*Dolce alla napoletana*«, sagte Ella, als ich den Kuchen auf den Teller transferierte.

»Danke, er sieht vorzüglich aus.« Ich probierte ein Stück, er schmeckte köstlich. Zwar konnte ich mir kaum vorstellen, dass er vegan war, und hätte das unter anderen Umständen sicher auch nicht unhinterfragt gelassen, aber ich wollte keinen Ärger machen.

»Der ist von einer supersüßen Bäckerei die Straße runter. Ich und Jamie haben ihn von unserer Joggingrunde mitgebracht. Das ist ein süßer Schichtkuchen, der traditionell zu *Ferragosto* gegessen wird, dem Mitte August begangenen Feiertag Mariä Himmelfahrt«, erklärte Ella, als wäre sie Expertin für alle möglichen religiösen Feierlichkeiten in Italien.

»Wow«, war alles, was ich hervorbringen konnte.

»Joy und ich haben diesen Urlaub eine Mission, Clare« rief sie mir etwas später zu, während ich meinen Kuchen aß.

»Oh, das hört sich aber interessant an«, antwortete ich.

»Ja, wir werden ein paar echt geniale neue vegane Rezepte entwerfen und damit einen gemeinsamen Insta-Account starten.«

»Dann hast du Joy also bekehrt?«, fragte ich, worauf meine Schwiegermutter nicht antwortete, sondern nur gleichmütig lächelte, was so was von gar nicht zu ihr passte.

»Genau. Joy und ich werden euch Fleischliebhabern zeigen, dass es bessere Alternativen gibt, als Leichenteile zu essen«, fuhr Ella fort, was mir wenig Sinn zu ergeben schien, weil Joy ja schließlich Fleisch *aß*. Je röter desto besser.

»Igitt, ich will keine toten Menschen essen«, kreischte Violet, was sofort von Alfie und Freddie aufgegriffen wurde, die gar nicht wussten, wovon sie überhaupt sprach, aber trotzdem mit einstimmten.

»Doch nicht tote Menschen ... es geht um Nahrungsmittel. Auntie Ella redet bloß dummes Zeug«, erklärte ich und versuchte immer noch, den Ball flach zu halten.

»Entschuldigt, ja, das war dummes Zeug, Kinder. Eure Mummy hat recht.« Mit zur Seite geneigtem Kopf und einem

Ausdruck voller Schmerz und Selbstmitleid im Gesicht schaute sie mich an. *Schmerz,* den beherrschte sie wirklich gut, und sie konnte ihn wie aus dem Nichts heraufbeschwören. Auf alle anderen musste es so wirken, als hätte ich rumgezickt, während Ella völlig vernünftig und geradezu zerknirscht rüberkam. Dabei hatte ich den Sarkasmus in ihrer Stimme genau gehört.

Wir blieben am Pool sitzen und schwiegen uns im Wesentlichen an, während Dan mir bitterböse Blicke zuwarf und der Schichtkuchen von der »süßen kleinen Bäckerei« mir im Halse stecken blieb. Offensichtlich hatte Dan mitbekommen, wie ich in Bezug auf Ella das Wort »dumm« in den Mund genommen hatte, ignorierte den Kontext und nahm es mir jetzt übel. *Ach, lass mich doch in Frieden, Dan,* dachte ich. Seit wann gefiel er sich in der Rolle des moralisierenden Ehemanns?

»Dann musst du mir unbedingt sagen, wie ich deinen neuen veganen Insta-Kanal finde«, sagte ich. »Ich folge übrigens noch nicht einmal deinem Hauptaccount, unter welchem Namen läuft der denn?«

»@EverythingElla123.« Sie lächelte stolz.

Ich griff zu meinem Handy und klickte mich zu ihrem Profil durch. Sie hatte über fünfundzwanzigtausend Follower. Irgendwie hatte ich bei einer Influencerin mehr erwartet, aber was wusste ich schon darüber. »Wow, tolle Fotos«, nuschelte ich, während ich mich durch die Selfies scrollte, Selfies mit Sonnenuntergängen, Selfies in prächtigen Hotels an diversen Fernreisezielen, Selfies mit Ella in Bademode/Schlauchkleidern/Miniröcken, natürlich mit allen relevanten Markenhashtags versehen, um den Marketingeffekt zu maximieren.

Erst fünf Minuten zuvor hatte sie ein Foto von sich gepostet, wie sie in einem langen, grauen Seidenkleid in der Villa stand: »Endlich zu Hause! #Home #Italy #MyPlace«.

»Und Clare, nimm's mir nicht übel, aber ich folge nicht zurück.«

»Kein Problem.«

»Ich hab keinen Bock auf eine Timeline, in der es nur darum geht, was es zum Essen gab oder wie es gerade ums Gewicht steht, verstehst du? Ach, und das meine ich natürlich ganz allgemein. Jetzt nicht auf dich bezogen.«

»Nein, versteh schon.« Und wie das auf mich bezogen war.

Ich setzte mich auf, noch immer scrollte ich mich durch all die Fotos, die schöne Kleidung, die Autos, alle mit Hashtags, und als ich unten am Ende der Seite ankam, stellte ich fest, dass es den Account erst seit etwa sechs Monaten gab. Für ein Instagram-Model hatte sie vielleicht nicht wirklich viele Follower, aber dafür, dass sie den Account erst seit sechs Monaten laufen hatte, waren es doch eine ganze Menge. »Darf ich fragen«, erkundigte ich mich und lehnte mich in ihre Richtung, »wie du es geschafft hast, in so kurzer Zeit an so viele Follower zu kommen? Den Account von Taylor's betreiben wir jetzt seit Jahren, und ich glaube, wir haben nur so um die fünfhundert.«

»Ich weiß halt, wie man das macht. Was die Leute mögen ...«

»Und was hast du dann vorher gemacht, wenn du erst vor sechs Monaten damit angefangen hast?«

»Das Gleiche. Den alten Account hab ich nur gelöscht, ich wollte was Neues. Niemand interessiert sich für den ollen Kram von gestern, Clare. Wie ich gesagt habe. Man muss am Ball bleiben.«

Ich guckte sie einfach weiter an und versuchte, darüber wegzuhören, was sie sagte. Dass es gegen mich gerichtet war, war offensichtlich.

»Und wie kannst du davon leben? Das soll jetzt nicht blöd klingen, ich würde ehrlich gerne wissen, was man als Instagram-Model so macht, wie deine Karriere funktioniert.«

Sie rutschte sich ein wenig auf der Liege zurecht. »Große Unternehmen binden mich in ihre Werbung ein ...«

»Groß? Welche zum Beispiel?«

»Na ja, einfach ... halt Make-up- und Modeunternehmen ... und ... ach, kennst du eh nicht.«

»Vielleicht ja doch?« Ich hatte das Gefühl, dass sie der Frage auswich, und konnte mich des Gedankens nicht erwehren, dass sie irgendetwas versteckte. Die Frage war, was. Und warum?

»Zu viele, um sie alle aufzuzählen«, sagte sie, erhob sich, schlenderte zu Jamie hinüber, der sich sonnte, und kuschelte sich wie ein Baby auf seinem Handtuch an ihn. Derweil blieb ich zurück, versuchte mir ein klareres Bild davon zu machen, wer Ella wirklich war, und wunderte mich, dass keiner sonst sie infrage zu stellen schien.

Nachdem ich aufgegessen hatte, fühlte ich mich verpflichtet, die rund um den Pool verteilten benutzten Teller der anderen einzusammeln und abwaschen zu gehen. Als Joy ihre Hilfe anbot, sagte ich: »Nein, du machst schon immer genug, bleib ruhig am Pool. Dan wird mir helfen.«

»Aber das bringt doch gar nichts«, meldete Ella sich zu Wort, die neben ihrer Liege stand und sich die Haare nachlässig hochband, wobei die Brüste unter ihrem enganliegenden T-Shirt sachte auf und ab wogten.

»*Warum* bringt das nichts, Ella?«, fragte ich und versuchte, nicht auf ihre vom Winzbikini nur spärlich bedeckten Pobacken zu schauen, als sie sich nun vorbeugte, um einen der Teller vom Boden aufzuheben.

»Wenn du und Dan beide in der Küche seid, muss Joy ja auf die Kinder aufpassen ... und dann kann sie sich nicht hinlegen und entspannen. Und darum ging's dir doch, oder?«, sagte sie mit einem Ausdruck gespielter Verwirrung im Gesicht. Ich wusste exakt, was sie vorhatte.

»Na ja, und was schlägst du vor?«, fragte ich. Es langweilte mich, wie sie alles, was ich von mir gab, aufgriff, um es dann mit diesem widerlichen Lächeln hinterhältig gegen mich zu verwenden.

»Wie wär's, du und Joy, ihr bleibt beide am Pool. Du siehst müde aus, Clare.« Ich spürte einen Hauch von Verärgerung, schließlich schwang da mit, dass ich abgekämpft aussähe, oder alt. Ständig versuchte sie, mir den Wind aus den Segeln zu nehmen. Warum wollte sie mich um jeden Preis sabotieren und mir damit auch noch den letzten Rest an Selbstvertrauen nehmen? Sie nahm mir meinen Teller aus der Hand. »Ich werde Dan beim Abwasch helfen. Das machen wir doch mit Links, was, *Dan the Man?*«, rief sie zu ihm hinüber, worauf er seinen Daumen hochstreckte und sich aus dem Liegestuhl hievte. Dann stellte sie sich mit ihren fast vollständig entblößten Pobacken viel zu dicht neben meinen Mann und kicherte ohne besonderen Grund mindestens fünfundvierzig Sekunden lang, während er einen wackeligen Turm aus Tellern und Kuchengabeln aufeinanderstapelte. Natürlich hätte er ihr die Hilfe nicht verweigern können, aber darum musste er noch lange nicht so verdammt übereifrig mitmachen.

Ich wandte mich von den beiden ab und sah Bob am flachen Ende des Pools bis zum Hals im Wasser sitzen und Freddie halten, während die beiden anderen Kinder herumplanschten. Joy war inzwischen ganz in ihren Schmöker von Rosamunde Pilcher vertieft, Dan und Ella verschwanden mit ein paar Tellern in der Villa, und ich machte es mir bei Bob und den Kindern im flachen Wasser gemütlich.

Da ich jetzt da war, konnte ich Freddie übernehmen, so dass Bob mit den anderen beiden, Alfie auf den Schultern, ein bisschen tiefer rein gehen konnte. Nach wenigen Minuten stand Jamie plötzlich auf und kam zu mir herüber.

»Na, habt ihr Spaß?«, fragte er, setzte sich neben mich und ließ die Füße im Wasser baumeln.

»Ja, haben wir.« Ich lächelte und fühlte mich plötzlich ein wenig verlegen, bestimmt wurde ich rot. Mit seinen fünfunddreißig Jahren war Jamie sieben Jahre jünger als Dan, aber dank seiner Bräune, seinem flachen Bauch und dem kurzen, jungenhaften Haarschnitt wirkte er sogar noch jünger. Ella konnte sich glücklich schätzen. »Und? Wie ist es so als verheirateter Mann?«, erkundigte ich mich. Seit seiner Ankunft hatten wir noch kaum miteinander geredet, so dass es sich jetzt eigenartig, fast unangenehm anfühlte. Ich fand es schade, dass uns unsere frühere, unkomplizierte Freundschaft abhandengekommen war, aber unter den gegebenen Umständen war das wohl unvermeidbar.

»Fühlt sich gut an.« Er nickte bekräftigend. Beide behielten wir die Kinder im Auge, insbesondere Freddie, der sich jetzt mit einer Hand an meinem Bein festhielt und mit der anderen sein Spielzeugboot durchs Wasser schob. Bob war zum »Kapitän« des aufblasbaren Flamingos beordert worden, und instinktiv warfen Jamie und ich uns mit zuckenden Mundwinkeln einen kurzen Blick zu. Früher hätten wir uns bei dem Anblick von Bob, der sich mit dem riesigen, pinken Wabbelwesen herumschlug, während Alfie und Violet ihm ihre Kommandos zuriefen, vor Kichern kaum halten können. Aber jetzt fühlte es sich komisch an, so als wären wir einander fremd.

Eine Weile saßen wir schweigend nebeneinander, dann holte Jamie tief Luft und sagte: »Sie ist ein guter Mensch – Ella.«

»Oh ... ja ... ja, bestimmt.«

Noch mehr Schweigen, während wir weiterhin Bob und den Kindern zusahen.

»Sie glaubt, dass du sie nicht magst.«

Was sollte ich darauf erwidern? »Oh. Echt?«

Für einen kurzen Moment ließ ich Freddie aus den Augen und sah Jamie an.

»Guck mal, sie ist halt umwerfend, und ich kann schon irgendwie verstehen, wenn sie einen erstmal ein bisschen ...

einschüchtert? Aber du musst sie einfach besser kennenlernen«, sagte er. »Sie ist völlig bodenständig.«

»Bestimmt ist sie das«, sagte ich, merkte aber den Zorn in mir aufbrodeln. Glaubte er wirklich, meine Abneigung für sie habe etwas mit ihrem Aussehen zu tun? Am liebsten hätte ich laut losgeschrien. Sah denn keiner, was ich sah? »Ich kenne sie halt noch nicht«, sagte ich und hielt mich zurück. »Außerdem ist es ja auch völlig unwichtig, was *ich* von ihr halte. Ich *muss* sie ja nicht mögen, Jamie. Du bist derjenige, der mit ihr verheiratet ist.«

»Stimmt es also? Dass du sie nicht magst?« Er sah enttäuscht aus.

Eine Weile sagte ich nichts, dann schaute ich zu Joy hinüber, die eingeschlafen war – die Luft war rein, also sagte ich ruhig: »Nein, ich mag sie nicht, aber aus anderen Gründen, als du wahrscheinlich *denkst*.«

Während wir früher ganz entspannt und unbefangen miteinander umgegangen waren, waren wir nun unbeholfen und reserviert.

»Jamie – ich habe ja versucht, sie zu mögen. Ich wäre ja gerne ihre Freundin gewesen, aber es kommt mir so vor, als wollte sie das gar nicht. Ich glaube, dass sie mich auf Distanz hält und mich vergrault, weil sie nicht will, dass ich merke, wer sie ist. Wer ist sie, Jamie?«

Skeptisch fuhr er mit dem Kopf zurück, als wollte er fragen: *Was zum Teufel redest du da eigentlich?*

»Denn ich glaube, dass du sie auch nicht kennst. Ich glaube, dass sie nicht die ist, für die du sie *hältst*. Sie behauptet, sonst wo auf der Welt Immobilien zu besitzen. Im einen Moment ist ihr Vater noch Italiener, im nächsten dann plötzlich aus New York ...«

»Ich kann einfach nicht fassen, dass du das sagst.«

»Es tut mir leid, aber seit wann kennst du sie schon?«

Er schüttelte nur den Kopf. »Lange genug, um meine Gefühle für sie zu kennen. Sie ist meine *Frau*, Clare.«

»Ich versteh dich ja, Jamie. Ich weiß, dass du wahrscheinlich bereit für mehr bist, dass du an einem Punkt bist, wo du dich mit jemandem niederlassen möchtest. Aber Jamie, ist sie dafür wirklich die Richtige? Ist sie herzlich und liebevoll? Ella wählt sich ihre Bücher nach der Coverfarbe aus, damit sie sich auf Fotos gut machen, sie *liest* sie noch nicht einmal. Sagt das nicht schon alles?« Er schaute mich nicht an, aber der Schmerz in seinem Gesicht verriet mir aufs Neue, wie sehr er sie zu lieben glaubte. »Schau, ich mache mir halt einfach nur Sorgen, dass du dich da ein bisschen übereilt reingestürzt hast.«

Ein wenig unwirsch fuhr er mich an: »Jetzt bist du einfach nur ungerecht ...«

»Nein, bin ich nicht. Weißt du, ob du ihr trauen kannst? Wirklich, echt trauen?«, fragte ich. Und dann holte ich sehr tief Luft, weil mir klar war, dass das, was ich nun sagen würde, ihm das Herz brechen konnte, und berichtete ihm, wie ich Ella im Zimmer seiner Mutter an deren Schmuck beobachtet hatte. »Jamie, sie hat deiner Mutter Ohrringe geklaut ... und das, nachdem alle sie so herzlich willkommen geheißen hatten. Besonders Joy – Ella hat sie *bestohlen*.«

Er sah geschockt aus, verunsichert. »Nein. Nein.« Er schüttelte den Kopf. »Das würde sie niemals tun«, widersprach er energisch. Er wies die Anschuldigung entschieden von der Hand. Was hätte er auch sonst tun sollen? Würde er dem, was ich gesagt hatte, Glauben schenken, käme das dem Eingeständnis gleich, seine Frau nicht zu kennen.

Bevor wir das Gespräch fortsetzen konnten, rief Violet: »Uncle Jamie, komm auch rein, spiel mit uns!«

Weil er offenbar nicht dazu in der Lage war, den von mir geschilderten Tatsachen ins Auge zu sehen, war ihm das ein willkommener Ausweg. Er glitt ins Wasser und ließ sich von dem herrlichen blauen Nass umfangen.

»Woll'n wir doch mal sehen, wie schnell ihr auf dem Teil hier flitzen könnt«, rief er, hob instinktiv Freddie aus dem Wasser auf seine Schultern und schob die anderen beiden auf dem Aufblastier durchs Becken, während Bob danebenstand und recht erleichtert darüber schien, dass sein Dienst beendet war.

Dumm war Jamie ja nicht. Mit Sicherheit musste ihm das, was ich ihm über Joys Ohrringe erzählt hatte, zu denken gegeben haben. Aber Jamie konnte nicht gut mit der Wahrheit umgehen, vor allem nicht, wenn es eine unbequeme Wahrheit war. Sobald er Probleme bekam oder unzufrieden mit einer Situation war, machte er sich aus dem Staub. Oder er machte es wie Joy, die, wenn ihr etwas gegen den Strich ging, einfach so tat, als wäre es nie geschehen, oder es eben aus dem Weg schaffte – wie Marilyn.

Ich sah den spielenden Kindern zu, die sich abwechselnd von Uncle Jamie in die Luft werfen ließen und aus purer Lebensfreude jubelten, wenn er Violet herumwirbelte und die Jungs durchs Wasser zog, wenn auch nicht ganz so wild, da sie noch nicht richtig schwimmen konnten. Aber als ich zu ihnen in den Pool stieg, zog er sich recht bald auf seinen Liegestuhl zurück, so dass ich mich fragte, ob es richtig gewesen war, ihm alles zu erzählen. Hatte ich ihn dazu gebracht, Ella infrage zu stellen, oder einfach nur erreicht, dass er mich jetzt hasste?

Ich hielt Freddie fest, der sein Plastikboot um den Flamingo steuerte und dabei von Violet und Alfie herumkommandiert wurde. Dabei hatte ich ein Auge auf dem Flamingo, das andere auf Freddie. Es war nicht gerade entspannend, aber mit den Kindern zu spielen machte Spaß. Sie konnten mich, selbst wenn ich deprimiert war, von allen Misslichkeiten ablenken und zum Lachen bringen. Kinder haben die bewundernswerte Fähigkeit, Stress und Sorgen von einem zu nehmen. Durch ihre bloße Gegenwart schaffen sie es, Krisen zu relativieren und nagende

Probleme vom Tisch zu wischen. Ich habe tolle Kinder, sie zaubern mir ein Lächeln aufs Gesicht, machen mich stolz, sie versetzen mich in Erstaunen, und es verblüfft mich immer wieder, wie die Liebe, die ich für sie empfinde, nicht einfach nur grenzenlos ist, sondern immer noch weiter wächst. Die Gedanken, die ich mir wegen der Dinge machte, die ich zu Jamie gesagt hatte, lösten sich einfach in Luft auf, als Alfie zu einem »Wasserfrosch« mutierte und Freddie alles, was er von sich gab, mit seinem lispelnden Kleinkindstimmchen wiederholte, während Violet und ich herzlich über sie lachten. Die Sonne schien auf uns vier herab und ich fühlte mich im Einklang mit der Welt. Mir wurde bewusst, dass egal, was aus Dan und mir werden würde, ich niemals wirklich allein sein würde, weil Kinder für immer einen Platz im Herzen einnehmen, den sie auch dann nicht verlassen, wenn sie nicht bei einem sind.

Die Zeit, die wir gerade miteinander verbrachten, war kostbar. Unmittelbar nach unserer Heimkehr musste ich wieder an die Arbeit zurückkehren, also galt es, unsere Zeit hier voll auszukosten. Ich hatte Ella in meinen Gedanken zu viel Raum zugestanden. Mit dem Ohrringdiebstahl, den Lügen, den gehässigen Anfeindungen und einfach nur ihrer gesamten vermaledeiten Anwesenheit hatte sie einen zu großen Teil meiner Energie und Aufmerksamkeit an sich gerissen. Aber jetzt schien mir die Sonne warm auf den Rücken und die glatte Oberfläche des Pools wurde nur durch die planschenden Kinder und den schaukelnden Flamingo in Bewegung gesetzt, und das war alles, was zählte.

Irgendwann kamen Dan und Ella vom Abwasch zurück. Übers ganze Gesicht strahlend tauchte sie mit einem Tablett Orangensaft in Pappbechern am Beckenrand auf. »Alle mal herkommen!«, rief sie, und sofort kletterten die Kinder aus dem Wasser, um sich etwas zu trinken bei ihr abzuholen.

»Dein Mann ist echt super im Haushalt«, sagte Ella zu mir,

als auch ich mich aus dem Wasser hievte und sie mir einen Becher reichte.

»Mmmm. Dir hat er sich wahrscheinlich von seiner besten Seite gezeigt«, erwiderte ich.

»Aber *ja*«, lächelte sie. »Er war schon *sehr* beeindruckend.« Sie zwinkerte ihm zu und ich lächelte unbeholfen und nahm ein Schluck von meinem Saft.

Wollte sie mich dazu bringen, dass ich mir Gedanken darüber machte, was genau sich während des Abwaschens wohl zwischen ihnen zugetragen hatte, oder war das einfach nur eine harmlose, scherzhafte Bemerkung zwischen zwei Schwiegertöchtern? Ich konnte es nicht beurteilen, weil ich die wahre Ella immer noch nicht kannte, was, wie ich vermutete, für uns alle galt.

Ich entfernte mich ein wenig, um etwas Abstand zwischen uns zu bekommen, und während sie mit ihrem Orangensafttablett die Haushaltsgöttin gab, griff ich zu meinem Handy und scrollte mich durch meine Fotos. Ich hatte schon ein paar schöne von den Kindern gemacht, und stieß plötzlich nach den ganzen Bildern mit blauem Meer und blauem Himmel auch auf ein Bild von vor dem Urlaub. Es war ein nettes Bild von mir mit einer Patientin, die ich schon eine Weile kannte, Mrs Marsden. Sie hatte Krebs im Endstadium, und in den paar Monaten, die sie für ihre Behandlungen zu uns kam, hatte ich sie ganz gut kennengelernt. Aber als ich mich in den Urlaub verabschiedete, stand ihre Verlegung in ein Hospiz kurz bevor. »Einen wunderbaren Urlaub wünsche ich Ihnen«, hatte sie gesagt. »Mein Mann und ich sind früher auch oft nach Italien gereist. Wir waren immer ganz verrückt nach Gianduia, diesem Schoko-Nuss-Aufstrich – wie Nutella, nur millionenfach besser. Das ist das Traurige daran, dass ich weiß, dass ich sterben werde. Dass es Dinge gibt, die ich nie wieder sehen oder schmecken werde. Ach, was würde ich darum geben«, hatte sie geseufzt. »Ich würde das Zeug direkt aus dem Glas essen, mit einem großen

Löffel!« Sie hatte gelacht. Als wir uns zum letzten Mal voneinander verabschiedeten, hatte ich gesagt: »Halten Sie durch, dann bringe ich Ihnen was von diesem Aufstrich mit – natürlich mit einem großen Löffel!« Ich war also fest entschlossen, den Aufstrich ausfindig zu machen und für sie zu besorgen. Ich googelte danach und fand einen Laden in einer nahegelegenen Stadt, der so aussah, als könnte er ihn führen. Ich dachte an Mrs Marsden und an das pralle Leben, das sie geführt hatte, daran, wie sehr sie ihren Mann liebte und wie stolz sie auf ihre Kinder war, und hoffte, dass sie bei meiner Rückkehr noch leben würde. Aber selbst die Gedanken an Mrs Marsden konnten mich nicht lange ablenken, und schon bald war ich wieder auf Ellas Instagram-Account. Es war wie ein Zwang.

Aber wonach suchte ich eigentlich? Es war kaum davon auszugehen, dass Ella irgendetwas posten würde, was sie verriet. Es war sogar regelrecht unmöglich, hinter all diesen nachträglich bearbeiteten Selfies, den in Szene gesetzten Sonnenuntergängen und den Nahaufnahmen im Bikini zu erkennen, wie sie wirklich war. Ich musste die wahre Ella in einem Moment erwischen, wenn sie sich unbeobachtet fühlte. Ich klickte mich weiter durch ihre überperfekten Fotos, bis ich es nicht mehr ertragen konnte.

Ich sagte Dan, dass ich duschen gehen würde und er derweil auf die Kinder achtgeben solle. Dann ging ich ins Haus, stieg ins Obergeschoss und vergewisserte mich mit einem Blick durchs Flurfenster, dass alle anderen sich noch in oder am Pool befanden, und als ich mir dessen sicher war, betrat ich Jamies und Ellas Zimmer. Es war noch nicht lange her, seit wir es ihnen überlassen hatten, erst am Morgen waren sie dort eingezogen, aber ich wollte ihre Sachen sehen, wollte sehen, ob sich daraus irgendetwas über sie herleiten ließ. Und vor allem wollte ich schauen, ob ich Joys Ohrringe dort finden würde.

Schon das bloße Betreten dieses wunderschönen Zimmers erfüllte mich aufs Neue mit Traurigkeit. Welch große Hoffnungen hatte ich für diesen Urlaub gehegt, der sich dann mit diesem herrlichen Zimmer und unserer Wiederannäherung am ersten Abend ja auch sehr gut angelassen hatte. Zum ersten Mal seit Wochen hatte ich wieder das Gefühl gehabt, dass wir wirklich eine Chance hatten und dass es richtig von mir gewesen war, Dan zu vertrauen, und dass da nach wie vor eine Verbundenheit zwischen uns existierte, auf der wir aufbauen konnten. Aber diese Verbundenheit war zerbrechlich, war fragil. Einen solchen Zufluchtsort zu haben, hätte den ganzen Unterschied ausmachen können, wäre unsere Chance gewesen, in einer neuen Umgebung allein miteinander zu sein und von vorn zu beginnen.

Das Zimmer, das Dan und ich zunächst miteinander geteilt hatten, hatte seinen Charakter völlig verändert, seit Ella und Jamie darin wohnten. Das Bett war ungemacht, und auf der Frisierkommode, die über und über mit Puder bedeckt war, als hätte dort eine Staubexplosion stattgefunden, stand ein geöffneter Tiegel mit Gesichtscreme. Ellas Kleidung war achtlos auf dem ganzen Boden verteilt, selbst ihre getragene Unterwäsche lag zusammengeknüllt herum. Auf dem einen Nachttisch, der ihrer sein musste und auf dessen weißem Holz bereits Kaffeetassen runde Abdrücke hinterlassen hatten, stand ein halbausgetrunkenes Glas Wein. Jamies Bettseite hingegen war sauber und aufgeräumt.

Was mich vor allem überraschte, während ich mir einen Weg durch das Chaos des Zimmers bahnte, war die enorme Diskrepanz zu den sorgfältig komponierten Instagram-Bildern mit ihren präzise gefalteten und farblich sortierten Handtuchstapeln oder zierlichen Dessoussets, die gemäldegleich auf edlen Bügeln an den Türen antiker italienischer Schränke drapiert waren. Von dem sorgsam ausgewählten Buch in dem sorgsam ausgewählten Farbton auf dem Nachttisch ganz zu schweigen, das jetzt auf dem Boden herumflog, überflüssig geworden und »sooo von gestern«. Und wie ich da so inmitten von Ellas ausrangierten Sachen stand, wurde mir klar, dass all das nicht zu dem Bild passte, dass sie uns und dem Rest der Welt präsentierte. Und ich konnte mich des Gedankens nicht erwehren, dass wir, wenn sie mit Menschen ähnlich umging wie mit Dingen, uns ernstlich Sorgen machen sollten. Aber wer war die wahre Ella. Und wollte ich ihr wirklich begegnen? Mir lief ein Schauer über den Rücken.

15

Joys Ohrringe konnte ich in Ellas Zimmer nicht finden, aber dann wiederum herrschte dort auch ein solches Chaos, dass ich gar nicht wusste, wo ich danach hätte suchen sollen. Mir war nicht ganz wohl bei der Sache: Es war nicht richtig, dass ich in ihren Sachen herumschnüffelte, sie gingen mich nichts an. Wenn Jamie mich dabei überrascht hätte, hätte er gedacht, dass ich diejenige war, die sich eigenartig aufführte – oder schlimmer noch, dass ich mich vor lauter Eifersucht obsessiv mit Ella beschäftigte. Da ich wusste, dass die Kinder recht wahrscheinlich bald nach mir suchen kommen würden, stieg ich tatsächlich unter die Dusche. Ich musste diese kostbare Zeit, die ich ganz für mich hatte, ausnutzen und gab mich sieben Minuten einfach nur der Wonne hin, heißes Wasser über mich laufen zu lassen, und kam mir dabei absolut hedonistisch vor.

Als ich mit meiner kleinen Erfrischungspause fertig war, war es vier Uhr – ungefähr die Zeit, zu der Joy und ich für gewöhnlich in der Küche zusammenkamen, um mit den Vorbereitungen für das Abendessen zu beginnen. Ich schlüpfte in die Flipflops vor meinem Bett. Einen kurzen Moment lang überlegte ich, ob ich vielleicht etwas Make-up auftragen sollte, aber dann sagte ich mir, dass ich ja schließlich im Urlaub war und endlich damit aufhören sollte, mich dermaßen unter Druck zu setzen. Abgesehen davon würde es mir bei der Hitze eh nur im Gesicht zerfließen und der Mascara unter den Augen Ringe bilden, die die Tränensäcke sogar noch betonten.

Ich ging hinunter in die Küche. Joy war schon dort, ich konnte sie mit Töpfen hantieren hören – wahrscheinlich hatte sie schon mit dem Gemüse angefangen. An der Tür wollte ich nach meiner Schürze greifen, die Joy mir in einem unserer früheren Urlaube gekauft hatte und die ich nun jedes Jahr mitbrachte. Das war fast schon ein Running Gag geworden. Doch die Schürze hing nicht an dem Haken, wo ich sie am Vorabend aufgehängt hatte, also betrat ich die Küche. »Joy, hast du meine Schürze ge...« – und da sah ich sie – Ella, die meine entzückende Schürze mit Zitronenmuster umgebunden hatte und mit Joy über mein italienisches Kochbuch gebeugt war. Sie stellte eine Frage nach der anderen und lachte über Joys Bemerkungen, was diese natürlich enorm genoss.

Ich tat überrascht. »Oh, gerade wollte ich fragen, ob Joy meine Schürze gesehen hat, aber du hast sie ja um, Ella.« Ich schenkte ihr mein reizendstes Lächeln.

»Huch, entschuldige, Clare.« Sie griff sich um den Rücken, um die Schürze aufzubinden.

»Nein, alles gut. Lass sie ruhig um. Sie steht dir.« Ich wandte mich zu Joy. »Also, für heute Abend hatten wir Hackbällchen gesagt, nicht?« Ich ging zum Topfschrank, um eine Pfanne herauszunehmen.

»Ach, Clare, wir haben übrigens über unseren neuen Instagram-Account gesprochen – ›Mutter und Tochter ganz in Grün‹?«

»Oh ... ihr habt schon einen Namen gefunden ...?« Ich war überrascht. Ich hatte nicht damit gerechnet, dass sie mit der Instagram-Idee ernst machen würden, aber offenbar war Joy mit ähnlichem Eifer dabei wie Ella.

»Jepp, wir sind jetzt offiziell ›Mutter und Tochter ganz in Grün‹ – hipp, hipp, hurra!« Dabei klatschte sie auf bewusst kindliche Weise in die Hände, während Joy einfach nur dazu lächelte.

»Also, nix mehr mit Hackbällchen. Heute Abend kochen wir rein vegan und posten das dann auch gleich auf unserem Account«, verkündete Ella mit nicht zu überhörendem Trotz in der Stimme, als wollte sie einen Streit vom Zaun brechen. So leicht würde ich allerdings nicht aufgeben. Offensichtlich fand sie großen Gefallen daran, mich zu triezen und scheute keine Mühe, jeden einzelnen meiner Vorschläge abzulehnen.

»Super, wir alle lieben Gemüse und ... solche Sachen«, sagte ich lächelnd. »Die Sache ist nur, alle rechnen jetzt schon mit den Hackbällchen. Die sind total verrückt danach und wären echt enttäuscht, was meinst du, Joy?« Unverhohlen bat ich sie um Unterstützung, ich flehte sie förmlich darum an.

»Ooooch, das ist aber schade, jetzt haben wir schon mit den *Champignons en Croûte* angefangen«, sagte Ella und griff nach der Pfeffermühle.

Joy zog einfach mit. Offensichtlich war das ihre Art, Ella zu beweisen, dass sie mitnichten herrisch war und niemanden herumkommandierte, wie ich es ihr vorgeworfen hatte. Trotzdem war ich entsetzt. Ich hätte wirklich erwartet, dass Joy diese ganze Veganismus-Idee rundheraus abgelehnt und Ella mit ihren vermaledeiten Hülsenfrüchten zum Teufel gejagt hätte. Ich weiß noch, wie Dan und ich kurz nach unserer Hochzeit Joy und Bob mal zu uns zum Essen eingeladen hatten. Ich wollte den Anlass dazu nutzen, das Hochzeitsgeschirr, das sie uns geschenkt hatten, einzuweihen und Joy zu beweisen, was für eine tolle Ehefrau ich war. Ich hatte einen aufwändigen Gemüseauflauf zubereitet, für den ich ewig in der Küche gestanden hatte. Ich wollte eben unbedingt einen guten Eindruck hinterlassen. Später saß ich dann nervös an meinem eigenen Esstisch und wartete auf irgendwelche anerkennenden

Worte, aber sie sagte nur: »Gibt's auch noch Fleisch zum Gemüse, Liebes?« Damals hatte ich den festen Vorsatz gefasst, ihr nie wieder ein Essen ohne Fisch oder Fleisch vorzusetzen, so wild entschlossen war ich, die perfekte Schwiegertochter zu sein. Offenbar war ich damit aber ja nun gescheitert, und jetzt gab Joy Ella ihre Chance, was blieb mir also anderes übrig, als mich zu fügen?

Inzwischen hatte Ella damit angefangen, die Pilze in kleine Stücke zu schneiden, was, wie ich ehrlich zugeben muss, bei ihr aussah wie bei einem professionellen Koch. Ich war ziemlich fasziniert.

»Kann ich irgendetwas tun?«, fragte ich. Ich kam mir vor, wie das fünfte Rad am Wagen.

Keine der beiden antwortete, so sehr waren sie in ihr rhythmisches Schneiden und Schälen vertieft, zusammen und doch auch jede in ihrer eigenen privaten Welt.

»Die Sauce riecht aber lecker«, sagte ich, ging hinüber zur Pfanne und sog den warmen, herzhaften Knoblauchgeruch ein. »Die Pilze riechen auch köstlich, aber ich fürchte, die Kinder werden sie nicht anrühren«, sagte ich zu Ella und schüttelte bedauernd den Kopf, obwohl ich eigentlich am liebsten triumphierend gegrinst hätte.

»Ich verspreche dir, dass die Kinder sie lieben werden, so wie ich sie zubereite«, antwortete sie herablassend und fuhr ohne aufzublicken mit Schalottenschneiden fort.

»Alfie sagt immer, dass sie wie Nacktschnecken aussehen, und Freddie plappert ihm eh alles nach«, sagte ich. »Ich entschuldige mich jetzt schon mal für ihr Verhalten.« Ich versuchte mich an einem kleinen Kichern.

»Nicht nötig. Du solltest dich nie für deine Kinder entschuldigen, Clare. Einfach nur extrem stolz auf sie sein. *Du* lebst vielleicht kein tugendhaftes Leben, aber ich bin sicher, deine Kinder werden das hinbekommen. Der Trick besteht darin, seine Kinder nicht mit sich runterzuziehen.«

Ärger wallte in mir hoch, aber ich blieb ruhig und machte ihr nicht das Vergnügen, mich von ihr provozieren zu lassen. Wie gerne hätte ich sie da und dort damit konfrontiert, dass ich sie beim Stehlen der Ohrringe beobachtet hatte, allein schon, um ihr dieses selbstgefällige Lächeln auszutreiben, aber ich hielt mich zurück.

»Vielleicht können wir ja wenigstens ein *paar* Hackbällchen machen«, schlug ich vor. »Für die Kinder.« Ich war fest entschlossen, meine Stellung zu behaupten, jedenfalls das bisschen, was davon noch übrig war.

Ich wusste, dass Hackfleisch im Kühlschrank war, also öffnete ich die Kühlschranktür und ging davon aus, durch Joy in meinem Vorhaben bestärkt zu werden, aber noch bevor sie irgendetwas sagen konnte, fing Ella an zu lachen. »Oh, Clare, du bist wirklich zu komisch.«

Mit einem gequälten Lächeln im Gesicht schaute ich hinter der geöffneten Kühlschranktür zu ihr hinüber. Ein schneller Blick zu Joy verriet mir, dass von ihr keine Hilfe zu erwarten war. Ich war allein, auf mich gestellt. »Inwiefern bin ich ›zu komisch‹?«, fragte ich mit einem warnenden Unterton in der Stimme.

»Hackbällchen? Du willst deinen Kindern wirklich um alles in der Welt Hackbällchen vorsetzen, oder? Weißt du überhaupt, was in Hackfleisch alles reinkommt? Der ganze Kack, den sonst keiner essen will – igitt. Die sollten nicht Hackbällchen heißen, sondern Kackbällchen.«

So viel zum Thema »zart besaitet«, dachte ich, während ich das Hackfleisch herausholte und auf die Arbeitsfläche legte.

»Sag das bloß nicht vor den Kindern, sonst essen die nie wieder Fleisch«, sagte ich mit gelangweilter Stimme. Gott, die Frau war wirklich nervtötend.

»Ella, ich muss wirklich sagen ...«, hob Joy an, und sofort überkam mich eine Welle der Erleichterung. Jetzt kam mir meine Schwiegermutter zur Hilfe und würde mir zustimmen, dass die Kinder ihre Hackbällchen bekommen sollten. »Du hast ja so recht. Hackbällchen – Kackbällchen. Das hört sich ja schon eklig *an*.«

Irritiert stand ich daneben, wie die beiden quer durch die Küche miteinander lachten und immer wieder »Kackbällchen« riefen, als wäre es das Witzigste auf der ganzen Welt. Aber als Joy sich umdrehte, um weiterzuschnippeln, kreuzten sich unsere Blicke, und für den Bruchteil einer Sekunde sah ich in ihren Augen, dass sie es in Wirklichkeit gar nicht so furchtbar komisch fand. Ob sie mir jemals vergeben würde, sie als herrisch bezeichnet zu haben?

»Ich decke dann mal den Tisch«, sagte ich, sammelte das Besteck zusammen und ging auf die Terrasse, wo wir essen wollten. Draußen schien noch die Sonne, was meine Stimmung ein wenig aufhellte. Sollte Ella doch mit mir rivalisierend um Joys Gunst buhlen, wenn sie unbedingt wollte. Ich war die Ältere und Reifere von uns beiden und würde das Essen gesittet genießen. Außerdem war ich mir sicher, dass ich in Bezug auf die Essenswahl recht hatte, ich kannte meine Kinder. Und wenn Alfie und Freddie bei Tisch dann das Essen verweigern und »schleimige Nacktschnecken« skandieren würden, würde ich nur gütig dazu lächeln.

Irgendwann war alles bereitet und die Familie kam zusammen, um zu Abend zu essen – Ellas *En Croûte* mit Wiesenchampignons und selbst gemachtem Blätterteig. »Mit Nussbutter«, verkündete sie stolz, als sie das Gericht in Tischmitte platzierte – eine goldene Pastete auf einem Servierteller mit Salatblättern und essbaren Blüten. Ich muss zugeben, dass es wirklich außergewöhnlich appetitlich aussah. Doch bevor wir mit dem Essen beginnen durften, musste Ella erst noch Fotos von der Familie und dem Gericht machen, was bei den Jungs nicht gerade gut ankam, so dass Alfie anfing, Grimassen zu ziehen, und Freddie es ihm nachmachte.

»Jetzt reicht's, Jungs, lächelt Auntie Ella mal an«, versuchte ich. Ich wollte einfach nur essen und entspannen, aber die beiden waren müde und hungrig und hatten keine Lust, in die Kamera zu lachen.

»Kommt schon, Jungs, lacht mich mal an«, forderte Ella sie mit zusammengebissenen Zähnen auf. »Sagt Cheese!«

»Na, hoffentlich ist der vegan, Ella«, kommentierte ich in dem Versuch, spritzig zu sein, aber niemand lachte wirklich darüber außer Alfie, der den Witz zwar nicht verstanden hatte, aber so heftig lachen musste, dass er sich fast übergeben hätte.

Endlich schnitt Ella die Pastete an, wobei sie sich aufführte, als wäre es mindestens ihre Hochzeitstorte, und ich wartete nur darauf, dass die Kinder anfangen würden zu mäkeln, sobald sie merkten, worum es sich handelte. Aber Ellas »veganes Festessen« war, allen Erwartungen zum Trotz, ein voller Erfolg.

»Ella, du bist eine Wucht«, schleimte Joy.

»Vorzüglich«, brummelte Bob.

»Ella, das ist wirklich köstlich«, sagte Dan, »herzlichen Glückwunsch, du hast uns alle konvertiert.«

Aber niemand verriet mich so sehr wie meine Kinder, die ihre *Champignons en Croûte* verschlangen, als wären es Süßigkeiten. »Auntie Ella, ich *liebe* dieses Essen«, rief Violet, während die Jungs gierig reinhauten und ihre Mutter als Lügnerin dastehen ließen.

Es blieb mir nichts anderes übrig, als wohlwollend zu lächeln, als Ella mir triumphierend zuprostete. »Hab ich's dir nicht gesagt, Clare«. Im Kerzenlicht sah ich die Häme in ihren Augen ... und noch etwas anderes. »Du kennst deine eigenen Kinder nicht, sie lieben Pilze«, sagte sie, lehnte sich zu mir vor und kam mir dabei so nahe, dass ich ihren Atem in meinem Gesicht spürte und ihr süßliches Parfum mir in die Nase stieg. »Deinen eigenen Mann kennst du auch nicht«, flüsterte sie, »und er dich schon gar nicht. Hoffen wir, dass niemand Dan die Wahrheit über seine ach so perfekte Frau erzählt.«

Fassungslos starrte ich sie an, und sie trank ihren Wein in

langsamen Schlucken und ließ mich dabei nicht aus den Augen. Ich drehte mich zu den anderen, die aber zum Glück alle zu sehr in ihr Essen vertieft waren, als dass sie etwas mitbekommen hätten.

Dann lachte sie auf, legte ihren Arm um mich und ihre Stirn an meine. Für alle anderen musste das wie eine nette Geste wirken, was es aber nicht war, denn sie hielt meinen Arm mit der Hand umklammert und ich konnte den Druck auf meiner Stirn spüren. Doch Sekunden später lachte sie schon wieder mit Dan über irgendetwas, was die Kinder von sich gegeben hatten, so dass ich mich fast fragte, ob ich das Ganze nur geträumt hatte.

Im Flackern der Kerzen und eingerahmt vom Klappern des Bestecks und dem Zirpen der Grillen aßen und redeten alle einfach weiter, aber ich konnte nichts hören, sondern nahm nur die sich bewegenden Münder wahr.

Hoffen wir, dass niemand Dan die Wahrheit über seine ach so perfekte Frau erzählt, hatte sie gesagt.

Hier saßen wir alle in diesem wunderbaren Garten zusammen, an einem reich gedeckten Tisch umgeben von Wärme und Leben und Familie. Es dämmerte, und trotz der noch immer unerträglichen Hitze überkam mich plötzlich eine Kälte, als wäre jemand über mein Grab geschritten.

16

Ella gehörte nun also voll und ganz zur Familie, und während ich mit der Aussicht am Tisch saß, dass sie jederzeit aus einer Laune heraus mein Geheimnis ausplaudern und damit meine Welt zum Einstürzen bringen konnte, hörte sie gar nicht mehr damit auf, zu lächeln oder einen Schmollmund aufzusetzen und sich durchs Haar zu fahren. Den ganzen restlichen Abend über machte sie ein Foto nach dem anderen, bestand auf Familienselfies, für die wir uns um sie herum versammeln mussten. Und wie wir so nach ihrer Pfeife tanzten, von unseren Plätzen aufstanden und unser Essen kalt werden ließen, um uns zu ihr zu stellen und auf Kommando das Lächeln anzuknipsen, schien sie immer weiter zu wachsen und mit jedem Klick auf den Auslöser ihrer Handykamera stärker und lauter zu werden. Sie genoss die Aufmerksamkeit, die Akzeptanz, und fand den ganzen Abend über alles super hier und super da. Abends dann, als alle zu Bett gegangen waren und schliefen, schaute ich bei ihrem Instagram-Kanal nach. Sie hatte ein Bild vom Essen und der Familie bei Tisch gepostet. Alles sah perfekt aus: Kerzen und bunte Lichter, ein sich unter den Speisen biegender Tisch und eine glückliche, fröhliche Familie –

#MyFamily #Italy #VeganDinner. Dazu noch mehrere wunderschöne, durchgestylte Familienfotos, Ella mittendrin und die ganze Familie um sie herum – bis auf mich. Sie hatte es geschafft, dass ich auf jedem einzelnen Foto fehlte.

»Bei ihr geht es irgendwie ständig um ... Selbstoptimierung, findest du nicht?«, wisperte ich Joy zu, als wir am nächsten Tag am Pool saßen und Ella wieder ein Selfie nach dem anderen machte. Der Himmel war tiefblau, so blau, wie ich noch nie einen Himmel gesehen hatte, und die Sonne tauchte alles in ein goldgelbes Licht, aber mein eigener Horizont verdunkelte sich Stunde um Stunde mehr. Verzweifelt suchte ich nach einem Weg, Joy von den Ohrringen zu erzählen, konnte mich aber nicht entscheiden, wie oder wann genau ich damit herausrücken sollte. Musste ich damit rechnen, dass Ella mich dann bloßstellte, oder wäre sie so sehr in Verlegenheit, dass sie versuchen würde, sich mit Lügen aus dem Ohrringdiebstal herauszuwinden? Außerdem wollte ich die anderen nicht verletzen: Die Kinder waren ganz vernarrt in Ella, Dan hielt sie offenbar für zart besaitet, und selbst Bob hatte, als ich ihm gegenüber bemerkt hatte, dass Ella doch recht selbstbewusst für ihr Alter sei, nur gelächelt und gesagt: »Ja, sie ist ein nettes Mädchen.«

Jetzt versuchte ich herauszufinden, wie Joy zu ihrem neuen Familienmitglied stand. Vor allem war ich aber auch erpicht darauf, das Vertrauen zwischen uns wiederherzustellen, und hoffte, Joy würde ihre nachtragende Haltung irgendwann aufgeben und endlich meine von Ella kolportierte »herrisch«-Bemerkung vergessen.

»Selbstoptimierung?«, fragte Joy nach einer Weile nach. »Was genau meinst du damit?«

Es sah so aus, als würde Joy ein harter Brocken werden, ebenso wie Violet, die am Morgen noch verkündet hatte, Ella sei »eine wunderschöne, coole Prinzessin«.

»Also, sehr gepflegt, attraktiv, aber irgendwie bemüht – verstehst du, was ich meine?«

»Mmm, sie ist ein nettes Mädchen«, sagte Joy, als wäre sie Bobs Echo. »Sie hat mir einen Tipp für einen Frisör in London gegeben. Diese Highlights ...«, seufzte sie und hob die Augenbrauen. »Damit würde ich zehn Jahre jünger aussehen.«

»*Balayage.*«

»Wie bitte?«

»So heißt die Färbetechnik. Ein französisches Wort, heißt so viel wie ›fegen‹ – die Farbe wird aufs Haar gepinselt, dadurch sieht es total natürlich aus.«

»Ah ja, und ihre Nägel ... hast du ihre Nägel gesehen?«

Ich nickte.

»Einfach hinreißend.«

Mich verließ der Mut. Es spielte überhaupt keine Rolle, dass Ella sich nur um sich selbst drehte, allen anderen ihre Ansichten aufzwang und abwertend reagierte, sobald man nicht ihrer Meinung war. Alles, was Joy wahrnahm, war eine hübsche, vorzeigbare junge Frau, die sie als ihre Schwiegertochter vorstellen konnte. Offenbar hatte sich Joy – wie alle anderen auch – von dem glänzenden, karamell- und honigfarbenen Haar und den in Cappuccino-Tönen lackierten Nägeln verführen lassen. Nur ich konnte sehen, was sich hinter dem schönen Schein verbarg, aber nun war ich auch die Einzige, der Ella so feindselig entgegentrat, zu allen anderen war sie zuckersüß.

Was Jamie angeht – mit noch keiner anderen Frau hatte ich ihn je so erlebt. Wie ein verloren gegangenes Hundebaby folgte er Ella auf Schritt und Tritt. Bislang war mein Schwager für jeden Spaß zu haben gewesen, und die Kinder liebten ihn, aber in Ellas Schatten wirkte er irgendwie zurückgenommener. Normalerweise brachte er mit seinem ungezwungenen Charme und seinem Humor Schwung in jedes Familientreffen, und Joy lebte in seiner Gegenwart förmlich auf, was möglicherweise auf uns alle zutraf. Aber Jamie hatte sich verändert. Man konnte Ella in seinen Augen sehen, und wenn sie etwas sagte, schien er zu wachsen, als berste er vor Stolz.

Später an jenem Tag trafen wir zufällig aufeinander. Ich war gerade in die Villa gegangen und hatte Dan mit den Kindern am Pool zurückgelassen, wo Ella dabei war, sich bis in die letzte Körperritze hinein mit Öl einzureiben. Sobald ich drinnen war, konnte ich nicht anders – ich musste mich umdrehen und durchs Fenster einen Blick zurückwerfen, und tatsächlich sah ich, wie Ella nur wenige Sekunden, nachdem ich gegangen war, etwas zu Dan sagte. Er saß nicht weit von ihr entfernt, schaute hoch, schob sich die Sonnenbrille auf den Kopf und richtete sich auf, um mit ihr zu reden. Ich konnte nicht hören, worüber sie sprachen, aber er wirkte angeregter, als es die ganze Woche über der Fall gewesen war. Das beunruhigte mich, vor allem in Anbetracht von Ellas Bemerkung vom Vorabend, jemand könnte ihm verraten, was ich geheim zu halten versuchte.

Ein paar Minuten stand ich so da und versuchte, an ihrer Körpersprache abzulesen, worüber sie wohl redeten. Es wurde viel gelächelt, Dan nickte häufig bestätigend – einmal lachte er sogar über etwas, was sie gesagt hatte. Daran, dass er sie attraktiv fand, bestand kein Zweifel, aber zum Glück schien sie mein Geheimnis für sich zu behalten – zumindest für den Moment. Zu diesem Zeitpunkt würde sie ihm noch nichts verraten, es machte ihr einfach Spaß, mit ihm zu spielen – eine andere Sorte von Sport. Mit einem Lächeln in den Augen stand Dan auf und ging zu Ella hinüber. Sofort bekam ich Herzklopfen, und ich fragte mich, ob es sich anfangs auch mit Carmel und Marilyn so abgespielt hatte. Fing es immer auf diese Weise an? Ein neckischer Wortwechsel, ein harmloser Spaß? Würde Dan – oder selbst Ella – so weit gehen, für etwas über Freundschaft Hinausgehendes die Beziehung oder Familie aufs Spiel zu setzen? Ihr traute ich nicht über den Weg, und in diesem Moment wurde mir bewusst, dass ich auch Dan nicht traute.

Ich hielt den Atem an, während ich beobachtete, wie er über ihr stand, ihr die Flasche mit dem Sonnenöl abnahm, sich etwas davon in die Handflächen gab und in den Händen verteilte. Atemlos schaute ich zu, wie sie sich auf den Bauch drehte und er sich über sie lehnte, um ihr langsam Rücken und Schultern einzureiben. Ich konnte es geradezu knistern hören, wie er das Öl so konzentriert und hingebungsvoll mit beiden Händen in ihre goldene Haut einarbeitete.

Ella stützte den Kopf auf die Hände. Jetzt konnte ich ihr Gesicht sehen: Sie hatte die Augen geschlossen und den Kopf wie in Ekstase zurückgeworfen, während Dan sich immer mehr Öl in die Hand gab und auf ihrem Rücken verteilte, langsam und professionell an ihrem Körper hinabglitt und auf dem Weg zu ihrer Hüfte jeden Moment voll auskostete.

Und während er das tat, öffnete Ella die Augen und sah mich geradeheraus an. Sie wusste, dass ich dort hinter der Scheibe war – hatte es wahrscheinlich die ganze Zeit über gewusst. Dann öffnete sie ganz langsam den Mund wie beim Orgasmus und schloss die Augen. Mich überkam Angst und Ekel, aber ich konnte den Blick nicht abwenden. Plötzlich wurde ich von beiden Seiten in die Hüfte gezwickt und fuhr zusammen.

»Mein Gott, Jamie, hast du mir einen Schrecken eingejagt«, sagte ich.

Er lächelte, strahlte geradezu, als freute er sich über meine Reaktion. Kurz fühlte es sich an wie früher. Ich versuchte zu verdrängen, was sich am Pool abspielte, um mich auf Jamie konzentrieren zu können.

»Hey, tut mir leid, wenn ich dich neulich verletzt habe ... wegen Ella«, sagte ich.

Er zuckte mit den Schultern, ganz wohl schien er sich bei dem Thema nicht zu fühlen.

»Schon wieder bestes Wetter da draußen«, seufzte ich, weil ich das Schweigen zwischen uns nicht ertragen konnte, aber er reagierte nicht. Er hatte Ella und Dan bemerkt und sah nun an mir vorbei in Richtung Pool.

»Gibt mein großer Bruder mal wieder den Schürzenjäger?«

»Ich ... ja, ich glaube, er hilft Ella mit ihrem ...«

»Mmm, wahrscheinlich trägt er ganz schön dick auf ... und damit meine ich *nicht* nur das Sonnenöl«, sagte er ohne zu lächeln.

Ich zuckte unbeholfen mit den Achseln.

»Mach dir keine Gedanken, Clare. Sie ist glücklich verheiratet.«

»Dan ist auch glücklich verheiratet«, gab ich sofort zurück und fügte hinzu: »Es sei denn, du weißt etwas, was ich nicht weiß?«

Er gab keine Antwort. Ich war mir nicht sicher, ob Jamie über den gegenwärtigen Zustand unserer Ehe im Bilde war, nahm aber an, dass Joy ihn bei einer ihrer Skype-Sessions aufs Laufende gebracht hatte.

»Dan verschwendet seine Zeit«, sagte er mit einer Kopfbewegung in Richtung Pool. »Sie interessiert sich nicht für alte Männer.« Er zwinkerte mir zu.

»Hey! Du weißt ganz genau, dass wir gleichaltrig sind!« Ich knuffte ihn spielerisch.

»Hups, entschuldige ... Ich glaube, ich haue lieber ab, bevor ich mich hier noch um Kopf und Kragen rede«, erwiderte er lachend und ging hinaus Richtung Pool, ohne sich noch einmal zu mir umzudrehen. Trotz seines scherzhaften Geplänkels war es offensichtlich, dass ihn die Tatsache, dass Dan Ella mit Sonnenöl eincremte, genauso störte wie mich.

Ich trat einen Schritt zurück, damit man mich hinter dem Fenster nicht sehen konnte, schaute aber weiter hinaus und sah Jamie am Pool ankommen, wo er sich, soweit ich sehen konnte, scherzhaft bei Dan über dessen Enthusiasmus beschwerte. Wie

ich merken musste, gibt es kaum etwas, das mehr dazu geeignet
wäre, einem das Gefühl des Mauerblümchendaseins zu vermitteln, als zu beobachten, wie der eigene Mann vom Schwager
dafür aufgezogen wird, dass er dessen schöne, junge Frau angefasst hat.

Es gibt viele Gründe dafür, dass ich in jenem Sommer so
empfindlich war. Wäre ich stärker und widerstandsfähiger
gewesen, hätte ich mich anders verhalten. Vielleicht wären wir
dann alle erfrischt und erholt von der Amalfiküste zurückgekehrt, mit einer ganzen Kofferladung von Erinnerungen, bereit
für die Anforderungen des Alltags. Aber so war es nicht, und
für das, was vorgefallen ist, bin ich mitverantwortlich.

17

Am nächsten Tag konnte ich die Aussicht nicht ertragen, am Pool herumzusitzen und Ella bei der Zurschaustellung ihrer körperlichen Reize zuzuschauen. Also schlug ich vor, Dan, die Kinder und ich könnten den Tag am Strand verbringen. Joy schien nicht sonderlich begeistert von der Idee zu sein, aber ich wollte ein bisschen Familienzeit nur für uns und hielt es auch für förderlich, Joy und ihre neue Schwiegertochter mal ein bisschen sich selbst zu überlassen. Wenn sie sich so gut verstanden, dann sollten sie doch mal einen ganzen Tag miteinander verbringen. Ella konnte Joy ein bisschen Yoga beibringen, und anschließend konnten sie wieder zusammen kochen. Ich hatte die Theorie, dass Joy nach einem Tag voller Mungobohnen und Asanas vielleicht ganz froh sein würde, zur Abwechslung wieder mich und die Kinder um sich zu haben.

Am Strand von Positano war es wunderschön: Am Wassersaum standen unzählige überteuerte Sonnenschirme wie farbenprächtige Soldaten in Reih und Glied, und die felsigen Hügel, die den Strand einfassten, waren über und über mit Häusern und Hotels in allen Formen und Pastelltönen übersät. Die Kinder waren völlig darin vertieft, in unserer Nähe eine

Sandburg zu bauen – mit schwarzem Sand gar nicht so einfach, aber Violet als Projektmanagerin machte es möglich. Zu Alfies Entrüstung bestand sie darauf, dass es sich um einen »Prinzessinnenpalast« handele. Freddie, der sich um die Vorlieben seiner Geschwister nicht zu kümmern schien, wackelte gefährlich nah um die Burg herum, bis er von einem oder beiden zurückgerufen wurde: »Nein, Freddie!«

»Es ist schön, mal wieder für uns zu sein, ohne dass Ella sich in ihrem Bikini aufplustert und Selfies macht«, sagte ich zu Dan, während wir den Kindern beim Spielen zuschauten.

»So schlimm ist es doch auch wieder nicht. Ja, vielleicht plustert sie sich ein wenig auf, aber sie ist interessant.«

»Wirklich?« Ich versuchte, nett zu bleiben.

»Ich schätze mal, du magst sie nicht, weil du dich von ihr bedroht fühlst«, sagte er und schaute aufs Meer hinaus.

»Wow. Wie kommst du darauf, Dan?«

Ich fühlte mich *tatsächlich* von ihr bedroht, aber auf andere Weise, als er glaubte.

»Wo soll ich anfangen? Sie ist jung, sie hat Geld, sie ist kinderlos, und alles, worüber sie sich Gedanken machen muss, ist, in welchem Resort sie sich in ihrem Designerbikini in die Sonne legt.«

»Nicht, dass du da groß drauf geachtet hättest«, seufzte ich, während ich Alfie dabei zusah, wie er seinem Bruder als letzte Warnung grobkörnigen Sand ins Ohr stopfte. »Okay, du hast ja nicht ganz unrecht, ich beneide sie darum, wie sie nichts macht, keine Verpflichtungen hat und offenbar auch keinen Beruf und trotzdem jede Menge Geld«, gab ich zu und strich mir den Sand von den Füßen. »Aber es ist nicht alles Gold, was glänzt.«

»Wie meinst du das?«

»Ich habe einfach das Gefühl, dass sie nicht die ist, die sie vorgibt zu sein.«

»Und wer *ist* sie dann deiner Meinung nach?« Er gab den Begriffsstutzigen.

»Du weißt genau, was ich meine. Sie stolziert da rum und wirft sich in Pose, aber ich traue ihr nicht, Dan. Ich halte sie für unehrlich.«

»Inwiefern?«

Ich stellte sicher, dass die Kinder nicht zuhörten, dann lehnte ich mich zu ihm vor und sagte leise: »Ich glaube, sie ist eine Diebin.«

»So etwas kannst du nicht einfach so behaupten, Clare! Sie ist Jamies Frau. Ella ist doch keine *Diebin*!«

»Psst ... die Kinder!«

Zu spät.

»Wer ist eine Diebin?«, fragte Violet und zog besorgt ihre kleinen Augenbrauen zusammen. »Hast du gesagt, dass Ella eine ist? Sollen wir die Polizei rufen?«

»Gott im Himmel.«

»Jetzt sag nicht Gott im Himmel, Clare, die Kinder ...«

Das sollte ich nicht sagen, wo *er* den Kindern praktisch gerade verkündet hatte, dass Ella eine Diebin war. Violet war hartnäckig, um es milde auszudrücken, und wenn sie es sich in den Kopf setzen sollte, der Sache auf den Grund zu gehen, war es nur eine Frage der Zeit, bis die Kinder alle miteinander ein spontanes Femegericht abhalten würden, wahrscheinlich gleich heute Abend zu Joys Gin-Stunde.

Ich wandte mich wieder Dan zu, um das Gespräch, wenn nötig, flüsternd fortzusetzen, aber er hatte die Augen geschlossen und damit mehr als deutlich gemacht, dass die Unterhaltung für ihn beendet war.

Später im Auto, als die Kinder schliefen, nahm ich den Faden wieder auf, ich musste die Sache einfach loswerden, ich hatte sie schon viel zu lange für mich behalten.

»Als ich vorhin gesagt habe, dass ich Ella für eine Diebin halte, habe ich nicht nur wild mit Anschuldigungen um mich geschmissen«, sagte ich leise. »Ich habe sie beobachtet, Dan ...

sie hat die Ohrringe deiner Mutter aus ihrer Schmuckrolle genommen, die auf dem Frisiertisch lag.«

»Soll das ein Scherz sein?« Er behielt die Augen auf der Straße, aber ich konnte die Überraschung in seiner Stimme hören.

»Nein, ich habe sie dabei *beobachtet*.«

»Warum hast du nichts gesagt?«

»Ich wusste nicht, was ich sagen sollte. Ich wollte es deiner Mutter schon noch erzählen, aber ich möchte auch kein Riesendrama verursachen und allen den Urlaub verderben. Sobald deine Mutter sagt, dass die Ohrringe weg sind, werde ich es ihr erzählen ...«

»Wir wissen also nicht *sicher*, dass sie wirklich weg sind?«

»Ich habe gesehen, wie sie sie genommen hat. Da bin ich sicher.«

»Um welche Ohrringe geht es überhaupt?« In seiner Stimme schwang nun eine gewisse Skepsis mit.

»Die Tropfendiamanten, die dein Vater ihr zum Hochzeitstag geschenkt hat. Das würde sie doch bestimmt merken, wenn die weg wären, die mag sie doch am liebsten.«

»Ja, wahrscheinlich. Aber selbst wenn sie davon wüsste, würde sie wahrscheinlich ähnlich wie du nicht gleich eine Welle machen wollen – jedenfalls nicht während des Urlaubs.«

Ich war erleichtert, dass Dan mir doch Glauben schenkte, nachdem ich schon befürchtet hatte, er würde denken, ich hätte mich getäuscht oder gar meine Beobachtung übertrieben dargestellt.

»Blöd ist nur, nachdem ich Ella jetzt dabei beobachtet habe, fühle ich mich nicht mehr wohl, wenn sie mit den Kindern zusammen ist«, sagte ich.

»Jetzt red keinen Quatsch, die besitzen doch gar keinen Schmuck«, frotzelte er. »Und an Freddies Spielzeuglaster wird sie sich ja wohl kaum vergreifen.«

»Du weißt, was ich meine. Sie ist unredlich und wir wissen

nicht, wozu sie in der Lage wäre – und das meine ich ernst«, gab ich gereizt zurück.

»Na ja, wenn das, was du sagst, stimmt, dann ist das schon wirklich beunruhigend, aber ich bin trotzdem sicher, dass den Kindern keine Gefahr droht – und vielleicht gibt es ja sogar eine ganz normale Erklärung. Warum schlägst du nicht einfach vor, dass Mum die Ohrringe abends mal trägt, und wenn sie dann bemerkt, dass sie nicht da sind, kommt der Stein ins Rollen.«

Ich stimmte ihm zu, aber wie die Dinge standen, konnte nicht ich diejenige sein, die Ella herausforderte, nicht jetzt. Immerhin hatte sie mir gedroht. Dann wiederum konnte ich Ella, wenn sie sich rächen und mein Geheimnis ausplaudern würde, einfach der Lüge bezichtigen. Ich würde einfach behaupten, dass sie verbal um sich schlug und sich verzweifelt irgendwelche Geschichten ausdachte, um es mir heimzuzahlen. Plötzlich hatte ich das Gefühl, das Licht am Ende des Tunnels sehen zu können. Zuerst musste ich allerdings noch den Beweis finden. Wo zum Teufel hatte sie die verdammten Ohrringe bloß versteckt?

Wir setzten unsere Fahrt zur Villa fort, wobei ich es mit unserer Rückkehr nicht so eilig hatte, weil ich meinen Ella-freien Tag bislang sehr genossen hatte. Als ich am Straßenrand einen kleinen, weißen Transporter mit einem selbstgemachten Schild für Zitronen-Granita stehen sah, bestand ich darauf, dass wir anhielten und welche kauften. Schließlich waren wir alle überhitzt und die Kinder hatten Durst. Dan stimmte zu, fuhr an den Rand und hielt hinter dem Wagen an. Es war ein ramponierter, alter Transporter, dessen Hecktüren weit offen standen und den Blick auf Unmengen getrockneter Chilis in Millionen von Rot und Rosttönen freigaben – ein wunderschöner Anblick, der sich perfekt auf meinem Instagram-Account machen würde. Anders als Ella behauptet hatte, waren auf meinen Posts hauptsächlich Familie, Kinder und Freunde zu sehen und keine Duckface-Selfies, Abendbrotbilder oder wöchentlichen Abnehmerfolge. Das hier war definitiv ein Moment, den ich gerne als Erinnerung festhalten wollte. Also stieg ich aus dem Auto und hatte gerade angefangen, Fotos mit meinem Handy zu machen, als die Besitzerin von der Vorderseite des Wagens hervorkam, wo sie im Schatten einer alten Plastiktischdecke gesessen hatte, wie ich sie auch von früher her kannte: Meine Großmutter hatte so eine besessen, und in mir wurden Kindheitserinnerungen wach an die einzige Zeit, in der ich glücklich gewesen war – bei meiner Großmutter zu Hause.

Bei den Hecktüren blieb die Frau stehen. »Signora, Signorina?«, erkundigte sie sich mit einem zahnlosen Lächeln und gestikulierte mit langen, arthritischen Fingern in Richtung der Chilis.

»Granitas, bitte ... ähm, zwei, *grazie*«, versuchte Dan. »Ach, und drei Flaschen Wasser? *Acqua?*«

Sie nickte und ging zurück zur Vorderseite des Transporters, wo sie sich zu einer Kühlbox hinunterbückte und schließlich mit zwei Plastikbechern und Strohhalmen sowie drei Flaschen Wasser zurückkam. Während Dan zahlte, nutzte ich die Gelegenheit, die Chilis noch weiter anzuschauen und fragte mich, ob ich auf meinem Foto das Meer im Hintergrund mit draufbekommen hatte.

»Darf ich?« Ich hielt mein Handy hoch und sie nickte. Vermutlich kam es häufiger vor, dass überhebliche Touristen sie darum baten. Sie musste uns alle für plemplem halten, dass wir ihren alten Transporter fotografieren wollten. Trotzdem knipste ich noch ein paar Bilder, während Dan schon die paar Schritte zum Auto zurückging.

Die ganze Zeit über spürte ich, dass die Frau noch dastand und mich beobachtete, aber als ich das Handy sinken ließ, war ich überrascht zu sehen, dass sie nicht mehr lächelte. Stattdessen schaute sie mich mit einem ganz eigenartigen Gesichtsausdruck an und sagte: »*Pericolo, pericolo ...*«

»Entschuldigung? Ich verstehe Sie nicht?«

»*Morte, morte* ...«, schrie sie mir ins Gesicht.

»Es tut mir leid, ich spreche kein ...«, setzte ich an, aber bevor ich weitersprechen konnte, packte sie mich am Handgelenk.

»*Pericolo! Morte!*«, wiederholte sie und schaute mich eindringlich an, ihr zahnloser Mund ein schwarzes Loch. Ich konnte es mir nicht erklären, aber sie wirkte schrecklich beunruhigt, und instinktiv versuchte ich, meinen Arm zurückzuziehen, aber sie hielt mein Handgelenk fest umklammert.

»Entschuldigen Sie ... ich muss los ...«, sagte ich, befreite mich mit einem kräftigen Ruck und ging schnellen Schritts zurück zum Auto, setzte mich hinein und verriegelte die Tür.

»Alles klar bei dir?«, fragte Dan.

»Ja«, sagte ich, spürte aber, dass mich die Frau nach wie vor beobachtete. »Lass uns fahren«, forderte ich Dan auf und schnallte mich an.

»Aber wir haben doch noch gar nicht getrunken.« Er hielt unsere beiden Granitas und die Wasserflaschen auf dem Schoß und schaute mich überrascht an.

»Lass uns ein bisschen weiter vorn anhalten. Von hier aus kann man das Meer gar nicht richtig sehen«, sagte ich und nahm ihm die Getränke ab.

»Okay, wenn du meinst.« Verwirrt schaute er mich an. »Bist du sicher, dass alles klar ist bei dir? Du wirkst beunruhigt.«

Ich nickte, ich wollte einfach nur weg. Dan musste die Angst in meinem Gesicht gesehen haben, und weil das Auto ungewohnt für ihn war, trat er das Gaspedal zu kräftig durch, so dass das Auto auf die Straße raste und dabei fast mit einem Fiat aus der Gegenrichtung zusammenstieß. In dem Versuch, dem entgegenkommenden Auto auszuweichen, riss Dan das Lenkrad herum und schleuderte an den Rand der Küstenstraße, wo wir auf eine Steilkante zurutschten.

»Dan!«, schrie ich. Mir brach der Schweiß aus und ich sah

mich instinktiv nach den Kindern um. Dan schaffte es, das Auto wieder unter seine Kontrolle zu bringen und es vom Abgrund wegzumanövrieren. Ich drehte mich erneut zu den Kindern um, die dankenswerterweise so erschöpft von ihrem Strandtag waren, dass weder mein Schreien noch das Quietschen der Reifen auf der heißen Straße sie geweckt hatte.

»Ich dachte, das wär's jetzt gewesen«, stieß ich hervor.

»Ich auch«, seufzte Dan. »Verdammte Italiener, fahren wie die gesengten Säue.«

Darüber musste ich fast lachen – es war einfach so typisch für Dan. Immer waren die anderen schuld.

Wir fuhren einen knappen Kilometer weiter, und sobald sich eine Parkmöglichkeit mit Blick aufs Meer ergab, fuhr Dan an den Straßenrand. Selbst dann noch warf ich einen Blick zurück für den Fall, dass die alte Frau uns in ihrem Transporter hinterhergefahren kam, aber sie war nirgendwo in Sicht.

»So, Clare, was war das denn gerade?«, fragte Dan und nahm mir eine der Granitas aus der Hand.

»Ich habe einfach nur Panik bekommen ... Die Frau hat nach mir gegriffen.«

»So wie du dich eben verhalten hast, hätte ich eher gedacht, jemand hätte versucht, dein Geld zu klauen oder so.«

Plötzlich kam ich mir blöd vor. »Nein, so etwas war es nicht, aber hast du gesehen, wie sie mich am Handgelenk gepackt hatte?«

»Nicht wirklich. Ich hatte gerade nach den Kindern gesehen, Freddies Bein hatte sich im Kindersitz verfangen ... Ich habe mich erst nach vorne gedreht, als du wieder eingestiegen bist. Fast hätte ich uns alle umgebracht, wie ich da rausgeschossen bin. Man hätte ja fast meinen können, wir wären auf der Flucht«, fügte er noch hinzu, um die Situation etwas aufzulockern, konnte mir damit aber kein Lächeln entlocken. Die Erschütterung saß noch zu tief, so unheimlich war es gewesen.

»Ich glaube, sie wollte mir irgendetwas mitteilen«, sagte ich.

Sie hat einfach immer wieder dieselben Wörter wiederholt, so etwas wie ›pericolo‹ und ›morte‹. Weißt du, was das heißt?«

»Ich glaube, ›pericolo‹ bedeutet ›gefährlich‹ oder ›in Gefahr‹? ›Morte‹ bedeutet ›Tod‹.«

»Oh, Gott.«

»Clare, jetzt dramatisierst du aber. Wahrscheinlich wollte sie dich nur wegen der Straße warnen. Ihr Transporter war vor einer nicht einsehbaren Kurve geparkt, echt ein blöder Platz, um sich hinzustellen – wie wir selbst gemerkt haben.«

»Tut mir leid, ich weiß, dass ich überreagiert habe«, seufzte ich. Mir war klar, dass mir die ganze Situation mit Ella und Jamie an die Nieren ging.

»Ich mache mir Sorgen um dich«, sagte Dan, eine Hand auf meinem Knie.

»Mir geht's gut, ich reagiere über.« Ich musste mich zusammenreißen.

Ich nahm einen Schluck von meiner Granita, sie war eiskalt und herrlich zitronig, genau, was ich gerade brauchte, um der Gänsehaut auf meinen Armen Herr zu werden. Und als wir ausgetrunken hatten, startete Dan den Motor und fuhr vorsichtig die spektakuläre Küste entlang und behutsam durch die engen Kurven.

»Den Kindern hat es heute richtig gut gefallen«, sagte ich, »und mir auch.« So unter uns war es am Strand um Längen entspannter und ungezwungener gewesen. Nichts oder vielmehr niemand, der alles hätte verderben können.

»Mir auch, es war wirklich ein schöner Tag. Ich liebe dich wirklich, Clare«, sagte er.

»Ich liebe dich auch. Und es tut mir leid, wenn ich manchmal eifersüchtig rüberkomme. Das will ich gar nicht sein – ich will dich nur nicht verlieren. Nicht schon wieder.«

»Du wirst mich nicht verlieren, so schnell wirst du mich nicht los.« Er lächelte und ich legte ihm die Hand aufs Knie. Die alten Gefühle kehrten zurück, schöne Erinnerungen an *uns* wurden wieder wach. Gemeinsame Zeit zu haben, Zeit für uns, das war unbezahlbar. Mehr brauchten wir nicht, um wieder die Kurve zu bekommen. Andere Leute und Zeitmangel in unserem hektischen Alltag waren das Problem.

»Vielleicht könnten wir nächstes Jahr mal allein in Urlaub fahren? Nur wir fünf?«, schlug ich vor.

Dan nickte langsam. Wir wussten beide, dass es nicht leicht werden würde, seiner Mutter das abzuringen. Die gemeinsamen Urlaube waren ihre Möglichkeit, uns alle um sich zu scharen, uns in ihrer Nähe zu halten. Als Mutter konnte ich das gut verstehen. Aber jetzt, mit Ella, war alles anders geworden. Solange sie da war, würde nichts wieder so sein wie früher.

Während der Weiterfahrt hing ich meinen Gedanken nach. Sofort musste ich wieder an die Granita-Frau denken. Den Ausdruck in ihrem Gesicht würde ich nie vergessen. Auch wenn ich nicht wirklich wusste, was sie gemeint hatte, hatte mich doch die Dringlichkeit in ihrer Stimme in Panik versetzt. Und ja, bestimmt hatte sie nur auf die gefährliche Straße aufmerksam machen wollen, aber ich hatte mehr herausgehört. Eine Warnung. Eigentlich bin ich überhaupt nicht abergläubisch, aber später, nachdem es passiert war, stellte sich heraus, dass meine Angst begründet gewesen war.

18

Bei unserer Rückkehr zur Villa wurden wir von Joy empfangen, die demonstrativ mit einem Glas Gin in der Hand auf der Kiesauffahrt auf uns wartete. Gestikulierend zeigte sie auf eine imaginäre Armbanduhr, womit sie auf sehr nervige Art und Weise zum Ausdruck brachte, dass wir zu spät waren. Ich zwang mich zu einem falschen Lächeln, aber ein Teil des Zaubers dieses Tages war verflogen.

»Es ist schon fast sechs«, rief sie uns zu, als wir aus dem Auto stiegen. Obwohl ich offensichtlich Schwierigkeiten damit hatte, die Kinder loszuschnallen, redete sie ununterbrochen und ohne Hilfe anzubieten weiter. »Wir dachten, wir essen heute Abend mal auswärts. Die Straße runter gibt es ein ganz entzückendes kleines Restaurant. Für acht Uhr haben wir zwei Taxis bestellt, also macht zu, hopp, hopp, hopp. Ihr müsst alle noch duschen und euch fertig machen. Ich habe schon den ganzen Nachmittag versucht, dich zu erreichen«, sagte sie zu Dan.

Es war ein langer Tag gewesen, und da mir das Bild der alten Frau noch immer im Kopf herumspukte und auch die Rückfahrt mir noch in den Gliedern steckte, konnte ich mir nicht vorstellen, wie ich auch noch die Kraft aufbringen sollte, mich am Abend der »Ella-Show« auszusetzen. »Entschuldige Joy, aber wir kommen nicht mit, die Kinder sind müde und ...«

»Oh, aber ihr *müsst*. Die Kinder kommen schon klar, die haben doch schließlich Ferien!« Sie wandte sich an Violet. »Du möchtest heute Abend doch bestimmt mit in ein ganz schönes Restaurant kommen, oder, Süße? Dort gibt es wahnsinnig leckeres Gelato – Gelato liebst du doch, stimmt's?«

Violet nickte enthusiastisch. »Kommt Auntie Ella auch mit?«

»Natürlich. Es war sogar Auntie Ellas Idee.« Dann schaute sie zu mir und Dan auf. »Ella war schon mal da und sagt, sie machen die beste Pasta in Amalfi – und sie lädt uns ein«, sprudelte es aus ihr hervor.

Gab es eigentlich nichts, was Lichtgestalt Ella nicht schon kannte oder wusste?

»Nein, auf keinen Fall können wir sie zahlen lassen«, wandte Dan ein.

»Wir gehen gar nicht *mit*«, sagte ich nachdrücklich.

»Sie besteht darauf!« Joy ignorierte mich einfach. »Sie hat gesagt: ›Joy, du hast wirklich mal einen freien Abend verdient. Seit wir hier angekommen sind, stehst du nur in der Küche!‹« Dann fügte sie spitz, aber mit strahlendem Lächeln hinzu: »So aufmerksam.«

Ich schaute zur Seite. Ich hätte schreien können. Ich war müde und verschwitzt und musste dringend duschen, die Kinder brauchten etwas zu essen, dann ein Bad, und den Abend wollte ich wirklich am liebsten einfach nur entspannt im Garten verbringen. Ein bisschen hatte ich sogar auf einen romantischen Spaziergang nur mit Dan gehofft, um vielleicht die gute Stimmung zwischen uns noch ein wenig in den Abend zu retten, aber die Stimmung war bereits dabei zu verblassen. Und jetzt war auch noch Freddie aufgewacht und hatte angefangen zu weinen. Alfie quengelte, er habe Hunger, und Violet sprang wie ein Flummi auf und ab und rief: »Mummy, Mummy! Kann ich Auntie Ella suchen und ihr die Strandfotos auf meinem Handy zeigen?«

Violet hatte zu ihrem Geburtstag ein sehr einfaches Handy geschenkt bekommen, vorgeblich, damit sie mit mir und Dan in Kontakt bleiben konnte, aber wie bei allen ihren Freundinnen hatte es inzwischen längst eine viel größere Bedeutung für sie. »Schätzchen, warte, bis wir alle im Haus sind, dann kannst du sie suchen gehen.«

»Aber Muuum! Sie hat gesagt, wenn ich ganz schnell zurückkomme, tut sie meine besten Fotos auf ihr Instagram.«

»Hat sie das gesagt?«, fragte ich zweifelnd, während ich mich immer noch damit abmühte, Freddie aus seinem Kindersitz zu befreien, und Joy im Hintergrund auf Dan einredete.

»Also, es ist ja schließlich nicht so, als wäre ich herrisch, Dan ...« Offensichtlich hatte sie mir das, was ich zu Ella gesagt hatte, noch immer nicht verziehen. Vielleicht hätte es geholfen, wenn sie mich direkt damit konfrontiert und mich gefragt hätte, wie ich das gemeint hatte. Aber sie ging lieber subtil vor, und ich selbst konnte das Thema ja schließlich nicht ansprechen, denn woher hätte ich wissen sollen, dass Ella ihr davon erzählt hatte? Ich konnte ja schlecht zugeben, dass ich ihre Unterhaltung belauscht hatte. Außerdem stellte ich mir vor, dass Joy, sobald ich die Ohrringe gefunden und allen die Augen in Bezug auf Ella geöffnet hatte, schon von selbst merken würde, welche ihrer Schwiegertöchter wirklich auf ihrer Seite war.

»Ich *muss* Auntie Ella suchen«, insistierte Violet. »Sie hat gesagt, ich soll ihr meine Fotos sofort zeigen.«

»Das glaube ich ja nicht so ganz«, sagte ich mit einem verkrampften Lächeln. Es kam häufiger vor, dass Violet andere Leute heranzog, um ihren Willen durchzusetzen: »Die Lehrerin hat uns *verboten*, heute Abend Hausaufgaben zu machen« oder »Dad hat gesagt, dass die letzte Tafel Schoko im Schrank mir gehört, nicht Alfie.«

»Muum, sie hat mir eine Nachricht geschrieben und gefragt, ob ich ihr die Fotos schicke, aber ich hatte nicht genug Datenvolumen, also muss ich das jetzt von der Villa aus machen.«

»Sie hat dir eine Nachricht geschrieben? Als wir am Strand waren?« Ich wusste nicht recht, warum, aber ich hatte etwas dagegen, dass Ella Violet ohne mein Wissen kontaktierte. Ein privater Austausch zwischen meiner Neunjährigen und einer erwachsenen Frau, die wir noch keine Woche kannten? Das fühlte sich irgendwie nicht richtig an.

»Genau, als wir am Strand waren«, bestätigte Violet trotzig, inzwischen mit gerunzelter Stirn und in die Hüfte gestemmter Hand. Dann warf sie beide Hände in die Luft. »Muuum, biiiiitte! Sie hat fünfundzwanzigtausend Follower.«

»Denen bestimmt *jede Menge* Fotos mit Auntie Ella in ihrem knappen Bikini zur Verfügung stehen, so dass sie fürs Erste klarkommen«, flüsterte ich. »Deine Strandfotos haben Zeit«, fügte ich etwas lauter hinzu, während ich endlich Freddie aus dem Kindersitz hob und Violet die große und schwere Strandtasche in die Hand drückte. »Die kannst du Dad geben«, forderte ich sie auf, aber Dan und seine Mutter gingen gerade schon ins Haus. Joy schwatzte ohne Unterlass und hatte sich hoheitsvoll bei Dan untergehakt, als wären sie hier die Königsfamilie und ich das Dienstmädchen, das hinter ihnen herräumte. Ich schäumte vor Wut und brüllte Alfie an, er solle aus dem Auto kommen, wofür ich im selben Moment schon ein schlechtes Gewissen hatte. Und nur, um die »Urlaubsstimmung« komplett zu machen, hatte Freddie inzwischen voll aufgedreht und heulte Rotz und Wasser. »Na super«, sagte ich, selbst den Tränen nah.

»Schon okay, Mum, ich helfe dir«, sagte Violet, die meinen Kummer auf ihre eigene kindliche Weise wahrnahm und aufgriff. Als ältestes Kind war sie so für die Bedürfnisse anderer sensibilisiert, dass ihre eigenen häufig übersehen wurden.

Natürlich hatte ich deswegen ein schlechtes Gewissen. Als ihre Mutter war es meine Aufgabe, darauf zu achten, dass sie nicht hintenüberfiel, was bei zwei kleineren Geschwistern nicht immer so ganz einfach war.

»Nicht nötig, Süße. Ich kümmere mich um die Tasche, geh du doch schon mal vor zu Auntie Ella«, schlug ich freundlich vor.

»Aber du hast doch gesagt …«

»Alles gut«, bekräftigte ich, und sofort rannte sie los ins Haus, um Auntie Ella für die in Aussicht gestellten fünfzehn Minuten Instagram-Ruhm zu suchen. Weiß der Himmel, wo sie sie finden würde. Ich hoffte nur, dass Violet nicht hochrennen und ohne anzuklopfen in Ellas und Jamies Schlafzimmer stürmen würde.

Als auch ich es irgendwann mit einem weinenden Kind auf dem Arm und einer Strandtasche über der Schulter ins Haus schaffte, sah ich, dass Joy inzwischen mit Dan und Bob im Wohnzimmer war und Gin einschenkte. »Mach schnell und sieh zu, dass ihr fertig werdet, Clare. Denk dran, der Tisch ist für acht reserviert«, rief sie mir zu. Offenbar waren meine Wünsche ignoriert worden. Statt also mit Dan und den Kindern einen netten Abend in der Villa zu verbringen, stand mir schon wieder eine von Ellas kulinarischen Zwangsreisen bevor, mit Joy als Adjutantin.

Ich stapfte mit den Jungs die Treppe hoch. Dass wir dabei wahrscheinlich überall Sandspuren hinterließen, war mir bewusst, aber egal. Ich zog die beiden aus, stellte sie unter die Dusche, und gerade als sie wieder herauskamen, wurde ich von einem Ping meines Handys darauf aufmerksam gemacht, dass Ella gerade ein Foto gepostet hatte. Ich hatte meine Benachrichtigungen so eingestellt, dass ich immer informiert wurde, sobald sich auf Ellas Profil etwas tat – ich wollte prüfen, wie sehr das, was sie dort veröffentlichte, mit der Realität übereinstimmte. Ich freute mich, als ich dort nun Violets recht verschwommenes

Bild von Freddie sah, der mit Sand um sich warf und wilde Grimassen schnitt – Ella hatte ihr Versprechen, Violets Fotos zu posten, also gehalten. Das ließ mich mein Urteil über Ella in Zweifel ziehen. Wenn sie einer Neunjährigen gegenüber Wort hielt, war sie möglicherweise doch nicht die harte, unnachgiebige Frau, als die sie erschien? Vielleicht war sie also doch nicht nur schlecht? Ich machte mich gleichzeitig mit den Jungs fertig, mahnte sie zur Eile, zog ihnen frische T-Shirts und saubere Jeans an und schaffte es zwischendurch auch selbst noch, kurz unter die Dusche zu springen. Während die Jungs meine Parfümflasche über die Holzdielen schleuderten, streifte ich mir ein lockeres weißes Leinenkleid über, legte mir eine Kette um und trug Lippenstift auf.

Nachdem ich die Parfümflasche konfisziert hatte, warf ich einen prüfenden Blick in den Spiegel. Ich sah okay aus. Keine zweite Ella, aber okay. Während ich die Jungs davon abhielt, das Badezimmer mit Zahnpasta vollzuspritzen, schnappte ich mir eine Clutch – mütterliches Multitasking par excellence. Anschließend half ich den beiden die Treppe hinunter, was sich mit einem Zwei- und einem Vierjährigen schier endlos hinziehen kann. Als wir endlich die Tür zum Wohnzimmer erreichten, waren dort nur Dan und Ella, die sich nebeneinander auf dem Sofa fläzten. Beide hielten ein Glas in der Hand. Beide sehr entspannt.

»Da ist Daddy, Jungs«, sagte ich. »Auf ihn!«

Dan hörte mich, schaute mit gespieltem Entsetzen zu den beiden Knirpsen auf und wappnete sich für deren Ansturm.

»Wo sind alle abgeblieben?«, erkundigte ich mich.

»Dad hat im Garten einen verletzten Vogel gefunden und zeigt ihn gerade Mum und Jamie«, ächzte Dan unter den Jungs, die seinen Kopf nun als Klettervorrichtung benutzten. »Violet ist auch mit draußen.«

»Ach, sie hatte nach dir gesucht, Ella ...«

»Ja, wir haben uns gefunden.« Mehr kam nicht von ihr,

nichts über Violets Fotos, die sie angeblich so dringend hatte sehen wollen. Sie richtete einfach nur ihr Bühnenlächeln auf Dan, ließ, ohne jemals den Blick von ihm zu nehmen, ihre Flipflops auf den Boden fallen, schlug ihre nackten, gebräunten Beine unter und machte es sich auf dem Sofa gemütlich. Neben meinem Mann.

Ich ging zur Anrichte hinüber, auf der Joys Gin und Bobs Portwein friedlich nebeneinanderstanden, und mixte mir einen kleinen Gin mit dem Rest aus einer Tonic-Flasche und etwas Eis aus einem Eiskübel. »Noch jemand einen Drink?«, fragte ich.

»Keinen Bedarf, danke. Dan hat uns gerade einen gemacht.« Ich drehte mich wieder um und sah Ellas Lächeln, das sehr schnell aus ihrem Gesicht verschwand, als Freddie sie anrempelte und ihr um ein Haar das Glas aus der Hand gestoßen hätte.

»Pass auf, Süßer«, presste sie zwischen zusammengebissenen Zähnen hervor. Manchmal konnte sie ihre Gefühle nicht verbergen – jetzt zum Beispiel. Sie war einfach nicht die Sorte Frau, die sich von einem tobenden Zweijährigen ihr Kleid versauen lassen wollte.

Ich entschuldigte mich und reichte ihr ein Taschentuch für ihr Kleid, und schnell war sie wieder die Ella, die wir alle kannten – oder auch nicht?

»Freddie wird mal ein richtiger Prachtkerl, genau wie sein Vater, oder nicht, Clare?«, sagte sie, während Dan neben ihr geradezu vor Behagen schnurrte.

»Mmm, und auch genauso eine Nervensäge wie sein Vater«, lachte ich, um die sexuelle Spannung herauszunehmen, die Ella offenbar zwischen sich und Dan aufbauen wollte. Im Wohnzimmer. Vor mir und den Kindern.

Wieder lächelte sie Freddie an, aber wie schon beim ersten Mal lächelten ihre Augen nicht mit.

Recht bald kamen die anderen von ihrem Ausflug zum

verletzten Vogel zurück. Bob war ein ziemlicher Vogelliebhaber, was man von Joy nicht behaupten konnte. Ich nehme an, sie war nur mitgegangen, um dafür sorgen zu können, dass alle auch wirklich rechtzeitig für die Taxis wieder zurückkamen.

»Mum, der ist so süß, aber er hat sich am Flügel verletzt. Grandad hat ihn in eine Schachtel getan«, berichtete mir Violet.

Jamie quetschte sich zwischen Dan und Ella aufs Sofa und hob sofort ihre Hand an den Mund, um ihr mit einem tiefen Blick in die Augen recht besitzergreifend die Fingerspitzen zu küssen. Ohne ihn anzusehen, zog sie sanft die Hand zurück, und in der Sekunde sah ich, was zwischen den beiden lief: Jamie war über beide Ohren verliebt, aber für Ella war diese Beziehung im Prinzip wie ihr Instagram: hübsche Bilder, schöne Orte, sexy Klamotten. Liebe hingegen konnte ich nicht erkennen.

»Ja, wir hoffen, dass er, wenn wir ihn vor Katzen schützen können, mit ein bisschen Wasser wieder gesund wird. Der arme Piepmatz ist ganz entkräftet«, fügte Bob hinzu und ließ sich in einen Sessel fallen. Violet hockte sich zu ihm auf die Sessellehne.

»Du und Violet, ihr beiden müsst euch darauf einstellen, dass der Vogel auch sterben könnte«, verkündete Joy auf ihre unumwundene Art. Damit wollte sie ihnen nur zukünftigen Schmerz ersparen, verpasste aber vor allem ihrer Hoffnung einen gehörigen Dämpfer.

Bob nickte widerwillig, während Violet den Eindruck machte, als wäre sie am Boden zerstört.

»Vielleicht ist es zu seinem Besten, Violet«, fuhr Joy fort, als sie Violets Gesichtsausdruck sah. »Manchmal hat Mutter Natur einen Plan – und die Schwachen bleiben auf der Strecke. Wo bleibt denn nur dieses Taxi?« Sie ging zum Fenster. Verdammter kleiner Vogel, dachte sie wohl. Er entzog sich ihrer Kontrolle, und wahrscheinlich hätte sie es sogar besser gefunden, wenn er gestorben wäre – besser ein Vogelleben in Gefahr als ihre Essenspläne.

Ich warf einen Blick zu Dan hinüber, der immer noch damit zugange war, die Jungs zu bändigen, die sich jetzt neben ihm auf Uncle Jamie stürzten. Eine Trennwand zwischen Dan und Ella? Oder bildete ich mir das nur ein?

Jamie lachte laut und kitzelte die Jungs, aber als sich Joy vom Fenster abwandte, konnten alle an ihrem gequälten Gesichtsausdruck ablesen, dass sie zu viel Lärm veranstalteten, worauf Jamie sofort reagierte, indem er eine Runde »Schweigespiel« ankündigte, das im Wesentlichen darin bestand, dass alle Kinder den Mund halten und stillsitzen mussten. Wer das am längsten durchhielt, hatte gewonnen. Aus offensichtlichen Gründen war dies ein bei der ganzen Familie sehr beliebtes Spiel, das Joy sich ursprünglich für ihre eigenen Wildfänge ausgedacht hatte – »das perfekte ›Spiel‹, wenn wir mal ganz schnell unsere Ruhe brauchen«. Eine geniale Idee, aber auch ein recht eindeutiger Hinweis darauf, wie Joy als Mutter gewesen war.

Leider war Freddie mit seinen zwei Jahren noch ein bisschen zu jung, um die Regeln des »Schweigespiels« in all ihrer Feinheit und Komplexität vollständig zu durchdringen, so dass er nach zehn Sekunden schon wieder herumschrie und Hampelmänner machte. Alfie machte mit und prallte dabei gegen Joy, die schon wieder ein volles Glas Gin in der Hand hielt. Vor Entsetzen entfuhr ihr ein spitzer Schrei. Wie angewurzelt blieb sie mit ausgestreckten Armen und offenem Mund stehen, als hätte man soeben auf sie geschossen. Sofort sprang Bob auf, um ein Handtuch zu holen. »Das kriegen wir hin«, sagte er beruhigend, während sie selbst ihren finsteren Blick mit einem »Macht doch nichts« zu überdecken versuchte. Aber es machte sehr wohl etwas.

»Tut mir leid, Mum«, sagte Dan, nachdem er Alfie mehrmals erfolglos dazu zu bringen versucht hatte, sich zu entschuldigen.

»Zwing ihn nicht zu einer Entschuldigung, Dan«, erwiderte sie. »So etwas muss von Herzen kommen. Sonst bedeutet es nichts.« Und mit diesen Worten rauschte sie aus dem Zimmer, um sich umzuziehen. Ihre letzte Bemerkung drang überhaupt nicht zu Alfie durch, der schmollend und mit verschränkten Armen dasaß.

»Er ist müde, Dan«, sagte ich.

»Keine Ausreden hier! Er benimmt sich völlig daneben und ich bin sehr böse!«, schrie Dan ihn an, und ich sah, wie sich Alfies kleines Gesicht zum Weinen verzog.

Dann brach er in Tränen aus, rannte zu mir und warf sich schluchzend auf meinen Schoß. Dan war zu streng gewesen, wie ich ihm später auch unmissverständlich klarmachte. Mir hatte er Vorwürfe gemacht, weil ich die Jungs wegen des Eimerstreits am Pool angeraunzt hatte, aber er durfte Alfie anbrüllen, nur weil er aus Versehen Joy angerempelt hatte?

Inzwischen hatte Alfies Zusammenbruch Freddie dazu verleitet, ebenfalls mal ein Verhalten auszutesten, mit dem er die Aufmerksamkeit auf sich ziehen konnte: Er leerte sein Glas mit Orangensaft auf dem Boden aus, woraufhin Dan auch ihn anschrie. All das war eine willkommene Gelegenheit für Ella, Freddie zu trösten, indem sie ihn zu sich auf den Schoß hob und ihm übers Haar streichelte, was diesen etwas verunsicherte, weil »Auntie Ella« ihn bis zu diesem Zeitpunkt keines Blickes gewürdigt hatte.

»Sollen wir einen kleinen Spaziergang machen?«, fragte sie Freddie.

Sofort stellten sich mir die Nackenhaare auf. »Dafür haben wir keine Zeit, Ella. Das Taxi kommt gleich«, sagte ich, dachte aber: *Auf gar keinen Fall lasse ich dich mit meinem Baby da draußen rumlaufen.*

»Wo ist das Problem, es ist doch noch massig Zeit. Es ist

gerade mal halb acht, das Taxi kommt nicht vor acht.« Sie sagte das auf eine Weise, als wäre ich dumm und überpingelig, also musste ich sie in ihre Schranken weisen.

»Er ist müde, er wird jetzt nicht laufen wollen.«

»Och, auf ein bisschen Gassigehen hat er bestimmt Lust, stimmt's, Freddie?«

»Er ist kein Hund«, fauchte ich sie an.

Ihr stieg das Blut ins Gesicht. »Es tut mir leid, Clare. Wenn es dir lieber ist, dass ich nicht mit Freddie rausgehe, dann verstehe ich das natürlich.« Vor den anderen gab sie mal wieder das Opfer. Alle bekamen die Situation mit, es war unmöglich, sie nicht mitzubekommen.

»Es geht mir ja gar nicht ...«

»Ich komme mit raus, wir gehen zusammen«, sagte Jamie, hob sich Freddie auf die Schultern und wies mich damit indirekt zurecht. Ich schämte mich. Warum war ich so gemein zu ihr gewesen, noch dazu vor versammelter Mannschaft?

»Ist das okay für dich, Clare?«, fragte sie und bauschte das Ganze damit nur noch mehr auf.

»Ja, ja, alles gut«, sagte ich.

»Ach, Clare, ich würde dir so wünschen, dass du dir nicht immer so viele Sorgen machst, das ist gar nicht gut für das lymphatische System, wusstest du das? Das schwemmt den Körper unglaublich auf«, sagte sie mit ernster Miene, als spräche sie zu *Jabba the Hutt*.

»Meinem lymphatischen System geht's prächtig, vielen Dank auch«, gab ich ohne ein Lächeln zurück.

Dan warf mir einen bösen Blick zu, aber ich ignorierte ihn. Er war nicht in der Position, mich zurechtzuweisen, wenn er selbst gerade für einen Totalzusammenbruch bei den Jungs gesorgt hatte.

Nach nur wenigen Minuten tänzelte Joy schon zurück ins Zimmer und drehte eine Pirouette. »Kann ich mich so blicken lassen?«, fragte sie mit einer unerträglichen Koketterie. Aber nachdem ich gerade schon Ella beleidigt und wohl auch Jamie gegen mich aufgebracht hatte, brauchte ich Joy an diesem Abend auf meiner Seite. Also lobte ich überschwänglich ihr Kleid und betonte, wie jung sie darin aussehe. Wahrscheinlich übertrieb ich es deutlich, aber ich hatte etwas gutzumachen.

Zehn Minuten später kehrten Jamie und Ella von ihrem Spaziergang mit Freddie zurück. Ella trug ihn auf dem Arm – offenbar war er, wie ich vorhergesagt hatte, zu müde zum Laufen gewesen. »Er ist wirklich ein allerliebster Süßfratz. Können Jamie und ich ihn haben?«

»Nein«, sagte ich viel zu schnell.

Alle Gesichter drehten sich in meine Richtung. Ich lief rot an.

Keiner sagte ein Wort, bis Jamie den Mund aufmachte. »Eigentlich ganz gut so. Freddie wiegt ungefähr eine Tonne, viel zu schwer für mich. Ich bin nur froh, dass Ella so durchtrainiert ist, dann kann *sie* später unsere Kinder tragen«, sagte er, um die Stimmung etwas aufzulockern. Aber ich lachte nicht, und den Grund dafür kannte er verdammt gut.

19

Eine Weile saßen wir betreten herum und schauten uns einfach nur an, aber Joy fing sich schnell und lenkte das Gespräch auf sicheres Terrain. »Gefällt dir mein Kleid, Liebes?«, fragte sie Violet.

»Ja, Granny. Das Blau ist sehr schön«, antwortete Violet, ganz die Diplomatin.

»Violet hat recht, das Blau ist sehr schön«, hörte ich mich sagen. »Und weißt du auch, was richtig gut dazu aussehen würde?«

»Was denn?«, Joy hatte den Kopf schräg gelegt. Sie lächelte. Wenn es eins gab, worüber sie noch lieber redete als über sich selbst, dann war das ihre Kleidung.

»Deine Diamantohrringe – die, die Bob dir zum Hochzeitstag geschenkt hat. Die sähen zu dem Blau atemberaubend aus.«

Schnell warf ich Ella einen Blick zu, sie starrte auf den Boden.

»Ich habe auch noch Lidschatten in genau dem Farbton. Komm, ich mache dir die Augen«, schlug ich begeistert vor.

»Die Zeit ist viel zu knapp ...«, hob Ella an.

»Oh nein, stimmt ... die Taxis sind gleich hier«, bestätigte Joy.

»Ach, die Zeit reicht *dicke*«, widersprach ich, die Idee gefiel mir immer besser. »Komm, Joy. Wenn wir uns beeilen, können wir dich in Helen Mirrens jüngere Schwester verwandeln.«

Da konnte Joy nicht widerstehen. Sie liebte es, wenn man Wirbel um sie machte, und da sie obendrein auch noch einer von Helen Mirrens größten Fans war, wusste ich, dass ich einen Volltreffer gelandet hatte. Im Hinausgehen lächelte ich Ella an, die plötzlich unruhig wirkte, und revanchierte mich mit einer Retourkutsche. »Oh, Ella, mach dir nicht so viele Sorgen! Denk an dein lymphatisches System!«, sagte ich über die Schulter und lief, zwei Stufen auf einmal nehmend, hinter Joy die Treppe hinauf.

Zuerst ging ich noch kurz in mein eigenes Zimmer, um den blauen Lidschatten zu holen und um Joy Zeit zu geben, das Fehlen ihrer Ohrringe zu bemerken, und als ich mit meiner Kosmetiktasche in ihr Zimmer trat, schien sie tatsächlich erfolglos nach ihnen gesucht zu haben.

»Aber sie *müssen* doch da drin sein, Joy«, sagte ich freundlich und nahm ihr die Schmuckrolle aus der Hand, um sie selbst noch einmal zu durchsuchen. Du nimmst die Ohrringe doch in jeden Urlaub mit. Erst letztes Jahr hast du noch gesagt, wie gut man sie zu allem tragen kann.«

Sie fuhr mit den Fingern in alle seidenen Innentaschen der Rolle. »Vielleicht habe ich sie auch zu Hause gelassen, Clare«, überlegte sie, aber ich konnte sehen, dass sie das nicht wirklich glaubte. Ich fragte mich sogar, ob sie vielleicht zu einer kleinen Notlüge griff, um niemanden in Verlegenheit zu bringen.

»Nein, zu Hause gelassen hast du sie nicht – du hattest sie auf jeden Fall dabei. Weißt du nicht mehr? Du hast sie an unserem ersten Abend hier getragen.«

»Oh ... ja stimmt, du hast recht. Dann habe ich sie wahrscheinlich einfach irgendwo abgelegt.« Aber jetzt rief Ella von unten hoch, dass das Taxi da sei. Wenig überraschend schien sie ganz erpicht darauf, uns von unserer Suche abzulenken.

»Es ist mir ein Rätsel«, sagte ich auf dem Weg nach unten in einer Lautstärke, dass Ella es hören konnte. »Also, außer uns ist hier doch keiner. Und von uns würde sie ja schließlich niemand nehmen.« Das ließ ich erst einmal so stehen, während Ella irgendetwas Zustimmendes vor sich hin brummelte und alle zur Haustür hinausschob.

»Schon gut«, sagte Joy. »Wir werden sie schon finden, da bin ich sicher.«

Die Kinder krabbelten alle ins erste Taxi. Ich wollte mich gerade zu ihnen setzen, als Ella mich sanft am Arm berührte. »Entschuldige, Clare, aber ich muss im ersten mitfahren. Ich habe den Tisch reserviert und möchte sicherstellen, dass es auch der richtige ist. Ich möchte, dass es für euch alle ein ganz besonderer Abend wird.«

Mir war das egal, solange ich nicht mit ihr in einem Wagen sitzen musste. Also fing ich an, die Kinder wieder ins Freie zu befördern, so dass sie mit Dan und mir im nächsten Taxi fahren konnten, sobald es ankam.

»Nein, nein, lass doch, die Kinder können bei Jamie und mir mitfahren«, sagte Ella. »Wir nehmen sie schon mal ins Restaurant mit, und ihr habt so lange mal eine kleine Verschnaufpause.« Das hörte sich an, als wäre sie aufmerksam und fürsorglich, aber ich traute ihr nicht. Und außerdem, seit wann zählte eine kurze kinderfreie Taxifahrt schon als Verschnaufpause?

»Nein, lieber nicht«, widersprach ich, während ich immer noch versuchte, die Kinder aus dem Taxi zu bugsieren.

»Clare, wo ist das Problem?«, warf Jamie ein, der sich zu uns gesellte. »Wir können doch mal auf drei Kinder aufpassen, wir sind ja schließlich keine Idioten.«

Ohne etwas zu sagen, trat ich zur Seite. Noch nie zuvor war Jamie mir gegenüber so brüsk und schroff gewesen. Wir hatten immer einen besonderen Draht zueinander gehabt: Wir hatten denselben Sinn für Humor und ein paar Insiderwitze, meistens liebevolle Spötteleien über Joy oder Bob, nichts Gehässiges. Wir schmunzelten beide, wenn Joy mal wieder das Heft in die Hand nahm oder den armen, alten Bob schikanierte. Aber seit seiner Ankunft hier war davon bei allem, was getan oder gesagt wurde, nicht das Geringste mehr zu spüren. Immer wieder hatte ich Jamie angeschaut, seinen Blick gesucht, auf dieses heimliche Lächeln gewartet, eine Bestätigung, dass wir jeweils wussten, was der andere dachte – aber nichts. Er schien mir überhaupt nicht mehr in die Augen zu schauen und auch nur mit mir zu sprechen, wenn Ella gerade nicht anwesend war. Ich fragte mich, ob sie trotz ihrer Attraktivität und bei allem zur Schau gestellten Selbstbewusstsein nicht vielleicht doch zur Eifersucht neigte? Durfte Jamie möglicherweise mit keinen anderen Frauen mehr reden, selbst mit seiner Schwägerin nicht?

»Was war da denn gerade schon wieder los?«, fragte Dan, als ich zu ihm und seinen Eltern ging, um auf das nächste Taxi zu warten, während die Kinder mit Jamie und Ella davonfuhren.

»Ach, ich wollte, dass die Kinder mit uns fahren. Aber ist ja wirklich nicht so wichtig, solange wir alle heil und gesund beim Restaurant ankommen«, antwortete ich und fragte mich insgeheim, ob Ella das zweite Taxi absichtlich für etwas später bestellt hatte – wenn überhaupt. Oder war ich nur paranoid?

»In Jamies und Ellas Haut möchte ich nicht stecken, wenn Freddie merkt, dass Mummy nicht dabei ist.« Dan verdrehte die Augen.

»Die beiden haben darauf bestanden«, flüsterte ich, weil ich nicht wollte, dass Joy etwas davon mitbekam. Noch immer war ich mir nicht ganz sicher, wie sie zu Ella stand, und war entsprechend zurückhaltend.

Ich schaute zu Joy und Bob hinüber, die auf den Stufen

saßen. Joy wirkte irgendwie älter als sonst, ihr für gewöhnlich belebtes Gesicht und ihr tratschender Mund waren ausnahmsweise einmal still und starr. Man konnte leicht vergessen, dass sie siebzig Jahre alt war und Bob sogar noch ein paar Jahre älter. Beide schienen in ihrer eigenen Welt versunken, und ich versuchte, mich in sie hineinzuversetzen.

Die Verantwortung für das wackelige Unternehmen, das einmal Bobs Lebensinhalt gewesen war, ging gerade an die Söhne über, von denen der ältere eine Affäre hinter sich hatte und nun versuchte, seine Ehe zu retten, während der jüngere frisch mit einer Frau verheiratet war, die sie noch nicht einmal kannten. Sie waren dabei, alles, wofür sie immer gearbeitet hatten, an ihre Söhne zu übergeben. Möglicherweise hatten sie so ihre Zweifel. Wir vier standen alle auf wackeligem oder unbekanntem Boden, nichts war stabil oder zuverlässig, rein gar nichts in Stein gemeißelt. Natürlich ist keine Ehe je völlig sicher, aber im Moment waren beide ihrer Kinder emotional im Fluss, und es stand in den Sternen, wie sich das auf die Zukunft der Familie und ihre Zufriedenheit, geschweige denn auf den Lebensunterhalt aller Beteiligten auswirken würde.

Ich hatte beide immer für unbesiegbar gehalten – Bob, das ruhige, aber verlässliche Rückgrat und Joy, die Königin der Familie, aber jetzt saß dort einfach nur eine alte Dame auf der Treppe und wartete auf ihre Fahrgelegenheit. Für mich war es ein Schock, die beiden plötzlich so verwundbar zu sehen. Das ließ mich wieder über Ella nachdenken, und ich fragte mich, ob Joy von ihr auf irgendeine Weise geblendet oder manipuliert wurde. Es war diese Ungewissheit, mit der ich nicht gut klarkam. Ella war eine Frau, die ihren Lebensunterhalt damit bestritt, eine Scheinversion von sich zu verkaufen. Niemand kannte sie wirklich, am wenigsten wir, ihre neue Familie. Und wenn sie es fertigbrachte, bei einem von uns ins Zimmer zu marschieren und etwas Wertvolles zu klauen, was würde sie uns dann als Nächstes nehmen?

Joy und Bob waren wie Eltern für mich, für die ich alles tun würde – und wenn das bedeutete, dass ich sie vor jemandem wie Ella schützen musste, dann würde ich auch das tun. Als Joy mir während Dans Affäre den Rücken stärkte, hatte ich gemerkt, dass auch sie alles für mich tun würde, und ihr Eingreifen, so unorthodox es auch gewesen sein mochte, hatte mir deutlich gemacht, wie wichtig ich ihr war. Und trotz ihrer kritischen Haltung und, ja, ihrer herrischen Herumkommandiererei waren wir uns gegenseitig in Respekt und Liebe verbunden. Meine eigene Mutter hatte mir nicht viel Liebe geben können und war, vom Leben geschlagen, früh gestorben. Ich weiß, dass das ein Klischee ist, aber ich war fest entschlossen gewesen, dass mein Leben anders verlaufen und ich meinen Kindern eine bessere Kindheit bieten würde. Ich hatte gewusst, dass ich einen sicheren Job und eine gute Ehe brauchte, also hatte ich mich direkt nach meinem Schulabschluss in die Ausbildung zur Krankenschwester gestürzt. Komisch, ich hatte diese naive Vorstellung gehabt, dass es sich auch finanziell auszahlen würde, in einem unverzichtbaren Beruf harte und qualifizierte Arbeit zu leisten. Tatsächlich aber verdient man als Krankenschwerster sehr wenig. Dan kennenzulernen war der Höhepunkt meines jungen Lebens gewesen. Ich liebte ihn, er brachte mir die finanzielle Sicherheit, die ich brauchte, und war der Vater, den ich mir für meine Kinder wünschte. Wenn man es so ausdrückt, hört es sich nicht sonderlich romantisch an, aber wenn man aus dem Nichts kommt, ist es alles. Und ich war nicht dazu bereit, mein Alles kampflos aufzugeben.

Irgendwann kam das Taxi dann doch, und kurze Zeit später fuhren wir endlich vor dem Restaurant vor. In Erwartung schreiender Kinder und eines allgemeinen Chaos stürmte ich hinein, aber tatsächlich wirkte alles recht ruhig.

»War alles in Ordnung mit ihnen?«, fragte ich, als ich am Tisch ankam und mich neben Alfie setzte. Freddie saß zwischen Jamie und Ella, Violet saß ihnen mit Alfie und nun mir gegenüber.

»*Natürlich* war alles in Ordnung mit ihnen, Clare«, sagte Ella in einem gelangweilten Tonfall, als hätte sie langsam genug davon, es mir immer wieder zu sagen. »Ich habe den Leuten vom Restaurant gesagt, sie sollen ihnen vorm Hauptgang schon mal ein bisschen Gelato bringen, damit sie die Klappe halten.« Sie lächelte stolz. Ich blickte um mich, um zu schauen, ob sonst noch jemandem die unfreundliche Formulierung »damit sie die Klappe halten« aufgefallen war, aber alle waren zu beschäftigt damit, sich stühlerückend hinzusetzen und sich über die Inneneinrichtung auszulassen.

»Oh«, erwiderte ich und streckte die Arme über den Tisch zu meinem Jüngsten aus. Es versteht sich von selbst, dass mich das entsetzte. Es war schon unter optimalen Bedingungen schwierig genug, die Kinder zum Essen zu bewegen, geschweige denn, wenn es Eis als Vorspeise gegeben hatte. Aber ich wollte keinen Streit vom Zaun brechen, und schon gar nicht vor den Kindern.

»Freddie, möchtest du hier rüber kommen und neben Mummy sitzen, mein Schatz?«

Er war ein Mamakind und wollte, egal wo, immer bei mir sein, aber jetzt schaute er mich an und schüttelte nur den Kopf.

»Freddie geht's super hier mit mir und Auntie Ella, stimmt's, Kumpel?«, sagte Jamie und wuschelte ihm durchs Haar.

»Aber sicher doch«, bestätigte sie, stellte ihren Martini ab und küsste Freddie auf den Kopf, wobei sie den Blick jedoch nie von mir abwandte. Und als sie schließlich mit dem Kopfküssen fertig war, lächelte sie mir ein bisschen zu süß zu und biss dann in die Olive aus ihrem Drink. Ich wollte diesen Abend so schnell wie möglich hinter mich bringen. Aber ich fragte mich, ob ich dadurch, dass ich die Aufmerksamkeit auf die Diamantohrringe gelenkt hatte, die Fronten zwischen meiner Schwägerin und mir verhärtet hatte.

Etwas später, als Ella keine Lust mehr hatte, Mutter zu spielen, fing sie mit einer Geschichte an, wie sie sozusagen die Welt gerettet hatte, und das in der Küche eines erstklassigen Hotels im ländlichen Frankreich.

»Da habe ich mal ein paar Wochen lang gearbeitet, zwischen zwei Model-Einsätzen«, erklärte sie. »Die Gäste haben alle mein veganes Fladenbrot mit Avocado gelobt, es wäre das leckerste auf der ganzen Welt. Ich habe mir neue Rezepte ausgedacht, ein ganzes Menü, und der Küchenchef wollte, dass ich bleibe. Er sagte, der Laden würde viel besser laufen, seit ich da bin, aber ich hatte einen Model-Einsatz in Rom und musste am nächsten Tag abreisen.«

Mit den anderen zusammen, die völlig von Ella betört schienen, hörte ich ihr zu, aber mir erschien die Geschichte nicht plausibel zu sein und ich fragte mich, wie viel davon wohl stimmen mochte und wie viel Übertreibung im Spiel war. Als ich es irgendwann nicht mehr ertragen konnte, flüchtete ich auf die Toiletten, wo ich zehn Minuten damit totschlug, mir in den Becken aus Carrara-Marmor unter der noblen Wasserfall-Armatur mit himmlisch duftender Seife die Hände zu waschen, während ich mir einfach nur wünschte, der Abend möge schnell vorübergehen.

Als wir endlich vom Restaurant nach Hause kamen, zog ich mich sofort mit den Kindern zurück – sie waren müde und mussten ins Bett. Ich selbst brauchte noch etwas Zeit für mich, um nachdenken zu können. Und sobald bei den Kindern Ruhe eingekehrt war, ging ich die Situation im Bett liegend wieder und wieder durch und hinterfragte mich und die Art, wie ich auf diese Fremde in unserer Mitte reagierte. Ein zweites »Ich«, eine andere Schwiegertochter, die mir in ihrer Lebenseinstellung ähnlicher gewesen wäre und mit der ich mich einfach hätte unterhalten können, hätte ich wie eine echte Schwester willkommen geheißen. Schon immer hatte ich mir eine Schwester gewünscht, aber Ella hatte von Anfang an nicht meine Nähe gesucht, ganz im Gegenteil. Offenbar hatte sie mich schon auf den ersten Blick gehasst und es sich seitdem zum Tagesziel erklärt, mich zu beleidigen oder zu bedrohen. All diese abfälligen Bemerkungen, dieses selbstgefällige, wissende Lächeln, die Art, wie sie Joy gegenüber ausgeplaudert hatte, was ich über sie gesagt hatte. Warum verhielt sie sich nur so? Die subtile Art und Weise, wie sie mich sogar aus Gesprächen mit Violet ausschloss, wie sie versuchte, Freddie zu »bemuttern« und wie sie in meiner Gegenwart völlig offen mit Dan flirtete. Wie sie damit drohte, mein »schmutziges, kleines Geheimnis« zu verraten, ihre Bemerkungen, mit denen sie meine Tätigkeit als Krankenschwester zu bloßem »Bettenmachen« degradierte, die Art, wie sie ständig mein Gewicht kommentierte, »untersetzt«, »aufgeschwemmt«. Die Liste hätte man endlos fortsetzen können.

Wenn ich sie wegen einer dieser Dinge konfrontiert hätte, hätte sie mich als paranoid abtun können. Es war alles nicht greifbar, es gab keine Beweise, sie hätte mir einfach wieder »Überempfindlichkeit« vorwerfen können. Aber ... wie sie die Ohrringe geklaut hatte, hatte ich gesehen. Das war wirklich greifbar und nicht bloß auf meine Empfindlichkeit oder Paranoia zurückzuführen – diese Ohrringe halfen mir die ganze Zeit dabei, nicht an meinem Verstand zu zweifeln. Sie waren der handfeste Beweis dafür, dass Ella nicht die Person war, für die alle sie hielten. Und wenn ich es irgendwie beweisen konnte, dass sie die Ohrringe wirklich hatte, konnte ich sie zur Rede stellen, so dass alle merken würden, mit wem sie es hier zu tun hatten.

Als sich am nächsten Vormittag alle am Pool vergnügten, ging ich in Ellas und Jamies Zimmer. Zuerst schaute ich mich schnell im Bad um, wo edle Gesichtscremes wie fette, kleine Soldaten in Reih und Glied herumstanden und sicher darauf warteten, fotografiert zu werden. Ich schaute im Wandschrank nach und klopfte die Badewanne nach einer herausnehmbaren Kachel ab, während mir gleichzeitig klar war, dass ich wahrscheinlich zu viele Krimis geschaut hatte. »Miss Marple in Amalfi«, würde Dan sagen. Bei dem Gedanken musste ich grinsen. Wie Miss Marple wusste ich allerdings auch, dass die Suche nach gestohlenen Ohrringen in einem Zimmer der Suche nach der Nadel im Heuhaufen glich und dass mir der Schmuck anders als im Krimi nicht gleich wie von selbst in die Hände fallen würde. Ella hätte die Ohrringe überall verstecken können. Und nachdem ich über die Wäscheberge am Boden gestiegen und die meisten ihrer unaufgeräumten Schubladen und Schrankfächer durchsucht hatte, war ich schon kurz davor, aufzugeben und wegzugehen, als ich noch einen letzten Blick in die Nachttischschublade warf. Ich fand ein paar Ladegeräte, einen Lippenstift und einige Taschentücher, aber als ich mit meiner Hand ganz nach hinten in die Schublade fasste, konnte ich etwas fühlen – eine Schatulle? Ich musste mit beiden Händen danach greifen, sie war recht groß – eine Schmuckschatulle. Es wäre gelinde gesagt schon recht dreist, Ohrringe zu stehlen und sie dann in der eigenen Schmuckschatulle zu verstecken. Aber dann wiederum war Ella genau das – dreist. Also öffnete ich den Deckel. In der Schatulle herrschte ein ähnliches Chaos wie im Zimmer. Alles lag wild durcheinander, also wühlte ich in dem Haufen aus billigem Metall, zerbrochenen Spangen und Plastikreifen herum – alles wertloses Zeugs –, bis ich plötzlich einen schimmernden Diamanten sah, und dann noch einen. Joys Ohrringe! Ich hätte sie unter Tausenden erkannt – die Diamanten waren ungewöhnlich geformt, der winzige Tropfen ebenfalls. »Wie eine winzige Träne«, hatte Joy einmal gesagt.

Ich konnte mein Glück kaum fassen. Ein paar Minuten

lang saß ich einfach nur mit den Ohrringen in der Hand da und wäre am liebsten sofort nach draußen gerannt, um meinen Fund herauszuschreien. Aber wenn ich das getan hätte, wie hätte ich beweisen können, dass ich die Ohrringe wirklich in Ellas Schmuckschatulle gefunden hatte? Sie hätte behaupten können, *ich* hätte sie dort hineingelegt, und womöglich hätten die anderen ihr sogar geglaubt und gedacht, ich selbst hätte sie gestohlen, um Ella ans Messer zu liefern. Nein, ich musste die Ohrringe lassen, wo ich sie gefunden hatte. Später, wenn die Kinder im Bett und alle versammelt waren, würde ich Ella dann zur Rede stellen. Wahrscheinlich würde sie lügen und alles abstreiten, aber dann würde ich einen der anderen bitten, uns nach oben zu begleiten, um zu bezeugen, dass ich die Wahrheit sagte. Ich wäre zugegen, wenn sie die Schatulle öffnete, und dann würde ihr nichts anderes übrigbleiben, als alles zuzugeben. Joy würde bestätigen, dass es sich tatsächlich um ihre Ohrringe handelte, und Ella würde endlich als die Diebin, als die Hochstaplerin gesehen werden, die sie nun einmal war. Auch wenn es für Jamie zunächst natürlich sehr schmerzlich sein würde – eines Tages würde er mir dafür danken, dass ich ihm die Augen geöffnet und die wahre Natur der Frau, die er zu lieben glaubte, zutage befördert hatte. Irgendwann würde er sich wieder fangen und dann wahrscheinlich das tun, was er immer getan hatte – die Welt bereisen. Ich tat das hier für die Familie. Ich tat es auch für meine Ehe und für unser Unternehmen – ich hatte das dringende Gefühl, dass Ella für beides eine Gefahr darstellte.

Je mehr ich darüber nachdachte, desto mehr kam ich zu dem Schluss, dass es allen besser ginge, wenn Ella nicht da wäre. Und wie es aussah, hatte ich genau das gefunden, was ich brauchte, um sie aus unserem Leben zu verbannen.

20

Ich legte die Ohrringe in die Schmuckschatulle zurück und schob diese wieder nach hinten in die Nachttischschublade, wo ich sie gefunden hatte. Dann schlich ich mich aus Ellas und Jamies Zimmer und war gerade in meinem eigenen Zimmer angekommen, wo ich noch eine zusätzliche Flasche Sonnencreme für die Kinder holen wollte, als von draußen plötzlich aufgeregte Stimmen und hektische Geräusche an mein Ohr drangen.

Sofort dachte ich, es wäre etwas mit den Kindern, weshalb ich in den Flur raste, um auf dem Weg nach unten noch schnell aus dem Fenster zu sehen. Mein Herz schaltete einen Gang runter und die Trockenheit in meinem Mund ließ etwas nach, als ich meine Drei mit Bob im Garten stehen sah. Sie hatten den Blick auf den Pool gerichtet, und ich erlaubte mir ein paar Sekunden der Erleichterung, während ich gleichzeitig herauszufinden versuchte, was überhaupt los war. Jamie und Ella waren im Pool, und auf den ersten Blick dachte ich, dass sie ihn nassspritzte, dass sie zusammen herumalberten. Aber an der Art, wie Joy schrie, wurde mir klar, dass irgendetwas nicht stimmte. Es wirkte nun eher so, als würde Jamie versuchen, Ella zu fassen zu bekommen. Er sah unglaublich verängstigt aus, und Ellas unkontrollierte Bewegungen ließen mich an einen epileptischen Anfall denken. Sofort sprintete ich die Treppe hinunter, um zu helfen. Sollte sie tatsächlich einen Anfall haben und untergehen, konnte es dramatisch werden. Aus meiner Ausbildung wusste ich, dass sie in diesem Fall sofort aus dem Wasser gezogen und in Sicherheit gebracht werden musste.

In etwa zwanzig Sekunden war ich am Beckenrand. In der Zwischenzeit war Dan schon zu Jamie in den Pool gesprungen und half ihm dabei, die schreiende und wild um sich schlagende Ella aus dem Wasser zu holen. Sie hievten sie an den Beckenrand, wo Joy bereits unruhig mit einem Handtuch wartete. Das war so typisch Joy – es konnte sein, dass Ella lebensrettende Maßnahmen benötigte, aber zuerst einmal stand Joy mit ihrem blassgrauen Luxusstrandtuch da, so als wäre es das einzig Wichtige, abgetrocknet zu sein.

Als ich näherkam, sah Dan mich an. »Sie ist ins Wasser gefallen, ich glaube, sie hatte einen Krampf oder so was ...« Er drehte sich zurück zu Ella, die jetzt auf dem Boden saß. Jamie hatte seinen Arm um sie gelegt.

»Ella, lass Clare mal einen Blick auf dich werfen. Sie ist Krankenschwester.«

»Kannst du vernünftig atmen?«, fragte ich sie und bückte mich zu ihr hinunter.

Sie nickte.

»Huste bitte mal.«

»Mir geht's ... gut«, sagte sie abwehrend. Offenbar wollte sie mich nicht an sich heranlassen, so dass ich fragend zu Jamie hinüberschaute, der nur nickte, wohl um mir zu bedeuten, dass ich es lassen könne. Soweit ich sehen konnte, schien Ella weder Verletzungen noch sonstige Schwierigkeiten zu haben, vielleicht war es also auch nur ein harmloser Muskelkrampf gewesen?

»Kann ich *irgendetwas* für dich tun, Ella?«, fragte ich und richtete mich wieder auf.

»Die Spielsachen deiner Kinder könntest du wegräumen«, fauchte sie.

Ich folgte ihrem Blick bis zu einem kleinen Plastiklaster, der Alfie gehörte. Dann sah ich wieder sie an, und mir musste wohl die Verwirrung ins Gesicht gestanden haben, denn Jamie sagte: »Sie ist, glaube ich, drüber gestolpert, oder?«

Ella nickte und schaute ihn wie ein Kind von unten herauf an, worauf er sie noch fester in den Arm nahm.

»Es ist nur ein kleines Plastikspielzeug«, sagte ich. »Ich verstehe nicht, wie ...«

»So gefährlich, das da einfach rumliegen zu lassen, aber mach dir keine Vorwürfe, Clare«, sagte sie mit dieser widerlich säuselnden Stimme.

»Tu ich auch nicht«, blaffte ich sie an. Ich konnte mich einfach nicht unter Kontrolle halten. Gerade noch war ich hergerannt gekommen, um ihr das Leben zu retten, und jetzt gab sie mir zu verstehen, das Ganze sei mein Fehler gewesen. »Kinder lassen ihre Sachen nun einmal in der Gegend liegen. Nervig, aber da muss man halt einfach mal ein bisschen aufpassen«, sagte ich zu ihr hinunter.

»Sie ist über das Spielzeug gestolpert, es lag da einfach rum, sie hätte sich wirklich wehtun können«, warf Jamie mir über die Schulter gewandt zu, während er Ella noch immer umarmte.

»Aber hier geht's doch gar nicht darum, dass jemand über ein Spielzeugauto gefallen ist. Deshalb wäre sie doch nicht *ertrunken*, dafür muss es irgendeinen anderen Grund geben«, sagte ich, noch immer verwirrt, weil ich nicht verstand, was eigentlich gerade passiert war. »Hattest du einen Krampf, als du ins Wasser gefallen bist, Ella?«, erkundigte ich mich.

Durch ihre Tränen nuschelte sie irgendetwas Unverständliches in Jamies Schulter, und er übersetzte. »Sie sagt, sie muss sich hinlegen. Sie hat gedacht, sie würde ertrinken.«

»Aber sie wäre doch nicht ertrunken, selbst wenn sie einen Krampf gehabt hätte, hier sind doch jede Menge gute Schwimmer in der Nähe, darunter meine Neunjährige«, sagte ich, um das Ganze ein bisschen zu relativieren. »Bevor irgendetwas passieren konnte, hattet du und Dan sie schon rausgeholt, und ich war auch innerhalb von Sekunden unten.«

Jamie ignorierte meine Bemerkung. »Komm, wir bringen dich hoch«, sagte er zärtlich.

Als er ihr aufhalf, warf Ella mir einen hasserfüllten Blick zu. Ich schaute um mich, aber niemandem war es auch nur aufgefallen. Langsam gingen die beiden davon, wobei Jamie sie auf eine Weise stützte, die schon fast an Tragen heranreichte.

»Wenn sie fast ertrunken wäre, gibt es dafür einen Grund«, rief ich ihnen hinterher.

Im Gehen drehte sich Jamie zu mir um und brüllte: »Den GIBT es, Clare – sie kann nicht SCHWIMMEN!«

Joy stand mit dem Handtuch neben mir, während Jamie Ella in ihr luxuriöses Zimmer mit dem riesigen Bett geleitete und ich mit dem Gefühl zurückblieb, dass mir gerade etwas zur Last gelegt worden war, wobei ich nicht so recht wusste, was.

»Oh, die Arme«, sagte Joy, nachdem sie verschwunden waren. In Erinnerung an das traumatische Erlebnis rang sie die Hände, also fragte ich sie, ob es ihr gut gehe.

»Mir geht's gut«, antwortete sie. »Aber es war fürchterlich, das mit ansehen zu müssen. Sie ist völlig erstarrt im Wasser, richtig beängstigend.«

Bob neben ihr nickte. »Ich wusste gar nicht, dass sie nicht schwimmen kann. Die meisten jungen Leute heutzutage können das doch, oder?«

»Ja, Violet schwimmt wirklich gut, und die anderen beiden

sind auch schon richtige Wasserratten. Sobald sie alt genug dafür sind, werde ich zusehen, dass sie Schwimmunterricht bekommen«, sagte ich und kam mir dabei wie eine gute Mutter vor. »Aber mich überrascht das schon«, fuhr ich fort. »Es gibt unzählige Bikinifotos von Ella auf Instagram, auf denen sie irgendwo auf der Welt ins Meer läuft oder ihm wieder entsteigt – und das, obwohl sie nicht schwimmen kann?!«

Bob schien mich gar nicht zu hören und Joy zuckte lediglich die Schultern, aber ich war vollständig verwirrt und fragte mich, was da gerade los gewesen war.

Den Rest des Tages ließen wir uns einfach so treiben und entspannten, wie wir es vor Jamies und Ellas Ankunft gehalten hatten. Es war schön, einfach einen Snack zum Mittag zu machen und am Pool herumzusitzen, und später spazierten Dan und ich noch ein wenig durch das Dorf in der Nähe, wo ich es sogar schaffte, ein Glas Gianduia-Creme für Mrs Marsden aufzutreiben.

Während wir unter uns waren, sprachen Dan und ich über den Vorfall.

»Das war wirklich beängstigend«, sagte Dan.

»Ja, im Wasser wirkte sie total panisch, aber kaum war sie wieder auf dem Trockenen, schien sie sämtliche Hilfsangebote abzulehnen.«

»Ja, ich hätte erwartet, dass sie froh gewesen wäre, jemanden mit medizinischer Ausbildung greifbar zu haben.«

»Na ja, sie denkt halt, dass ich nur Betten mache«, lächelte ich.

»Sie wollte dich wirklich partout nicht an sich heranlassen«, bestätigte er.

»Ich weiß. Sie hasst mich, Dan.«

Er lachte.

»Wirklich! Ich weiß, wie das klingt, aber ich glaube, sie hasst mich wirklich. Und sie weiß auch, wie sie mich zur Weißglut bringen kann, so wie sie sich ständig an dich ranschmeißt, um ›mal ein bisschen mit dir zu quatschen‹«, sagte ich und ließ ihn auf diese Weise wissen, dass mir das nicht entging.

»Ach, sie will mir nur von ihren neuesten Ideen für die Website erzählen«, beruhigte mich Dan.

»Hmm, ich könnte mir vorstellen, dass Jamie Ella imponieren wollte und ihr gegenüber ein bisschen dick aufgetragen hat«, sagte ich. »Sie scheint den Eindruck zu haben, dass wir ein riesiges Immobilienunternehmen besitzen, dank dessen sie sich für den Rest ihres Lebens in Prada kleiden kann.«

»Mmm, du hattest ja erzählt, wie sie dachte, die Villa gehöre uns, und ich habe auch schon mitbekommen, wie sie über ›das Unternehmen‹ spricht. Neulich hat sie sich erkundigt, ob wir irgendwelche Auslandssitze haben. Sie scheint sich ein bisschen in alles zu versteigen«, stimmte er zu.

Ich war sehr erleichtert, dass endlich jemand sah, was ich sah, und fühlte mich Dan dadurch gleich ein wenig näher. Den Heimweg zur Villa legten wir sogar Hand in Hand zurück, was wir schon länger nicht mehr getan hatten. Aber als wir uns dem Haus von der Gartenseite her näherten, schaute ich nach oben und bemerkte Ella, die vom Flurfenster aus auf uns hinabschaute.

»Sie steht da oben am Fenster und beobachtet uns«, sagte ich zu Dan, wobei ich den Kopf gesenkt hielt und versuchte, die Lippen nicht zu bewegen, damit sie denken würde, dass ich sie nicht bemerkt hatte, und stehenblieb. Aber als er hochschaute, war sie verschwunden.

Es war seltsam und auch ein bisschen unheimlich. Noch immer konnte ich mir keinen Reim daraus machen, was sich vormittags am Pool abgespielt hatte. Aber so, wie Ella mich angeschaut hatte, wirkte es auf mich, als würde sie mir irgendwie die Schuld daran geben. Ich hatte helfen und mich vergewissern wollen, dass es ihr gut ging, aber seit dem Vorfall hatte sie sich mit Jamie eingeigelt.

Obwohl ich mir Gedanken machte, musste ich zugeben,

dass ich die Atmosphäre ohne sie angenehmer fand. Es fing schon damit an, dass niemand mit heraushängenden Pobacken herumspazierte. Und endlich mal keine Vorträge darüber, was wir zu essen hatten oder wie man morgens zwischen einzelnen Yoga-Übungen eine Runde laufen sollte.

»Ella hatte erwähnt, dass ihr beiden heute Abend wieder zusammen kochen wolltet«, sagte ich später am Nachmittag zu Joy.

»Ja, sie wollte ein paar neue vegane Rezepte ausprobieren und für den neuen Instagram-Kanal fotografieren.«

»Das klingt nach … Spaß?«, antwortete ich und schaute, wie sie reagieren würde. In Ellas Abwesenheit würde sie ja vielleicht damit herausrücken, was sie wirklich davon hielt, dass Ella die Küche gekapert hatte, Joy die Hauptarbeit machen ließ und das Ergebnis dann auf Instagram als ihr eigenes Werk ausgab.

»Mmm, kann sein, dass wir ohne sie anfangen müssen«, brummelte sie, ohne von ihrer Lektüre aufzublicken.

»Könnte sein, dass wir sie vor morgen gar nicht mehr zu Gesicht bekommen«, fuhr ich fort, immer noch in der Hoffnung, irgendeine Reaktion erkennen zu können, mit der etwas anzufangen war. »Es scheint sie ja sehr mitgenommen zu haben, wahrscheinlich muss sie auf den Schreck erst einmal eine Runde schlafen.«

»Mmm, wahrscheinlich.« Endlich hob Joy die Augen vom *Muschelsucher*, und einen kurzen, köstlichen Augenblick lang dachte ich, sie würde nun etwas Ungeheuerliches über ihre neue Schwiegertochter vom Stapel lassen. Ich konnte mir einfach nicht vorstellen, dass sie sie mochte, und selbst wenn doch, dann musste ihr dennoch bereits die bloße Aussicht darauf, ihren Lunch-Freundinnen gestehen zu müssen, dass es sich bei der frisch angetrauten Frau ihres Sohnes um ein Instagram-Model handelte, die Schamesröte ins Gesicht treiben. Sie schaute zu mir herüber und holte Luft. Ich wartete gespannt, aber dann schien sie es sich doch anders überlegt zu haben und wandte sich wieder ihrem Buch zu.

Ich konnte nicht an mich halten, ich musste einfach etwas sagen. »Joy, magst du sie?«

»Wen, Rosamunde Pilcher ...?«

Mir war klar, dass sie die Begriffsstutzigkeit nur vortäuschte. »Nein, Ella.«

Endlich legte sie das Buch zur Seite, nahm ihre Lesebrille ab, um ein paar Sekunden über meine Frage nachzudenken, wandte sich mir dann zu und sagte ruhig: »Ich heiße nicht alle Entscheidungen meiner Söhne gut, aber ich muss sie ihr Leben leben lassen. So lange warte ich einfach.«

»Du meinst, darauf, dass die Beziehung in die Brüche geht?«, hakte ich nach.

»Möglicherweise.« Joy wirkte übermäßig vage.

»Glaubst du, dass sie halten wird?«

»Wer weiß?«, sagte sie, setzte die Brille wieder auf und las weiter. Nun hatte ich das Gefühl, dass neben Dan auch Joy langsam zu sehen begann, was ich sah. Vielleicht war die Zeit gekommen, ihnen nachher, wenn wir alle beisammen waren, von den Ohrringen zu erzählen? Sobald Joy davon wusste, würde sie ihre Zurückhaltung aufgeben und ihren wahren Gefühlen freien Lauf lassen. Ich hätte mir nie träumen lassen, so etwas jemals zu sagen, aber tatsächlich fehlte mir die indiskrete, geschwätzige Joy, die unumwunden sagte, was sie dachte. Diese Joy hätte Ella aus ihrem Reich vertrieben, nur für Jamie hielt sie sich dermaßen zurück. Sie hatte Sorge, dass sie, wenn sie Ella kritisierte, ihren Sohn gleich mitverlieren würde. Ich konnte das nachvollziehen, wahrscheinlich würde es mir genauso gehen, wenn Alfie oder Freddie irgendwann mal eine Freundin mit nach Hause brächten, die ich nicht mochte. Nur würde ich meine Gefühle dann wohl nicht so gut verbergen können, wie Joy das gelang.

»Sollen wir bald anfangen zu kochen?«, fragte ich. Mir

schien, dass sich die Dinge in Ellas Abwesenheit wieder etwas normalisierten.

Joy nickte, und einen Moment lang war ich glücklich und zufrieden, zurück an meinem Platz, während die Kinder friedlich miteinander spielten, Dan und Bob ihnen zuschauten – und kein Drama weit und breit.

Joy und ich zogen uns unsere Schwimmsachen aus, machten uns ein wenig frisch und trafen uns etwa fünfundvierzig Minuten später wieder in der Küche.

»Ella hat allen gesagt, wir würden gegen neun essen, aber für die Kinder ist das ein bisschen spät, von uns anderen ganz zu schweigen«, sagte ich.

»Nun, Ella ist ja nicht hier«, erwiderte Joy spitzbübisch.

»Dann also zwischen halb sieben und acht?«, schlug ich vor.

Wir lächelten beide, und endlich hatte ich das Gefühl, die alte Joy wiederzuhaben. Ich war so erleichtert, dass alles wieder beim Alten war, und so überzeugt davon, dass wir an einem Strang zogen, dass ich es kaum erwarten konnte, ihr von den Ohrringen zu berichten. Während wir die Töpfe und Pfannen aus den Schränken hervorholten, setzte ich mehrfach dazu an, aber irgendetwas hielt mich zurück. Ich musste den richtigen Zeitpunkt erwischen, wenn alle dabei waren. Leicht würde das nicht werden. Dass Joy mir glauben würde, wusste ich, aber trotz allem war da ja noch die Loyalität ihrem Sohn gegenüber. Und Jamie wollte nichts Negatives über Ella hören, er betete sie förmlich an und nahm es sehr übel, wenn jemand etwas gegen sie sagte, auch wenn es der Wahrheit entsprach. Sollte Joy sich bei der Anschuldigung auf meine Seite stellen, dann wusste sie, dass sie Gefahr lief, Jamie zu verlieren oder zumindest ein enormes Familienzerwürfnis hervorzurufen. Es war absolut notwendig, dass die Ohrringe in Ellas Schmuckschatulle gefunden wurden. Ich brauchte einen Zeugen und musste dann in den Hintergrund treten.

»Ich weiß nicht so ganz, was ich von dem Restaurant gestern halten soll«, fing ich an.

»Wirklich?«, antwortete Joy. »Mir hat's gefallen.«

»Meine Pasta war kalt«, sagte ich, »und richtig gut hat sie auch nicht geschmeckt. Die Kinder haben fast gar nichts gegessen.«

»Die *Kinder* waren viel zu beschäftigt damit, über die Rückenlehnen zu klettern. Wann hätten sie denn essen sollen!«, stichelte Joy, lachte aber, um ihren Seitenhieb ein wenig abzumildern.

Ihre Bemerkung ärgerte mich ein wenig, aber ich ließ mir nichts anmerken. Ganz unrecht hatte sie nicht, die Kinder hatten wirklich ein eher wildes Verhalten an den Tag gelegt, waren nach einem Tag am Strand aber auch völlig übermüdet gewesen.

»Die Sache ist halt, Joy, ich hätte überhaupt nichts dagegen gehabt, mit den Kindern zu Hause zu bleiben, das war ganz einfach nichts für sie. Sie wollten nicht in irgendeinem Nobelrestaurant stillsitzen müssen – das Essen war überhaupt nicht kindgerecht und überhaupt war die Reservierung für die Kleinen viel zu spät.«

»Ich weiß schon, und trotzdem war es nett von Ella, uns dorthin einzuladen.«

»Natürlich, aber Ella hat nun mal keine Kinder ...«, fuhr ich fort, »und deshalb scheint sie nicht zu verstehen, dass man Kinder im Urlaub einfach nicht in ein extravagantes Restaurant ausführt ... Ein bisschen egoistisch von ihr, wenn du mich fragst.« Ich hatte meinen Satz kaum zu Ende gesprochen, als ich merkte, dass jemand in der Tür stand.

»Oh, es tut mir so leid, Clare. So wie du deine Pasta runtergeschlungen hast, war ich davon ausgegangen, sie habe dir geschmeckt. Aber es hört sich doch eher an, als hättest du einen fürchterlichen Abend verbracht. Wenn du doch nur etwas gesagt hättest«, hörte ich Ellas vor Sarkasmus nur so triefende Stimme.

Scheiße! Ich blickte auf und schaute in ihr vorgeblich gekränktes Lächeln.

»Nein, tut mir leid, Ella, es war meine Schuld. Wir hatten einen tollen Tag am Strand und waren alle müde, ich hätte mit den Kindern hierbleiben sollen. Und, wie ich schon gesagt habe, es war halt kein so kindgerechtes Restaurant.« Etwas unbeholfen zuckte ich mit den Schultern. Ich konnte sie zwar nicht ausstehen, aber absichtlich kränken wollte ich sie auch wieder nicht.

»Ich kann nachvollziehen, warum du mich für egoistisch halten könntest«, sagte sie, betrat die Küche und berührte Joy im Vorbeigehen liebevoll an der Schulter. »Aber hier ging es nicht um mich und nicht um die Kinder ... und noch nicht einmal um dich. Es ging um Joy, bei der ich mich bedanken wollte und der ich mal eine kleine Küchenauszeit bescheren wollte.« Sie ging zu Joy und legte ihr den Arm um die Schulter. »Diese Frau ... war so reizend zu mir, hat mich so warmherzig in die Familie aufgenommen und ...« Oh Gott, ich konnte sehen, wie Ella die Tränen in die Augen schossen, sie machte geradezu so etwas wie eine Rede daraus. Joy war natürlich ganz angetan davon, und mir fiel auf, wie unbeständig meine Schwiegermutter sein konnte. »Ich hatte einfach das Gefühl, dass du mal einen Abend Pause vom Kochen und Kinderhüten brauchtest, Joy«, fuhr Ella fort und schaute beifallsheischend um sich. »Und wenn mich das zur Egoistin macht, dann ist das eben so, damit komme ich schon klar«, schloss sie, ihr Gesicht ein Lehrstück in Aufrichtigkeit.

Joy wusste nicht, was sie sagen sollte, aber sie lächelte. War sie etwa gerührt? Sie musste das doch wohl durchschauen?

»Ja, meine Liebe, ich hatte einen wunderbaren Abend. Ich wünschte nur, du hättest nicht darauf bestanden, alles zu bezahlen.«

»Unfug, das ist doch das Mindeste, was ich tun kann. Clare hat mir erzählt, dass ihr jedes Jahr die Urlaube bezahlt, und *ich* werde das nicht als selbstverständlich betrachten. *Ich* lasse mich nicht gerne aushalten, Joy«, fügte sie hinzu, mit Betonung auf »ich«.

Am liebsten hätte ich gesagt: »Meine Güte, alles klar. Du hast einen Scheiß-Restaurantbesuch für Joy und Bob bezahlt, aber die beiden und das Unternehmen, das mein Mann für sie führt, haben dir deinen ganzen Urlaub bezahlt, unterm Strich kommst du da aber ganz schön gut bei weg.« Aber ich hielt den Mund und lächelte nur gleichmütig, was unter den gegebenen Umständen nicht einfach war, mir aber gelang.

Offensichtlich versuchte Ella mal wieder, mich zu provozieren, indem sie andeutete, ich würde mir einfach Urlaube spendieren lassen, ohne mich dafür in irgendeiner Form dankbar zu erweisen. Aber Joy wusste, dass ich dankbar war. Immer wieder hatte ich ihr gegenüber betont, dass wir uns solch wunderbare Urlaube sonst nicht würden leisten können. Trotzdem war ich sicher, dass Ella versuchte, mich als Schmarotzerin dastehen zu lassen. Aber ich hatte nicht vor, auf ihre Provokation einzugehen, gerade wollte ich Streit vermeiden. Ich hatte die Ohrringe als Geheimwaffe in der Hinterhand und würde mir den Moment der Offenbarung jetzt nicht durch eine belanglose Zankerei verderben.

Joy wusste, glaube ich, wie es unter der Oberfläche brodelte, und versuchte, das Thema mit einer letzten Bemerkung abzuschließen.

»Nun, es war ein wirklich schöner Abend, Ella, vielen Dank.« Dann zog sie noch ein bisschen über Bob her: »Jedenfalls war es das, bis mein paddeliger Ehemann sein ganzes Hemd mit Nudelsauce bekleckert hat. Man kann wirklich nirgends mit ihm hin.« Sie verdrehte die Augen und schüttelte ungläubig den Kopf. Dann schaute sie uns an, offensichtlich der

Meinung, das Thema erfolgreich gewechselt zu haben. »So, alles klar bei euch beiden?«

»Ja, alles klar bei uns.« Ich setzte ein unschuldiges Lächeln auf. »Und es tut mir leid, Ella, ich hatte bloß ein schlechtes Gewissen, weil die Kinder Joy den Abend verdorben haben, und das, obwohl du dir solche Mühe gegeben hast.« Wie sie mir, so ich ihr.

Ella erwiderte das Lächeln, ein kleines, selbstzufriedenes Signal, dass sie gewonnen hatte. Aber dieser Sieg war klein im Vergleich zu dem, was ich für sie in petto hatte.

»Joy und ich hatten schon angefangen, aber wenn du möchtest, kannst du uns beim Kochen helfen?« schlug ich immer noch lächelnd vor.

»Clare, hast du etwa vergessen, dass ich heute Abend für alle ein veganes Essen zubereiten wollte?« Bei dieser Frage schaute sie Joy an.

»Nein, *vergessen* hatte ich das nicht«, erwiderte ich mit zusammengebissenen Zähnen. »Wir haben einfach nur gedacht, weil du ja so traumatisiert warst und den ganzen Nachmittag in deinem Zimmer verbracht hast ...«

»Weil ich über das Spielzeug eines *deiner* Kinder gestolpert bin. Fast wäre ich ertrunken ...«, sagte sie, wie um mich daran zu erinnern, dass alles *meine* Schuld gewesen war.

»Geht's dir übrigens wieder besser? Wenn du möchtest, könnte ich dich mal untersuchen?«, bot ich an, um thematisch vom Killerspielzeug wegzukommen.

»Nein, danke, mir geht's prächtig«, fauchte sie, aber dann ging Joy wieder dazwischen.

»Schön, ich bin so erleichtert, dass es dir wieder gut geht, da hast du uns ja einen ordentlichen Schrecken eingejagt, Ella. So, und jetzt an die Arbeit, Mädels«, forderte sie uns mit gespielt guter Laune auf. »Ich freue mich schon so. Ich liebe es einfach, neue Rezepte auszuprobieren. Womit fangen wir an?«

»Fangen wir doch mit den Auberginen an«, sagte Ella, und

ohne ihren Blick von mir zu wenden, griff sie nach einem scharfen Küchenmesser und schnitt langsam und genüsslich in das dunkle Lila der Haut und durch das feste, weiße Fruchtfleisch.

Ich schaute ihr zu und spürte, wie sich mir dabei die Nackenhaare aufstellten.

21

Ich hatte nicht das geringste Bedürfnis, mich an der Seite der Oberveganerin an der Zubereitung des fleischlosen Festessens zu beteiligen. Aber wenn ich mich verweigerte, grenzte ich mich damit selbst aus – und genau das wollte Ella bezwecken. Gegen den Veganismus selbst hatte ich ja gar nichts einzuwenden, aber es nervte mich, dass sie ihn wie einen Knüppel schwang, um andere damit zu verdreschen – bevorzugt natürlich mich.

»Hast du schon mal Auberginen gekocht, Clare?«, erkundigte sie sich, als wäre ich zehn Jahre alt.

»Natürlich. Ich mache manchmal gefüllte Auberginen zum Abendessen, die findet Dan ganz lecker.«

»Ich wette, meine fände er besser«, raunte sie mir zu.

Ich schaute zu Joy hinüber, um zu gucken, ob sie das gehört hatte, aber sie stand mit dem Rücken zu uns und werkelte in der Spüle herum. Falls sie es trotzdem mitbekommen hatte, mischte sie sich nicht ein. Ich biss mir auf die Zunge und ließ eine herablassende Vorführung zum Schneiden und Salzen von Auberginen über mich ergehen, als hätte ich das Gemüse noch nie zuvor zu Gesicht bekommen.

»Tut mir leid, Joy, aber sie geht mir gerade echt auf die Nerven«, sagte ich, als Ella zwischendurch einmal kurz zur Toilette musste. Bis hierhin hatte ich den Mund gehalten, aber nun reichte es mir. »Ja, ich esse Fleisch, aber das heißt doch nicht, dass ich kein Gemüse zu mir nehme. Das schließt sich doch nicht gegenseitig aus.«

»Sie meint es doch nur gut«, wandte Joy diplomatisch ein.

»Ist das so?« So sicher war ich mir da nicht, aber offenbar konnte ich Joy gerade nicht auf meine Seite ziehen.

»Fladenbrote«, sagte Ella, als sie zurück in die Küche kam und sich dabei Bio-Olivenöl in die Hände einmassierte. »Ich zeige euch, wie man die macht, es ist kinderleicht – und selbstgemacht schmecken sie am besten. Nicht wie der Mist, den man im Laden kriegt, wo massenweise Kram zugesetzt ist. Igittigitt!«, sagte sie.

Bildete ich mir den überlangen Blick auf das vorgeschnittene Brot, das ich am Tag zuvor im Supermarkt gekauft hatte, nur ein?

Anschließend machte sie sich daran, einen Teig aus Mehl, Wasser und Salz zuzubereiten, und während ich mit der Aubergine weitermachte, verabschiedete sich Joy aus der Küche, »um mal nach den Männern zu sehen«, wobei das sicher nur eine Ausrede war, um der angespannten Atmosphäre zwischen Ella und mir zu entfliehen.

Sobald Joy aus der Tür war, sagte Ella: »Ich schlage vor, wir servieren das Essen heute so gegen neun, ist das für dich okay so?«

Als ob sie nicht genau wusste, dass es das *nicht* war. Das war, als würde sie mir wie einem Stier ein rotes Tuch vor der Nase herumschwenken, schließlich hatte ich sie gerade noch dafür kritisiert, den Tisch am Vorabend für so spät reserviert zu haben. Außerdem hieß das, dass die Kinder vor uns essen mussten, was ich im Urlaub nach Möglichkeit vermied. Urlaub war Familienzeit, und da wollte ich, dass wir gemeinsam aßen, zumal das wegen meiner Schichten als Krankenschwester zu Hause oft nicht möglich war. Aber ich wollte ihr nicht die Genugtuung gönnen zu denken, dass sie mich verärgert hatte, also antwortete ich: »Klar, wir können ohne die Kinder essen« und nahm ihr damit den Wind aus den Segeln.

Während ich weiter schnippelte und salzte und briet, rüstete ich mich innerlich für das, was später passieren würde. Tatsächlich spielte mir die späte Mahlzeit direkt in die Hand – alle Erwachsenen, keine Kinder, aber zahlreiche Zeugen.

»Spät zu essen ist viel mediterraner«, fügte sie hinzu. »Außerdem ist das hier der Urlaub von uns allen, nicht nur der von den Kindern.« Sie wollte es wirklich wissen.

»Absolut«, nickte ich heftig. Sie sollte merken, dass sie mich kalt ließ. Dann drehte ich mich zu ihr um und sagte: »Übrigens, Ella, ich frage mich, ob neun nicht ein bisschen ...«

Ihre Augen begannen zu funkeln, sie konnte es kaum erwarten, sich zu streiten. »Entschuldige, Clare, aber früher geht es wirklich nicht ... kann sogar sein, dass es später wird als neun – die Auberginen müssen echt super-langsam garen.«

Ich lachte. »Ach, das passt perfekt – was ich sagen wollte, war, dass neun ein bisschen zu früh ist, weil ich die Kinder ja erst noch ins Bett bringen muss. Sollen wir dann vielleicht halb zehn sagen, damit ich sicher sein kann, dass die Kinder schlafen, und wir dann einen entspannten Abend genießen können?« schlug ich vor und befüllte energisch die letzte Aubergine.

»Okay ... Also, solange nichts verkocht«, sagte sie, aber es war offensichtlich, dass sie nicht zufrieden war. Ich sandte ihr widersprüchliche Signale, was sie verwirrte. Mit einem Mal wusste sie nicht mehr, wie sie mich manipulieren konnte.

Die Kinder in den Schlaf zu bekommen, war ein langwieriger Prozess und dauerte normalerweise fast so lange wie die gefüllten Auberginen, die angeblich »Stunden über Stunden« brauchten. Ich selbst hatte unzählige Male welche zubereitet, und immer waren sie innerhalb einer Stunde gar gewesen, aber ich wollte mich nicht mit Ella anlegen, die es eh am besten wusste.

Ich holte Dan dazu, um mich beim Zubettbringen der Kinder zu unterstützen. Er hatte immer eine beruhigende Wirkung auf die Drei, und zum Glück waren sie recht bald eingeschlafen. Um sie nicht gleich wieder zu wecken, ging ich zum Umziehen in sein Einzelzimmer.

»Es überrascht mich, dass du mit dem späten Abendessen heute einverstanden warst«, sagte er, als er den Reißverschluss hinten an meinem Kleid hochzog.

»Ach, du weißt ja, wie sie sich inzwischen aufführt. Ella will die große Gastgeberin spielen, und ich hatte keinen Nerv, mich auf irgendwelche Diskussionen einzulassen«, antwortete ich. »Sie muss halt einfach immer ihren Willen durchsetzen«, fügte ich hinzu. Insgeheim wusste ich jedoch, dass es damit nichts zu tun hatte. Heute Abend wurde nach meiner Pfeife getanzt – ich war die Choreografin, auch wenn es allen, einschließlich Ella, so schien, als sei sie es. »Ich habe beschlossen, mich einfach in alles zu fügen, ich will ja schließlich nicht allen den Urlaub vermiesen.«

»Na, ich bin jedenfalls froh, dass du die Dinge jetzt ein bisschen entspannter siehst. Eigentlich ist sie wirklich gar nicht so schlimm, sie will einfach nur für uns kochen. Mir hat sie erzählt, wie dankbar sie ist, dass wir sie so herzlich in die Familie aufgenommen haben.

»Ja, offenbar hat sie keine eigene Familie, da wird sie besonders dankbar sein«, sagte ich.

»Sie hatte eine schreckliche Kindheit. Ihre Eltern sind bei einem Autounfall ums Leben gekommen, wusstest du das?«

»Oh, nein, das wusste ich nicht«, antwortete ich. »Komisch nur, dass sie mir kürzlich erzählt hat, ihr Vater sei New Yorker

›durch und durch‹, ich mich aber gleichzeitig daran erinnere, dass sie davor behauptet hatte, ihr Vater sei waschechter Italiener – aus Sorrent«, ergänzte ich.

»Vielleicht hat er eine Zeit lang in Italien gelebt – beziehungsweise in Amerika? Ihre Eltern waren abends aus und sind auf dem Heimweg umgekommmen. Sie war noch richtig jung. Sie und ihre Schwester waren danach ganz auf sich allein gestellt – hat sie mir gestern Abend im Restaurant erzählt.«

Da mein eigener Vater ebenfalls bei einem Autounfall ums Leben gekommen war, konnte ich das nachempfinden – wenn es denn stimmte.

»Mmm, ihr beiden habt also gestern Abend ganz schön viel miteinander geredet«, merkte ich an. »Mir war schon aufgefallen, dass sie neben sich einen Platz für dich reserviert hatte.« Ich lächelte ihn an und ließ ihn so wissen, dass ich wachsam war, ohne überzureagieren. »Eigentlich hat sie uns im Restaurant alle genau dort platziert, wo sie uns haben wollte ... Und was habe ich da gehört, dass sie zu dir gesagt hat, von wegen Gespräch unter vier Augen ... irgendetwas mit der Website?«

»Ach, das war nur Gerede. Wie du schon gesagt hast, sie glaubt, dass wir ein Riesenunternehmen besitzen, und ich bringe es einfach nicht übers Herz, ihr zu stecken, dass ihr Jamie nicht der millionenschwere Sohn eines Immobilienmagnaten ist«, lachte er. »Sie ist ganz wild darauf, sich unseren Instagram-Account vorzunehmen. Will die Gebäude fotografieren und sexy in Szene setzen.«

»*Sexy*? Hat sie gesehen, mit welcher Sorte von Immobilien wir es bei Taylor's zu tun haben?«

»Ja, um ein Haar hätte sich Dad an seinen Linguine verschluckt«, lachte er.

»Ich hab's dir gesagt, Dan. Sie stellt sich glänzende Wolkenkratzer und Penthäuser mit Hot Tubs auf der Dachterrasse vor. Keine Ahnung, wie sie es schaffen will, ein paar Mietshäuser und Lagerhallen *sexy* aussehen zu lassen.« Ich kicherte. »Sie hat wirklich völlig falsche Vorstellungen, und es ist nicht besonders fair von Jamie, sie in dem Glauben zu lassen, dass es sich bei Taylor's um ein globales Immobilienunternehmen oder was auch immer handelt.«

»Ja, in Gegenwart der Damenwelt legt er schon ein ganz schönes Imponiergehabe an den Tag, unser Jamie, und seien wir mal ehrlich, von der Wahrheit hat er sich seine Anmachen noch nie durchkreuzen lassen.«

»Irgendjemand sollte sie mal aufklären«, sagte ich und fragte mich, ob das vielleicht meine Aufgabe gewesen wäre.

»Ehrlich gesagt – versucht hab ich das. Ich wollte es ihr schonend beibringen, hab erklärt, dass wir eine kleine Firma mit kleinen Projekten sind. Aber weißt du, was sie darauf gesagt hat?«

Neugierig geworden schüttelte ich den Kopf.

»Dass Jamie ihr gesagt habe, ich sei zu bescheiden! Dass ich die Firma kleinrede und so darzustellen versuche, als wäre sie nicht der Rede wert.«

»Jamie kann manchmal eine ganz schöne Zumutung sein, oder?« Ich lächelte. »Er erzählt die wahnsinnigsten Geschichten über seine Abenteuer im Ausland, und es macht ja auch Spaß, ihm zuzuhören, er hat wirklich eine blühende Fantasie. Aber ich habe mich immer schon gefragt, ober er nicht doch alles ziemlich ausschmückt.«

»Ja, so war er schon als Kind.« Dan runzelte die Stirn. »Wollte immer das Größte und Beste haben. Und wenn er das nicht hat, behauptet er's einfach. Aber Ella hat gesagt, er habe ihr auch erzählt, ich hätte keinen Ehrgeiz, das kotzt mich schon an.«

Zwischen Dan und seinem Bruder hatte es schon immer einen Mangel an Verbindung gegeben, der dadurch in Schach gehalten wurde, dass Jamie sich häufig am anderen Ende der Welt aufhielt. Ich fragte mich, wie sich das entwickeln würde, wenn sie künftig zusammenarbeiteten.

»Mmm, ich würde alles, was sie sagt, mit Vorsicht genießen«, seufzte ich. »Wenn du mich fragst, ist Jamie nicht der Einzige hier, der ein eigenwilliges Verhältnis zur Wahrheit hat. Mich würde es jedenfalls nicht überraschen, wenn sie ihm dir gegenüber Worte in den Mund gelegt hätte, die er gar nicht gesagt hat. Wahrscheinlich wollte sie nur Unruhe stiften, sie hat einen Keil zwischen mich und Joy getrieben und sie versucht, auch zwischen dich und mich einen Keil zu treiben.« Ich warf ihm einen warnenden Blick zu.

»Du magst recht haben, aber ich bin mir sicher, dass sie nicht absichtlich Unruhe stiftet«, sagte er. Dan sah einfach nur, was sich ihm präsentierte: eine zarte, unschuldige Rose, die verletzlich war und beschützt werden musste. Möglicherweise war das auch der Grund dafür, dass ihm das Fremdgehen so leichtfiel, überlegte ich. Weil es ihm gefiel, andere zu beschützen, und er das Gefühl hatte, dass Marilyn – und wahrscheinlich die Stewardess vor ihr – ihn mehr brauchten als ich. »Es wäre überhaupt nicht in Ellas Interesse, Unruhe zwischen mir und Jamie zu stiften. Wir müssen doch zusammenarbeiten«, sagte er. Offenbar dachte er noch immer darüber nach.

Ich nickte nur. Ich hatte nicht vor, alles noch einmal aufzurollen. Heute Abend würde ich ihnen die Augen öffnen. Ella war nicht die engelsgleiche kleine Blume, für die alle sie hielten. Sie war eine Frau, die aus irgendeinem Grund wild entschlossen war, uns alle auseinanderzureißen.

»Streng genommen gehört ihr jetzt, wo sie mit Jamie verheiratet ist, mit ihm zusammen die halbe Firma«, sagte Dan plötzlich, als wäre ihm die volle Tragweite gerade erst bewusst geworden.

»Ja, und deshalb hängt sie sich auch so rein. Ich befürchte, dass sie die Führung übernehmen will.« Vor Ella hatte Jamie vorgehabt, nur stiller Teilhaber zu sein und Dan alle Entscheidungen zu überlassen. Aber jetzt wollte er sich einbringen und hatte auch noch seine Frau im Schlepptau. »Ohne ihre und

Jamies Zustimmung wirst du künftig nichts mehr machen können«, fügte ich hinzu.

»Ja, das wird hart, zumal keiner von beiden je in der Immobilienbranche gearbeitet hat.« Er zog sich sein T-Shirt über den Kopf, ich bürstete mir die Haare. »Dann wiederum ...«, sagte er, während er neben mir stand und mir im Spiegel zusah, »... ist das vielleicht gar nicht so schlecht – von wegen frischer Wind und so. Du musst zugeben, dass sie vor guten Ideen nur so sprüht.«

Ich ließ für einen Moment die Bürste sinken. »Dan, jemand, der Pizzaboden aus Blumenkohl völlig in Ordnung findet, sprüht *nicht* vor guten Ideen.« Ich verdrehte die Augen.

Er lachte. »Da ist was dran. Aber komm jetzt, lass uns runtergehen, ich bin gespannt, was sie heute Abend aus einem Kohlkopf gezaubert hat!«

Zehn Minuten später traten Dan und ich im Garten an den gedeckten Tisch, der mit Vasen voller Wildblumen dekoriert und von Teelichten und Kerzen übersät war. Selbst in den Bäumen und im Garten flackerte es, wo Ella Kerzen in Marmeladengläsern verteilt hatte. Es sah zauberhaft aus, und Joy lobte sie dafür, wie »magisch« alles sei.

»Da geht im wahrsten Sinne des Wortes Geld in Rauch auf«, flüsterte ich Dan zu, als ich die Deluxe-Duftkerzen von Jo Malone auf dem Tisch entdeckte und daran dachte, wie viel sie mich gekostet hatten. Ich hatte sie für Joy gekauft, sie waren fürs Wohnzimmer gedacht gewesen, weil Joy den »exotischen« Duft Pomegranate Noir so liebte, der sie, wie sie sagte, immer an Urlaub erinnerte. Ella wusste das genau, weil wir am ersten Abend kurz über den Duft gesprochen hatten. Sie wusste ebenfalls, dass wir auch unparfümierte Kerzen extra für draußen hatten. Zu ihrem letzten »veganen Festmahl« hatten wir sie auf dem Tisch gehabt. Ein weiteres Mal musste ich mir auf die Zunge beißen.

Wir setzten uns auf die uns von Ella zugewiesenen Plätze –

sie hatte für uns alle kleine Platzkärtchen mit unterschiedlichen Blumen gefertigt. Ich saß neben Bob, und mein Platz war mit einem welken roten Fingerhut dekoriert. »Die sind giftig«, zischte ich Dan zu, der es aber vorzog, das zu ignorieren, während er sich auf der anderen Tischseite niederließ, wo sein Platz mit einem winzigen, leuchtend blauen Sträußchen Vergissmeinnicht auf dem Teller dekoriert war. Ich fragte mich, ob die Blumenwahl bei ihm ähnlich symbolisch zu verstehen war wie bei mir.

»Da seid ihr ja endlich!« In der Tür erschien Ella, die, im Unterschied zu mir, nicht schwitzte, sondern strahlte. Sie trug ein blassblaues Maxikleid aus Baumwolle, hatte ihr Haar zu einem Messy Bun hochgebunden, und selbst bei Kerzenlicht schimmerte ihre Haut noch golden.

Sie sah wunderschön aus, und ich lobte sie für die Mühe, die sie sich mit allem gegeben hatte. »Du hast es hier geradezu verwandelt, es ist zauberhaft, Ella«, sagte ich.

Sie dankte mir und machte mit einem großen Brotkorb die Runde, so dass sich alle bedienen konnten, und als sie bei mir angelangt war, beugte sie sich mit dem Korb zu mir vor. »Hast du die Windlichter bemerkt, Clare?«

»Ja ... sie sind sehr hübsch«, antwortete ich mit gespielter Nonchalance. Sie sollte bloß nicht auf den Gedanken kommen, mich damit verärgert zu haben.

Sie zögerte ein wenig und sagte dann: »Das sind übrigens die von dir ... die von Jo Malone? Total die Verschwendung, sie draußen abzubrennen, aber die anderen konnte ich einfach nicht finden.«

»Alles gut, aber nur zur Info, die für den Garten sind auf dem Küchentisch, in einer großen Schachtel. Ich glaube, ich habe sie dir neulich gezeigt?«

»Das hast du, ich Dummerchen hab's vergessen!« Sie schlug die Hand vor den Mund, aber ihre Augen sprachen eine andere

Sprache. Gott, wie gehässig sie war. Fast hätte ich gelacht, verdrehte aber stattdessen nur die Augen.

In der Hoffnung, er habe vielleicht etwas von dem Wortwechsel mitbekommen, schaute ich quer über den Tisch zu Dan, der aber gerade mit Jamie in ein Gespräch über Cricket vertieft war.

»Ist es nicht schön für dich, mal eine Pause von den Kindern zu haben, Clare?«, fragte Ella, während sie ihren Korb mit dem selbstgemachten Fladenbrot abstellte.

»Ja, es ist ganz schön, mal nur unter Erwachsenen zu sein«, antwortete ich munter und hob mein Glas.

»Ich weiß, wie es dich belastet, die Kinder rund um die Uhr bei dir zu haben.«

»Nein ... tut es gar nicht ... ich habe nur von jetzt gesprochen. Es ist mal eine nette Abwechslung, nur mit uns Erwachsenen.« Ich nahm einen Schluck. Touché.

Sie setzte sich und schob die große Schüssel in die Tischmitte. »Bitte, bedient euch«, sagte sie.

Während sich nun alle von dem Tomatensalat mit Limetten-Avocado-Dressing auftaten, saß Ella mit auf die Hand gestütztem Kinn vor Kopf und sah schweigend zu. Aber ihr Schweigen hielt nicht lange an.

»Ja, ich kann so was von verstehen, dass du im Urlaub nicht ohne die Kinder essen willst. Du willst sie halt im Auge behalten, nicht? Neulich habe ich einen Artikel über ein vermisstes Kind gelesen. Die Eltern waren nur im Garten gewesen, das Kind war oben im Bett, und da hat sich jemand reingeschlichen. Oh Gott, da läuft es einem kalt den Rücken hinunter, wenn man nur dran denkt – das arme, unschuldige Seelchen, das da so ganz allein in seinem Bettchen lag ... Soweit ich weiß, hat man auch nie herausgefunden, wer der Täter war. Noch Brot, Clare?«

Dankend schüttelte ich den Kopf.

Alle gaben nur zustimmende Geräusche von sich und aßen

weiter, einschließlich ich selbst, aber alles, woran ich denken konnte, war, ob die Tür abgeschlossen und die Fenster oben sicher waren. Gott, sie wusste wirklich, wie sie mich kriegen konnte.

»Wie auch immer, Clare, mach dir bloß keine Gedanken, wir nehmen es dir nicht übel, wenn du das Gefühl hast, ab und zu mal nach ihnen sehen zu müssen. Also, das wirst du doch müssen, oder? Jede gute Mutter würde das tun.«

»Und Vater«, korrigierte ich sie. »Ich bin sicher, dass alles in Ordnung bei ihnen ist, aber Dan und ich werden abwechselnd mal nachschauen gehen.« Ich lächelte honigsüß.

»Tja, das haben die Eltern aus dem Artikel, den ich gelesen habe, auch gemacht, aber hat nichts gebracht. Aber man kann ja schließlich nicht die ganze Zeit bei ihnen sein«, sagte sie.

»Also, das ist jetzt aber kein passendes Thema für das Tischgespräch«, sagte Joy bestimmt.

»Bravo, Joy, auf den Themenwechsel!«, sagte ich, dankbar für ihr Eingreifen. Ich erhob mein Glas, genoss diesen winzigen Moment des Triumphs und versuchte gleichzeitig, möglichst erfolgreich zu verbergen, dass ich jetzt voller Angst um *meine* Kinder war, die oben schliefen.

Anschließend setzten Dan und Jamie ihr Cricket-Gespräch fort und Joy erbot sich, Ella beim Auftragen des Hauptgangs behilflich zu sein, so dass ich mit Bob vorliebnehmen musste, der zwar herzensgut, aber auch schon etwas taub war und recht ausführlich von dem verletzten Vogel erzählte, den er gerettet hatte.

Ich fragte mich, wie Ella es in so kurzer Zeit fertiggebracht hatte, es in Joys Gunst ganz nach oben zu schaffen. Ich hatte Jahre dafür gebraucht. Andererseits konnte ich nach wie vor nicht richtig beurteilen, ob Joy wirklich so von ihr angetan war, oder ob sie nur nett sein wollte.

Nachdem die beiden schon zehn Minuten im Haus

verschwunden waren, sah der arme Bob aus, als würde er gleich ohnmächtig vor Hunger.

»Ich hab noch gefragt, ob's nicht vielleicht ein bisschen Knabberkram zum Aperitif gibt«, sagte er. »Aber Ella meinte, sie habe viel Arbeit ins Essen gesteckt und wolle, dass wir unseren Appetit aufsparen – was ja auch schön und gut ist … aber die Vorspeise da bestand ja nur aus ein paar Tomätchen.« Bob, der ohnehin schon fügsam und konfliktscheu war, war von Joy dazu erzogen worden, keine Widerrede zu geben, also ging ich davon aus, dass er sich Ellas Kommando gebeugt hatte, und musste lachen, als er sagte: »Nur gut, dass ich mich selbst um ein bisschen Knabberkram gekümmert habe«, worauf er mit dem Kopf in seinen Schoß zeigte und den Blick auf mehrere in eine Serviette gewickelte Kekse freigab.

»Bob! Ich wusste gar nicht, wie rebellisch du sein kannst«, flüsterte ich.

»Ich weiß, dass Ella ziemlich sauer wäre, aber wir sind hier doch wohl nicht im Krieg, oder? Ich komm mir vor, als wär das Essen rationiert«, flüsterte er zurück.

Ich kicherte. »Ich weiß, was du meinst, Bob. Ich sterbe auch vor Hunger. Wenn du mir einen abgibst, halt ich meinen Mund.« Ich hielt ihm die Hand hin und mit einem Lächeln und einem durchtriebenen Zwinkern legte er einen der kostbaren Kekse hinein.

»Dass du mich bei Ella aber bloß nicht reinreißt«, nuschelte er mit vollem Mund.

Ich nickte. »Dein geheimer Keksvorrat bleibt unter uns, Bob.«

»Clare«, flüsterte er und gab mir einen Stups, »am besten auch kein Wort zu Joy. Du weißt, wie sie sein kann.«

»Ich werde schweigen wie ein Grab«, lächelte ich, gerade als die beiden anderen Frauen mit vollen Tabletts wieder aus dem Haus traten.

Dan goss den Wein ein, während Ella und Joy die Deckel

abnahmen. Dann stand Ella am Kopf des Tisches und erhob das Wort: »Letzte Woche habe ich meinen geliebten Jamie geheiratet, aber an meinem Hochzeitstag habe ich auch noch ein ganz besonderes Geschenk dazubekommen, seine wunderbare Familie – die Taylors. Ihr habt mich alle unglaublich herzlich willkommen geheißen. Ich weiß, ich habe euch erst vor wenigen Tagen kennengelernt, aber es fühlt sich schon viel länger an.« Sie lächelte mit feuchten Augen. Dann schaute sie zu Jamie hinüber, der stolz dasaß und sie förmlich mit den Augen einsog, und hob das Glas zu einem Toast. »Wie einige von euch wissen ... habe ich schon als Kind meine Eltern verloren.« Sie machte eine effektvolle Pause. »Von meiner Familie war mir nur noch meine Schwester geblieben. Sie war alles, was ich auf dieser Welt noch hatte, bis ich ... bis ich ... sie auch verloren habe. Aber jetzt, *jetzt* habe ich endlich wieder eine Familie.« Erneut machte sie eine Pause und gab einen weiteren unterdrückten Schluchzer von sich. »Ich trinke auf ... auf die Taylors!« Dann setzte sie sich, wobei sie um ein Haar auf Jamie zusammengebrochen wäre.

Eine Weile saßen wir schweigend um den Tisch, einige von uns sicherlich schockiert und berührt, während andere sich fragten, wie viel von dieser Rede wohl der Wahrheit entsprach, wenn überhaupt.

Schließlich brach Dan das Schweigen. »Danke, Ella«, sagte er. »Und als der älteste Sohn und damit dein großer Bruder, möchte auch ich dich willkommen heißen. Und jetzt lasst uns essen, denn ich bin am Verhungern und Dad bricht auch gleich zusammen.«

Darüber mussten wir alle lachen. Ellas Rede hatte uns überrascht und war, wenn denn alles stimmte, auch recht bewegend, und es brauchte jemanden, der die Anspannung durchbrach. Ich konnte das, wovon sie gesprochen hatte, gut nachempfinden. Auch ich hatte keine Familie gehabt, als ich die Taylors kennenlernte, und war dankbar, nun eine von ihnen zu sein. Ich prostete Ella zu, und in einem seltenen Augenblick der Solidarität prostete sie zurück, und ich fragte mich, ob wir zu einer anderen Zeit oder an einem anderen Ort Freundinnen hätten werden können. Wobei sie es vom ersten Moment an darauf angelegt zu haben schien, uns zu Feindinnen zu machen.

Das Essen war ehrlich gesagt ziemlich durchschnittlich, aber ich machte Ella trotzdem Komplimente zu ihren Kochkünsten. »Das ist köstlich«, sagte ich. Die anderen taten es mir höflich gleich, und sie strahlte förmlich bei all der Wertschätzung und erklärte jedes Rezept bis ins kleinste Detail, während wir dazu nickten und Jamie sie anschmachtete. Man hätte glauben können, dass noch nie zuvor ein Essen gekocht worden wäre. Und bezeichnenderweise wurde Joys Beitrag dazu nicht mit einer einzigen Silbe erwähnt. Das wollte ich zum Ende des Essens in Ordnung bringen und hob gerade an, Joy meinen Dank auszusprechen, als Jamies Telefon klingelte.

Ella warf ihm einen bösen Blick zu. Wahrscheinlich durfte er das Telefon nicht mit an den Tisch bringen.

Er zuckte mit den Achseln, stand auf, sagte: »Tut mir leid, Babe, da muss ich rangehen«, und verschwand im Garten.

Ella wirkte fuchsteufelswild und sah ihm eine Weile hinterher, während er aus ihrem Blickfeld verschwand. Von meinem Platz aus konnte ich ihn weiterhin sehen. Er schien ein sehr angeregtes Gespräch zu führen, und natürlich fragte ich mich, mit wem er da sprach.

Bald wurde ich jedoch wieder von Ella abgelenkt, die aus heiterem Himmel plötzlich fragte: »Dan, hat dir das Essen geschmeckt ...? Clare hat gesagt, du *liebst* ihre Auberginen?«

Er sah verwirrt aus, so als handelte es sich um eine Fangfrage.

»Gefüllte Auberginen, Dan. Die ich zu Hause manchmal mache«, erinnerte ich ihn.

»Ach so, ja ...«

»Magst du *meine* so gern wie Clares?«, neckte sie ihn, und es war offensichtlich, dass sie nicht von Auberginen sprach.

»Ja, klasse ... Du kannst gerne jederzeit bei uns vorbeikommen und kochen«, antwortete Dan. In Anbetracht unserer Probleme in letzter Zeit hätte man vielleicht ein wenig mehr Rücksicht auf meine Gefühle erwarten können. Aber nein, stattdessen prostete und zwinkerte er ihr zu, als hätten sie ein Riesengeheimnis miteinander.

»Da komme ich vielleicht noch drauf zurück«, erwiderte sie und führte ihr Glas langsam an den Mund, ohne dabei ihre Augen von den seinen zu nehmen. Sie schien unter seiner Aufmerksamkeit förmlich zu wachsen, und das war auch kein Wunder. Dans taktlose Bemerkung implizierte doch, dass sie eine Wahnsinnsköchin war, während ich noch nicht einmal ein gekochtes Ei auf die Reihe bekam. Warum würde man sonst jemanden zum Kochen zu sich einladen? Triumphierend lächelte Ella mich über den Tisch hinweg an und ich lächelte zurück, als wäre das alles völlig belanglos. Aber das war es nicht.

»Wenn die anderen Gerichte aus deinem Repertoire auch nur in die Nähe von diesem hier kommen, esse ich nie wieder Fleisch«, setzte Dan das Thema fort. Er hätte es ja nicht unbedingt auch noch in die Länge ziehen müssen, aber er trieb Ella ja geradezu an, was diese in vollen Zügen genoss.

»Offensichtlich hast du jahrelang dasselbe olle Zeugs zu dir genommen. Das ist langweilig und ungesund: Zeit für *große* Veränderungen«, sagte sie und trank genüsslich einen Schluck Wein. »Manchmal braucht man einfach jemanden, der einem zeigt, dass es auch anders geht«, fügte sie fast schon atemlos hinzu.

Ich konnte es nicht mehr ertragen, ihnen dabei zuzuschauen, also wandte ich mich Bob zu und plauderte mit ihm übers Wetter. Er war erstaunlich aufnahmebereit, aber ich war die ganze Zeit mit halbem Ohr bei der anderen Unterhaltung.

Ich bemerkte die bedeutungsschweren Blicke, die knisternde Spannung. Und als dann auch noch Jamie von seinem Telefonat zurück an den Tisch kam und Bob in ein Gespräch verwickelte, fühlte ich mich so einsam und allein wie nie zuvor. Ich hätte heulen können. Ich war eine Außenseiterin am Tisch meiner eigenen Familie.

Je länger sich das Geplänkel zwischen Ella und Dan hinzog, desto mehr fühlte ich mich durch Dans taktloses Verhalten und Ellas verführerische Antworten herabgesetzt. Es führte mir quasi vor Augen, wie er sich Frauen angelte. Ich dachte an Carmel und Marilyn, die »unschuldigen« Bemerkungen, die Fragen – alle mit Zwischentönen, die nur sie hören konnten.

Jamie hingegen schien davon überhaupt nichts wahrzunehmen. Neben seiner Unterhaltung mit Bob wischte er noch auf seinem Handy herum und bemerkte offenbar gar nicht, dass am anderen Ende des Tisches heftig geflirtet wurde.

Zur Vergeltung lehnte ich mich vor, um mit Jamie zu sprechen. »Das Essen war köstlich, oder?«, war alles, was mir einfiel. Ich hoffte einfach, dass er meinen Hilfeschrei als solchen erkennen und mir zur Rettung eilen würde, aber er schaute daraufhin nur kurz hoch, nickte und verzog den Mund zu einem herablassenden Lächeln. Die Gleichgültigkeit, die er mir gegenüber neuerdings an den Tag legte, konnte ich nur schwer ertragen. Ich fand sie merkwürdig und verletzend. Aber ich wusste, dass, wenn ich erst einmal aufgedeckt hatte, dass Joys Ohrringe in Ellas Schmuckschatulle versteckt waren, selbst Jamie mir dafür dankbar sein würde, das wahre Gesicht seiner Frau zum Vorschein gebracht zu haben. Und dann würde zwischen uns alles wieder so werden, wie es vor Ella gewesen war.

Sie war wie ein Erdbeben über unsere Familie hereingebrochen und hatte bei jedem Einzelnen von uns kleinere Erschütterungen ausgelöst – durch Getuschel mit Joy, vielsagende Blicke in Richtung Dan, eine konspirative Miene in Gegenwart von Jamie. Selbst Violet war vor ihrer Wirkung nicht verschont geblieben und war mit einem Mal ganz versessen darauf, sich selbst zu fotografieren. Was mich betrifft, hatte Ella meinen sicheren Halt in der Familie ins Wanken gebracht und erreicht, dass Jamie und mein Mann mich in Zweifel zogen und Urteile über mich fällten. Aber jetzt war sie an der Reihe damit, und während ich ihr beim Lächeln und Reden zuschaute, wartete ich nur darauf, meine Bombe platzen zu lassen.

22

Nach dem Essen trug Ella vegane Brownies mit Kaffee und Hafermilch auf. »Oh, und bevor du fragst, Kuhmilch gibt es nicht, Clare«, sagte sie. »Denn wie man schon an der Bezeichnung hören kann – die ist nur für Babykühe gedacht.« Dazu setzte sie ein scheinheiliges Gesicht auf.

Ich ging kommentarlos über ihre Bemerkung hinweg, wunderte mich aber, dass Dan nicht um Kuhmilch gebeten hatte, sondern sich einfach Hafermilch in den Kaffee goss. Und Joy genauso. Bob trank seinen Kaffee immer schwarz, Jamie ebenfalls, aber Joy nahm immer Kuhmilch – jedenfalls bis zu jenem Abend.

Ich ließ mir meinen Kaffee schmecken und probierte gerade einen zweiten Brownie, als Ella sagte: »Nichts für ungut, Clare, aber ich glaube, du bist mit dem Abwasch dran.« Sie sagte das auf scherzhafte Weise, mit einem Seitenblick auf Jamie und einem verschlagenen Lächeln im Gesicht.

Ich hätte mit Vergnügen abgewaschen. Tatsächlich hatte ich vorgehabt, es von mir aus vorzuschlagen und mir von Dan helfen zu lassen, aber die Art, wie sie mit mir sprach, war schwer auszuhalten. Es war offensichtlich, dass sie nur als

Bienenkönigin existieren konnte. Und zu diesem Zweck musste sie alle um sich herum kleinmachen, in erster Linie wohl mich.

Ein paar Augenblicke saß ich einfach nur da. Der Ärger pulsierte mir in den Adern und mein Herz klopfte in einer Lautstärke, dass es in Konkurrenz mit dem allgegenwärtigen Zirpen der Grillen trat. Ich schaute in die Gesichter meiner sogenannten Familie und fragte mich, ob wohl irgendjemand für mich eintreten und darauf hinweisen würde, dass ich die Villa geputzt, den Müll rausgebracht und mich bislang an den meisten Tagen um Frühstück, Mittagssnack und den Abwasch gekümmert hatte. Ich hatte nichts dagegen, ich tat das gerne. Immerhin wurde ja auch ein Großteil der hier anfallenden Arbeit durch die Kinder verursacht.

Aber nicht einer von ihnen – nicht einmal Dan – machte den Mund auf, kümmerte sich auch mal um mein Wohlbefinden. Alle waren zu sehr damit beschäftigt, höflich zu sein und an der Oberfläche alles perfekt erscheinen zu lassen. Ganz nach Joys Geschmack. Keine Konflikte, kein Streit, keine Probleme, nur hübsche Bilder einer Familie im Urlaub. Bloß nicht über die Probleme sprechen, lieber Deckel drauf und eine schöne, dicke Schleife drumwickeln und immer weiterlächeln. Aber das ging so nicht mehr. Es war an der Zeit, die Taylors mal ein bisschen aufzumischen.

»Joy«, sagte ich, »weißt du noch, wie du gestern Abend deine Ohrringe nicht finden konntest? Ich glaube, ich weiß, wo sie sind.«

»Wirklich?« fragte sie hoffnungsvoll.

»Ja. Ich weiß sogar *genau*, wo sie sind«, erwiderte ich, wobei ich die ganze Zeit über Ella ansah, die aber plötzlich sehr an ihrem Ehering interessiert zu sein schien, an dem sie nun die ganze Zeit ohne aufzublicken drehte. »Ella, weißt *du*, wo die Ohrringe sind?«, fragte ich und zwang sie auf diese Weise, mich anzuschauen.

Sie zuckte mit den Schultern. »Nein«, antwortete sie und warf Joy einen Blick zu. »Natürlich nicht.«

»Hast du schon in deiner Schmuckschatulle nachgesehen, Ella?«, erkundigte ich mich, und Dan versteckte sein Gesicht in den Händen.

Sowohl Ella als auch Jamie starrten mich jetzt mit so unverhohlenem Hass an, dass es mir trotz der Hitze kalt über den Rücken lief. Niemand rührte sich, es war eine Pattsituation. Und da ich es gewesen war, die das Ganze in Bewegung gesetzt hatte, war es nun auch an mir, es durchzuziehen.

»Okay«, sagte ich langsam, legte meine Serviette auf den Tisch und schob meinen Stuhl geräuschvoll zurück. Bevor irgendjemand mich davon abhalten konnte, war ich bereits aufgestanden. »Dann gehe ich mal nachsehen. Nicht dass ich das müsste – ich weiß, dass sie dort sind«, sagte ich und drehte mich zu meiner Schwiegermutter, die so betreten dreinschaute, dass sie mir fast leidtat.

»Clare, bitte ...«, hob sie an.

Aber ich hatte nicht vor, mich von ihr beirren zu lassen. Niemand mochte Konfrontationen. Ich ja auch nicht. Aber manchmal hatte man keine Wahl. Manchen Dingen musste man sich frontal stellen.

Ich stürmte nach oben, direkt in Ellas und Jamies Zimmer, und öffnete die Schublade, in der, wie ich wusste, die Schatulle versteckt war. Ich griff ganz nach hinten, holte das Schmuckkästchen hervor, setzte mich damit aufs Bett, klappte den Deckel auf und genoss schon jetzt die Vorstellung, gleich allen zu zeigen, wie Ella wirklich war.

Auf der Treppe waren Schritte zu hören, und kurz darauf trat Jamie ein, stellte sich breitbeinig und mit verschränkten Armen vor mich hin und sah mir angriffslustig zu. Während ich in dem billigen Metall herumwühlte, schaute ich zu ihm hoch und sagte: »Sie ist es nicht wert, dass du für sie kämpfst, Jamie.«

Dann wandte ich meine Aufmerksamkeit wieder der Schatulle zu und fingerte zwischen den Ketten, dem Plastik und den zerbrochenen Teilen herum, die Ella einfach dazugeschmissen hatte, konnte die Ohrringe aber nicht finden, so dass ich das Kästchen auf dem Bett auskippte und das verheddterte Durcheinander aus Plastik und Metall dort weiter durchsuchte. Aber da waren keine Diamantohrringe.

»Sie waren da«, sagte ich und wühlte fieberhaft durch das Knäuel auf dem Bett. »Sie waren da, Jamie, wirklich, sie waren da«, schrie ich.

»Was ist eigentlich in dich gefahren, Clare?« Er schüttelte den Kopf und sah mich an, als hätte ich mir das alles nur ausgedacht. »Ich habe Ella auf den Kopf zu gefragt. Ich habe sie direkt gefragt, ob sie Mums Ohrringe geklaut habe, weil du das nämlich behauptet hättest, aber es stimmte nicht. Verdammte Scheiße, Clare, fast hätte ich dir geglaubt. Sie war so aufgebracht, dass es das fast gewesen wäre mit meiner Ehe! Jede andere hätte mich zum Teufel gejagt, aber Ella liebt mich und vertraut mir. Und ich vertraue ihr. Das ist nämlich das Problem, Clare, dass du niemandem traust. Nicht alle sind wie Dan ...« Er unterbrach sich. Ich glaube, so weit hatte er nicht gehen wollen. »Sorry, aber Ella ist ein aufrichtiger Mensch, und ob du's glaubst oder nicht, sie mag dich, Clare. Es bereitet ihr Sorgen, dass du offenbar das Bedürfnis hast, Lügen über sie zu verbreiten. Nimm doch nur mal diesen Aufstand von heute Abend – warum, Clare? Bist du eifersüchtig? Ist es das?« Mit unveränderter Körperhaltung stand er vor mir und durchbohrte mich mit seinem Blick. Missbilligend, enttäuscht, unnahbar.

»Ich ...? Nein ... ich denke mir das nicht nur aus, warum sollte ich auch? Die Ohrringe ... sie waren hier drin, wirklich«, sagte ich verzweifelt, und befingerte nach wie vor das Innere der Schatulle, als könnten sich die Ohrringe dort plötzlich materialisieren.

Jamie schüttelte einfach nur angeekelt den Kopf und ging aus dem Zimmer.

Ich fing an zu weinen. Die Beziehung zwischen Jamie und mir bedeutete mir sehr viel, und es tat mir weh, dass er in mir nur eine eifersüchtige Frau sah, die Lügen herumerzählte, um seiner neuen Frau damit zu schaden. So war ich nicht, und es machte mich fertig, dass er das nicht erkannte. Aber war es verwunderlich, wo ich doch gerade ihre Sachen durchwühlt und nichts gefunden hatte?

Ich hatte nur einen einzigen Gedanken im Kopf: Sie musste die Ohrringe woanders hingetan haben. Ich verzichtete darauf, Jamie hinterherzulaufen, um ihn zu überzeugen, denn nun war es wichtiger denn je, dass ich die Ohrringe fand. Ich suchte also weiter.

Ich ließ die Schmuckschatulle links liegen und nahm mir noch einmal die Schublade vor – nichts. Also wirbelte ich durchs Zimmer und schaute überall ein zweites Mal nach, weil ich ja wusste, dass die Ohrringe hier gewesen waren. Ich öffnete einen Schrank, kniete mich davor, um in seinen Tiefen zu wühlen, und riss Schuhkartons und sämtliche von Ellas Einkaufstaschen heraus. Es war wie eine Manie, aber das war mir egal. Ich war nach wie vor überzeugt, mich nicht geirrt zu haben und *musste* den Beweis dafür finden – nicht nur, um Ellas Schuld nachzuweisen, sondern auch, um den Taylors, meiner Familie, zu zeigen, dass ich nicht die boshafte, rachsüchtige Person war, für die sie mich offenbar hielten.

Und dann hielt ich inne und setzte mich auf den Boden, um über die Situation nachzudenken. *Natürlich* hatte sie die Ohrringe woanders hingetan. Jamie hatte ihr erzählt, dass ich sie beobachtet hatte, und sobald sie wusste, dass ich ihr auf der Schliche war, hatte sie reagiert. Den ganzen Nachmittag über, während sie sich in ihrem Zimmer aufgehalten hatte, um sich von ihrem traumatischen Poolerlebnis zu »erholen«, hatte sie Zeit gehabt, sich um die Ohrringe zu kümmern. Gelegenheit dazu hatte es sicher reichlich gegeben, Jamie musste ja nur mal kurz einschlafen, oder vielleicht hatte sie ihn auch mal ins Bad geschickt, um ihr ein Glas Wasser zu holen.

Jetzt erschien Dan in der Tür, rasend vor Wut.

Ich schaute zu ihm auf. »Fang gar nicht erst an, Dan«, warnte ich ihn.

»Nicht anfangen? Diesmal hast du's wirklich auf ganzer Linie geschafft, Clare. Die arme Ella kriegt sich unten vor Heulen gar nicht mehr ein, und Mum ist auch am Weinen!«

Auch mir traten jetzt die Tränen in die Augen, und ich schüttelte nur immer wieder den Kopf. »Aber Dan, ich *weiß* es, ich *weiß*, dass ich sie dabei *beobachtet* habe – und die Ohrringe waren in *dieser* Schatulle. Sie waren hier.« Einen Augenblick lang unterbrach ich meine Suche und betrachtete tränenüberströmt das Chaos auf dem Bett.

»Waren sie nicht.«

»Waren sie wohl, warum glaubt mir denn niemand?« Durch einen Tränenschleier schaute ich zu ihm hoch.

Er hielt etwas in der Hand, und als er sie öffnete, sah ich in seiner Handfläche etwas funkeln. Joys Ohrringe.

»Wo hast du die her?« Fast traute ich meinen Augen nicht.

»Sie waren unten im Küchenregal. Ella hat sie gefunden, als sie reingerannt ist, um sich ein Taschentuch zu holen. Mum ist auch sofort alles wieder eingefallen. Sie meinte, dass sie neulich ein bisschen eng saßen, so dass sie sie abgenommen hat. Sie hatte nur vergessen, wo sie sie hingelegt hatte. Das war alles, Clare.«

»Aber das stimmt nicht ...«, beschwor ich ihn.

»Wie viele Beweise brauchst du denn *noch*? Ella hat schon geahnt, dass du dich so aufführen würdest. Sie hat darauf bestanden, dass ich die Ohrringe mitnehme und dir zeige, da sie meinte, du würdest es nicht glauben, wenn du sie nicht sehen würdest. Sie ist völlig fertig, und das ist allein dir zu verdanken.«

Er war stinksauer, aber ausnahmsweise war er einmal das kleinste meiner Probleme.

Ich blieb auf dem Boden sitzen und versuchte, mir einen Reim aus allem zu machen. Ella hatte die Ohrringe also aus ihrem Zimmer mitgenommen und sie ins Küchenregal gelegt – wo sie den ganzen Abend mit Kochen zugebracht hatte. Aber warum hatte Joy die Lüge mitgetragen? Wollte sie das Gesicht wahren? Würde sie eher die Lüge stützen, als Jamie gegen sich aufzubringen? Inzwischen wusste ich gar nichts mehr. Ich hatte gedacht, die Familie in und auswendig zu kennen, aber Ella hatte wirklich alles komplett durcheinandergewirbelt. Und was sollte ich jetzt machen?

Wie ein unartiges Kind folgte ich Dan nach unten, wo mir Joy und Bob mitleidig entgegenlächelten.

In bester Mutter-Theresa-Manier trat Ella auf mich zu und nahm mich in den Arm. »Schon gut, Clare«, sagte sie und sah mir ins Gesicht, sie vereinnahmte mich für ihren Auftritt, bei dem sie allen zeigen konnte, wie edelmütig sie das an ihr begangene Unrecht vergab. »Bei dir war einiges los. Aber falls du dir so etwas noch einmal einbilden solltest, dann sprich mich doch einfach darauf an, okay? Es darf nicht noch einmal vorkommen, dass ich für Dinge beschuldigt werde, die ich nicht getan habe. Das hier ist jetzt auch meine Familie, Clare.«

Was konnte ich darauf schon erwidern? Weitere Widersprüche oder Anschuldigungen wären doch bloß auf taube Ohren gestoßen.

Mit vom Weinen verquollenen Gesicht saß Joy im Sessel, während Bob neben ihr auf der Armlehne hockte und ihr die Hand schützend auf die Schulter gelegt hatte. »Alles ist nur meine Schuld«, jammerte Joy. »Die ganze Zeit über waren die Ohrringe in der Küche, ich hatte es nur vergessen. Und jetzt ist die Stimmung hinüber, und das im Urlaub zur Feier unseres Ruhestands.«

»Du hast sie nicht in der Küche vergessen, Joy. Warum

ziehst du dich selbst so in Zweifel? So etwas würdest du niemals vergessen.« Ich hörte Dan meinen Namen sagen, aber ich würde mir von ihm nicht den Mund verbieten lassen. »Was ist nur mit euch allen los?«, fragte ich, ich wollte noch mehr sagen, hatte aber gleichzeitig Angst davor, was Ella dann über mich sagen würde. »*Dein schmutziges kleines Geheimnis, Clare.*« Bluffte sie nur?

»Hör sofort auf«, herrschte Dan mich an. »Genug ist genug.«

»Aber sie macht uns doch was vor, warum merkt ihr das alle nicht? Nehmt doch nur mal diesen Vormittag, die Art, wie sie angeblich in den Pool ›gefallen‹ ist ...«

Alle starrten mich einfach nur an. Ella fing an zu weinen, Joy schüttelte den Kopf. Jamie wollte etwas sagen, wurde aber von Ella mit einer Berührung am Arm zurückgehalten.

»Was ist mit euch allen nur *los*? Sie kann also nicht schwimmen«, sage ich mit einer Handbewegung in ihre Richtung. »Riesensache, aber dieses ganze Theater, als sie angeblich dachte, sie würde ertrinken – was offensichtlich nicht der Fall war. Es war nur Show, wie überhaupt alles, was sie macht, nur Show ist.« Ich schaute vom einen zum anderen. Niemand sagte auch nur ein Wort.

»Die ›Show‹, wie du es nennst«, sagte Jamie schließlich, »kommt daher, dass Ella panische Angst vor Wasser hat.«

»Panische Angst? Besonders panisch kommt sie mir aber nicht vor, wenn sie sich für ihre Instagram-Fotos halbnackt am Pool herumtreibt.«

Er schloss die Augen und sprach einfach weiter, als hätte ich gar nichts gesagt. »Weil ihre Schwester ertrunken ist.«

23

Ich fühlte mich schrecklich. Ich versuchte, mich bei Ella zu entschuldigen, aber sie hatte ihr Gesicht in Jamies Brust vergraben und schluchzte, und als ich sie an der Schulter berührte, schüttelte er den Kopf.

In Anbetracht dessen, was mit ihrer Schwester passiert war, konnte ich es kaum wieder gutmachen, den Vorfall am Pool als »Show« bezeichnet zu haben. Es hatte keinen Zweck, das Gespräch mit ihr zu suchen oder mich bei den anderen, die ratlos herumstanden und sich betreten ansahen, dafür zu entschuldigen, den Abend verdorben zu haben. Also ließ ich sie einfach allein und ging direkt ins Kinderzimmer in mein Bett, wo ich einfach nur lag und die Decke anstarrte. Ich war frustriert, weil man mir nicht glaubte, und ärgerte mich über mich selbst, Ellas »Schwimmunfall« überhaupt erwähnt zu haben. Zu meiner Verteidigung ließ sich zwar anführen, dass ich von der Sache mit ihrer Schwester nichts gewusst hatte, aber eine wirkliche Entschuldigung war das nicht. Wenn Ellas Schwester wirklich ertrunken war, dann war es scheußlich von mir gewesen, ihr zu unterstellen, sie habe nur eine Show abgezogen. Und trotzdem. Selbst nachdem ich von Ellas Schwester erfahren hatte, war ich doch noch ein Stück weit unsicher. Ella schien für jede Situation eine »Ella ist umwerfend«-Geschichte parat zu haben. Warum nicht auch eine »Ella ist ein Opfer«-Geschichte für die Gelegenheiten, wo ihr Mitgefühl dienlich war? Ich wusste es nicht, aber irgendetwas an ihr war faul.

Wenn man ihr Glauben schenkte, hatte sie bislang ein spektakuläres Leben geführt. In ihrem Instagram-Account kamen viele außergewöhnliche Orte vor, Fünfsternehotels, Jachten in Südfrankreich, Märchenschlösser im Mittleren Osten. Die Welt, in der sie lebte, war von meiner Realität meilenweit entfernt. Ich war fasziniert, und ja, wahrscheinlich auch ein wenig misstrauisch. Aber dieses Misstrauen wurde nicht von Neid gespeist, sondern von ihr selbst – von der Art, wie ihre Hintergrundgeschichte voller Ungereimtheiten war, von der Art, wie sie Jamie in einer Bar einfach so »über den Weg gelaufen« war und ihn nur Wochen später – in Abwesenheit der Familie – geheiratet hatte. Und auf ihrem Instagram-Account war zwar alles geleckt und schön – aber auch eigenartig leer. Egal, wie herausgeputzt man es präsentierte – ein Leben voller eleganter Interieure und appetitlicher Avocado-Toasts veraltet nun einmal schnell. Und die wenigen Freunde, die sie markiert hatte, waren Leute, die in anderen Teilen der Welt lebten, was in mir die Frage aufkommen ließ, was wohl mit ihren echten Freunden war, denen aus ihrer Heimatstadt. Und der einzige Hinweis auf eine Familie war das Foto, das sie neulich beim Abendessen von den Taylors gemacht hatte – das, auf dem ich nicht mit drauf war.

Irgendwann fiel ich in unruhigen Schlaf. Mir war unwohl zumute, so als verspürte ich eine bösartige Gegenwart, aber ohne dass ich wirklich hätte sagen können, was genau mir so aufstieß. Ich träumte von der Granita-Verkäuferin: Sie schrie »*pericolo*« und »*morte*« und zerrte mich an der Hand von der Villa weg, während ich nach den Kindern schrie.

Als ich erwachte, war es schon hell. Violet stand an meinem Bett. »Mummy, geht's dir gut?«, fragte sie beunruhigt.

»Entschuldige, Schätzchen, ich habe nur geträumt«, sagte ich und schlug vor, aufzustehen und vor dem Frühstück schon einmal eine Runde schwimmen zu gehen. Die Kinder waren sofort Feuer und Flamme.

»Ich find's super, dass Mummy bei uns im Zimmer schläft«, sagte Alfie, »das macht Spaß!«

»Wenn du zu Hause doch auch bei uns schlafen würdest«, seufzte Violet. »Wir fänden's toll, und du und Daddy, ihr würdet euch nicht ständig anschreien.«

Ich nahm sie in den Arm. »Entschuldige, mein Schätzchen. Erwachsene sind ganz schön nervig, stimmt's?«

»Manche schon – aber Ella nicht. Ella ist nicht nervig, oder, Mum? Sie ist supercool – obwohl sie erwachsen ist.«

Das war eine Aussage und erforderte entsprechend keine Antwort, so dass ich die Kinder einfach nur zur Eile antrieb, damit wir vor allen anderen im Wasser wären. Wir rasten nach unten und ich trieb sie nach draußen zum Pool, wo ich zu meiner Überraschung Dan entdeckte, der ganz für sich allein auf einer Sonnenliege saß. Die Kinder begrüßten ihn überschwänglich, was er erwiderte, allerdings ohne mich eines Blickes zu würdigen.

»So früh auf den Beinen?«, fragte ich. »Passt gar nicht zu dir.«

Endlich sah er mich an. »Ich habe den Kopf zu voll.«

Mir sank das Herz. Er war sauer auf mich wegen des Abends zuvor – was ich ihm nicht wirklich verdenken konnte, obwohl ich nach wie vor zu meiner Haltung stand. Die anderen konnten mir noch so oft erzählen, Joy habe die Ohrringe nur verlegt, mich überzeugte das nicht. Ich wollte mit Dan sprechen, mit ihm darüber reden, was sich am Abend zuvor zugetragen hatte. Offenbar war er noch immer verärgert, und wir mussten uns aussprechen. Also schlug ich den Kindern vor, im

Garten, wo es sicher war und ich sie im Auge behalten konnte, Verstecken zu spielen.

»Spielst du mit, Mummy?«, fragte Alfie.

»Aber sicher doch, mein Schatz. Ich brauche nur eben fünf Minuten mit Daddy, dann komme ich zu euch.«

»Wann bist du gestern Abend ins Bett gegangen?«, erkundigte ich mich und setzte mich seitlich auf die Liege neben Dans, während die Kinder sich über den Garten verteilten.

»So zwei oder drei, weiß nicht genau.«

»Wurde noch irgendetwas gesagt, nachdem ich gegangen bin?«

Er sah mich an. »Nicht wirklich. Da waren nur noch Jamie und ich und ... Ella. Alle haben ihre Gedanken für sich behalten und nicht plötzlich wild mit irgendwelchen fürchterlichen Anschuldigungen um sich geworfen«, sagte er spitz. »Ella war am Boden zerstört.«

»Ich habe nicht ... ich glaube immer noch, dass sie die ...«

»Hör auf, Clare, kannst du es nicht einfach mal seinlassen? Warum um alles in der Welt sollte Ella ihre Schwiegermutter bestehlen?«

»Keine Ahnung ... vielleicht wollte sie die Ohrringe, weil sie ihr gefallen ... vielleicht will sie sie auch verkaufen, keine Ahnung.« Ich bemühte mich, leise zu sprechen, damit die Kinder nichts davon mitbekamen.

»Genau. Du hast keine Ahnung, warum also diese Anschuldigungen? Und warum musst du sie in einer Tour dafür kritisieren, dass es sie aus der Fassung gebracht hat, fast zu ertrinken? Was ist nur los mit dir?«, fauchte er.

»Nichts ... gar nichts ist los mit mir.« Ich blickte um mich, um mich zu vergewissern, dass wir noch immer allein am Pool waren. Jeden Augenblick konnte Joy in ihrem Kaftan und dazu passender Schwimmbekleidung hier erscheinen und sich auf einer Liege in der Nähe niederlassen. Sie würde Desinteresse vortäuschen, in Wirklichkeit aber jedem unserer Worte begierig lauschen. Ich musste Dan auf meine Seite bekommen, solange ich noch Gelegenheit dazu hatte.

»Ich habe *keine* Ahnung, warum sie die Ohrringe genommen hat. Und ich hatte auch *keine* Ahnung von ihrer Schwester«, sagte ich.

»Aber du kannst nachvollziehen, warum sie in Panik geraten ist.«

»Ja, natürlich, und im Nachhinein ist mir auch klar, dass ich zum Vorfall am Pool nichts hätte sagen sollen, aber ich hatte eben einfach das Gefühl, dass sie ein ganz schönes Theater daraus gemacht hat, dass sie ins Wasser gefallen ist, dieses Um-sich-Geschlage und ...«

»Oh, mir war nicht bewusst, dass man sich sogar beim Ertrinken an eine Etikette halten muss. Wenn du ein Buch dazu kennst, ›Wie man sozial angemessen reagiert, während sich die Lungen mit Wasser füllen‹, dann nichts wie her damit, das würde ich gerne mal lesen«, fuhr er mich an.

»Ich nehme also an, dass du mich gestern Abend in meiner Abwesenheit nicht verteidigt hast?«, fragte ich. Ich gab mir große Mühe, nicht zu weinen, weil ich zum einen die Kinder nicht beunruhigen wollte und zum anderen Angst hatte, dass ich, wenn ich erst einmal zu weinen anfing, nicht mehr damit würde aufhören können, so überfordert war ich mit allem.

»Dich *verteidigt*? Wie hätte ich dich für das, was du vom Stapel gelassen hast, denn verteidigen sollen? Ella kam aus dem Schluchzen gar nicht mehr heraus und Jamie war so wütend, dass ich eine halbe Ewigkeit gebraucht habe, die beiden überhaupt wieder einigermaßen zu beruhigen.«

»Sind Joy und Bob auch sauer auf mich?«

»Weiß nicht, sie haben nicht viel gesagt. Sie sind ziemlich bald nach dir ins Bett. Mum war eher aufgewühlt als sauer, und Dad – na, du weißt ja, wie er ist, macht sich hauptsächlich Sorgen um Mum, würde ich sagen.«

Dan, Jamie und ich – wir waren immer ein Team gewesen,

aber das war Vergangenheit. Wie schnell sich alles verändert hatte.

Weiterhin hielt Dan den Blick starr geradeaus gerichtet und sah den Kindern beim Spielen zu. »Uns bleiben hier nur noch ein paar Tage. Ich würde mir einfach nur wünschen, dass du deine Gedanken für dich behältst.«

»Das ist genau das, was die Taylors immer machen, nicht?«, sagte ich ruhig. »Sie behalten alles für sich, kehren es unter den Teppich. Deine Mutter trägt noch eine Schicht Lippenstift auf, dein Vater ignoriert es, und gemeinsam tun wir so, als wäre alles Friede, Freude, Eierkuchen.«

Dan spannte den Kiefer an. Er war ein loyaler Sohn und Bruder, die Taylors hielten durch dick und dünn zusammen. »Manchmal gefällt uns nicht, was wir sehen, und möglicherweise ist es nicht sehr mutig, aber manchmal ist es *menschlicher*, so zu tun, als wäre es nicht da«, sagte er.

»Muuuummy, komm uns jetzt suchen, fertig oder nicht«, rief Alfie.

»Ja, Mum, du hast versprochen, dass du mitspielst«, unterstützte ihn Violet.

»Nur eine Minute noch«, sagte ich, das Gespräch mit Dan musste ich noch zu Ende bringen. Ich erhob mich und zog meinen Sarong fester. »Ich weiß, dass es wahrscheinlich besser gewesen wäre, wenn ich den Mund gehalten hätte. Vielleicht wäre es das Menschlichste, das Klügste gewesen, aber ich habe nicht den Mund gehalten, und das war meine Entscheidung. Und zumindest was die Ohrringe betrifft, bereue ich es nicht, etwas gesagt zu haben. Irgendjemand musste es ja tun, und du hattest das ja offensichtlich nicht vor.«

Er lehnte sich auf der Liege zurück und schloss die Augen. Als ich gerade schon weggehen wollte, sagte er: »Du bist kompetent, Clare. Du machst dir keine Vorstellungen davon, wie es sich anfühlt, Ella zu sein. Sie hat nicht dein Selbstbewusstsein, deine Stärke. So etwas kommt erst mit den Jahren, also sei ein wenig nachsichtig mit ihr.«

»Wow, du hast sie wirklich gut kennengelernt. Du kannst also doch feinfühlig sein! Bei mir bist du das nie gewesen.«

»Nein, weil du nämlich nichts und niemanden brauchst. Manchmal habe ich das Gefühl, du brauchst noch nicht einmal mich.«

Ich war erschüttert. »Das glaubst du?«

»Manchmal.« Er schirmte sich die Augen, die er nun offenhielt, mit der Hand ab. »Mum ist genauso, sie braucht Dad überhaupt nicht. Ihr beiden, ihr macht einfach, ihr habt eure Arbeit und Freundinnen und ein Leben und bittet nie um Hilfe. Aber Ella ...? Ella braucht Jamie, und Jamie mag es, gebraucht zu werden. Bis zu diesem Zeitpunkt ist noch nie jemand auf ihn angewiesen gewesen, er findet das gut.«

Von dieser Seite hatte ich die Dynamik noch nie wirklich betrachtet. Dan hatte recht, kompetent war ich wirklich, und bislang hatte ich das immer als positive Eigenschaft gesehen. Ich war einfach kein klammernder, bedürftiger Mensch. Aber vielleicht fühlten sich manche von meiner Stärke und meinem Drang nach Unabhängigkeit auch abgeschreckt. Sogar mein eigener Mann. Hatte das seine Affären begünstigt? Hatte Marilyn ihn gebraucht, so wie Ella Jamie brauchte? Hatte er sich mit Carmel männlicher gefühlt, weil sie so bedürftig gewesen war? Plötzlich hatte ich unzählige Fragen im Kopf, die ich ihm alle stellen wollte, aber die Kinder verlangten inzwischen einstimmig, dass wir beide beim Versteckspielen mitmachen sollten.

»Du hast recht, ich *brauche* niemanden«, sagte ich, während ich mich Richtung Garten in Bewegung setzte. »Aber ich kann das hier nicht allein machen. Warum spielst du nicht mit uns Verstecken?«

Er lächelte mich an, ein aufrichtiges, warmes Lächeln. Dann stand er auf, kam zu mir und legte den Arm liebevoll, fast schon schützend um mich. »Du und die Kinder, ihr bedeutet mir alles«, flüsterte er. »Nichts, was passiert ist und künftig noch passieren wird, wird daran etwas ändern.«

Ich legte ihm den Arm um die Hüfte und hoffte, dass er recht hatte. »Vielleicht macht es den *Eindruck*, dass ich niemanden brauche«, sagte ich, »aber ich habe es schon gebraucht, das einmal gesagt zu bekommen.«

Dann kündigte Dan den Kindern an, er werde mich nun in den Pool werfen, und bevor ich die Gelegenheit hatte, mich davonzumachen, hob er mich auch schon in die Luft und schmiss mich ins Wasser.

Die Kinder waren außer sich und kamen angerannt, alle Gedanken an das Versteckspiel waren von der Tatsache in den Hintergrund gedrängt, dass Mum und Dad im Pool miteinander spielten – was für eine Gaudi! Unter begeistertem Gejohle landete ich mit einem Riesenplatsch im Wasser. Lachend tauchte ich wieder auf, und plötzlich sah ich sie, wie sie an ihrem Zimmerfenster stand und uns regungslos beobachtete. Ohne ein Lächeln starrte sie zu uns herunter, in ihrem Gesichtsausdruck irgendetwas zwischen Neid und Hass. Einen kurzen Moment lang wandte ich den Blick ab, um nach den Kindern zu schauen, die am Beckenrand standen, während Dan mich inzwischen nassspritzte. Und als ich wieder zum Fenster hinaufschaute, war sie verschwunden.

Die Kinder kamen zu uns ins Wasser, und eine Zeit lang war es, als gäbe es nur uns fünf. Was haben wir gelacht! Es war einer dieser goldenen Momente, an die ich auch dann noch denken werde, wenn die Kinder längst schon erwachsen und aus dem Haus sind. Der Pool leuchtete in blauestem Blau, die Sonne stand hoch am Himmel, wir waren als Familie alle zusammen hier an diesem wunderschönen Ort im Urlaub, und ich verspürte großes Glück. Aber über der Sonne lag ein Schatten, und ich wusste, dass uns inmitten dieses wunderbaren gelbgleißenden Lichts etwas Dunkles erwartete.

24

Später fuhren Joy und Bob für ein paar Stunden nach Positano, so dass wir anderen – wir vier Erwachsenen und die Kinder – zurückblieben. Ich hatte Ella um ein kurzes Gespräch gebeten. Sie meinte, das sei nicht nötig, aber ich musste mich noch bei ihr entschuldigen. Das ging mir zwar ordentlich gegen den Strich, aber ich tat es um des lieben Friedens willen, damit wir alle den Rest unseres Urlaubs ohne schlechte Stimmung verbringen konnten.

Sie war allein, an ihrem Handy. Ich wollte kein Publikum, sondern das Ganze einfach nur hinter mich bringen. Also ging ich zu ihr hinüber. »Es tut mir leid, dass ich dir gestern Abend so eine Szene gemacht habe«, sagte ich und hockte mich neben ihre Liege auf den Boden. »Und es tut mir leid, wenn ich dich gestern verletzt habe«, fügte ich hinzu, wobei ich bei der Wortwahl genau darauf achtete, mich nicht dafür zu entschuldigen, dass ich sie des Diebstahls bezichtigt hatte, denn das tat mir keineswegs leid.

Sie starrte unverändert aufs Handy und nahm kaum die Augen vom Display, sondern nickte nur zögerlich und sagte: »Schon okay, Clare. In deinem Alter funken wahrscheinlich oft die Hormone dazwischen ... Du warst einfach verwirrt. Aber ich fürchte, nun werde ich Dan erzählen müssen, was ich weiß.« Ihre Stimme war eiskalt.

»Was weißt du denn?«, fragte ich und bemühte mich, ruhig weiterzuatmen, obwohl Panik in mir aufstieg und mich zu überwältigen drohte.

Sie warf mir einen gelangweilten Blick zu, als fehlte ihr die Motivation, mich auch nur anzuschauen. »Alles«, sagte sie, und wandte sich wieder ihrem Handy zu.

»Okay«, seufzte ich. Die Bedrohung war echt. Das Risiko konnte ich nicht eingehen. Ich würde mich nicht zur Wehr setzen, ich hatte schon für genug Ärger gesorgt. Mir blieb nur zu hoffen, dass sie mich, wenn ich mich von ihr fernhielt und nicht weiter unangenehm auffiel, verschonen würde, zumindest für die Dauer dieses Urlaubs. Sie des Diebstahls zu beschuldigen war ein Risiko gewesen, aber ich war mir meiner Sache so sicher, dass ich davon ausgegangen war, dass sie anschließend in Schande abreisen oder von Joy und Bob fortgeschickt werden würde. Ich hatte gedacht, dass niemand ihren Worten noch Glauben schenken würde, aber nun war ich diejenige, der man nicht glaubte. Ich hatte meine eigene Position geschwächt. Sie fühlte sich angegriffen, und nachdem ich ihr fast alles verdorben hatte, musste ich mich darauf gefasst machen, dass sie sich rächen würde.

Ich erhob mich und ging zurück zu meiner Liege. Dan kümmerte sich um die Kinder, so dass ich tun konnte, wonach mir der Sinn stand. Ein Luxus, aber wenn normalerweise jede wache Stunde entweder mit Arbeit oder mit den Kindern ausgefüllt ist, verlernt man fast, wie man sich entspannt. Und wie sollte ich mich nach dem, was Ella gerade gesagt hatte, jemals wieder entspannen? Ich saß einfach nur da und sah Dan und den Kindern zu.

»Violet – schnapp dir Freddie und komm mal her. Ich habe

hier ein superlustiges Video, ihr werdet lachen«, rief Ella, und sofort schrillten meine Alarmglocken.

Violet verschaffte Dan eine kleine Pause, indem sie Freddie gehorsam hinüber zu Ella schleppte, zu der sich inzwischen auch Jamie gesellt hatte, und zu viert beugten sie sich über ihr Handy und lachten über das, was dort zu sehen war. Alfie fand es viel interessanter, auf Dan herumzuklettern und ihn auf seinem Weg in den Pool als Sprungbrett zu missbrauchen, aber Violet himmelte Auntie Ella an und nahm alles, was von ihr kam, begierig auf. Ich bin sicher, wenn man sie in jenem Sommer gefragt hätte, was sie mal werden wolle, wenn sie groß wäre, hätte sie wohl geantwortet: »Auntie Ella«.

Etwas später, nachdem ich Freddie gerade für einen kleinen Mittagsschlaf ins Haus gebracht hatte, winkte ich Violet zu, als sie aus dem Wasser stieg. Sie winkte zurück und legte sich dann mit ihrem iPad auf eine Liege. Und wie ich sie so ansah, fiel mir plötzlich auf, dass sie ihre Bikinihose hochgezogen hatte. Zu meinem Entsetzen waren ihre Pobacken komplett entblößt, und nur ein wenig weiter lag Ella in exakt derselben Aufmachung ebenfalls auf dem Bauch und war mit ihrem Telefon beschäftigt. Das war nicht gut, schließlich war mein kleines Mädchen gerade mal neun Jahre alt, also stand ich von meiner Liege auf und ging zu Violet hinüber, um mal ein wenig mit ihr zu reden.

»Hey, Süße, brauchst du vielleicht ein bisschen Sonnencreme?«, fragte ich.

Kaum merkbar schüttelte sie den Kopf, und ich bemerkte, dass sie mit einem Schmollmund in die Kamera blickte. Seit Ellas Ankunft war sie ganz versessen darauf, Selfies von sich zu machen.

»Schätzchen, ist es nicht fürchterlich unbequem, die Bikinihose so zu tragen?«, fragte ich und hockte mich seitlich zu ihr auf die Liege.

»Nein, das ist supercool«, erwiderte sie, ohne den Blick vom Display zu heben.

Diese subtile Herangehensweise war offenbar nicht zielführend. Ich wollte sie nicht in Verlegenheit bringen, machte mir aber gleichzeitig Sorgen, dass sie, wenn sie es hier in Ordnung fand, möglicherweise dasselbe im Schwimmunterricht oder beim Schulsport tun würde. »Süße, ich halte es für ein *bisschen* unangemessen, dass du deine Bikinihose so hochgezogen trägst.«

Sie fuhr herum, das Gesicht völlig verschlossen und mit demselben Ausdruck in den Augen, den auch Dan hatte, wenn er wütend war. »Aber Auntie Ella macht das auch so!«

»Schätzchen, Auntie Ella ist erwachsen. Wenn du älter bist, kannst du deine Sachen tragen, wie du willst. Ich finde nur nicht, dass ...« Aber bevor ich meinen Satz beenden konnte, hatte sich Violet schon wieder zu ihrem Display gedreht. »Violet, ich werde dich nie zu irgendetwas zwingen, aber ich mache dich immer darauf aufmerksam, wenn ich das Gefühl habe, dass etwas, was du tust, falsch ist, dir Schaden zufügen oder dich lächerlich machen könnte.« Damit stand ich auf und ging weg, wobei ich sehr genau Ellas Blick in meinem Rücken spürte.

»Alles klar bei dir, Süße?«, rief sie Violet zu, die nur nickte, ohne sich umzudrehen.

Es ärgerte mich, dass Ella versucht hatte, sich einzumischen, aber das war wohl ihr »Markenzeichen«, wie sie sich wahrscheinlich ausgedrückt hätte. Wie auch immer, als ich wieder auf meiner Liege Platz nahm, trug Violet ihr Bikiniunterteil wieder so, wie es den Vorstellungen ihrer Mutter entsprach.

Unfähig, mich auf irgendetwas zu konzentrieren, griff ich nach meinem Handy. Noch immer ging mir Violets Feindseligkeit nach, genauso wie auch Ellas Blick in meinem Rücken, die Art, wie sie beschützerisch zu Violet hinübergerufen, sie

»Süße« genannt hatte, als wären sie beste Freundinnen. Und als ich aufblickte, sah ich sie auf der anderen Seite des Pools selbstgefällig grinsen.

Später am selben Tag war ich gerade in der Küche damit beschäftigt, den Kindern Kaltgetränke zuzubereiten, als Ella hereinkam. Sie trug einen knappen Bikini. Bis auf ihren vollen Busen, den ich im Verdacht hatte, nicht ausschließlich ein Geschenk von Mutter Natur zu sein, wirkte sie zierlich, ihr Körper fast der eines Kindes. Sie griff sich einen Apfel aus der Obstschüssel. Sie sagte kein Wort, sondern stand nur an die Küchenzeile gelehnt da, biss immer wieder aggressiv in den Apfel und kaute betont langsam, wobei sie mich die ganze Zeit unverhohlen ansah.

Ich versuchte, so zu tun, als wäre sie gar nicht da, und kümmerte mich um die Getränke.

»Clare ...«, sagte sie plötzlich, und warf das Kerngehäuse in Richtung Mülleimer, den sie allerdings verfehlte, so dass der Apfelrest auf den Boden fiel, was sie nicht zu kümmern schien.

Ich sah sie an, sie starrte zurück.

»Lässt du das da jetzt liegen?«, fragte ich ohne ein Lächeln.

»Wahrscheinlich.« Ein trotziger Teenager, ich die entnervte Mutter.

Sie wollte Aufmerksamkeit und tat alles, was dafür nötig war.

»Clare, was hast du für ein Problem mit mir?«

»Ich habe kein Problem«, erwiderte ich.

Sie seufzte theatralisch. »Oh doch, das hast du. Erst dieser ganze Scheiß gestern Abend wegen den Ohrringen, dann plötzlich ankommen und sich entschuldigen wollen, als würde ich einfach sagen: ›alles gut, du hast mir zwar vorgeworfen, eine Diebin zu sein, aber egal, ich verzeihe dir‹.«

»Moment, für die Anschuldigung selbst wollte ich mich gar nicht entschuldigen ...«, hob ich an, aber sie redete einfach über mich hinweg.

»Du hast versucht, mich vor Jamie schlecht zu machen, meiner Schwester gegenüber lässt du jeden Respekt vermissen, und ich *weiß*, dass du es nicht ausstehen kannst, wenn ich mich deinen Kindern nähere.«

»Deiner Schwester gegenüber habe ich es nicht an Respekt vermissen lassen, ich wusste schlicht nichts von ihr. Ich wollte einfach nur einen ruhigen Urlaub mit meiner Familie verbringen, und für mich fühlt es sich so an, als wäre Jamie dann mit dir hier aufgetaucht, hätte uns alle einander aufgezwungen und wäre einfach davon ausgegangen, dass wir schon miteinander klarkommen würden.« Mehr konnte ich nicht sagen. Ich musste mich mit ihr gutstellen – sie wusste zu viel.

»Bin ich denn so wenig liebenswert?« Sie legte den Kopf schräg, und ich fragte mich, ob sie mit mir spielte.

Ich gab keine Antwort.

»Schau mal, Clare. Du hast recht, wir wurden einfach zusammengeworfen. Ich habe es mir auch nicht ausgesucht, meinen Urlaub – meine Flitterwochen – zusammen mit dir zu verbringen, aber wenn ich mit Jamie zusammen sein will, habe ich keine Wahl ... Das hier sind unsere *Flitterwochen*.« Sie hörte auf zu reden. »Ich habe bemerkt, wie du da gerade zusammengefahren bist. Tut es sehr weh, Clare?«

Ich schüttelte den Kopf. »Versuch bitte gar nicht erst, davon abzulenken, was du getan hast. Du hast die Ohrringe geklaut, ich habe dich dabei beobachtet. Und du glaubst vielleicht, dass du ungeschoren davongekommen bist, aber die Wahrheit kommt immer ans Licht. Du bist eine Diebin, nichts sonst, und ich werde den Beweis dafür liefern ... Was den Vorfall am Pool betrifft, das kam mir einfach alles nur ein wenig übertrieben vor.«

»Mir war nicht bewusst, dass man sich beim Ertrinken an

eine Etikette halten muss«, sagte sie mit denselben Worten wie morgens Dan. Mein Magen zog sich zusammen. Loyal wie immer hatte der gute alte Dan diese Bemerkung offensichtlich auch schon Ella gegenüber fallengelassen. »Deine Boshaftigkeit kommt einfach nur daher, dass du in einer ausgelutschten Ehe mit einem gelangweilten Mann versauerst, den du mit aller Kraft halten willst«, seufzte sie.

»Er könnte jederzeit gehen«, erwiderte ich mit gespieltem Desinteresse. Sie hatte einen wunden Punkt erwischt, und obwohl ich versuchte, ihre Bemerkung nach Kräften zu ignorieren, hatte sie mich doch sehr getroffen.

»Oh nein, das kann er nicht, weil du ihn nämlich nicht lässt. Völlig egal, ob er eine andere Frau kennenlernt, die er wirklich liebt, sofort stehst du mit deinen Kindern auf der Matte, legst ihm Handschellen an und zerrst ihn zurück. Frauen wie du widern mich an«, fauchte sie.

»Das hast du alles falsch verstanden, du hast ein bisschen was von Jamie gehört, der es auch nur über zwei Ecken von Joy erfahren hat, und schon glaubst du, alles über mein Leben und meine Ehe zu wissen.«

Aber an meinem Leben war Ella nicht die Spur interessiert, sie wollte viel lieber über ihr eigenes reden.

»Ich wette, du wünschst dir, auch in Flitterwochen zu sein wie ich, oder, Clare?«

»Nein, dein Leben würde ich nicht gegen meins tauschen wollen, herzlichen Dank auch.«

»Wow. Ordentlich eifersüchtig, was?«

»Nicht ein bisschen. Meine Ehe ist vielleicht ausgelutscht, aber dein Leben existiert noch nicht einmal. Es besteht nur daraus, was du bei Instagram postest. Es ist nicht echt, Ella.«

»Ob jetzt online oder offline, in jedem Fall ist es besser als deins mit einem flirtenden Ehemann und Wabbelschenkeln.«

So langsam zeigte sie wirklich mal ihr wahres Gesicht. Natürlich hatte sie es wieder so eingerichtet, dass sonst niemand etwas von ihren Boshaftigkeiten und giftigen Bemerkungen mitbekam, aber ich hatte nicht vor, mir das einfach gefallen zu lassen.

»Du bist nicht, wer du vorgibst zu sein. Die liebe, fromme Insta-Queen, die für das Gute eintritt und sich für die Sache der Frauen stark macht – und dann die eigene Schwägerin bodyshamen. Bestens – damit zeigst du nämlich einfach nur, wer du wirklich bist: eine lausige, lügende Diebin.«

»Ach, Clare, wie oft muss ich es dir noch sagen«, seufzte sie, als würde das alles sie furchtbar anöden, »ich habe meine eigenen Diamanten, Schätzchen, die anderer Leute habe ich überhaupt nicht nötig.«

»Was nicht heißt, dass du sie nicht geklaut hast.«

»Aber warum sollte ich das tun, wo ich doch meine eigenen habe, noch dazu viel größere als diese winzigen Dinger?«

»Ich kenne deinen Instagram-Account. Ich wette, du lässt dich für deine ›Talente‹ von den ganzen arabischen Prinzen in Diamanten bezahlen?«

»Genau, und was würdest du nicht alles dafür geben, ein Scheibchen davon abzubekommen, Clare. Ein kleines Abenteuer auf einer Jacht, ein bisschen knisternde Leidenschaft im Mittleren Osten? Du langweilst dich so sehr, dass du für zehn Minuten meines Lebens deine Kinder hergeben würdest. Diesen ganzen scheinheiligen Scheiß kannst du dir also bitte sparen.«

Ich konnte nicht fassen, was für einen Unsinn sie da verzapfte. Glaubte sie wirklich, dass ich ihr sinnfreies Leben meinem eigenen mit wunderbaren Kindern und einem erfüllenden Beruf vorziehen würde?

»Ich verurteile dich *nicht* für die Art und Weise, wie du dir deinen Lebensunterhalt verdienst, aber ich frage mich schon, was Jamie davon halten würde.«

»Jamie? Der verurteilt mich für nichts, was sich zugetragen hat, bevor wir uns kennengelernt haben, weil es sich nämlich alles vor unserem Kennenlernen zugetragen *hat*. Nur um das einmal ganz klar und deutlich zu sagen. Und wo wir schon dabei sind – ihn verurteile ich auch für nichts.« Sie stierte mich jetzt unverwandt an. »Überhaupt haben wir keine Geheimnisse voreinander«, fuhr sie fort, ohne den Blick von mir zu wenden. »Genau, Schätzchen, wir sind *super*-aufrichtig.«

Mir sackte das Herz in die Hose.

»Mein Mann weiß alles. Ich habe ein schweres Leben gehabt, und manchmal musste ich halt zusehen, wie ich meinen Lebensunterhalt bestreiten konnte und er ... na ja, um ehrlich zu sein, Clare, mag Jamie es sogar ganz gern, wenn ich ihm davon erzähle, wenn du weißt, was ich sagen will.« Sie lächelte wissend. »Natürlich weißt du das. Es erregt ihn. Und *damit* kennst du dich ja wohl aus, oder liege ich etwa falsch?«

»Halt die Klappe«, zischte ich. »Das hier ist *meine* Familie, und ich werde es nicht zulassen, dass du mein Leben zerstörst.«

»Clare, du *selbst* hast dein Leben zerstört.« Sie grinste.

Mit angehaltenem Atem wartete ich darauf, was sie als Nächstes sagen würde. Sie wusste Bescheid, sie wusste wirklich alles.

»Ja«, bestätigte sie und nickte langsam. Es war, als hätte sie gerade meine Gedanken gelesen. »Ich weiß Bescheid. Und ich bluffe nicht.«

Ich konnte nichts sagen, das hier konnte mir wirklich alles kaputt machen, konnte das Ende für mich bedeuten.

»Also, versuch nicht noch einmal, mich dranzukriegen, meine liebe Schwägerin, denn welche *kleinen* Fehltritte ich mir auch habe zuschulden kommen lassen«, mit Daumen und Zeigefinger deutete sie einen kaum wahrnehmbaren Abstand an, »im Vergleich zu denen, die du dir geleistet hast, versinken sie in völliger Bedeutungslosigkeit.«

Mehr konnte ich nicht ertragen, also griff ich nach dem Tablett mit den Getränken für die Kinder und stürmte, ohne ein weiteres Wort zu sagen, aus der Küche. Ich beherrschte

mich, der Gang durch das Haus mit den hohen Decken und
dem kühlen Marmorboden verschaffte mir ein wenig Erleichterung von der starken Hitze. Mir war heiß und kribbelig, das
Atmen fiel mir schwer. Ella hatte genug in der Hand, um mein
Leben jeden Augenblick in die Luft jagen zu können.

25

Verzweifelt erreichte ich schließlich die Tür und trat nach draußen. Das grelle Licht und die sengende Hitze trafen mich mit Wucht und legten sich wie eine Würgeschlange um mich, als ich auf unsicheren Beinen am Pool vorbeiging. Joy warf mir über die Brille einen Blick zu, lächelte kurz und konzentrierte sich dann wieder auf ihre Lektüre. Bob lag neben ihr und schnarchte. Dan war im Pool. Er hatte Alfie auf dem Rücken und Violet um den Hals hängen und hob die Hand in dem Versuch, mir zuzuwinken. Auf der Suche nach Freddie, meinem Jüngsten, ließ ich den Blick umherschweifen – im Schatten eines Sonnenschirms lag er schlafend auf Uncle Jamies Bauch. Meine Familie. Sie alle so beieinander zu sehen, raubte mir den Atem: Das perfekte Bild einer Familie im Urlaub. Wie sehr sich die Wirklichkeit von dem Bild, das wir abgaben, unterschied – all die Leidenschaften, Schuldgefühle und Verletzungen, die unmittelbar unter der Oberfläche brodelten. *Mein schmutziges kleines Geheimnis.*

Die Kinder kletterten aus dem Pool und liefen auf mich zu, um sich ihre Getränke abzuholen. Ich sah ihnen zu und staunte über ihre Unschuld, ihre Reinheit. Keine Geheimnisse, keine

Schuldgefühle – das Wichtigste in ihrem Leben war immer das, was sich gerade ereignete. Wie ich mir wünschte, die Uhr zurückdrehen und zu einer unkomplizierten Zeit zurückkehren zu können, als ich noch nichts zu verbergen und einfach nur jeden Grund hatte, glücklich zu sein.

Meine Gedanken wanderten zurück zu jenem Abend, jenem Abend, der alles veränderte. Wir waren in einer Villa, die dieser hier nicht unähnlich war – wie immer hatte sich Joys Geschmack in der Wahl unserer Ferienunterkünfte niedergeschlagen. In jenem Sommer vor fast drei Jahren hatte in Griechenland eine unglaubliche Hitze geherrscht. Ich machte eine schwere Zeit durch. Violet war sechs, Alfie eins, und Dan war allenfalls körperlich anwesend. Permanent war er am Telefon, nie lächelte er, und alles, was ich sagte, schien ihn unermesslich zu nerven. Immer wieder fragte ich ihn, was los sei, aber er wehrte immer nur ab und bestand darauf, dass überhaupt nichts los sei und ich mir alles nur einbildete.

Nach der Elternzeit hatte ich wieder angefangen, Vollzeit zu arbeiten, und war erschöpft. Ich versuchte, neben dem Job so viel wie möglich für meine beiden kleinen Kinder da zu sein. Aber es war nie genug, und mehr ging einfach nicht. Wie Jamie war auch Dan es gewöhnt, dass man sich um ihn kümmerte. Ihr ganzes Leben lang waren die beiden von Joy wie Prinzen behandelt worden, und Dan kam nicht gut damit klar, bei mir nicht mehr an erster Stelle zu stehen. Ich übernahm die Nachtschichten, um tagsüber bei den Kindern sein zu können, und er kümmerte sich dann abends und nachts nach seinem langen Arbeitstag. An den meisten Tagen gaben wir uns buchstäblich die Klinke in die Hand, und wie bei den meisten Müttern hatten unsere beiden kleinen Kinder für mich Priorität. Dan war ein guter Vater, aber da er nur abends zu Hause war, bekam er nicht wirklich viel von den Kindern mit und hatte keine Vorstellung davon, wie anstrengend es mit ihnen sein konnte.

Selbst während unserer Urlaube mit Joy und Bob und

Jamie war ich quasi allein für die Kinder zuständig. Allerdings wollte ich das auch, durch die Arbeit war ich eh schon viel zu lange von ihnen getrennt. Aber an einem der Abende während des besagten Griechenlandurlaubs waren die Kinder so erledigt, dass sie einfach nur noch in die Wanne und dann ins Bett wollten, und zu meiner Überraschung bot Dan an – nein, *bestand* er darauf –, sie fertig zu machen und ins Bett zu bringen. »Mach du mal eine Pause, es ist schließlich auch dein Urlaub«, hatte er gesagt.

»Oh, das solltest du dir nicht zweimal sagen lassen«, hatte Joy gelacht. »Setz dich zu mir, wir machen uns einen Gin und quatschen eine Runde.«

Ich war gerührt und hoffte, dass das bedeutete, dass Dan zufriedener und wieder ganz der Alte war. Während Dan also oben die Kinder ins Bett brachte, blieb ich mit dem Rest der Familie unten sitzen. Wir genehmigten uns ein paar Drinks und spielten Karten, und als Dan nicht wieder herunterkam, ging ich davon aus, dass er eingeschlafen war. »Er wird im Tiefschlaf auf einem der Kinderbetten liegen«, lachte ich, als ich mich ein bisschen früher als sonst von den anderen für die Nacht verabschiedete.

Ich weiß es noch wie heute, wie ich die Treppe hinaufstieg und seine Stimme hörte. Sie klang sanft und zärtlich, und im ersten Moment dachte ich, er spräche mit einem der Kinder, aber es war schon nach zehn und eigentlich zu spät dafür. Und als ich beim Kinderzimmer anlangte, merkte ich, dass seine Stimme aus *unserem* Zimmer kam. Erst war ich verwirrt, bis es mir dämmerte, dass er offenbar telefonierte.

Irgendetwas hielt mich davor zurück, das Zimmer zu betreten, und so stand ich da, hörte ihm ein paar Minuten beim Reden zu und erkannte an bestimmten Worten, dem Lachen und dem Tonfall die Art, wie er früher zu mir gesprochen hatte. »Wann geht dein Flug?«, fragte er. Und dann hörte ich ihn etwas sagen, was mir das Herz brach: »Ja, ja, natürlich, mein

Liebling, natürlich habe ich das ernst gemeint, aber jetzt kann ich es ihr nicht sagen – wir sind im Urlaub. Das kann ich ihr nicht antun ... und den Kindern. Vertrau mir, nach unserer Rückkehr werde ich das regeln.«

Ich stand vor der Tür und dachte fieberhaft darüber nach, ob man irgendetwas von dem, was er gesagt hatte, missverstehen konnte. War es wirklich so offensichtlich? Er war mein Mann, der Vater unserer beiden Kinder. Wir waren eine Familie – wir logen und betrogen doch nicht! Wir liebten uns. Wir liebten uns doch? Wie naiv ich damals noch war. Mein Instinkt an jenem Abend sagte mir, ins Zimmer zu stürmen, ihn zu konfrontieren und zur Rede zu stellen. Aber ich wollte noch mehr hören. Ich glaube, irgendwo in meinem tiefsten Innern hegte ich die Hoffnung, dass ich merken würde, dass er bloß mit einem seiner Freunde sprach, oder dass er irgendetwas sagen würde, was dem Gespräch eine völlig andere Wendung geben und meine Ängste zerschlagen würde, und dass alles besser würde, wenn ich nur lange genug dort stünde. Aber indem ich dort stehenblieb, setzte ich mich einfach nur echtem Schmerz aus, der Sorte Schmerz, von der man sich eine ganze Zeit lang nicht wieder erholt. »Natürlich, das weißt du doch«, sagte er zärtlich, »und ich will *unbedingt* mit dir zusammen sein ... ich weiß, ich weiß. Liebling ... hör mir zu, du musst ein wenig Geduld haben. Nein, das kann ich nicht! Du weißt, dass das nicht geht. Ich kann sie nicht einfach heute Abend verlassen. So etwas braucht Zeit.«

Zu hören, wie mein Mann eine andere »Liebling« nannte, war ein Schlag ins Gesicht und an Härte und Schmerzhaftigkeit nicht zu übertreffen. In dem Moment wurde mir alles unmissverständlich klar, all die Monate, in denen ich mir ungeliebt vorgekommen war, als hätte er sich von mir und den Kindern entfernt, das späte Nachhausekommen, das vollständige Desinteresse an mir und allem, was ich tat. Mit einem Mal ergab das alles Sinn. Plötzlich fügte sich eins zum andern. Aber statt ins Zimmer zu stürmen und ihn zur Rede zu stellen, brach ich innerlich zusammen, ich merkte, wie die Beine unter mir nachgaben, und ich wusste, dass, wenn ich jetzt ins Zimmer ginge, alles aus wäre. Ich hatte zwei Kinder, ich hatte eine Familie, das war alles, was ich mir je gewünscht hatte. Wenn ich ihn jetzt zur Rede stellte, würde das das Ende von all dem bedeuten. Wollte ich das wirklich?

Ich konnte keinen klaren Gedanken fassen, ich brauchte ein bisschen Zeit, um mir darüber klar zu werden, was ich als Nächstes tun sollte, also machte ich kehrt und rannte die Treppe wieder hinunter.

Ich war völlig ziellos, aber plötzlich stand ich unten im Flur und sah die Haustür. Ich öffnete sie und lief nach draußen – ich musste einfach weg! Und als ich durch den Garten rannte, stieß ich plötzlich mit jemandem zusammen.

Er packte mich an den Ellbogen, hielt mich fest und kam mit seinem Gesicht dicht an mich heran. »Clare?« Ich konnte seinen rauchigen, dunklen Atem spüren. Nach ein paar Sekunden merkte ich, dass es Jamie war.

»Was machst du da?«, keuchte ich.

»Dasselbe könnte ich dich fragen«, erwiderte er lachend. »Trainierst du für einen Marathon oder so etwas in der Art?«

»Nein ... ich ... wollte einfach nur ein bisschen frische Luft«, antwortete ich und versuchte, meine Verzweiflung hinter einem Lächeln zu verbergen. »Und du? Warum bist du hier draußen?«

»Versprichst du, dass du Mum nichts verrätst?«

Ich nickte energisch. Mir war es ziemlich egal, was Jamie hier machte. Noch immer war ich völlig neben mir von dem, was ich Dan oben hatte sagen hören.

»Dad und ich.« Er nickte in Richtung von Bob, der plötzlich neben uns aus der Dunkelheit aufgetaucht war und seine Hand zu einem ungelenken statischen Gruß erhoben hatte. Ich weiß nicht, wessen Verlegenheit größer war – meine, weil ich nachts tränenüberströmt durch den Garten rannte, oder die der beiden, die sich wie zwei Kinder benahmen, die man bei irgendetwas erwischt hatte. »Ich habe für Dad und mich ein paar kubanische Zigarren aus Havanna mitgebracht«, erklärte Jamie. »Aber wie du ja weißt, lehnt Mum Rauchen ab.«

Obwohl es mir so mies ging, musste ich beim Anblick dieser beiden erwachsenen Männer, die im Garten herumschlichen, um sich vor ihrer Frau beziehungsweise Mutter zu verstecken, fast ein bisschen lächeln.

»Euer Geheimnis ist bei mir gut aufgehoben«, sagte ich.

»Willst du auch mal ziehen?« Immer war Jamie der kleine Bruder, der seiner älteren Schwägerin stolz vorführte, wie erwachsen er schon war. So wirkte es damals auf mich. Bis zur Geburt unserer Kinder war er immer das Nesthäkchen der Familie gewesen. Und selbst als er schon längst erwachsen war, nannte Joy ihn immer noch »unsere späte, wunderbare Überraschung«, weil sie gedacht hatte, nach Dan keine Kinder mehr bekommen zu können. Seitdem ich ihn kannte, hatte er die Rolle des »vorlauten jüngeren Bruders« perfekt ausgefüllt.

Ich weiß noch, wie er die Zigarre von der Mauer nahm, auf der er sie abgelegt hatte, um mich zu packen, als ich in ihn hineingerannt war, und sie wieder anzündete. Derweil zog Bob gierig an seiner eigenen, wie ein Teenager, der möglichst viel aus seinem Hasch herausholen will, bevor seine »Mum« ihm auf die Schliche kommt.

»Probier mal.« Jamie hielt mir die Zigarre an die Lippen. Zögerlich öffnete ich den Mund, ich war mir nicht ganz sicher, ob das Rauchen einer kubanischen Zigarre die richtige Reaktion darauf war, gerade meinen Mann dabei belauscht zu haben, wie er seiner Geliebten versprach, mich zu verlassen.

Noch nie zuvor hatte ich Zigarre geraucht, und während Jamie sie weiterhin festhielt, umfasste ich sie behutsam mit den Lippen und nahm einen vorsichtigen Zug, der die Spitze in der Dunkelheit aufglühen ließ.

»Schmeckt wie Lagerfeuer, verbranntes Holz und Karamell«, sagte ich, als ich wieder Luft holte. »Gefällt mir ganz gut – aber der Nachgeschmack ist ganz schön bitter.«

»Die beste Zigarre, die dir je unterkommen wird«, sagte Bob, der seine hochhielt, an den Mund führte, daran zog, und den Rauch dann langsam aus seinem Mund strömen ließ wie ein Drache. Die beiden gingen bei ihrer heimlichen Rauchaktion sehr professionell vor, so dass ich meine Zweifel hatte, ob dies das erste Mal war, dass sie ohne Joys Wissen ihrem Laster frönten.

Plötzlich durchbrach Joys Stimme die einträchtige Stille des Rauchens. »Bob, Bob, wo bist du?«

Fast hätte Bob sich am Rauch seiner Zigarre verschluckt, die er schnell Jamie in die Hand drückte. »Ich geh dann mal besser«, sagte er. »Nicht dass sie noch rauskommt und uns *beide* hier findet. Hier, ich habe ein paar Minzbonbons.« Er friemelte eine Packung auf, schmiss sich eine Handvoll in den Mund und gab Jamie den Rest.

Jamie lachte. »Alles gut, Dad, wenn Mum Verdacht schöpft, behaupten wir einfach, dass Clare uns gezwungen hat.«

Bob verdrehte die Augen und Jamie rauchte entspannt Bobs Zigarre weiter, während sein Vater davoneilte und rief: »Hier bin ich, Joy, bin nur kurz mal vor die Tür gegangen, ein bisschen frische Luft schnappen.«

»Er hat echt Angst«, kicherte ich.

»Kein Wunder. Meine Mutter legt einen missionarischen Eifer an den Tag, wenn es ums Rauchen geht, und wie wir alle wissen, ist ihr Zorn biblisch.« Er lächelte und nahm einen eleganten Zug von Bobs Zigarre. Wie es schien, hatte ich dafür Jamies geerbt.

»Auf dich wäre deine Mum nicht sauer!«, sagte ich. »›Unser Jamie‹ kann gar nichts falsch machen.«

»Ach, die Gute, sie hat echt keinen blassen Schimmer.« Er hob die Zigarre elegant in die Höhe und grinste spitzbübisch.

Ich kicherte. Selbst in meinem Mahlstrom aus Schmerz und Zweifel konnte Jamie mich aufheitern. Dafür war ich dankbar, es war genau das, was ich nötig hatte.

»Ich glaube, mir reicht's, ich bekomme schon einen ganz trockenen Hals«, sagte er und drückte seine Zigarre an der Wand aus, und ich tat es ihm gleich. »Genug Kuba für einen Abend. Komm, lass uns reingehen, uns mit dem Gin meiner Mutter besaufen und alles Dan in die Schuhe schieben.

»Klingt nach einem guten Plan«, sagte ich und folgte ihm durch den Garten, wobei ich mich plötzlich so unbeschwert und hoffnungsvoll fühlte wie seit Monaten nicht. Jamie war nicht einfach nur ein Schwager für mich, er war eher wie ein guter Freund. Ich mochte ihn unglaublich gern. Daran hat sich bis heute nichts geändert.

Wir gingen also in die Villa, öffneten die Tür, und was dann kam, werde ich nie vergessen. Überall herrschte eine Totenstille und nirgends brannte ein Licht, so dass Jamie ein paar Kerzen anzündete, die unsere Schatten über die Wände tanzen ließen. Dann schenkte er uns zwei große Gläser Gin ein und wir machten es uns auf dem Boden vor dem leeren, im griechischen Sommer überflüssigen Kamin gemütlich. Ich hatte mich in eine von Joys teuren Kaschmirstolas eingewickelt, die sie auf dem Sofa hatte liegen lassen. Es war zwar nicht kalt, aber wie wir da so im Kerzenschein saßen und Jamie mir von seinen jüngsten Reisen erzählte, fühlte ich mich einfach nur entspannt.

»Jedes Land, das ich bereist habe, hat Spuren in mir hinterlassen«, sagte er. »Ich weiß, dass das kitschig klingt, aber die Namen dieser Städte sind in mein Herz geritzt, wie Graffiti.«

»Ja ... kitschig ist das schon – aber auch wirklich schön.« Ich lächelte und musste denken, wie sehr er sich doch von Dan unterschied. Er war jünger, unkomplizierter, irgendwie entspannter, ungezwungen charmant und schlagfertig.

Er erzählte mir von seinen Plänen, den nächsten Sommer auf Penang zu verbringen, und ich erinnere mich noch gut an seinen verträumten Blick, während er von den Stränden und den kleinen Fischerbooten sprach. Mir war klar, dass er bald schon wieder aufbrechen würde. Schon immer hatte er gesagt, es nicht lange an einem Ort aushalten zu können. Ich ging davon aus, dass er immer so sein würde, der nomadenhafte Bruder, den es immer wieder fortzog. Es hatte etwas von Sucht – nur einen Trip noch, noch einen Kontinent erobern, dem Herzen einen weiteren kleinen Ritz hinzufügen. Von seinen Reisen brachte er nicht nur Zigarren mit. Er brachte vor allem Abenteuer mit, indem er mir die fernen Orte beschrieb, die ich wahrscheinlich selber nie zu Gesicht bekommen würde und nur durch seine Augen sehen und erleben konnte.

»Also, warum bist du vorhin wirklich rausgerannt«, fragte er mich leise, als er mir ein zweites Glas Gin reichte und sich wieder neben mich auf den Boden setzte. Er roch nach Lagerfeuer und Moschus.

Ich zögerte mit der Antwort, weil ich nicht ganz sicher war, ob es anging, dass ich mich Jamie anvertraute, bevor ich Dan auch nur zur Rede gestellt hatte, es schien mir nicht ganz fair. Aber dann wiederum, wenn jemand es hier an Fairness vermissen ließ, dann ja wohl Dan. Ich nahm mehrere große Schlucke von dem Gin. Mit seiner aromatischen Zitrusnote brannte er mir zwar im Hals, betäubte aber auch meinen Schmerz, und dann erzählte ich Jamie, wie ich Dan am Telefon hatte sagen hören, er wolle mich verlassen.

Nach einer Weile schaute ich zu ihm auf. »Versuch gar nicht erst, mir einzureden, dass es eine vernünftige Erklärung dafür gibt, Jamie, denn die gibt es nicht. Es ist völlig klar, was da läuft«, sagte ich mit tränenerstickter Stimme und nahm in der Dunkelheit plötzlich eine Sanftheit in seinen Augen wahr. In jenem Moment änderte sich alles. Er war nicht mehr Dans kleiner Bruder, der mich zum Lachen brachte, der mich gnadenlos neckte und der auch für mich wie ein kleiner Bruder war. Plötzlich war er Jamie, ein gutaussehender, jüngerer Mann mit jeder Menge Erfahrung und einer Schwäche für Frauen, von dem ein Hauch, nur ein Hauch, von Gefahr ausging.

Ich wusste nicht, was er als nächstes tun würde, aber als er sich zu mir beugte und mich küsste, hielt ich ihn nicht davon ab. Der Sex mit Jamie war von einer Intensität, wie ich sie nie zuvor erlebt hatte – ich fühlte mich frei und ließ mich, angetrieben durch den Gin, den Schmerz und das Verlangen, völlig gehen. In jener Nacht mit Jamie war ich nicht mehr eine erschöpfte zweifache Mutter, die nicht wusste, wo ihr der Kopf stand und einfach nur irgendwie durch die Woche zu kommen versuchte. Mit ihm war ich umwerfend, sexy – was immer ich sein wollte – und vor allem wurde ich begehrt. Jamie begehrte mich, und das konnte seine Wirkung auf mich gar nicht verfehlen. Ich lehnte mich zurück und ließ mich von ihm entführen, Millionen von Kilometern weg von den Nachtschichten, der Babykotze und meinem untreuen Mann. Ich gab mir Mühe, nicht an Dan zu denken, während sein Bruder in mich stieß, gleichzeitig hatte ich ein perverses Vergnügen daran und stellte mir jeden Stoß wie einen Schlag in die Magengrube meines untreuen Gatten vor. Ich hasste ihn, und mein Hass vermengte sich mit meiner Lust, was einen erotischen Gefühlscocktail ergab, der mich ekstatisch schreien ließ. Beim Sex mit Dan in unserer Doppelhaushälfte war ich nie laut gewesen, zu sehr hatte ich immer die Nachbarn hinter der Wand und später dann auch die Kinder im Kopf gehabt. Aber dort, mit Jamie, war alles anders. In meiner Ehe hatte ich mich ungeliebt, verwundbar und einsam gefühlt. Aber nun, auf dem Boden, mit nichts am Körper außer Joys teurer Kaschmirstola, kam ich mir zum ersten Mal seit langer Zeit wieder begehrenswert vor.

Und als ich bei Morgenanbruch dort lag, noch immer wach, noch immer in Jamie verschlungen, *wünschte* ich mir, dass Dan hereinkommen und uns finden würde. Ich *wollte* ihn verletzen, wie er mich verletzt hatte. Aber vor allem wollte ich, dass er wusste, wie begehrenswert ich war, und dass, wenn er mich nicht wollte, es andere Männer geben würde.

Aber bald schon wurden Freude und Glück von Schuldgefühlen erstickt.

Ich weiß noch, wie Jamie neben mir anfing, sich zu rühren, wie er seine Augen aufschlug und mich, sobald seine Erinnerung einsetzte, anlächelte. »Ich hatte schon immer was über für dich«, sagte er. »Selbst an eurem Hochzeitstag habe ich Dan dafür beneidet, dass er mit dir im Hotelzimmer verschwinden durfte.«

Ich fuhr ihm über den Mund. »Das hier darf sich nie wiederholen«, sagte ich.

Und es hat sich auch nie wiederholt. Aber selbst heute denke ich noch an sein von den Augen ausgehendes sexy Lächeln, an die ungewohnte und doch vertraute Art, wie er meinen Namen sagt, und daran, wie er den Sonnenschein mitbringt, woher auch immer er gerade kommt.

Am nächsten Tag ging es mir fürchterlich, ich wurde von Schuldgefühlen und inneren Widersprüchen geplagt, wovon die Familie am Frühstückstisch aber nichts mitbekam. Jamie neckte mich, warf die Kinder in die Luft, umgarnte seine Mutter, brachte alle zum Lachen, und ich machte mit. Bis heute frage ich mich, ob Jamie wirklich echte Gefühle für mich empfunden hat oder ob auch er letztlich nur jede Gelegenheit beim Schopfe ergriff und ein Schürzenjäger war wie sein Bruder.

Und als er ein paar Tage später zu einem neuen Abenteuer aufbrach, verabschiedeten wir uns alle von ihm, wie wir es schon so häufig getan hatten. Die Veränderungen, die er in mir bewirkt hatte, waren tiefgreifender, als er es jemals ahnen würde, aber mir war klar, dass ich in ihm keinerlei Spuren hinterlassen hatte. Hatte ich Gefühle für ihn, hatte ich mich ein bisschen in ihn verliebt? Möglicherweise, aber sobald er weg war, bemühte ich mich darum, ihn aus dem Kopf zu bekommen, ihn hinter mir zu lassen und das Richtige zu tun – an meiner Ehe zu arbeiten.

Nach Jamies Abreise sah ich mich dazu in der Lage, Dan damit zu konfrontieren, was ich gehört hatte. Er zeigte sich reumütig und behauptete, bei der Frau handele es sich um eine x-beliebige Stewardess, einfach nur eine dumme Pute, die sich auf ihn fixiert habe. Dass er mich verlassen würde, habe er nur gesagt, um sie zu besänftigen.

Erst fiel es mir schwer, ihm das abzunehmen, aber irgendwann wurde es zu mühsam, ihm nicht zu glauben. Hätte ich mich der Tatsache gestellt, dass er mich anlog und betrog, hätte ich meine Konsequenzen ziehen müssen, und dafür fehlte mir die Energie. Mir blieb nichts anderes übrig, als unverändert weiterzumachen. Bis dahin war Dan noch nie fremdgegangen und er schwor mir, es auch nie wieder zu tun. Und irgendwann war ich bereit, ihm zu vergeben. Mir selbst zu vergeben, fiel mir deutlich schwerer. Meine Scheinheiligkeit angesichts meiner eigenen Untreue machte mich fertig. Mein Fehltritt war durch Dans Telefonat ausgelöst worden, was aber keine Rechtfertigung war. Aber egal, was passieren würde, ich wusste, dass ich damit leben musste. Es war völlig ausgeschlossen, ihm oder sonst jemandem jemals davon zu erzählen, da waren Jamie und ich uns einig. Die Konsequenzen wären in vielerlei Hinsicht katastrophal und würden die ganze Familie und letztlich vor allem meine Kinder betreffen. Es würde das Aus für meine Ehe bedeuten, und die Taylors würden mich verstoßen, weil sie alles nur als meine Schuld ansehen würden, nicht als Jamies oder Dans. Joy und Bob verschlossen schlicht die Augen davor, dass so etwas auch auf die Sorglosigkeit und Selbstsüchtigkeit zurückzuführen war, mit der die Taylor-Söhne ihrem Spaß hinterherjagten.

Nach unserer Rückkehr aus Griechenland versuchten wir also, uns von Dans Affäre mit »der Stewardess«, wie Joy sie nur nannte, zu erholen. Nach wie vor stand unsere Ehe auf wackeligen Beinen, und im Geheimen war ich davon in Beschlag genommen, über den emotionalen Aufruhr hinwegzukommen, in den mich der One-Night-Stand mit Dans Bruder gestürzt hatte. Ich konnte Dans Nähe nicht ertragen, was er natürlich als Reaktion auf seinen Betrug interpretierte, während es sich in Wirklichkeit um Schuldgefühle aufgrund meines *eigenen* Betrugs handelte.

Und als wäre das alles nicht schon schwierig genug, machte ich auch wieder Nachtschichten, kümmerte mich trotzdem um zwei Kinder und versuchte auch noch, für Dan und unsere Ehe da zu sein. Und dann fiel mir irgendwann auf, dass meine Periode überfällig war.

26

Als der Schwangerschaftstest positiv ausfiel, wusste ich aufgrund des Datums, dass das Kind möglicherweise nicht von Dan war. Aber nach vielen schlaflosen Nächten kam ich zu dem Schluss, dass es mehr Schaden anrichten als nutzen würde, jemandem davon zu erzählen. Es musste für immer mein Geheimnis bleiben, weil alles andere meine Familie zerstören würde. Ich würde dieses Baby genauso lieben wie die beiden anderen – und Dan ebenso.

Es war eine unkomplizierte Schwangerschaft, meine dritte, ich kannte mich also aus. Jamie schob ich in den hintersten Winkel meines Kopfes und verbot mir, irgendetwas anderes in ihm zu sehen als Dans Bruder – jedenfalls bis er eines Nachmittags kurz nach Freddies Geburt plötzlich vor der Tür stand, gerade von seiner jüngsten Reise zurück. Dan war bei der Arbeit und Violet in der Schule, so dass ich mit den Jungs zu Hause allein war. Ich werde nie vergessen, wie Jamie bei mir in der Küche stand, während ich Kaffee kochte, und einfach nur sagte: »Ich weiß es.«

Ich tat so, als wüsste ich überhaupt nicht, wovon er sprach, aber das kaufte er mir nicht ab.

»Clare, Freddie ist von mir, oder etwa nicht?«

Einige Augenblicke lang überlegte ich, ob ich lügen sollte. Ich überlegte, ob ich behaupten sollte, dass ich nachgerechnet hätte und es ausgeschlossen sei, schließlich war ich die Einzige, die über meinen Zyklus Bescheid wusste. Aber obwohl ich mir selbst einzureden versuchte, dass ich das Ganze geheim halten könnte, brachte ich es, als ich so direkt zur Rede gestellt wurde, nicht übers Herz, bei einer so wichtigen Sache zu lügen.

»Er *könnte* von dir sein«, sagte ich zögerlich. »Ich war mir noch nicht einmal sicher, ob du dich überhaupt an die Nacht erinnerst, geschweige denn sie mit der Schwangerschaft in Verbindung bringst«, fuhr ich fort. »Bestimmt hattest du nach mir noch Hunderte von anderen Frauen?«

»Keine davon kann dir das Wasser reichen«, sagte er. »Du weißt, dass ich dich immer gemocht habe, schon seit Dan dich das erste Mal mit nach Hause gebracht hat ...«

»Hör auf«, sagte ich, um ihn davon abzuhalten, noch mehr Dinge zu sagen, die sich nicht wieder ungesagt machen ließen. Das Ganze fühlte sich einfach nur falsch an, so am hellichten Tag, während die Jungs gerade ihren Mittagsschlaf hielten und es fast schon Zeit war, Violet von der Schule abzuholen. Und dennoch hatte ich das Gefühl, dass wir uns schon wieder auf dünnem Eis bewegten und es, wenn wir nicht aufpassten, noch einmal passieren könnte. Also behauptete ich entschieden, es sei wahrscheinlicher, dass Freddie von Dan sei, und forderte Jamie auf, sich noch nicht einmal den Gedanken daran zu erlauben, er könne der Vater sein. Dan und ich hatten seit seiner Affäre mit Carmel, der Stewardess, so viel dafür getan, unsere Ehe zu kitten, dass ich nicht zulassen konnte, dass diese Angelegenheit nun zwischen uns kommen und alles wieder zerstören würde.

»Stell dir doch nur vor, was du dir damit antun würdest. Und Dan. Und der Familie«, sagte ich.

Er stimmte mir zu. »Ich möchte niemandem wehtun, Clare.

Ich glaube, ich musste einfach nur wissen, ob ich ein Kind habe, ob er mein Junge ist. Verstehst du?«

Ich nickte. »Ich verstehe das, aber versuch bitte für unser aller Wohl, die ganze Angelegenheit zu vergessen.«

»Du kannst dich darauf verlassen, Clare, dass kein Wort über meine Lippen kommen wird. Aber der kleine Freddie, also, auf den kann man doch nur stolz sein!«

Dann gab er mir einen Kuss auf die Wange, bedankte sich bei mir und bekräftigte, dass ich mir keine Sorgen machen solle, er würde nie irgendjemandem davon erzählen. »Das bleibt unter uns«, sagte er. Ich weiß noch, wie er sich, als ich ihn an jenem Tag zur Tür brachte, vor dem Gehen noch einmal zu mir umdrehte, mein Gesicht berührte und sagte: »Er sieht mir sehr ähnlich, findest du nicht?«

»Ja. Wobei auch zwischen dir und Dan eine gewisse Ähnlichkeit besteht«, antwortete ich. Weshalb auch nie jemand Verdacht schöpfen würde.

Für fast drei Jahre behielten wir unser Geheimnis also für uns und den Status quo aufrecht. Wenn er nicht gerade im Ausland war, erschien Jamie weiterhin zu den Familienzusammenkünften, und jedes Mal freute ich mich, ihn zu sehen – nicht, weil ich doch noch besondere Gefühle für ihn hegte, sondern weil er mir gegenüber immer sehr ungezwungen und herzlich war, was man von Dan nicht behaupten konnte.

»Wie hältst du es nur mit einem solchen Idioten aus«, stichelte Jamie häufig in Dans Gegenwart. »Du könntest doch ganz andere Männer haben, Clare, der hat dich echt nicht verdient ...« Dan lachte dann immer und parierte mit irgendetwas ähnlich Geringschätzigem, während ich hektische Flecken am Hals bekam, weil ich wusste, was Dan nicht wusste. Und obwohl ich die ganze Zeit über diese Last mit mir herumtrug, blieb das Verhältnis zwischen uns Dreien ungetrübt und ich fühlte mich zugehörig. Bis zum letzten Sommer, dem

Sommer mit Ella, die alles ans Licht bringen und alles zerstören wollte.

Und ja, inzwischen kann ich zugeben, dass bei den ersten Gefühlen, die ich hatte, als Jamie mit seiner wunderbaren Frau anreiste, auch ein wenig Eifersucht mitschwang. Ich hatte mir eingeredet, dass da nichts war, dass ich Jamie gegenüber allenfalls schwesterliche Gefühle hegte und dass das, was passiert war, niemandem schaden würde, wenn es nur nie ans Tageslicht kam. Schließlich kam es ständig vor, dass Kinder ihren Tanten oder Onkeln ähnlich sahen. Solange niemand von dem Vorfall wusste, würde niemand auf die Idee kommen, zu hinterfragen, weshalb Freddie seinem Uncle Jamie so ähnelte. Aber indem Jamie Ella davon erzählt hatte, hatte er ihr eine kleine Bombe in die Hand gedrückt. Eine Bombe, die sie nun drohend in ihren perfekt manikürten Händen hielt.

Jetzt, wo sie von mir und Jamie wusste, wollte ich nur noch, dass der Urlaub möglichst schnell zu Ende ging. Als Ella also Joy fragte, ob diese mit ihr in die Stadt gehen wolle, und ich — offensichtlich absichtlich — nicht dazugebeten wurde, brachte ich den Nachmittag in milder Panik zu. Die beiden allein miteinander, das konnte nichts Gutes für mich bedeuten. Wenn Ella boshaft — oder geradezu rachsüchtig — gestimmt war, würde sie Joy sicherlich alles über Jamie und mich erzählen ... und über Freddie. Sie führte irgendetwas im Schilde. Anders konnte es gar nicht sein, nachdem ich sie vor der ganzen Familie angeschwärzt hatte. Und ich hatte nun nichts mehr gegen sie in der Hand. Meinen Trumpf hatte ich ja bereits ausgespielt, aber niemand schien mir zu glauben oder sich groß um den Diebstahl zu kümmern. Schließlich hatte es jetzt, wo die Ohrringe in der Küche aufgetaucht waren, überhaupt nicht mehr den Anschein, als wären sie je gestohlen worden. Und ich war sicher, dass alle dachten, ich hätte mich geirrt oder wäre, schlimmer noch, schlicht hinterhältig.

Die Kinder saßen bei Dan, der gerade dabei war, Alfies

Spielzeuglaster zu reparieren, und Jamie las auf der anderen Seite des Pools, während Bob in der Nähe schnarchte.

Das war die Gelegenheit für mich, einmal ohne Ella mit Jamie reden zu können. Also schlenderte ich beiläufig zu ihm hinüber, als wollte ich einfach nur den Pool aus verschiedenen Perspektiven betrachten.

»Jamie, du hast es ihr erzählt, oder?«, flüsterte ich durch zusammengebissene Zähne und setzte mich auf den Rand der Liege neben seiner. Dabei setzte ich ein demonstratives Lächeln auf, um es nach außen so wirken zu lassen, als fände hier einfach nur ein harmloses Geplänkel statt.

»So richtig *erzählt* habe ich es ihr nicht ...«

»Mir hat sie gesagt, du hättest ihr alles erzählt.«

Jamie war sichtlich unbehaglich zumute. Er setzte sich auf. »Clare, ich ... ich habe es nicht einfach ausposaunt. Ella und ich, also, als ich sie gefragt habe, ob sie mich heiraten will, da kannten wir uns noch nicht so lange ...«

»Wo ist da denn bitteschön der Zusammenhang?«

»Sie meinte, dass wir einander vertrauen müssten, und dass das bedeute, dass wir keinerlei Geheimnisse voreinander haben dürften. Sie sagte, wenn sie ihr ganzes Leben mit mir verbringen solle, müssten wir einander *alles* erzählen.«

»Pssst, nicht so laut.«

Er wich meinem Blick aus, dann fuhr er fort. »Sie ist ein sehr intuitiver Mensch. Sie hat mich damit konfrontiert, dass ich etwas vor ihr verberge, und gemeint, sie könne nicht Ja sagen, wenn ich es ihr nicht erzähle; Geheimnisse würden auf Dauer an einem nagen.« Vielsagend schaute er mich an.

»Mmm. Oder vielleicht wollte sie dich auch nur dazu bringen, ihr irgendetwas zu erzählen, um etwas gegen dich in der Hand zu haben.«

»Clare«, flüsterte er, »das stimmt einfach nicht.« Er ließ seinen Blick über den Pool in die Ferne schweifen, und ich schaute in dieselbe Richtung, damit es so aussehen würde, als sprächen wir über die Farbe des Wassers oder über das Wetter. »Übrigens bin ich der Meinung, dass sie recht hat«, sagte er plötzlich.

»Inwiefern?«

»In Bezug auf Geheimnisse. Dass sie an einem nagen. Ella und ich haben keine Geheimnisse voreinander. Belastet es dich nicht, eine Lüge zu leben, Clare?«

»Tu ich doch gar nicht. Wirklich sicher sind wir schließlich nicht«, verteidigte ich mich, und das stimmte sogar. Aber wenn ich einen Tipp abgeben müsste, dann würden sowohl meine Berechnungen als auch Freddies Aussehen und Temperament dafür sprechen, dass er eher Jamies Sohn war als Dans. Aber ich musste den Schein unbedingt wahren – zu viel stand auf dem Spiel.

»Selbst wenn du beweisen *könntest*, dass Freddie von dir ist, wäre es das Blutvergießen nicht wert, das weißt du genauso gut wie ich. Dan würde sich von mir scheiden lassen und mit dir kein Wort mehr reden«, sagte ich und winkte zu Violet hinüber, die auf der gegenüberliegenden Seite bei ihrem Vater saß. »Und Joy und Bob ... stell dir das doch nur mal vor. Dann die Kinder, denk an die Kinder, ihre Welt würde *zusammenbrechen* – besonders Freddies.«

»Aber wie Ella ganz richtig sagt ... irgendwie geht es hier die ganze Zeit nur um dich und Dan und die Kinder ... Aber hast du jemals wirklich versucht, dich in *mich* hineinzuversetzen? Was ist mit mir, Clare?«

»Natürlich habe ich mir über deine Gefühle Gedanken gemacht, aber schließlich war das alles ja überhaupt nicht geplant. Sollte Freddie *wirklich* von dir sein, dann ist das reiner Zufall, ein Zusammenwirken von unglücklichem Zeitpunkt und Biologie«, sagte ich. »Du und ich, wir sind sofort wieder auseinandergegangen, und die Tatsache, dass ich schwanger war, war ausschließlich *meine* Angelegenheit, beziehungsweise die von mir und Dan. Und Jamie, das muss auch so bleiben«, beschwor ich ihn. »Bitte, Jamie. Und wenn es nur Freddie zuliebe ist.«

»Was, wenn ich nicht will? Was, wenn ich Freddies Dad sein *will*?«

Ich wollte meinen Ohren nicht trauen. »Seit wann das denn?«

»Seit Ella mir vor Augen geführt hat, was mir entgangen ist. Dass ich vielleicht keine weiteren Kinder mehr bekomme.«

Plötzlich wurde mir bewusst, dass möglicherweise nicht Ella das Geheimnis preisgeben würde, sondern Jamie. Ich drehte mich so zu ihm um, dass ich ihm gerade ins Gesicht blickte. Ich musste mich in dieser Angelegenheit unmissverständlich ausdrücken. »Freddie *hat* einen Dad. Dass die Möglichkeit besteht, dass du der Vater sein *könntest*, hast du immer gewusst ... aber bis jetzt warst du ganz zufrieden damit, dein Leben einfach weiterzuleben, ohne Verantwortung übernehmen und irgendwelche Fragen beantworten zu müssen. Glaub mir, Jamie. Es ist für uns alle besser, wenn wir so weitermachen. Jetzt irgendetwas zu sagen, würde unser aller Leben ruinieren. Ich verstehe nicht, warum Ella dich dazu bringen will, plötzlich alles ans Tageslicht zu bringen, sie muss sich da raushalten.«

»Ella ›bringt das alles ans Tageslicht‹, weil *ich* ihr wichtig bin. Sie sieht, wie ich mit Freddie bin, sie sagt, dass er mir wie aus dem Gesicht geschnitten ist und wir so glücklich miteinander sind und dass mir das nicht vorenthalten werden sollte, nur weil es dich in Schwierigkeiten bringen wird.«

»Es betrifft aber nicht nur *mich*. Gott, ich wünschte, es *wäre* so. Es betrifft alle! Stell dir doch nur mal vor, wie erschüttert deine Eltern wären«, zischte ich ihm zu. »Du musst doch sehen, dass das für Ella nur wieder eins ihrer Spielchen ist.«

Sein Gesichtsausdruck war verschlossen, er wollte nichts davon hören, als hätte Ella ihn einer Gehirnwäsche unterzogen. »Das stimmt nicht. Ella wünscht sich das für mich, weil sie mich liebt, und ich stimme ihr zu. Ich sollte es ausleben dürfen, ein Dad zu sein, statt es verleugnen zu müssen, als wäre es ein schmutziges, kleines Geheimnis.«

»Ellas Ausdruck. Den benutzt sie gerne für die Nacht, die wir miteinander verbracht haben. Aber ich sehe sie nicht als schmutziges, kleines Geheimnis an. Und Freddie schon gar nicht.«

»Dann lassen wir dieses Versteckspiel doch sein und bringen alles ans Licht.«

Ich schwitzte, woran nicht allein die Sonne schuld war. Mein Herz klopfte mir bis zum Hals und ich konnte kaum atmen. *Bitte nicht*, war der einzige Gedanke, den ich fassen konnte.

»Aber wir wissen nicht *sicher*, ob er wirklich von dir ist. Und außerdem geht es hier nicht nur um die Frage der *Vaterschaft*. Du hast mit der Frau deines Bruders geschlafen, ich mit dem Bruder meines Mannes – was das anrichten würde.« Ich stieß einen Seufzer aus, einen tiefen, schweren Seufzer.

Die Sonne war um den Pool gewandert und mir war, als trüge ich die Welt auf meinen inzwischen brennenden Schultern. Mittlerweile war Ella zurückgekehrt und plauderte mit Dan, wobei sie breitbeinig direkt vor ihm stand und sich am Hals streichelte. Dann sagte er irgendetwas, worauf sie lachend den Kopf zurückwarf, sich zu ihm vorbeugte und ihn an der Schulter berührte. Ich war mir nicht sicher, ob sie das tat, um mich zu provozieren oder um Jamie eifersüchtig zu machen, aber es war mir auch egal. Ihr Versuch, Jamie dazu anzustiften, sein Recht auf Vaterschaft einzufordern, konnte der Familie viel mehr Schaden zufügen als alle Flirtereien mit Dan.

Ich erhob mich. »Es tut mir leid – das alles hier. Ich hatte gehofft, wir könnten glücklich sein und einfach unser Leben weiterleben, Jamie«, sagte ich, »aber das scheint das Letzte zu sein, was Ella will.«

In dem Wissen, dass uns diese Sache für immer verfolgen

würde, ging ich weg. Meine Möglichkeiten, sie geheim zu halten, waren begrenzt; sie glichen dem Versuch, die Flut aufzuhalten. Nie wieder würden wir frei sein, jetzt, wo jemand Drittes in unser Geheimnis eingeweiht war.

Ich ging am Beckenrand entlang auf Dan zu, und als Ella mich bemerkte, entfernte sie sich von ihm und ging auf der anderen Beckenseite zu Jamie. Wut, Scham und Schuldgefühle trieben mir die Röte ins Gesicht, und ich mochte ihr noch nicht einmal einen flüchtigen Blick zuwerfen. Wie ich diese Frau dafür hasste, was sie mir und meiner Familie antat. Bis sie mit ihrer Abbruchbirne aufgetaucht war und Jamie zu Reaktionen drängte, wodurch sie gleichzeitig auch die ganze Familie bedrohte, hatte ich alles gut im Griff gehabt.

Ich zog meinen Sarong fester um mich – eine Geste der Nervosität und Unsicherheit, denn ich stellte mir vor, wie beide Männer uns dabei beobachteten, wie wir auf beiden Seiten des Pools in entgegengesetzte Richtungen liefen, und ich konnte an nichts anderes denken als daran, wie unvorteilhaft dieser Vergleich für mich ausfallen würde. Ich nahm neben Dan Platz. Die Kinder spielten im Wasser, bis auf Freddie, der in seinen Schwimmflügeln bei uns hockte. Aus den Augenwinkeln beobachtete ich, wie Ella zu Jamie auf die Liege kletterte und sich an ihn schmiegte. Ich musste wegschauen, ich konnte den Anblick einfach nicht ertragen, er löste in mir eine solch brennende Eifersucht aus. Nicht nur, weil sie Jamie hatte, sondern weil sie hatte, was ich, wenn auch nur kurz, seinerzeit mit Dan gehabt hatte und was ich, wie sehr ich mich auch darum bemühte, offenbar nicht wiederbekommen konnte. Und wenn Ella es schaffte, ihren Willen durchzusetzen, wäre es endgültig aus zwischen Dan und mir.

»Mummy, Mummy, kommst du zu uns ins Wasser?«, bettelte Alfie.

»Fragt bitte Daddy«, antwortete ich. Ich musste mich erst noch wieder etwas sammeln. Nach meinem Gespräch mit

Jamie war mir übel und ich konnte keinen klaren Gedanken fassen.

Widerwillig hievte Dan sich von seiner Liege, brummelte irgendetwas von »mit drei Kindern einfach keinen Urlaub« und sprang in den Pool, wo sich recht bald Jamie zu ihm gesellte, der sofort Freddie aufforderte, ins Becken zu springen, er werde ihn auffangen.

»Oh, dafür ist er noch ein bisschen klein, Jamie«, wandte ich ein und stand auf, um Freddie davon abzuhalten, sich einfach so ins Wasser zu stürzen. Aber gerade als ich bei ihm ankam, war auch Ella schon dort. Sie hatte ihn bereits an der Hand und führte ihn an den Beckenrand.

»Ella, lass ihn nicht reinspringen«, sagte ich und versuchte, nicht übermäßig panisch zu klingen.

»Ihm wird nichts passieren, Clare«, sagte sie in einem Tonfall, der eigentlich von einem Augenverdrehen begleitet werden musste und es wahrscheinlich auch tatsächlich wurde – nur dass sie mich nicht ansah. Sie schaute zu Jamie im Pool, der beide Arme hochhielt, als wäre Freddie nichts weiter als ein Ball, den es zu fangen galt.

Ich lief auf sie zu, um mir Freddie zu schnappen, aber sie kam mir zuvor, packte ihn unter den Achseln und schwenkte ihn über der Wasseroberfläche, dass er vor Freude kreischte und ich aufschrie: »NEIIIIN!« Aber ohne mit der Wimper zu zucken, schwang sie ihn nur immer weiter vor und zurück, und gerade als ich den Arm ausstreckte, um sie physisch davon abzuhalten, warf sie ihn zu Jamie.

»Ella, ich habe gesagt, dass du das *lassen* sollst«, schrie ich sie an.

»Ihm geht's *gut!*«, brüllte sie zurück. »Entspann dich, Clare.«

»Clare, ihm geht's *gut*«, rief Dan aus dem Pool. Mein eigener Mann fiel mir in den Rücken.

»Unglaublich«, japste ich. Einen Zweijährigen so über

tiefem Wasser baumeln zu lassen war gefährlich, was eine Person, deren eigene Schwester angeblich ertrunken war, eigentlich wissen sollte. Aber hier ging es um viel mehr als bloß um das Spielen mit Freddie. Ella hatte soeben eine ihn betreffende Erziehungsentscheidung getroffen, die meinen Wünschen diametral entgegengesetzt war. Sollte Jamie zu einem späteren Zeitpunkt darauf bestehen, seine biologische Vaterschaft nachweisen zu lassen, war kaum abzusehen, wohin das noch führen konnte. Die netten, gemütlichen Wochenendbesuche, auf denen Ella bestehen würde, obwohl sie sich offensichtlich überhaupt nichts aus Freddie machte, mochte ich mir gar nicht vorstellen. Nein, auf gar keinen Fall durfte ich das zulassen. Für sie war er doch nur ein hübsches Bildmotiv für Instagram.

Nachdem ich mich vergewissert hatte, dass Freddie in Jamies Armen in Sicherheit war, legte ich mich wieder auf meine Liege, um nachzudenken. Aber ich ließ den Pool, Ella und meine Kinder, vor allem Freddie, dabei nicht aus den Augen.

»Freddie und ich könnten ins Flache gehen, so dass du dazukommen kannst?«, schlug Jamie Ella vor. Und ich dachte: »*Jetzt* kommst du auf die Idee, mit meinem Kind ins Flache zu gehen.«

»Nein, ich will mich nicht nass machen, das würde meine Extensions ruinieren. Ich komme und setze mich an den Rand«, rief Ella ihm zu und setzte sich in Bewegung. Als sie sich meinem Liegestuhl näherte, bückte sie sich, um ein Handtuch aufzuheben. »Schreib Jamie gefälligst nicht vor, wie er mit *seinem* Sohn zu interagieren hat«, sagte sie in gut vernehmbarer Lautstärke. Das Geschrei und Geplansche der Kinder machte einigen Lärm, andernfalls hätte auch jemand anders – Dan – sie hören können. Nur Sekunden später kam Joy dazu und richtete sich auf einem Liegestuhl in meiner Nähe ein.

»Hat dir die Shoppingtour Spaß gemacht, Joy?«, fragte ich.

Ich wollte beobachten, wie sie auf mich reagierte, um abschätzen zu können, ob es irgendwelche Hinweise darauf gab, dass Ella ihr etwas über Jamie und mich erzählt hatte.

Lächelnd nickte sie. »Ella und ich haben ein paar ganz reizende kleine Boutiquen entdeckt. Wenn wir Zeit dafür finden, müssen wir da unbedingt noch einmal mit dir zusammen hin, Clare.«

Nach ihrer Reaktion zu urteilen, schien Ella nichts gesagt zu haben. Noch nicht. Sie ging an uns vorbei und musste das Gespräch aufgeschnappt haben.

»Das ist, glaube ich, nicht so unbedingt Clares Sorte von Läden«, sagte sie. »Du hast es ja nicht so mit Mode, oder?« Im Vorbeigehen musterte sie mich von oben bis unten. Ich schaute zu Joy hinüber, um zu sehen, ob sie das mitbekommen hatte, aber sie hatte sich schon hingelegt und zu lesen begonnen.

Mir wurde ganz anders. Das Einzige, woran ich denken konnte, war, dass mein Leben ab jetzt so aussehen könnte. Die ständigen Bemerkungen, das Geflüster, die kaum verhüllten Drohungen. Und Ella würde mit dem *echten* Klatsch noch eine Weile hinterm Berg halten – noch konnte sie ja ihr Katz-und-Maus-Spiel mit mir treiben.

Mit schwingenden Hüften schlenderte sie nun Richtung Pool und nahm vorsichtig am Beckenrand Platz. Ein Foto, ein Selfie, das Klickerdiklick der manikürten Nägel auf dem Display. Freddie oder den anderen Kindern schenkte sie keinerlei Aufmerksamkeit – es war offensichtlich, dass sie ihr völlig egal waren. Dann schwamm Violet zu ihr hinüber und fing an, mit ihr zu reden. Ella zeigte ihr Bilder auf ihrem Handy, woraufhin beide kicherten. Violet schlug sich die Hand vor den Mund und warf mir einen Blick zu. Ich konnte mir nur ausmalen, was Ella ihr da wohl zeigte, einschreiten konnte ich nicht. Wenn ich einen Aufstand machte, würde das nur Violet verunsichern und alle anderen wären doch nur wieder davon überzeugt, dass ich eine Szene machte.

Da ich wusste, was Ella wusste und wie sehr sie mich hasste, fühlte ich mich von dem Umgang, den sie mit meinen Kindern pflegte, bedroht. Bestand die Gefahr, dass sie ihre Wut an ihnen auslassen würde? Meine Unsicherheit ging mit mir durch und plötzlich hörte ich mich selbst, wie ich nach den Kindern rief. »Jetzt ist gut, kleine Pool-Pause, es ist nicht gut, wenn ihr den ganzen Tag nur im Wasser seid.« Wenig überraschend fingen sie alle sofort an, sich über Mummys idiotische Aufforderung zu beschweren. Aber ich redete mir ein, dass sie eine Pause brauchten und mal aus der Sonne mussten, wobei mein Timing natürlich kein Zufall war – ich wollte sie auch von Ella weglocken. Ich rechnete fest damit, dass Ella für sie Partei ergreifen und versuchen würde, sich über mich hinwegzusetzen, in welchem Fall ich noch entschiedener gekämpft hätte. Dabei hätte ich wissen müssen, dass Ella viel raffinierter war. »Raus jetzt, Kiddies, Mum hat recht«, rief sie unter untypischer Zurschaustellung von Solidarität zu mir. »Jamie, das gilt auch für dich«, fügte sie grinsend hinzu, und ich fragte mich, was sie im Schilde führte.

Jamie tat so, als würde er schmollen, und bewarf sie mit dem pinken Flamingo, was die Kinder zum Lachen brachte. »Ich geh aber nicht raus«, rief er in einem gespielten Trotzanfall, was die Kinder herrlich fanden.

»Uncle Jamie darf doch im Wasser bleiben, oder, Mum?«, erkundigte sich Violet.

»Nein, auch ihm erlaubt deine Mum das nicht«, seufzte Ella und verdrehte die Augen.

»Muuuum«, quengelte Violet vom Wasser aus, »aber es macht doch gerade so viel Spaß.«

»Und es soll euch ja auch später wieder Spaß machen, aber jetzt müsst ihr euch abtrocknen, euch nochmal mit Sonnencreme einreiben und dann ein bisschen ausruhen – und zwar im Schatten.«

»Will aber nicht *ausruhen*«, protestierte sie mit finsterer Miene und verschränkte die Arme vor der Brust.

Dan ließ das alles an sich abprallen. Er hatte Jamie Freddie abgenommen und setzte ihn vor mir auf dem Boden ab, bevor er sich auf die Liege neben meiner fallen ließ.

»Ah, deine Schicht ist also vorbei«, bemerkte ich sarkastisch.

»Du bist diejenige, die sie unbedingt aus dem Wasser holen wollte«, schnappte er zurück und schloss die Augen.

»Bitteeee!« Alfie stand im flachen Wasser, die Hände wie flehend zum Gebet gefaltet, und Freddie stand auf und machte sich allein auf den Weg zurück zum Pool.

»Freddie, Freddie!«, rief ich ihm hinterher.

»Bitteee, Mummy«, jaulte Alfie wie in einer elenden Endlosschleife.

»Aber du hast es versprochen.« Jetzt stand Violet neben mir und trat locker gegen meine Liege – überhaupt nicht aggressiv, einfach nur ein rhythmisches Klonk, Klonk, Klonk, das bei jedem zweiten Klonk noch durch ein nölendes »Du hast es versprochen« unterstrichen wurde. Dazu noch Alfies permanentes »Muuummy« und die Erinnerung an Fetzen aus meinem Gespräch mit Jamie. Diese Kakofonie brachte meinen Kopf schier zum Platzen. Jetzt kam Freddie auf wackeligen Beinen und mit ausgestreckten Armen auf mich zu und weinte, weil ich ihn zurückgerufen hatte, und mir selbst war ebenfalls zum Weinen zumute.

»Muummy.« Klonk, Klonk. Vor lauter Müdigkeit und Wut hatte Freddie inzwischen zu schreien begonnen. »Du hast es versprochen.« Noch immer trat Violet mit dem Fuß gegen das hölzerne Liegenbein. Klonk, Klonk, Klonk ... wie ein Herzschlag dröhnte das Geräusch durch mich hindurch.

»Violet, AUF DER STELLE HÖRST DU DAMIT AUF!«, brüllte ich, womit ich nicht nur die Kinder, sondern auch mich selbst überrumpelte.

Einen Moment lang starrten wir uns alle gegenseitig an, dann fing Violets kleines Kinn an zu zittern und wutentbrannt rannte sie davon. Ich hätte nicht laut werden sollen. Sie waren Kinder, sie hatten Urlaub und wollten einfach nur ihren Spaß – sie hatten nichts Schlimmes getan. Und ich hatte ihnen den Spaß verdorben, weil ich sie von Ella wegbekommen wollte.

»Violet, Violet, komm zurück«, rief ich ihr hinterher, aber mehr konnte ich nicht tun, um sie aufzuhalten, weil ich ja die anderen beiden, die inzwischen ebenfalls schluchzten, nicht einfach so allein lassen konnte.

»Sie sind müde«, sagte ich zu Dan, der die Augen eigens dafür aufgeschlagen hatte, mich vorwurfsvoll anzuschauen.

»Nein, wir sind nicht müde, Mummy, du bist *gemein*!«, motzte mein Vierjähriger.

»Kindermund tut Wahrheit kund ...«, brummelte Dan, der sich nun umdrehte und schlafend stellte.

»Leck mich doch am Arsch, Dan«, zischte ich ihn leise an, aber Alfie musste mich gehört haben. Mit dramatischer Geste schlug er sich die pummeligen Hände vor den Mund und riss die Augen weit auf. Ich war entsetzt. »Entschuldige, Alfie ... Mummy hätte nicht ...«

Aber meine Rampensau von Sohn brauchte hierfür ein Publikum. Wir hatten ihm beigebracht, es anderen Kindern nicht durchgehen zu lassen, wenn sie Kraftausdrücke verwendeten, warum sollte das also bei Mummys nicht ebenfalls gelten?

»Granny, Granny! Mummy hat gerade ein schlimmes Wort gesagt«, rief er Joy über den Pool hinweg zu, die den *Muschelsucher* sinken ließ, um sich halbherzig der neuesten Krise zuzuwenden, die in ihren Augen sicher auch wieder auf mein Konto ging.

»Oh, Alfie, ich bin sicher, dass Mummy das nicht getan hat«, sagte sie mit einem Lächeln, während sie ihren Rosamunde Pilcher auf den Knien balancierte.

Aber mein kleiner Junge wollte Granny unbedingt bis ins letzte Detail über Mummys Unarten informieren, also rannte er hinüber zu ihr und flüsterte ihr etwas ins Ohr. Danach zu urteilen, wie Joy jegliche Farbe aus dem Gesicht wich, musste es das A-Wort gewesen sein. Aber ich hatte keine Zeit, mich um ihre Reaktion zu kümmern, weil Violet inzwischen tränenüberströmt bei Jamie und Ella saß und von Ella, die den Arm um sie gelegt hatte, getröstet wurde, nachdem ihre garstige Mutter sie doch gerade so fürchterlich angefahren hatte. Ich wusste gar nicht mehr, was ich tun sollte. Aber gerade, als ich dachte, meine Kinder hätten mich genug verraten, bemerkte ich, wie sich auch Freddie zu ihnen aufmachte und sich kurz darauf eine tröstende Umarmung von seinem Uncle Jamie abholte – der in Wirklichkeit vielleicht sein Dad war.

Ich fühlte mich hundeelend. Es gab nur eins, was schlimmer war, als wenn Dan wütend auf mich war, und das war, wenn meine Kinder auf mich wütend waren. Ich schaute zu Dan hinüber, der jetzt flach ausgestreckt dalag und nach wie vor die Augen geschlossen hatte. Offensichtlich hatte er beschlossen, sich komplett aus der Sache herauszuziehen. Dass er bei dem Lärm, den die schluchzenden Kinder rund um den Pool verursachten, wirklich schlief, war ein Ding der Unmöglichkeit.

Ich schaute zu Joy hinüber, die Alfie tröstete, während Jamie und Ella versuchten, die anderen beiden aufzumuntern. Selbst Bob machte mit: Er stand von seiner Liege auf und versuchte, Alfie zum Lachen zu bringen, indem er so tat, als würde er stolpern. Es ließ sich nicht leugnen: Die ganze Familie war damit beschäftigt, den Schaden auszubügeln, den ich angerichtet hatte, oder zumindest den Schaden, den ich *in ihren Augen* angerichtet hatte. In Wirklichkeit machten sie alles nur schlimmer, indem sie die Kinder in ihrem Ungerechtigkeitsempfinden bestätigten. Plötzlich kam mir eine Idee. Ich stand von der Liege auf und rief in die Runde: »Hey, alle miteinander, tut mir leid, aber es war einfach an der Zeit, mal aus dem Pool zu kommen. Und Violet, ich wollte dich nicht anschreien. Was haltet ihr davon, wenn wir zu dem kleinen Café ein paar Häuser weiter laufen und Eis essen gehen?«

Alfie, der am nächsten an mir dran war, schaute auf, und auch die beiden anderen schienen sich zu regen. Besonders Freddie, dem das Konzept, nachtragend zu sein, noch völlig fremd war, war schnell auf seinen wackeligen Beinchen und bereit, mit mir mitzukommen. Aber aus dem Augenwinkel bemerkte ich, wie Ella Violet etwas ins Ohr flüsterte, woraufhin diese heftig nickte.

»Hey, Clare, warum gehen nicht einfach Jamie und ich mit den Kindern Eis essen?« Das war wieder mal eine von Ellas Fragen, die nicht wirklich als Frage, sondern eher als Absichtserklärung gemeint waren.

»Au ja!«, jubelte Violet, als käme dieser Vorschlag für sie völlig überraschend, wobei ich sicher war, dass Ella ihr genau das zugeflüstert hatte. Sie mochte erst neun Jahre alt sein, aber offenbar hatte Ella keinerlei Skrupel, sie gegen mich zu instrumentalisieren.

»Nein, schon gut, aber trotzdem danke, Ella«, rief ich mit bestimmtem Tonfall zurück und zwang mich zu einem Lächeln. »Das mach ich schon.«

»Quatsch«, sagte Ella, stand von ihrer Liege auf und nahm Violet bei der Hand. »Du bist offensichtlich übermüdet, deshalb hast du auch so die Beherrschung verloren.« *Dieses Aas.* »Du brauchst ein bisschen Zeit für dich, ohne die Kinder, sie sind dir offensichtlich auf die Nerven gegangen. Wir tun Mum jetzt mal einen Gefallen und nehmen ihr die Jungs ab, damit sie sich ausruhen kann, wir wollen doch nicht, dass sie sich wieder so aufregt, stimmt's?«, wandte sie sich an Violet, die die Anspannung wahrnahm und unsicher zwischen uns beiden hin und herschaute. Ich fand es fürchterlich, meine Kleine in einem solchen Dilemma zu sehen, und lächelte sie beruhigend an. »Wie auch immer«, fuhr Ella fort, »ich und Jamie würden *richtig* gerne etwas mit ihnen unternehmen.«

»Au ja!« Alfie hüpfte vor Freude, als Jamie, Ella und meine Kinder um den Pool herumgegangen kamen.

Ella hatte noch eine Hand frei, mit der sie nun nach Alfies griff, und dann marschierten sie alle miteinander winkend an mir vorbei. Ich konnte mich nicht rühren, sondern folgte ihnen nur mit den Augen – dem Abbild einer Familie, die in den Ferien zusammen Eis essen ging.

Durch die Abwesenheit der Kinder trat eine ungewohnte Stille ein. Der Pool lag völlig glatt und unberührt da. Selbst die Vögel hatten aufgehört zu singen, es war fast unheimlich. Alles, was ich in der Lautlosigkeit wahrnehmen konnte, war die Stimme der Frau, die am Straßenrand Getränke verkauft hatte und deren warnende Worte mir noch im Kopf nachhallten: »*pericolo*« und »*morte*«.

27

Die nächste Stunde brachte ich auf meiner Liege zu, schaffte es aber nicht, zur Ruhe zu kommen. Wo waren sie? Wie lange würden sie wegbleiben? Ging es ihnen gut? Ich machte mir Sorgen, weil Alfie im Straßenverkehr noch nicht so gut aufpasste und sich, obwohl ich viel mit ihm geübt hatte, noch immer sehr leicht ablenken ließ. Violet war wahrscheinlich viel zu beschäftigt damit, Ella nachzueifern, dasselbe Eis zu nehmen wie sie und ihre Art zu essen und zu sprechen zu imitieren. Und dann war da ja auch noch Freddie ...

Ich konnte mich nicht konzentrieren, und nachdem ich eine halbe Stunde lang vergeblich versucht hatte, auf meinem Kindle zu lesen, musste ich ihn ausschalten. Ich sah zu Dan hinüber. Er war in sein Buch vertieft, also öffnete ich Instagram und nahm mir Ellas Account vor.

Beim Öffnen der Seite wurde ich direkt von den üblichen freizügigen Bikinibildern begrüßt, und ich scrollte mich durch den Account – ein Foto von Dan, Jamie, bezeichnenderweise keins von mir. Ich sah mir ihre Freunde an. Einige hatte sie getaggt, ein Name führte zum nächsten. Ich sah mir die Seiten der ganzen Ella-Lookalikes an, bis ich plötzlich über @EllaFamily1 stolperte. Dieser Account war anders als die übrigen Accounts ihrer Freunde, lauter stimmungsvolle Schwarz-Weiß-Aufnahmen, und ich musste meine Lesebrille aufsetzen, um etwas darauf erkennen zu können. Die meisten Fotos waren überbelichtet und zeigten die darauf abgebildeten Personen nicht von vorn. Es waren wunderschöne Bilder einer tollen Familie – im Restaurant beim Pastaessen, rund um einen Swimmingpool, ein kleiner Junge mit sonnenbeschienenem hellblondem Haar in einem Garten, Kinder mit ihrer Mum und ihrem Dad, die einträchtig miteinander lachten. Nur dass mir klar wurde, dass es sich hier nicht um eine Mum und einen Dad mit ihren Kindern handelte – sondern um Jamie und Ella mit *meinen* Kindern. #Familie #Urlaub #Kinder.

Meine Unruhe steigerte sich, als ich mich durch mehr und mehr Fotos meiner Kinder scrollte. Jemand, der es nicht besser wusste, würde dies für einen Familienaccount halten und Ella und Jamie für die Eltern dieser Kinder. Und sämtliche Fotos hinterließen denselben Eindruck: Ella mit meinen Kindern – #Familienzeit. Ella und Violet gemeinsam vor dem Schlafzimmerspiegel beim Make-up-Auftragen – #GroßesMädchen. Es gab sogar ein Bild, auf dem sie alle im Bett waren und schliefen – #GuteNacht. Um das Foto zu machen, musste sie sich in ihr Zimmer geschlichen haben!

»*Verdammt*, hast du das gesehen?« Ich setzte mich so schnell auf, dass ich um ein Haar von der Liege gefallen wäre.

Dan schaute auf. »Was ist denn jetzt schon wieder?«

»Sag das nicht so. Von wegen ›Was ist denn jetzt schon wieder‹. Das schlägt dem Fass jetzt wirklich den Boden aus!«

Ich hielt ihm mein Display vors Gesicht, während er versuchte, sich aufzusetzen. »Clare, ganz ruhig, eine Sekunde.«

Widerwillig schaute er auf mein Handy. »Nette Bilder, wo ist dein Problem?«, fragte er, als hätte das alles überhaupt nichts mit ihm zu tun, als wäre das nicht auch seine Familie, die Ella da ausnutzte.

»Mein *Problem* ist, dass sie so tut, als wären das ihre Kinder ... und ...« Ich konnte kaum sprechen. »Sie hat diese Fotos gemacht, als wir nicht dabei waren, ohne unsere *Erlaubnis*, Dan. Man darf nicht einfach anderer Leute Kinder fotografieren und ins Internet stellen.« Er zuckte mit den Achseln und ich erstarrte. »Oh. *Du* hast es ihr also erlaubt?«, fragte ich.

Er fühlte sich sichtlich unwohl. »Nein, nicht wirklich. Aber wenn ich jetzt so darüber nachdenke, hat sie neulich irgendetwas gesagt – dass sie einen Mummy-Blog anfangen will oder so.«

Ich war fuchsteufelswild. »Das wird immer schlimmer. Jetzt nutzt sie also auch noch unsere Kinder aus, um Geld zu scheffeln und Zeugs umsonst zu kriegen.«

»Das würde sie doch nie tun.«

»Aber sie *tut* es doch!«, schrie ich und klopfte mit dem Finger aufs Display. Wieso konnte er nicht sehen, was er direkt vor der Nase hatte? »Ich frage mich, ob sie deshalb so erpicht darauf war, mit ihnen Eis essen zu gehen ...«, sagte ich und aktualisierte die Seite. »Boah, guck dir *das* an!« Wie aufs Stichwort ploppten gestellte Bilder unserer Eis essenden Kinder auf – #Familienzeit #Familienurlaub. Und das neueste Foto zeigte Jamie, der Freddie auf dem Schoß hatte und ihm einen Löffel Eis vor den Mund hielt – #Gelato #WieAusDemGesichtGeschnitten. Schlagartig wurde mir der Mund so trocken, dass ich nicht mehr schlucken konnte. Wollte sie mich verhöhnen? Was, wenn sie geschnallt hatte, dass ich über ihren Account auf diese Schnappschüsse stoßen würde, und wusste, dass ich rein gar nichts dagegen unternehmen konnte? Freddie und Jamie zusammen auf diesem Account, das war eine Warnung. Die Hashtags würden unser Geheimnis verraten, sie musste gar nichts weiter tun. Ich konnte ihn Dan unter gar keinen Umständen zeigen.

Zum Glück hatte dieser sich wieder mit seinem Buch

hingelegt. »Ich weiß nicht, was du für ein Problem damit hast. Das sind süße Bilder von den Kindern und ja, okay, es tut mir leid. Es ist meine Schuld, ich habe sie zu der Annahme verleitet, dass wir beide damit einverstanden sind. Tut zwar keinem weh, aber wenn du so ein Problem damit hast, können wir sie ja dazu auffordern, die Fotos wieder runterzunehmen.«

»Ja, wenn du dich bitte darum kümmern könntest?«, forderte ich ihn auf, wohl wissend, dass ich mich anhörte wie Joy, wenn sie mit Bob redete. Aber wenn Dan Ella dazu aufforderte, die Fotos zu entfernen, würde mir das ersparen, mit ihr aneinander zu geraten.

»Ja.«

»Wann?«, hakte ich nach.

»Was willst du, dass ich mache, Clare?«, fragte er genervt. »Soll ich jetzt sofort runter ins Dorf rennen, die Kinder hinter ihren Eisbechern hervorzerren, eine Riesenszene machen, sie nach Hause schleppen und ihnen verbieten, jemals wieder mit Auntie Ella zu sprechen?«

»Jetzt spinn doch nicht.«

»Nein, *du* bist hier diejenige, die spinnt. Wenn sie zurückkommen, werden wir Ella ganz ruhig darum bitten, den Account zu schließen – wenn es dich so unglücklich macht.«

»Was soll die Einschränkung ›wenn es *mich* so unglücklich macht‹?«

»Ich kann hier nur verlieren! Egal, was ich sage, es ist falsch. Mach doch einfach, was du willst, Clare«, sagte er und schloss die Augen.

Zu Dan konnte ich nicht durchdringen, also stand ich auf und schlenderte zu Joy hinüber, die ihr Buch beiseitelegte.

»Alles gut bei dir, Liebes?«, erkundigte sie sich.

»Du wirst es nicht glauben, Ella scheint einen Instagram-Account zu haben, der sich nur um die Kinder dreht!«

Ich zeigte ihr den Account auf meinem Handy und sie scrollte sich durch die Bilder. So sehr wollte ich ihr zeigen, was

Ella jetzt wieder getan hatte, dass es mir egal war, was sie von den Hashtags halten würde. Schließlich gab es einen gewissen Interpretationsspielraum, und da Joy keinen Verdacht hegte, würde sie sich schon nichts dabei denken.

»Das ist ja ein ganz süßes Bild von den Dreien zusammen. Und das da von Freddie – du solltest sie fragen, ob sie dir die Bilder nicht weiterleiten kann«, sagte sie.

»Aber findest du es nicht schon ein bisschen eigenartig?«, fragte ich, als sie mir das Handy zurückgab.

»Warum? Sind doch schöne Bilder, du kannst sie ausdrucken und rahmen lassen. Auf der Anrichte in eurem Esszimmer würden sie sich bestimmt gut machen.«

»Ich wusste noch nicht einmal, dass sie die Fotos überhaupt gemacht hat.« Was zum Teufel ging hier eigentlich vor sich? Selbst Joy verstand überhaupt nicht die Tragweite des Ganzen. Eine Frau, die anderer Leute Kinder als ihre eigenen ausgab!

»Sie hat den ganzen Urlaub über Fotos gemacht, Liebes«, sagte sie in demselben Tonfall, in dem sie auch Alfie erklärte, warum er es lassen solle, Freddie zu schlagen.

»Schon, aber ich finde es trotzdem etwas daneben, einen ganzen Account über anderer Leute Kinder einzurichten und es noch nicht einmal zu erwähnen.«

Joy sah zu mir hinauf. »Clare, ich bin sicher, dass sie sich nichts dabei gedacht hat. Es sind wunderbare Kinder, sie wollte sie einfach nur fotografieren. Und ich finde es gut, dass sie heute mal ein Weilchen unterwegs sind. Seit Ellas und Jamies Ankunft herrschen hier Zustände wie in einem Dampfkessel.«

Endlich gab sie zu, dass sie das auch so empfand, und in dem verzweifelten Wunsch, sie möge mir glauben und sich auf meine Seite stellen, sprang ich sofort darauf an.

»Ich fühle mich so unwohl damit. Ich weiß ja, dass du glauben möchtest, dass Jamie eine gute Wahl getroffen hat, und ich will ja auch nicht wieder von den Ohrringen anfangen, aber ich bin mir einfach nicht sicher, dass Ella vertrauenswürdig ist,

Joy«, sagte ich – nicht zuletzt, um Ella bei allem, was sie Joy über Jamie und mich erzählen könnte, von vornherein den Wind aus den Segeln zu nehmen.

»Ach, sie ist jung. Sie will bei uns allen einfach nur einen guten Eindruck machen. Aber du liegst mit ihr über Kreuz?«

Plötzlich hatte ich das Gefühl, als würde Joy mir die Schuld für das Ganze zuschieben. »Ja, das könnte man so sagen.«

»Ich würde es mir wirklich nicht so sehr zu Herzen nehmen, Clare. Ich bin sicher, dass sie sich bei den Fotos nichts weiter gedacht hat. Wahrscheinlich wollte sie dich nicht fragen, weil du … na ja, weil sie ein bisschen Angst vor dir hat.«

Um ein Haar hätte ich ihr ins Gesicht geprustet. »*Das* hat sie dir erzählt?«

»Na ja, nicht direkt. Sie hat einfach nur gesagt, dass sie Dan umgänglicher findet. Dich empfindet sie als einschüchternd. Sie hat das Gefühl, dass du sie nicht magst.«

»Einschüchternd?« Fast hätte ich losgelacht, und ich kochte vor Wut darüber, dass sie mir die Rolle des Bösewichts zugeschoben hatte. Aber sie hatte die Situation auf eine Weise manipuliert, dass allen anderen diese Zuschreibung hatte plausibel erscheinen müssen. »Sie hat recht, ich habe kein Interesse an einer Beziehung zu ihr. Immerhin hat sie deine Ohrringe gestohlen, das sollten wir nicht vergessen«, sagte ich. Besonders einfallsreich war es nicht, Joy einfach das Schlimmste, was mir einfiel, entgegenzuschleudern, aber was hätte ich sonst sagen sollen? Es gab so vieles, worüber ich nicht reden konnte. Mir war durchaus bewusst, dass ich, indem ich diesen Dingen auswich, allmählich wie die eifersüchtige ältere Frau rüberkam, was, wie ich annahm, genau das war, was Ella bezwecken wollte. Als Joy darauf nichts erwiderte, entschied ich mich für eine riskante Strategie und drängte sie zu einer Antwort. »Joy, du *weißt*, dass sie deine Ohrringe geklaut hat, oder?«

Einen kleinen Moment zögerte sie, bevor sie dann doch wieder in diese eigenartig duldsame Version von sich zurückfiel, die sie seit Ellas plötzlichem Erscheinen auf der Bildfläche an den Tag gelegt hatte. »Vielleicht hat sie das getan. Aber jetzt habe ich sie ja wieder, also Ende gut, alles ...«

Diese Passivität passte so gar nicht zu ihr. Und alles nur, damit Jamie in den Schoß der Familie zurückkehrte und diesmal auch dort blieb.

»Du gibst also zu, dass du glaubst, dass Ella sie geklaut hat?«, drängte ich weiter.

»Ich weiß es doch nicht, Clare, ganz sicher werden wir es schließlich nie wissen können.« Sie sträubte sich gegen meine Fragen und wirkte nervös, aber warum?

»Na ja, *ich* für meinen Teil weiß es ganz sicher, Joy, auch wenn niemand sonst bereit dazu ist, die Wahrheit auszusprechen.«

»Clare, es ist ... Ich kann ja verstehen, warum du dich ein bisschen ... *bedroht* fühlst. Es ist offensichtlich, dass Dan Ella ... *mag*.«

Die Betonung auf »*mag*« in all seiner Mehrdeutigkeit machte dies eindeutig zu einer aufgeladenen Bemerkung. Ich wusste, was Joy mir damit zu sagen versuchte, und es traf mich wie ein Schlag in die Magengrube. Also war ich nicht die einzige, der aufgefallen war, mit welcher Aufmerksamkeit Dan um Ella herumscharwenzelte? Was genau wollte Joy damit zum Ausdruck bringen? Wollte sie mich warnen? Oder war ich durch diesen Urlaub, die erdrückende Hitze und die angespannte Atmosphäre schon so paranoid geworden, dass ich den Überblick verloren hatte?

Stimmte das? Hatte sich mein Mann in meine neue Schwägerin verguckt? Oder versuchte Joy, mich gegen Ella aufzuhetzen, indem sie mir gegenüber *andeutete*, dass Dan sie möge? Bei genauerer Betrachtung war es vielleicht gar nicht so sehr in Joys Interesse, wenn ihre beiden Schwiegertöchter sich zu gut verstünden, weil sonst die Möglichkeit bestand, dass sie sich zusammentaten und gegen sie verbündeten. Und da ich wusste, wie Joy tickte, wusste ich auch, dass es ihr durchaus zuzutrauen war, zu versuchen, die Familiendynamik im Stil von »teile und herrsche« in eine für sie vorteilhafte Richtung zu biegen. »Es ist eine Frage des Überlebens«, hatte sie einmal zu mir gesagt, als ich ihre Art, ein Gerücht über eine Freundin zu verbreiten, infrage gestellt hatte. »Die sind wie Seehunde, die um Fische betteln, also schmeiße ich ihnen ein paar ins Becken und lasse sie untereinander darum kämpfen. Das verschafft mir eine Pause, und während sie einander angreifen, bin ich vor ihren Blicken sicher«, hatte sie gesagt und dann, wohl als Reaktion auf meinen Gesichtsausdruck, kichernd hinzugefügt: »Ach, ignorier mich einfach, Liebes, ich mache doch nur Spaß.« Was aber nicht stimmte.

Ich hatte dann nicht mehr die Gelegenheit, weiter über Joys Rolle in diesem Schwägerinnendrama nachzusinnen, weil ich zu meiner großen Erleichterung die Stimmen der Kinder – *meiner* Kinder – näher kommen hörte und ihnen mit klopfendem Herzen durch den Garten entgegenrannte. Wahrscheinlich begrüßte ich sie, als wären sie eine Ewigkeit fort gewesen, aber noch nie war ich so glücklich darüber gewesen, sie wiederzusehen.

»Mein Gott, Clare, wir waren nur eben in der Eisdiele«, sagte Ella, die hinter ihnen her stolzierte. Sie trug Freddie auf dem Arm, der den Kopf an ihrem Hals vergraben hatte, was eine Intimität ausstrahlte, die ich nicht gut haben konnte. Ich wollte ihn ihr schnell abnehmen und streckte die Hände nach ihm aus. Normalerweise suchte Freddie immer instinktiv meine Nähe. Ich sah genau, dass er mich bemerkt hatte, denn er hatte die Augen geöffnet, aber diesmal schmiegte er sich fest an Ella, so als wollte er nicht von ihr weg.

»Er hat dich offenbar ins Herz geschlossen«, bemerkte Jamie mit einem Lächeln zu Ella, was diese sichtlich mit Stolz erfüllte. Mit leuchtenden Augen schaute sie Jamie an.

Ich konnte Freddie nicht dazu zwingen, auf meinen Arm zu

kommen. Ich wollte auch nicht das Risiko eingehen, dass er zu schreien begann, wenn ich es versuchte. Also erkundigte ich mich einfach nur bei Violet und Alfie danach, was für ein Eis sie gegessen hatten, woraufhin sich beide in detaillierten Beschreibungen ihrer Eistüten ergingen.

»So, wer will jetzt noch eine letzte Runde schwimmen?«, fragte ich in dem mehr als offensichtlichen Versuch, die Medaille für die »Beste Mutter aller Zeiten« abzusahnen. Das war meine Chance, in der Gunst meiner Kinder wieder aufzusteigen. Sie konnte ihnen noch so viel Eis kaufen, aber eins war wenigstens sicher: Mit ihnen im Wasser spielen würde Auntie Ella nie. Die beiden Älteren jubelten »Jaaa!« und rissen sich sofort ihre T-Shirts vom Leib. Freddie aber klammerte sich weiter an Ella fest. »Freddie, kommst du auch mit Mummy ins Wasser?«, fragte ich ihn zärtlich.

»Ich glaube, Freddie ist zu müde für den Pool«, sagte Ella und schunkelte ihn.

»Dann nehme ich ihn«, erwiderte ich ohne ein Lächeln. »Er kann sich zu mir setzen.«

»Aber ich dachte, du wolltest mit Violet und Alfie ins Wasser gehen«, sagte sie laut genug, dass die beiden es hören konnten. »Du hast es ihnen gerade versprochen.«

Und recht hatte sie, das hatte ich gerade gesagt und das wollte ich auch. Aber ebenso wollte ich Freddie wiederhaben und stand mit nach ihm ausgestreckten Armen da, während die beiden anderen danach riefen, ich solle zu ihnen ins Wasser kommen.

»Geh schon, Clare, spiel mit den anderen beiden. Bei uns ist er bestens aufgehoben«, sagte Jamie.

»Genau ... so kann er sich an Jamie gewöhnen – und an mich«, ergänzte Ella und ließ keinen Zweifel daran, was genau sie damit meinte. Würde sie Dan etwas verraten, sollte ich ihnen die gemeinsame Zeit mit Freddie verweigern? Dieses Risiko konnte ich nicht eingehen, also setzte ich mich über meine Instinkte hinweg und ging mit Violet und Alfie ins Wasser, behielt jedoch gleichzeitig Ella und Jamie im Auge, die nun mit Freddie spielten.

»Auntie Ella hat viele Fotos von dir gemacht, stimmt's?«, erkundigte ich mich unauffällig bei Violet, sobald wir im Wasser waren.

»Ja«, antwortete sie aufgeregt. »Das macht sie immer ... Mum, wusstest du, dass sie fünfundzwanzigtausend Follower hat?«

»Mmmh, den Anschein hat es.« Ich blickte auf und sah die Drei auf der gegenüberliegenden Seite des Pools, wo Jamie Freddie gerade hochhielt und Ella ihn an den Füßen kitzelte. Jetzt würde ich mich zunächst einmal meinen Kindern zuwenden und ihnen die Aufmerksamkeit widmen, die sie verdienten. Um @EllaFamily1 würde ich mich später kümmern.

28

Einige Stunden später bemerkte ich, wie Ella ins Haus ging, und folgte ihr. Noch immer im Bikini betrat sie das Wohnzimmer und schloss die Tür hinter sich. Ich wollte mich in meinem eigenen Urlaubsdomizil nicht ausschließen lassen, also klopfte ich kurz und ging ihr nach. Sie hatte sich bäuchlings aufs Sofa gelegt und gab sich ihrer Lieblingsbeschäftigung hin: Sie scrollte durch ihr Handy und lud wahrscheinlich noch mehr Fotos von *meinen* Kindern hoch.

»Ich kann einfach nicht fassen, dass du, ohne mich zu fragen, einen Account erstellt hast, auf dem du meine Kinder zur Schau stellst«, kommentierte ich die Fotos.

»Wovon laberst du jetzt schon wieder«, fragte sie gelangweilt, ohne auch nur den Blick von ihrem Display zu nehmen. Ich war rasend vor Wut. Bis jetzt hatte ich mich ihr gegenüber zurückgehalten, aber nun hatte die Zeit für Spielchen ein Ende. Sie hatte meine Kinder mit in die Sache hineingezogen, und die waren mir wichtiger als alles andere.

»Über dein gottverdammtes Instagram. Über Fotos von meinen Kindern, als wären es deine eigenen. Was bildest du dir eigentlich ein?«

Endlich schaute sie auf, blieb aber auf dem Bauch liegen. »Meinst du den EllaFamily-Account? Ich hatte gedacht, dir würden die Bilder der Kinder gefallen«, sagte sie mit Unschuldsmiene. Aber ich sah genau das Funkeln in ihren Augen. Die Sache bereitete ihr einen Heidenspaß. Und jetzt erkannte ich auch, wie clever sie war, alles immer so zu inszenieren und mich auf eine Weise zu manipulieren, dass ich als hysterisch rüberkam. Es war so frustrierend, dass ich meinen Ärger nicht zurückhalten konnte.

»Gegen die Fotos meiner Kinder habe ich nichts. Ich habe etwas dagegen, dass du sie ohne meine Erlaubnis gepostet und auf deinem Instagram veröffentlicht hast.«

»Mein Gott, Clare. Krieg dich wieder ein«, seufzte sie.

»Du entfernst die Fotos bitte SOFORT«, sagte ich. Laut.

Sie schirmte die Augen mit der Hand ab und schaute mich an. »Wow, Schätzchen, du musst mal runterkommen.«

»Nein, Schätzchen, *du* musst runterkommen«, fuhr ich sie an.

»Man könnte glatt meinen, ich hätte sie entführt«, erwiderte sie ruhig und setzte einen täuschend echt wirkenden verletzten Gesichtsausdruck auf. »Das sind meine Nichte und meine Neffen, sie gehören doch wohl zu meiner Familie, Clare. Mit keinem Wort habe ich behauptet, es wären meine *eigenen* Kinder. Warum versuchst du eigentlich in einer Tour krampfhaft, irgendetwas zu finden, was du an mir aussetzen könntest? Ich kann dir echt nichts recht machen. Jetzt geh ich schon mit deinen Kindern Eis essen – und selbst da machst du nur wieder ein Drama draus.«

»Das stimmt nicht ...«, hob ich an, wobei ich mir Mühe gab, mich zu beruhigen und mir meinen Ärger nicht anmerken zu lassen, damit sie sich nicht als Opfer darstellen konnte. »Als du hier zu uns gestoßen bist, hatte ich fest vor, dich zu mögen, aber du hast dich mir gegenüber vom ersten Augenblick an unverschämt benommen. Von Anfang an hatte ich das Gefühl, als hättest du mich auf dem Kieker, obwohl es dafür keine vernünftige Erklärung gibt, du kanntest mich ja noch nicht einmal. Vielleicht sind wir einfach nur so unterschiedlich, dass es uns schwerfällt, einen Draht zueinander zu finden.«

»Dasselbe könnte ich von dir sagen. Obwohl wir uns gar nicht kannten, konntest du mich nicht ausstehen. Du hast Jamie erzählt, dass du mich nicht magst. Also kannst du jetzt nicht alles abstreiten und einfach behaupten, dass ich hier den Hass schiebe.«

»Aber das war erst später, am Anfang wollte ich dich mögen ...«, setzte ich an.

»Du *musst* mich ja nicht mögen, Clare«, unterbrach sie mich in genau denselben Worten, die ich Jamie gegenüber verwendet hatte, womit sie klar und deutlich zum Ausdruck brachte, dass Jamie alles, was ich ihm gegenüber gesagt hatte, an sie weitergegeben hatte. Wie er gesagt hatte: Sie war seine Frau, sie hatten keine Geheimnisse voreinander. Man hatte den Eindruck, als würden alle über alle sprechen und dabei Vertrauliches weitergeben, das nie für andere Ohren bestimmt gewesen war.

»Ich kann dich weder mögen noch nicht mögen, Ella, weil ich dich nämlich gar nicht kenne«, sagte ich. »Keiner von uns kennt dich. Schließlich sind wir uns erst vor wenigen Tagen begegnet«, fügte ich hinzu. »Ich finde es lediglich ... interessant«, fuhr ich fort, »auf welche Weise du in diese Familie gekommen bist, und frage mich ehrlich gesagt, was da wohl dahintersteckt. Denn nur Stunden nach deiner Ankunft nimmst du schon das Familienunternehmen auseinander, kritisierst die Website, bestimmst die Sitzordnung und was wir zu uns nehmen, deutest an, ich sei in den Wechseljahren, flirtest mit Dan – und jetzt, jetzt ...« Ich hielt inne, weil die Unschuldsmiene, die sie schon wieder aufsetzte, erneut die Wut in mir aufsteigen ließ. Ich zwang mich, mich zusammenzunehmen, und versuchte, ruhig weiterzusprechen. »Jetzt postest du Fotos meiner Kinder auf Instagram und mischst dich in Dinge ein, die dich überhaupt nichts angehen. Dinge zwischen Jamie und mir.« An dieser Stelle nahm ich schließlich Augenkontakt auf, und Ella starrte zurück.

»Verdammte Scheiße nochmal, Clare, das soll mich nichts *angehen*?« Sie setzte ihr schockiertes Gesicht auf. »Du glaubst also ernsthaft, du kannst einfach dein Leben leben, von deiner hohen Warte aus an allen herumkritisieren und allen anderen die Schuld dafür in die Schuhe schieben, was dir passiert? Ich weiß, dass du nichts von mir hältst, dass du findest, dass ich nicht gut genug bin – tja, dann guck dich doch mal selbst an, die ach so ›perfekte Ehefrau und Mutter‹. Brüllst deine Kinder an und fickst hinter dem Rücken deines Mannes dessen Bruder. Herzallerliebst.«

Ohne ausfällig zu werden und ohne meinen Ärger zu zeigen, antwortete ich mit ruhiger Stimme: »Ich liebe meine Kinder, sie sind ganz wunderbar, und manchmal schimpfe ich mit ihnen, weil ich will, dass auch wunderbare Erwachsene aus ihnen werden. Du hast selbst keine Kinder, also halt dich gefälligst damit zurück, meine Erziehungsmethoden zu kritisieren. Was Jamie und mich angeht, das ist lange her und ist passiert, als ich gerade unter extremem Stress stand, weil Dan sich in eine andere verliebt hatte und ich dachte, er würde mich verlassen ...«

»Ach, jetzt fängst du schon wieder damit an«, fiel sie mir ins Wort. »Schiebst jemand anderem die Schuld für etwas in die Schuhe, was *du* getan hast – für das Leben, in dem du feststeckst. Wahrscheinlich war es jetzt auch noch ihr Fehler, ja? Der Fehler von der Frau, in die sich Dan verliebt hat? Dass du seinen Bruder gefickt hast? Alles klar, Clare.«

»Das behaupte ich doch gar nicht. Ich sage ja nur, dass die Dinge damals anders standen, wir nicht die waren, die wir heute sind, und dass Jamie und ich, nachdem es nun einmal passiert war, entschieden haben, nie wieder darüber zu sprechen. Dann wurde Freddie geboren, und ja, es ist möglich, dass Jamie sein Vater ist. Aber das war unser Geheimnis und Jamie hätte dir nicht davon erzählen sollen.«

»Aber ich bin seine Frau! Wir haben keine Geheimnisse voreinander«, sagte sie und wiederholte, was auch Jamie schon wie ein Mantra behauptet und was sie ihm wahrscheinlich eingetrichtert hatte. »Und derweil stecken du und der Rest der Familie ihre Köpfe in den Sand, um bloß nicht der Tatsache ins Auge blicken zu müssen, dass dein eigener Mann offenbar nicht dazu in der Lage ist, seine Hände bei sich zu lassen.« Sie hielt inne, um meine Reaktion zu beobachten, um mich wirklich ins Mark zu treffen. »Ihr gebt ›der anderen‹ die Schuld und macht dann weiter, als wär nichts gewesen.« Damit rief sie mir nicht nur Dans Untreue in Erinnerung, sondern auch, dass sie davon wusste. Darüber hinaus hatte sie auch noch eine Charakterisierung der Taylors abgegeben, die passte wie die Faust aufs Auge. Exakt so verhielten sie sich. Von Dans erster Affäre wusste Jamie natürlich, weil ich ihm in unserer gemeinsamen Nacht davon erzählt hatte, und ich gehe davon aus, dass er über Joy von Marilyn erfahren hatte. Offensichtlich hatte er Ella davon erzählt, neben absolut allem anderen über sich selbst und seine Familie. Schließlich hatten sie, wie sie beide nicht müde wurden zu betonen, keine Geheimnisse voreinander. Jamie hatte wahrscheinlich wirklich keine Geheimnisse vor Ella, aber ich war überzeugt, dass es auf ihrer Seite durchaus ein paar Dinge gab, in die er nicht eingeweiht war.

Ich hatte das Gefühl, dass wir uns wie auf einem Karussell drehten, Runde um Runde um Runde, und eine von uns den Absprung machen musste. »Können wir das nicht einfach auf sich beruhen lassen, Ella?« appellierte ich mit sanfter Stimme an sie. »Im Großen und Ganzen spielt es doch keine Rolle mehr, es gehört der Vergangenheit an. Euer Leben liegt vor euch – also, das von Jamie und dir –, ihr könnt reisen, etwas von der Welt sehen, irgendwo einen Ort finden, an dem ihr euch niederlassen wollt ...«

»Den haben wir bereits gefunden, und zwar ein hübsches, freistehendes Einfamilienhaus auf einem Eigentumsgrundstück nur drei Kilometer von dir und Dan entfernt. Wir dachten, das wäre praktisch für die Arbeit – ach, und natürlich auch dafür, dass uns die Kinder besuchen kommen können.« Sie schaute mir gerade ins Gesicht und wartete auf meinen Gegenschlag. Und ich konnte nicht an mich halten.

»Unsere Kinder?«

»Wessen denn sonst? Jamie möchte Freddie häufiger sehen.«

Meine Wut schwoll an und ließ sich nicht länger zurückhalten. Mit ihren Extensions und falschen Wimpern und ihrem Yoga und ihrem Clean Eating kam sie so harmlos daher, aber das war alles nur eine Fassade, um sich auf Instagram darzustellen, die sie morgen oder nächste Woche oder nächstes Jahr abwerfen würde wie eine Schlange ihre Haut. Vor einer Woche noch war sie die errötende Braut gewesen, vor ein paar Tagen dann das Bikini-Girl, und jetzt spielte sie Mummy. Das Ganze ergab keinen Sinn, es steckte keinerlei Substanz dahinter. Sie probierte nur anderer Leute Leben an, um zu schauen, ob sie ihr standen.

»Ich habe keine Ahnung, welches Ziel du hier verfolgst, Ella«, sagte ich, »aber irgendwie hast du es mit deiner Unschuldstour geschafft, alle hier um den kleinen Finger zu wickeln, aber das ist alles nur Fake. Warum wirst du nicht einfach *selbst* Mutter, statt einen schrägen Account einzurichten, auf dem du dich als Mummy *aufspielst*? Setz doch *selbst* Kinder mit Jamie in die Welt, dann kannst du deinen Mummy-Blog aufmachen oder Insta-Mummy werden oder wie das auch immer heißt! Deine eigenen Kinder kannst du gern im Internet zeigen. Aber hör gefälligst auf, meine zu stehlen!«

Sie hatte sich auf dem Sofa aufgesetzt und funkelte mich an.

»Du glaubst wirklich, alles zu wissen, oder, Clare? Du glaubst mich zu kennen, du glaubst zu wissen, was es mit mir auf sich hat – aber du hast nicht die Spur einer Ahnung.«

»Oh, mir ist völlig klar, dass ich nicht alles über dich wissen kann. Aber eine Sache weiß ich sicher: dass das alles reine Show ist und dass dein Leben, das sich dahinter verbirgt, wahrscheinlich das reinste Fiasko ist.

Sie schnappte nach Luft und fing an zu lachen. »Mein Leben ... *mein* Leben?«

»Ella, tu uns allen einfach den Gefallen und mach zur Abwechslung mal was Echtes. Krieg ein Kind, wenn du das so sehr willst. Glaub mir, da bleibt dir nicht viel Zeit, an anderes zu denken, damit bekommst du ein echtes Leben. Vielleicht hält es dich ja sogar davon ab, dich krankhaft mit *meinem* zu befassen.«

Sie schaute mich an, als wäre ich verrückt geworden. »Wow.«

»Was?«

»Glaubst du allen Ernstes, ich würde dein Leben wollen? Dass ich aufhören will, ich selbst zu sein, um stattdessen zu einer fetten, gestressten Milchmaschine zu werden? Super Idee, Clare. Ich setze ein paar Kinder in die Welt, werde fett und schaue dann meinem Mann dabei zu, wie er anderen Frauen hinterherrennt, aber zum Glück hab ich ja die Kinder, da wird er mich wenigstens niemals verlassen. Den hübschen, jungen Dingern, in die er sich verliebt, werd ich schon zeigen, was 'ne Harke ist – *das* ist dein Leben, Clare. Echt erstrebenswert!«

Ich konnte nicht fassen, was sie mir da für Grausamkeiten an den Kopf warf. Die Vorstellung, dass diese Beschreibung zutreffend sein könnte, war unfassbar schmerzhaft. Die Wahrheit ist wohl immer schmerzhaft.

Und sie war noch nicht fertig. »Ich weiß, dass du mich

hasst, aber dich selbst hasst du auch, nämlich weil du dir das alles gefallen lässt. Das ist der Grund dafür, dass du mit Jamie geschlafen hast: Es war dein erbärmlicher Versuch, dich zu rächen, der aber heftig nach hinten losgegangen ist.«

»Ich bereue, was passiert ist, aber Freddie bereue ich nicht«, sagte ich.

»Genau das sagt Jamie auch, also lass ihn doch Freddies Vater sein. Erkenn ihn als Freddies Vater an, sag es der Familie – und wenn er dann alt genug ist, auch Freddie selbst.«

»Nein«, sagte ich ruhig. »Ich glaube, dir ist nicht ganz bewusst, was das nach sich ziehen würde, Ella ...«

Noch immer war sie halb auf dem Sofa hingestreckt, mit langen, gebräunten Beinen und goldlackierten Nägeln. Ich beneidete sie um die körperliche Gelassenheit, mit der sie diese perfekten Beine nun langsam übereinanderschlug. »Nun, ich habe dir eine Chance gegeben«, sagte sie mit drohender Stimme und hasserfülltem Blick.

»Aber ich habe doch keine Wahl«, sagte ich und spürte Panik in mir aufsteigen.

»Du hättest eine Wahl haben *können*, wenn du alles zugegeben und Jamie die Möglichkeit gegeben hättest, ein Dad zu sein.«

»Bis du auf der Bildfläche erschienen bist, hatte Jamie überhaupt kein Interesse daran, Vater zu sein. Du machst hier in einer Tour Ärger und hast ihm da wirklich einen Floh ins Ohr gesetzt. Selbst Mutter sein willst du doch gar nicht, worauf bist du also überhaupt aus – Geld? Ist es das?«

»Du hast wirklich keinen blassen Schimmer, Schätzchen«, sagte sie und warf den Kopf lachend in den Nacken, wobei sie ihre makellosen Zähne entblößte.

Ella ging es bei allem – von den nach Farben sortierten Bücherregalen über die Designerlabels bis hin zum ernährungsbewussten veganen »Alles-mit-Avocado«-Lebensstil – immer nur um Selbstdarstellung. Sie wollte unbedingt, dass Jamie Zeit mit Freddie verbrachte – aber es ging ihr dabei nicht um Jamie. Sie sah nur ein süßes Kind mit blondem Haar und wollte es für ihren Instagram-Account. Alles an Ellas Leben war reine Inszenierung: keine unschönen Emotionen, nicht Fleisch und Blut, sondern einfach nur wunderschöne Selfies, Extensions und falsche Wimpern. Und nun trachtete sie danach, ihrem Portfolio eines meiner Kinder hinzuzufügen.

»Clare«, sagte sie, »Jamie hat das Recht, sein Kind zu sehen. Er ist zu schwach, um allein dafür zu kämpfen. Den Großteil seines Lebens ist er von dieser fürchterlichen Frau in Grund und Boden gestampft worden ...«

Eine plötzliche Erkenntnis. Ella hatte erkannt, welchen Einfluss Joy auf Jamies Leben ausübte, und hatte sich vorgenommen, sich bei ihr einzuschmeicheln, um sich an vorderster Front positionieren zu können. Das ganze Kochen und Tratschen am Anfang hatte nur den Zweck erfüllt, sich unauffällig zu platzieren.

»Irgendjemand muss ja hinter dir aufräumen. Warum nicht ich ... Schließlich wirst du ja wohl kaum selbst mit der Wahrheit rausrücken, oder, Clare?«, sagte sie wissend.

»Ich kann nicht. Die Kinder ... was das bei Dan anrichten würde, überhaupt bei allen ...«

»Dan?«, fragte sie, erhob sich vom Sofa und baute sich mit in die Hüfte gestemmten Händen vor mir auf. »Meinst du den Dan, der dich eure gesamte Ehe hindurch betrogen hat? Denn so ist es doch, schauen wir der Wahrheit doch mal ins Auge: Ihm hat nie wirklich etwas daran gelegen. Oder, Clare? Alle wissen, dass er seit Jahren versucht, sich aus deinem Klammergriff zu befreien, deine banale Häuslichkeit abzuschütteln. Er bleibt nur wegen der Kinder. Wenn du das nicht schnallst, bist du entweder blind, oder dir ist schlicht nicht mehr zu helfen.«

Ihre Worte waren wie ein Schlag ins Gesicht, wie eine knallende, brennende Ohrfeige, die in meinem ganzen Körper nachhallte.

»Was auch immer zwischen mir und Dan passiert ist, geht dich einen feuchten Kehricht an«, sagte ich und versuchte, nicht in Tränen auszubrechen. Stimmte es, was sie sagte? Blieb Dan wirklich nur wegen der Kinder bei mir? Und wenn ja, war ich wirklich die Einzige, die das nicht bemerkte? »Zwischen Dan und mir ist alles wieder in Ordnung, das alles ist Vergangenheit«, beteuerte ich, womit ich mich nicht weniger zu überzeugen versuchte als Ella.

Sie ging Richtung Tür. »Vergangenheit? Soso. Okay, dann ist also Dan, der von mir wissen will, worauf ich im Bett stehe, ›Vergangenheit‹? Und Dan, der mich fragt, ob ich ihn geiler finde als Jamie, ist ›Vergangenheit‹? Und Dan, der mir heute Morgen zugeraunt hat, er wolle mich küssen, ist wohl auch ›Vergangenheit‹?«

Das verschlug mir den Atem. Ich konnte kein Wort hervorbringen. Stimmte das? Hatte er diese Dinge wirklich gesagt, in diesem Urlaub, der uns doch eigentlich einander wieder näherbringen sollte? Oder log Ella, schlug sie einfach nur wild um sich in dem Versuch, mir wehzutun?

»Und ich lüge nicht, Clare«, sagte sie, als hätte sie meine Gedanken gelesen. Dann öffnete sie die Tür und fügte, bevor sie den Raum verließ, noch hinzu: »Ich habe schon viele Männer wie Dan kennengelernt, und in der ›Vergangenheit‹ wäre ich da wahrscheinlich drauf reingefallen, aber diesmal nicht … Er ist – er ist zum Kotzen. Und nur, damit du Bescheid weißt – das Ganze ist *so was* von nicht ›Vergangenheit‹. Vor zehn Minuten am Pool hat er mir noch gesagt, dass er mich gerne nackt sehen würde.« Und nachdem sie das gesagt hatte, verließ sie mit schwingenden Hüften und in ihrem viel zu knappen Bikini den Raum.

29

Dieser Urlaub war dazu gedacht gewesen, dass Dan und ich über seine Affäre hinwegkommen und uns wieder annähern würden. War er jetzt wirklich schon wieder vom Weg abgekommen? Sollte das der Fall sein, war es ausgeschlossen, dass wir uns davon wieder erholten. Ellas Worte wollten mir einfach nicht aus dem Sinn: *er hat gesagt, dass er mich gerne nackt sehen würde,* und *er bleibt nur wegen der Kinder – wenn du das nicht schnallst, bist du entweder blind, oder dir ist schlicht nicht mehr zu helfen.* War ich wirklich einfach nur blind? Ein hoffnungsloser Fall? Die gutgläubige Ehefrau, der man alles erzählen konnte? War es ein Fehler gewesen, ihm zu verzeihen – und das gleich zwei Mal? Oder war auch das alles wieder nur eines von Ellas perversen Spielchen?

Wie dem auch immer sei, diese vermaledeite Frau hatte mich in der Hand. Sie wusste viel zu viel von mir und nutzte dieses Wissen, um Kontrolle über mich auszuüben. Vielleicht war es an der Zeit, dass ich die Zügel wieder selbst in die Hand nahm.

Physisch konnte ich sie nicht davon abhalten, Dan und dem Rest der Familie von Jamie und mir zu erzählen, aber vielleicht

konnte ich sie ja für den Augenblick ablenken und ihre Pause-
taste drücken. Jetzt zahlte es sich aus, dass ich mich nebenberuf-
lich um den Social-Media-Auftritt von Taylor's gekümmert und
dabei gelernt hatte, wie einfach es war, aus dem Nichts eine
ganz eigene Welt aufzubauen. Am späten Nachmittag,
während die Kinder im Garten spielten und Ella und die
anderen am Pool lagen, schickte ich also die erste Nachricht an
@EverythingElla123, und zwar von meinem frisch erstellten
Instagram-Account @StarsTV. *Macht die Instagram-Stars von
heute zu den TV-Stars von morgen.*

Heyyy Ella!

Ich melde mich bei dir, weil wir von StarsTV totaaal begeistert von deinem Insta sind. Ich heiße Summer, ich bin
Talentscout für eine ganz neue, total spannende, aber noch
suuuupergeheime TV-Show. Gerade sind wir dabei, per DM
bei unseren Lieblings-#Igers anzuklopfen, ob sie Lust haben,
in einer brandneuen Reality-Show aufzutreten. Eine
Mischung aus *Love Island* und *Der Bachelor*, mehr darf ich
gerade noch nicht verraten #strenggeheim. Aber es gibt eine
Riesenpreissumme zu gewinnen – im sieben(!)stelligen
Bereich. Aus offensichtlichen Gründen warten wir mit allen
Insta-Posts bis zum Launch Day und unsere Website ist auch
noch nicht freigeschaltet!

Aber ich darf schon verraten, dass wir in wenigen Wochen
mit den Dreharbeiten loslegen wollen und dich suchen, wenn
du single, sexy AF und ungebunden bist und kein Problem
damit hast, bei Bedarf auch im Ausland zu drehen. Wenn du
dich angesprochen fühlst, schick mir doch eine DM und ich
komme dann mit allen Details zu Programm, Preissumme
und zu erwartender Publicity für deine Brand auf dich zu!

Ciao und einen super Tag dir
Summer

Ich hatte Sonnenbrille und Sonnenhut auf und schaute heimlich zu Ella hinüber, die damit beschäftigt war, sich rund um den Pool in Szene zu setzen. Sie mochte zwar »frisch verheiratet« sein, aber ich hatte auch gesehen, wie unbeständig sie sein und online von einer Rolle in die andere wechseln konnte – vom lebenslustigen Single zur Mummy allein in der einen Woche, die sie hier verbracht hatte.

Ich hoffte, dass sie anbeißen würde, denn das wäre der Beweis dafür, dass alles, was ich von Ella dachte, stimmte, dass das Ganze hier nur ihre Sommervergnügung war. Sie war einfach aufgetaucht, hatte Konflikte heraufbeschworen und für Unruhe gesorgt, und nun würde sie wieder verschwinden und sich ihrer vermeintlich einträglichen Zukunft auf den roten Teppichen dieser Welt inmitten der Schönen und Reichen widmen.

Ich konnte diese permanente Bedrohung, die wie ein Damoklesschwert über mir hing, nicht mehr ertragen. Das hier war mein letzter Versuch, Ella von hier wegzuködern – ich konnte nur hoffen, dass sie nicht widerstehen konnte. Ich klickte auf »senden« – und genoss das Gefühl, die Kontrolle zurückzugewinnen.

Von wo ich lag, hatte ich Ella auf der anderen Poolseite gut im Blick. Sie und Jamie schienen sich möglichst weit von Dan und mir weggesetzt zu haben, dennoch konnte ich an ihrer Körpersprache erkennen, dass sie die Nachricht gelesen hatte. Sie wirkte irgendwie lebendiger, lachte viel und schmiegte sich ständig an Jamie an, so dass ich mich einen Moment lang fragte, ob sie durch ein solches Wahnsinnsangebot hin- und hergerissen war.

Immer wieder schaute ich auf @StarsTV nach, ob sie schon geantwortet hatte, hatte aber kein Glück – wobei sie natürlich gerade voll und ganz damit beschäftigt war, frischen Lippenstift aufzutragen, sich einzuölen und eine ganze Batterie von Selfies zu schießen. Nach etwa hundert Klicks musste sie Jamie darum bitten, sich als Fotograf zu betätigen – vermutlich war ihr Selfie-Stick nicht lang genug, um wirklich jeden Zentimeter ihres Körpers ins Bild zu bekommen. Als nächstes stand sie auf der anderen Seite des Pools bis zu den Oberschenkeln im Wasser, hatte das Bikinioberteil abgenommen und bedeckte sich die Brüste mit den Händen. Für einen Familienurlaub eher unangemessen, wie ich fand, aber ich tröstete mich damit, dass sie wenigstens auf ihrer Poolseite damit blieben. Wahrscheinlich hätte niemand etwas davon mitbekommen, wenn Ella nicht plötzlich angefangen hätte, laut zu rufen: »Jamie, du musst von oben fotografieren«, »Sehe ich schlank aus, wenn ich mich so hinstelle?« und »Lässt das Wasser meine Augen blauer wirken?«

»Du siehst fantastisch aus, Babe. Ja, ja, deine Augen sind der Wahnsinn.«

Mein Gott, dachte ich, *jetzt hört er sich auch schon so an wie sie.*

Ich behielt die Sonnenbrille auf und tat so, als würde ich nichts merken, aber ich sah genau, wie Violet zu ihnen hinüberschaute. Ihr entsetzter Gesichtsausdruck entbehrte nicht einer gewissen Komik. Die Pobacken hervorblitzen zu lassen war eine Sache, aber selbst meine neunjährige Möchtegern-Erwachsene hätte die Grenze dabei gezogen, sich das Oberteil auszuziehen – wie ich zumindest schwer hoffte.

Dieses unerträglich narzisstische Verhalten zog sich bis in den Nachmittag hinein, und ich fing schon an, mich zu fragen, ob Ella die Nachricht überhaupt gelesen hatte, als sie plötzlich in meinen DMs auftauchte.

Hey Summer,

wow! Ich bin total happy, dass ihr mich auf dem Schirm habt
und wäre SUPERGERN bei eurem geheimen Projekt dabei.
Das Timing ist übrigens perfekt, bin nämlich gerade dabei,
ein Riesenprojekt abzuschließen, an dem ich monatelang
gearbeitet habe. Ich bin single, sexy AF, KOMPLETT ungebunden und kann sofort überall hinkommen. Lass mich
wissen, wann und wo ihr mich braucht!

LG Ella

Volltreffer! Jetzt hatte ich mein eigenes kleines
Damoklesschwert, das ich über Ella baumeln lassen konnte,
und das auch noch schwarz auf weiß! Hoffentlich reichte das
aus, sie zum Schweigen zu bringen oder gar zum Teufel zu
jagen.

Es folgte eine ganze Flut an Fotos, so viele, dass ich mein
Handy wegen der unaufhörlichen Benachrichtigungstöne auf
lautlos stellen musste, ich wollte auf keinen Fall ihren Argwohn
wecken. Natürlich waren das die Fotos, die sie soeben gemacht
hatte. Noch aufreizender und gewagter als sonst schon – Ellas
verzweifelte Anwartschaft auf eine ruhmvolle Existenz als TV-
Sternchen. Ich war ziemlich zufrieden mit mir, offenbar hatte
ich genau den richtigen Ton getroffen.

Fast schade, dass ich nicht darauf antworten würde – was
für einen Spaß ich noch hätte haben können. Aber nun hatte
ich ausreichend Beweise auf der Hand, dass sie Jamie fallen-
lassen würde wie eine heiße Kartoffel, sobald sich ihr eine viel-
versprechendere Möglichkeit bot. Erst einmal würde sie
jedenfalls so fieberhaft auf eine Antwort warten, dass sie von
mir ablassen würde, bis ich die Gelegenheit fand, mit ihr zu

sprechen – unter vier Augen. Oh, ich würde sie hinhalten, dass sie sich so richtig reinsteigern konnte, schließlich war ja nicht zu erwarten, dass sich @StarTV sofort zurückmelden würde. Die hatten ihre Fühler ja wohl auch noch nach anderen Instagrammern ausgestreckt, um ihr »supergeheimes« Projekt mit ihnen zu besprechen.

Über die nächsten beiden Tage behielt ich Ella im Auge. Sie war zufriedener, sie bewegte sich schneller, zielgerichteter. Ich konnte sehen, dass sie sich innerlich darauf vorbereitete, Jamie und seiner komplizierten Familie den Rücken zu kehren. Ich wusste genau, wie sich das anfühlte, schließlich hatte auch ich mindestens zwei Mal vorgehabt, Dan zu verlassen, nachdem er mich betrogen hatte. Beide Male hatte ich die verrückte Idee gehabt, dass wir alle bei meiner Cousine in Schottland unterkommen konnten. Dann hatte ich darüber nachgedacht, in einem weit entfernten Krankenhaus einen Job als Krankenschwester anzunehmen und ein neues Leben ohne Dan zu beginnen. Für mich war das jedoch nichts weiter als ein Tagtraum gewesen. Meine Priorität, meine eigentliche Aufgabe war, meine Familie zu retten. Ich war keine Ella, die in der Welt herumzog und nach ihrem nächsten Abschleppopfer Ausschau hielt. Ich hatte einen Mann, Kinder, ich hatte die Taylors. Ich wusste, was ich ihnen zu verdanken hatte. Ella hingegen war eine ganz andere Sorte Frau mit einem ganz anderen Leben. Daraus, wie sie umgehend auf meine TV-Nachricht reagiert hatte, war ersichtlich, dass sie kein Problem damit hatte, für die Chance, zu einer Fernsehshow-Berühmtheit zu werden, ihren Mann dranzugeben. Sie hatte die Flatterhaftigkeit eines Schmetterlings – ihre Loyalität und Verbindlichkeit galt ausschließlich ihr selbst.

Zwei Abende, nachdem Ella die Anfrage zur TV-Show bekommen hatte, saßen wir alle wie üblich beisammen, allerdings ohne Jamie, der, wie Ella erklärte, einen leichten Sonnenstich hatte.

»Oh, ich hätte da eine Hautcreme und rehydrierende Tabletten, falls das hilft?«, bot ich an.

»Ach, Clare, du musst auch immer die Krankenschwester spielen. Nein. Er kommt schon klar«, sagte sie und grinste mich an. In ihrer Gegenwart fühlte ich mich unglaublich nervös und in die Enge getrieben, aber jetzt hatte ich meine eigene Waffe in der Hinterhand und muss zugeben, dass ich mich ziemlich darauf freute, sie zu zücken.

Nach dem Essen schlug ich also vor, dass wir beide den Abwasch übernehmen, wogegen niemand etwas einzuwenden hatte, auch nicht Ella selbst. Ich glaube, die anderen waren auf der Hut und wollten nicht zwischen die Fronten geraten, wenn wir uns um die Spüliflasche zanken würden, also halfen sie uns noch beim Geschirrraustragen und waren dann ganz froh, uns in der Küche allein zu lassen, um abzuwaschen und vielleicht das eine oder andere zu klären. Letzteres konnte ich kaum noch erwarten.

»Alles gut bei dir?«, fragte ich Ella, sobald wir das Spülbecken mit heißem Abwaschwasser befüllt hatten und die ersten Töpfe darin einweichen ließen.

»Mehr als nur gut, Clare«, antwortete sie. Ich sah ihr an, wie sehr sie darauf brannte, jemandem von ihren Neuigkeiten zu erzählen.

»Du wirkst sehr glücklich«, stocherte ich ein wenig.

»Bin ich auch.«

So groß die Versuchung auch war, ich durfte die Sache nicht weiter in die Länge ziehen. Schließlich hatte ich sie nicht eingefädelt, um mir meinen Spaß damit zu machen. »Ich muss dir was sagen«, fing ich also an. »Es geht um die Nachricht von dem TV-Unternehmen von vor ein paar Tagen.«

Misstrauisch beäugte sie mich. »Welche Nachricht?«

»StarsTV ... das neue ›supergeheime‹ Projekt? Die Mischung aus *Love Island* und *Bachelor*?«

Sie drehte sich zu mir um und starrte mich an. »Woher ...

woher weißt du das? Oh. Mein. Gott. Clare, hast du etwa in meinen Nachrichten rumgeschnüffelt? Wow, du bist echt noch armseliger, als ich dachte.« Sie pfefferte das Küchenhandtuch, das sie in der Hand gehalten hatte, auf den Boden.

Ich schüttelte den Kopf. »Nein, deine Nachrichten interessieren mich ehrlich gesagt nicht sonderlich.«

»Lügnerin! Woher willst du es denn sonst wissen?«

»Weil ich die Nachricht selbst geschrieben habe.«

»Was zum …?« Ihr kippte die Kinnlade herunter, sie konnte nicht fassen, was ich da gesagt hatte.

»Wow«, sagte sie nur immer und immer wieder. Ich glaube, ich habe noch nie zuvor jemanden dermaßen schockiert gesehen. Sie hatte absolut nichts dergleichen geahnt. Sie starrte mich an und schüttelte nur den Kopf. »Wie konntest du nur, Clare?« Sie war den Tränen nahe.

»Ella, es ist nur … irgendetwas musste ich einfach tun. Du weißt alles über mich, ständig drohst du mir damit, es auszuplaudern – und jetzt habe ich dich in der Hand. Ich war mir einfach nicht sicher, ob du wirklich verliebt in Jamie warst – offenbar ja nicht.«

»Du Hexe!«

Sie lehnte an der Arbeitsplatte, wütend, aber vor allem wohl erschüttert darüber, dass es sich nicht um ein echtes Angebot gehandelt hatte.

»Du hast mir eine Nachricht geschickt, in der du dich als single und ungebunden bezeichnest und behauptest, sofort überall hinkommen zu können.«

»Ja … weil ich dachte, dass die Nachricht von …«

»Ich weiß, und eigentlich sollte ich mich nicht in deine Karriere einmischen, die geht mich nichts an. Aber umgekehrt solltest auch du dich nicht in mein Leben einmischen – und was sich vor drei Jahren zwischen Jamie und mir zugetragen hat, geht *dich* nichts an … Verstehst du, worauf ich hinauswill?«

Sie starrte mich einfach nur an. Ihren Hass konnte ich fast

körperlich spüren, er stand zwischen uns wie ein kompakter Klotz.

»Also. Wenn du das, was du weißt, für dich behältst und Dan nicht erzählst, werde ich ebenfalls das, was ich weiß, für mich behalten und Jamie nicht die Nachrichten unter die Nase halten, in denen du ausführst, wie unglaublich single du bist und wie du zu allem bereit bist, mit wem auch immer, nur um dein Scheibchen Ruhm abzubekommen«, erklärte ich.

Wie ein störrischer Teenager, der eine mütterliche Standpauke über sich ergehen lassen muss, verdrehte sie die Augen – aber in diesen Augen erkannte ich einen Schmerz und eine Enttäuschung, die so heftig waren, dass Ella mir fast schon wieder leidtat. »Du hast die Braut gespielt, hier die frisch Verheiratete gegeben, einen kostenlosen Urlaub abgesahnt und Jamie und seine Familie von vorn bis hinten umgarnt«, redete ich weiter. »Und dann, sobald sich irgendetwas Besseres ergibt, hast du kein Problem damit, ihn wie eine heiße Kartoffel fallen zu lassen und deine Ehe aufzugeben, ohne zwei Mal darüber nachzudenken.«

»Übrigens habe ich *sehr wohl* zwei Mal darüber nachgedacht.«

»Oh, bestimmt«, antwortete ich sarkastisch, »bevor du dann gierig ›ja, bitte‹ gerufen hast. Aber wie auch immer. Was ich eigentlich nur sagen will: Wenn du nicht willst, dass Jamie davon erfährt, dass du eure Ehe fast drangegeben hättest, um in einer geschmacklosen Kuppelshow aufzutreten, solltest du über Jamie und mich hübsch die Klappe halten.«

Für ein paar Sekunden stand sie nur da, um sich zu sammeln, und lenkte all ihren Schmerz und ihre Enttäuschung in Wut um. »Gott, was für ein mieses Stück Scheiße du bist«, stieß sie hervor, als redete sie zu sich selbst.

»Es tut mir leid, Ella, aber du hast mir keine andere Wahl gelassen.«

»Nein, gar nichts tut dir leid. Du bist eine selbstgefällige, eifersüchtige Kuh«, zischte sie. »Seit ich hier bin, hast du mich von oben herab behandelt ... und nur wegen dir ist es zwischen Jamie und mir jetzt aus.«

»Zwischen euch muss es doch nicht *aus* sein«, sagte ich. »Eine Hand wäscht die andere. Wenn du mich in Ruhe lässt, lasse ich dich auch in Ruhe. Niemand muss je etwas davon erfahren.«

»Du hast mich wie eine Idiotin dastehen lassen«, sagte sie mit einem wilden Lachen. »Ich hab schon meiner Agentur und allen meinen Freundinnen Bescheid gesagt. Du hast auf allem herumgetrampelt. Weißt du überhaupt, was du getan hast?«

»Tut mir leid, aber mir blieb nichts anderes übrig ...« Ich hatte kein Mitleid mit ihr. Ich fühlte mich bestätigt: Offensichtlich hatte sie vor, Jamie und die Taylors bei der geringsten Aussicht auf etwas Besseres aufzugeben.

»Ja, klar. Du bist einfach nur boshaft. SO eifersüchtig, weil dein perverser Ehemann ständig um mich herumscharwenzelt. ›Darf ich dich mit Sonnenöl einreiben, Babe‹«, sagte sie in einer weinerlichen Stimme, die wohl Dans sein sollte. »Jamie sagt, dass Dan seinen Schwanz nicht in der Hose lassen kann. Dass Bob ihm erzählt hat, dass er sich jedes Mal Sorgen macht, wenn Dan Bewerbungsgespräche führt, weil er immer nur die jungen, hübschen Dinger auswählt, auch wenn sie für den Job völlig ungeeignet sind. Aber damit hat Dan weiter kein Problem, er findet schon recht schnell Mittel und Wege, sie zu beschäftigen«, fügte sie grinsend hinzu. »Ich sehe doch, wie er mich anstarrt – und du siehst das auch.«

Ich wollte das nicht hören. »Ella«, sagte ich, »ich weiß nicht, warum, aber ich habe das Gefühl, dass du von vornherein nur darauf aus warst, mich zu zerstören, und ich verstehe das einfach nicht.«

»Ich *dich* zerstören? *Du* warst doch diejenige, die allen erzählt hat, ich sei eine Diebin, dass ich die Ohrringe meiner Schwiegermutter geklaut hätte, und hast mir dann auch noch unterstellt, in Bezug auf den Ertrinkungstod meiner eigenen Schwester zu lügen. Wer würde so was denn machen, über so etwas zu lügen?«

»Das mit deiner Schwester tut mir leid. Aber die Ohrringe hast du wirklich geklaut, ich habe dich dabei gesehen.«

»Hab ich nicht. Joy hatte mir aufgetragen, sie für sie runterzuholen.«

»Das hat sie hinterher nur gesagt, um dich zu decken, was total typisch für Joy ist, weil sie nämlich peinliche und beschämende Situationen vermeiden will ...«

»Nein, sie hat mich gebeten, die Ohrringe von ihrer Frisierkommode zu holen. Ich habe sie zu ihr nach unten gebracht. Sie hat gesagt, dass sie sie mir schenken will, aber dass ich dir nichts davon verraten darf, weil du nur eifersüchtig wärst.«

»Das stimmt einfach nicht, so etwas würde Joy nicht tun. Du lügst schon wieder, Ella. Wann soll das endlich aufhören?«

»Sie meinte, sie hätte mir kein Hochzeitsgeschenk gekauft«, redete Ella einfach weiter, ohne auf mich einzugehen, »und deswegen sollte ich jetzt die Ohrringe haben und nach meiner Rückkehr tragen, aber nie in deiner Gegenwart.«

»Ich glaube dir kein Wort«, sagte ich. »Ich war bei Joy, als sie ihre Schmuckrolle geöffnet hat. Sie war überrascht und bestürzt darüber, dass die Ohrringe nicht dort waren.«

»Sie *musste* doch überrascht tun, schließlich konnte sie dir ja nicht sagen, dass sie sie mir geschenkt hatte.«

Ich verdrehte die Augen. Ella war wirklich nicht dazu in der Lage, die Verantwortung für ihre Handlungen zu übernehmen. Immer war sie das Opfer, immer war irgendjemand anders schuld.

Sie ging zur Tür und ich lehnte mich an die Arbeitsplatte. Es überraschte mich, wie übel sie mir die Sache nahm, aber wenigstens hatte ich nun irgendwie ein Ende herbeigeführt. Hoffentlich hatte ich es geschafft, dass ihre ständigen

Drohungen nun der Vergangenheit angehörten. Doch dann drehte sie sich zu mir um.

»Ach, und was ich noch sagen wollte. Es wird dich freuen zu hören, dass ich Jamie schon mitgeteilt habe, dass ich ihn verlassen werde. Ich hab ihm gesagt, dass ich da dieses super Angebot habe, für das ich single und ungebunden sein muss. Ich wollte offen und ehrlich mit ihm umgehen und ihn nicht ewig hinhalten. Er hat überhaupt keinen Sonnenstich, er hatte nur gerade keinen Nerv auf euch. Dein süßer, kleiner Plan, mich zu erpressen, ist also spektakulär nach hinten losgegangen, Schätzchen. Du kannst gerne alles ausplaudern, ich habe nichts mehr zu verlieren. Du hingegen ...«

30

Am nächsten Tag waren Dan und ich mit den Kindern im Garten, als ich Ella durch die Verandatür treten sah. Sofort war ich in Habachtstellung. Im Nachhinein hatte ich ein schlechtes Gewissen. Ich hatte Ella einfach nur mit gleicher Münze heimzahlen, ihr ihr eigenes Geheimnis unter die Nase reiben wollen. Ich hatte mich schützen wollen, nicht rächen. Im Leben hätte ich nicht erwartet, dass sie innerhalb weniger Stunden nach Erhalt der Nachricht einen Schlussstrich unter ihre Ehe setzen und sich Hals über Kopf in den Traum einer Kuppelshow stürzen würde – die noch nicht einmal wirklich existierte.

Ich dachte darüber nach, Jamie alles zu erklären, mich bei beiden zu entschuldigen, weil sie durch meine Schuld nun in den Anfängen einer Trennung steckten. Ich tröstete mich damit, dass, wenn Ella und er sich wirklich gegenseitig geliebt hätten, das Ganze niemals passiert wäre, aber selbst dann wäre ein natürliches Auseinanderbrechen der Beziehung besser gewesen als eine Trennung, die ich ihnen aufgezwungen hatte.

Aus dem Augenwinkel sah ich Ella über den Rasen auf uns zu kommen. Ihr Gesichtsausdruck versetzte mir einen Stich und ließ mir das Herz bis zum Hals klopfen.

Ich wagte es, sie anzuschauen, und unsere Blicke trafen sich, aber sie wich mir nicht aus, sondern setzte ihren Weg unbeirrt fort und marschierte uns mit wehenden Haaren und hochgeschobener Sonnenbrille entgegen.

»Dan, ich müsste dich mal sprechen.« Sie stand vor uns allen, aber ihre Augen waren ausschließlich auf Dan gerichtet, mich oder die Kinder würdigte sie keines Blickes.

Dan wirkte überrascht. »Äh, ja, jetzt sofort?«

»Ich bitte darum.« Dann wandte sie sich mir zu. »Ich werde ihn nicht lange mit Beschlag belegen, Clare. Ich weiß, dass gerade die Familie dran ist. Muss nur eben was Wichtiges mit ihm besprechen.« Dann lächelte sie mich mit diesem falschen, zuckersüßen Lächeln an, dass mir das Blut in den Adern gefror.

»Ella ... bitte ...« Ich sah ihr ins Gesicht und versuchte verzweifelt, in irgendeiner Form eine Verbindung zu ihr herzustellen.

Dan sah völlig verwirrt aus. »Was ist los mit euch beiden?« Die Andeutung eines Lächelns umspielte seinen Mund, so als würden wir ihn foppen, aber ich starrte Ella einfach nur weiter ins Gesicht und flehte sie mit meinem Blick an, nichts zu sagen.

»Clare, ich muss mit Dan sprechen ... misch dich bitte nicht ein.« Sie war unerbittlich. Ich kannte sie erst seit einigen Tagen, aber dieser entschlossene Gesichtsausdruck war mir bereits wohlbekannt.

Ich schaute kurz zu Alfie hinunter, der gerade fragte, wo die Sonne nachts schlief. Und als ich wieder aufblickte, liefen Dan und Ella schon nebeneinanderher und entfernten sich. »Im Himmel ... mein Schatz«, sagte ich und war froh, dass ich bereits saß, weil meine Beine sonst wahrscheinlich unter mir weggesackt wären.

»Aber ... Mum, hat die Sonne im Himmel denn ein Bett?«, fragte Alfie jetzt.

»Ja ... äh, nein.« Sie hatten einen schnellen Schritt drauf, Ella konnte es wohl kaum abwarten, Dan die Neuigkeiten zu unterbreiten. Mit Absicht hatte sie einen Zeitpunkt gewählt, wo sie sicher sein konnte, dass ich ihnen nicht folgen würde, weil nur ich noch draußen war, um auf die Kinder aufzupassen. Mit meinem »cleveren« Plan hatte ich nicht nur ihre Trennung verursacht, ich hatte ihr auch noch mehr Anlass dazu gegeben, Dan alles über mich zu erzählen.

Als die beiden den kleinen Gartentisch erreichten, blieben sie stehen, und Ella klopfte mädchenhaft auf einen der Stühle, womit sie ihm offensichtlich bedeutete, sich zu setzen. Sie waren keine dreißig Meter von mir entfernt, aber von ihrem Gespräch bekam ich kein Wort mit. Mein Mund war trocken. Ich schaute auf meine drei goldblonden Kinder hinab, die um mich herumsaßen. Violet spielte ein Spiel auf dem iPad, Alfie lag zu meinen Füßen und fragte mir immer noch Löcher in den Bauch, und Freddie hatte ich auf dem Schoß. Sollte dies das letzte Mal sein, dass wir so zufrieden beieinander waren? War Ella gerade dabei, sie zu Kindern mit einem zerbrochenen Elternhaus zu machen?

Diskret warf ich einen Blick hinüber. Ella hatte die Hand auf Dans Arm gelegt, als würde sie ihn trösten, er schüttelte langsam den Kopf.

Ich war den Tränen nah. Am liebsten wäre ich quer über den Rasen gerannt und hätte Ella angeschrien, sie solle aufhören, aber es war ja alles mein eigener dummer Fehler. Ich war nicht bereit, meine Ehe und meine Familie einfach so aufzugeben. Schließlich wollten Dan und ich doch beide nicht wirklich mit jemand anderem zusammen sein. Vielleicht waren Marilyn und Jamie nur unsere letzte Prüfung, bevor wir uns in einer guten, treuen, lebenslangen Ehe einrichteten?

Was die Sache mit Jamie betraf – ich hatte Dan vergeben, dass er mit anderen Frauen geschlafen hatte, also sollte auch er dazu in der Lage sein, mir zu vergeben.

Ich schaute auf Freddie hinab, der auf meinem Schoß

schlief – eine Erinnerung daran, dass mein Treuebruch nicht vergleichbar und alles in allem von ganz anderem Kaliber war.

Ich sah den beiden beim Reden zu. Es schien eine angeregte Unterhaltung zu sein und ich konnte mir nicht vorstellen, was genau gesagt wurde. Ich wollte einfach nur, dass das Gespräch ein Ende fand und Ella Dan zu mir zurückschickte, nachdem sie ihm alles verraten hatte. Ich hatte schon damit begonnen, mir Gedanken darüber zu machen, was auf uns als Familie zukommen würde. Sollte Dan mir nicht verzeihen können, würde er ausziehen müssen. Es konnte immer noch passieren, dass Jamie sich um das Besuchsrecht bemühte oder gar versuchte, eine Adoption zu erstreiten, aber darüber konnte ich jetzt noch nicht nachdenken. Für den Augenblick hatten die Kinder für mich Priorität.

Erst einmal musste ich weiter der Frage nachgehen, wie und wo die Sonne ihre Nächte zubrachte, und versuchen, Violets bohrende Fragen danach zu beantworten, warum Auntie Ella mit Dad sprach, und dabei gleichzeitig dem schlafenden Freddie den Kopf streicheln, denn so sind wir Mütter selbst noch dann, wenn das Leben über uns zusammenzubrechen droht. Mauern können einstürzen, Bomben um uns herum einschlagen, und inmitten dieses ganzen Chaos gilt unsere einzige Sorge der Sicherheit und Zufriedenheit unserer Kinder.

Inzwischen hatte Dan den Kopf in die Hände gestützt, und Ella hatte ihm die Hand auf den Rücken gelegt. Sie warf mir einen triumphierenden Blick zu, und als ich gerade schon Violet darum bitten wollte, auf die Jungs aufzupassen, um hinüberzugehen und mein Schicksal wieder selbst in die Hand zu nehmen, statt es Ella zu überlassen, tauchte plötzlich Joy auf.

»Hast du Bob gesehen?«, fragte sie. »Ich weiß nicht, wo er steckt.«

»Nein ... vielleicht schläft er am Pool, oft legt er sich etwas abseits unter den Baum da.«

»Er versteckt sich da«, lachte Violet. »Er hat mir erzählt, dass das sein ruhiges Plätzchen ist.«

Joy verdrehte die Augen. »Dann schaue ich dort mal nach. Danke, Mädels.« Sie machte sich über den Rasen auf den Weg, aber blieb, als sie Dan und Ella beieinandersitzen sah, wie angewurzelt stehen. Sie drehte sich zu mir um und warf mir einen fragenden Blick zu, worauf ich bloß mit den Schultern zuckte, aber der besorgte Ausdruck wich nicht aus ihrem Gesicht. Hatte sie gehört, was gesprochen wurde? War bereits alles zu spät? Ich fühlte mich schrecklich – von Jamie und mir zu erfahren würde sie zutiefst verletzen, und den armen Bob, der doch ein solcher Familienmensch war, würde es wahrscheinlich umbringen.

Ich weiß noch, wie ich ihn einmal scherzhaft gefragt hatte, warum er es mit Joy aushalte. Nie werde ich vergessen, wie er mich daraufhin einfach nur angeschaut und dann gesagt hat: »Weil ich ohne sie nichts wäre. Sie bedeutet mir alles, Clare, sie hat mich zu dem gemacht, der ich bin, hat mir meine Familie geschenkt.« Das hatte mich ziemlich berührt, und ich hoffte, dass Dan eines Tages etwas in der Art auch über mich sagen würde. Im Moment hatte ich da so meine Zweifel. Anders als Bob war er nicht gerade der anhängliche Typ. Und wie ich da im Garten saß, während nicht weit von mir meine Ehe durch Hurrikan Ella zerstört wurde, wurde mir bewusst, dass ich meinem Mann niemals »alles« bedeuten würde.

Was auch immer jetzt passieren würde, hatte ich mir selbst zuzuschreiben, und ich würde die volle Verantwortung auf mich nehmen. Ob Dan sich fürs Bleiben oder Gehen entscheiden würde, wäre allein seine Entscheidung. Für die Kinder musste ich stark bleiben, während alles um mich herum zusammenbrach.

Jetzt würde ich die Konsequenzen für jene trunkene Nacht von vor drei Jahren tragen müssen ...

Hätte der Schmetterling nicht mit den Flügeln geschlagen, hätte es keinen Hurrikan gegeben.

Schließlich stand Dan auf und kam über den Rasen zu uns zurück. Trotz der Kinder fragte ich ihn leise, ob bei ihm alles in Ordnung sei.

Er wirkte verstört. »Ja. Aber wir haben ein Problem.«

31

»Ella hat es dir also erzählt?«, fragte ich.

Dan nickte nur und schaute an mir vorbei, als könnte er mich noch nicht einmal mehr sehen.

Einen Moment lang blieb ich auf dem Rasen sitzen, die Kinder plauderten, Freddie schlief noch.

»Wir können das aufarbeiten, Dan. Ich weiß, dass es jetzt nicht den Anschein haben mag, aber ...«

»Du *weißt* also, was sie sagt?«

»Ja ...«

»Sie hat es dir *erzählt*?«

Ich nickte, aber er wich meinem Blick aus, was ich ihm nicht verübeln konnte.

»Sie scheint wild entschlossen, mich zu zerstören, Dan ... Aber wir müssen an die Familie denken und vergeben. Wir *können* das hinter uns lassen.«

»Meinst du?« Er sah hoffnungsvoll aus.

Dann vergrub er das Gesicht in den Händen und ich saß daneben und dankte Gott, dass Freddie schlief und Alfie und Violet durch ihr Ballspiel abgelenkt waren. Schließlich tauchte er wieder hinter seinen Händen auf und fuhr sich verzweifelt durchs Haar.

»Nichts davon ist wahr, Clare. Ich habe nicht versucht, sie anzufassen.«

Das brachte mich ins Schleudern. Was hatte sie zu ihm gesagt?

»Was?« Ich suchte nach einer Möglichkeit, darauf zu reagieren, ohne irgendetwas auszuplaudern. »Was genau hat sie dir erzählt?«

Langsam schüttelte er den Kopf. »Dass ich versucht hätte, sie zu küssen, dass ich sie auf unsittliche Weise berührt hätte, dass ich gesagt hätte ...«

»Dass du sie gerne nackt sehen würdest?«, schlug ich vor. Hatte sie Jamie und mich etwa noch nicht einmal erwähnt?

Er schaute mich an. »Mein Gott, hat sie dir gegenüber behauptet, ich hätte das gesagt?«

»Ja.«

»Ich verstehe das nicht«, sagte er. »Sie denkt sich das alles aus und droht mir damit, es dir zu erzählen ... dabei *hat* sie es dir schon erzählt?«

Ich nickte. So wie es aussah, versuchte Ella, uns gegeneinander auszuspielen.

»Aber Clare, das ist noch nicht alles ... Sie findet, es sei sexuelle Belästigung. Sie droht mir mit der Polizei!«

»Scheiße.« Sie wusste wirklich, wie man Druck aufbaute.

Violet und Alfie kamen zu uns zurück, also gab Dan mir mit einer Geste zu verstehen, ich solle aufstehen, damit wir außer Hörweite gehen und weiterreden konnten. Ich hatte Freddie auf dem Schoß, also hob ich ihn mir auf die Schultern. Mein Herz raste wie wild.

Mit Mühe stand ich auf. Dan kam mir dabei nicht zur Hilfe, indem er mir beispielsweise den schlafenden Freddie abgenommen hätte, wie er es normalerweise tat. Er schien es noch nicht einmal bemerkt zu haben. Mit der Hand über dem Mund und unruhig schweifendem Blick lief er auf und ab.

»Wegen so etwas kann sie doch wohl nicht die Polizei einschalten ... oder?«, fragte ich. »Und nichts davon entspricht der Wahrheit, sie hat also keinerlei Beweise.«

»Weiß der Himmel, was sie mir tun kann. Der Polizei kann sie ja schließlich alles erzählen. Heutzutage kann man als Mann ja gar nichts mehr sagen oder tun, ohne dass einem gleich irgendeine Frau mit der Polizei droht.«

»Wow«, sagte ich und klang dabei wie Ella. »Dass du so etwas überhaupt sagst!«

»Du weißt doch, wie ich das meine ... Und dann hat sie noch gesagt, sie wolle auch Jamie davon erzählen, und Mum und Dad.« Er sah richtig schlecht aus, blass und zappelig, als würde er sich gleich übergeben.

Ich wusste nicht, was ich sagen oder denken sollte. Glaubte ich Ella oder Dan? Immerhin hatten beide in der Vergangenheit unter Beweis gestellt, dass sie nicht unbedingt davor zurückschreckten zu lügen, um ihren Willen zu bekommen.

»Sag mir die Wahrheit«, sagte ich eindringlich. »Gibt es irgendetwas, wofür sie dich drankriegen könnte ... Hast du jemals irgendetwas gesagt oder getan, das man missverstehen könnte?«

Er seufzte. »Sie ist eine attraktive Frau. Vielleicht habe ich sie mal angeschaut, ihr vielleicht auch mal ein Kompliment gemacht, aber *auf unsittliche Weise berührt?* Natürlich nicht!«

»Dann würde ich davon ausgehen, dass Aussage gegen Aussage steht und dir, wenn es stimmt, was du sagst, nichts passieren kann«, sagte ich bitter. Ich war sauer auf Ella, dass sie diesen Ärger machte, und sauer auf mich, weil ich meinem Mann nicht wirklich traute. Aber vor allem war ich sauer auf Dan, der so selten blöd gewesen war, sich mit einer unschuldigen Bemerkung möglicherweise echten Ärger eingeheimst zu haben. Schließlich hatte ich ihm erzählt, dass ich Ella nicht über den Weg traute, aber davon hatte er ja nichts hören wollen und musste jetzt am eigenen Leibe erfahren, wie manipulativ und hinterlistig sie war. Vielleicht war es auch schon zu spät.

»Ich weiß nicht, was ich machen soll.« Er geriet in Panik. »Was, wenn sie nicht aufhört und mich auch noch weiter beschuldigt, wenn wir wieder zu Hause sind? Selbst wenn ich es ihr ausreden könnte, damit zur Polizei zu gehen, kann sie mir damit immer noch bis in alle Ewigkeit drohen ...«

Willkommen in meiner Welt, dachte ich nur.

»Sie ist eine echte Plage«, sagte ich. »Und wie es aussieht, kriselt es zwischen ihr und Jamie auch ganz schön.« Gründe nannte ich keine.

Er fragte auch nicht danach. Wahrscheinlich musste es so kommen, eine Frau wie Ella hielt es nicht lange.

»Na, dann tschüss, ist auch besser so. Jamie ist wie ihr kleines Hündchen. Wahrscheinlich wusste sie, dass er einer ist, mit dem sie so umspringen kann.«

»Ja«, seufzte ich zustimmend.

Er schaute mich an, hielt kurz inne und sprach dann weiter: »Die Sache ist nur ... Sie hat gesagt, wenn ich ihr zehntausend Pfund zahle, dann hält sie den Mund, verschwindet, und wir hören nie wieder von ihr.«

»Wir können uns von ihr doch nicht erpressen lassen, so viel Geld können wir doch gar nicht aufbringen«, stieß ich aus. Ich fühlte mich, als wäre ich plötzlich in einem Gangsterfilm gelandet. In meiner Welt kam es sonst eher nicht vor, dass Leute zehntausend Pfund einforderten, damit sie nichts ausplauderten. Das war eine Riesensumme Geld.

Wie immer war Dan in seinen eigenen Gedanken versunken und hörte mir gar nicht zu. »Ich wusste nicht, ob ich ihr glauben sollte. Ich war davon ausgegangen, dass sie, da sie ja nun einmal mit Jamie verheiratet ist, auf längere Sicht bei uns wäre, aber jetzt, wo es zwischen ihnen kriselt?«

»Nein, Dan. Wir haben das Geld nicht.«

»Aber wenn sie mich danach in Ruhe ließe, wäre es das wert.«

»Aber wenn du unschuldig bist ...«

»Das spielt doch keine Rolle. Wie du gesagt hast, es steht Aussage gegen Aussage, da habe ich doch keine Chance. Außerdem sagt sie, dass es da noch mehr gibt – über andere Familienmitglieder.«

»Das werden doch auch nur wieder Lügen sein«, sagte ich mit klopfendem Herzen.

»Ich will sie gerade einfach nur noch loswerden, Clare, das müssen wir uns doch nicht geben. An das Geld kann ich über das Unternehmen kommen. Ich kann da ein bisschen was abzapfen, später zahle ich es dann zurück. Ich habe da doch jetzt die Führung übernommen.«

Es erschreckte mich, wie schnell Dan zu dem Versuch bereit war, sich freizukaufen. Nachdem er gesehen hatte, wie seine Mutter Carmel und Marilyn aus unserem Leben entfernt hatte, dachte er jetzt wohl, er könne nun einfach mit den Fingern schnipsen und es mit Ella genauso handhaben.

»Nein.«

»Aber wir können uns das Geld leihen.«

»Dan, nein. Selbst wenn sie wirklich mit Jamie Schluss macht und die beiden sich scheiden lassen, wird sie weiterhin in unserem Leben bleiben und alle paar Monate wieder auftauchen, um noch mehr Geld abzusahnen. Sie hat uns damit potenziell unser ganzes Leben lang in der Hand.«

»Aber wenn wir jetzt darauf eingehen, kauft uns das Zeit.«

»Wenn du ihr Geld gibst, würde dich das schuldig erscheinen lassen, sollte sie später doch noch damit zur Polizei gehen.«

»Nein. Sollte sie die Polizei einschalten, würde ich dort aussagen, dass sie mich erpresst hat. Das ist illegal und dann habe ich einen Beweis.«

»Sag einfach Nein. Wir haben das Geld nicht und ...«

»Ich … ich habe ihr schon gesagt, dass ich zahlen werde.«

»Oh Dan, du Idiot.« Am liebsten hätte ich losgeheult. Das war fast mein halbes Jahresgehalt. Wir konnten uns das nicht leisten, und es wurde noch schlimmer dadurch, dass ich das Gefühl hätte, arbeiten zu gehen, um Ella ihre Maniküren und Schuhe zu finanzieren.

»Clare, schau, überlass das einfach mir. Ella will, dass ich sie zum Flughafen fahre, sie will sich noch nicht einmal von Jamie verabschieden. Sie will zu einem Casting. Offenbar hat irgend so ein hohes Tier von einem Fernsehsender sie auf Instagram entdeckt und will sie jetzt zu einem Star machen – hört sich ein bisschen weit hergeholt an, wenn du mich fragst.«

An der Geschichte hielt sie also fest? Ich hatte ihr einen Streich gespielt, und selbst das krempelte sie jetzt noch so um, dass sie davon profitierte.

»Dan, das geht nicht, du kannst sie nicht zum Flughafen fahren.«

»Natürlich kann ich. Ich schaffe sie uns vom Hals und sage ihr, dass sie die Klappe halten soll, sonst kriegt sie nichts. Und wenn wir nächste Woche dann wieder zu Hause sind, überweise ich ihr das Geld.«

Mein Bedürfnis, sie auf und davon fliegen zu sehen, war nicht kleiner als das von Dan. Aber wenn sie mit ihm allein im Auto wäre, würde sie ihm alles erzählen, was sie sonst noch über die Familie Taylor und insbesondere über mich wusste – und das durfte unter keinen Umständen passieren. Zwar hätte sie ihm schon alles über mich verraten können, als sie ihn des unzüchtigen Verhaltens bezichtigte, aber das hatte sie nicht getan. Sie wollte uns einzeln vernichten und sich dann vom Acker machen. Dan von mir und Jamie zu erzählen, sollte ihre Schlusspointe werden. Mission erfüllt, es würde uns alle auseinanderreißen.

»*Ich* könnte sie doch bringen?«, schlug ich vor.

»Du bist nicht von der Versicherung abgedeckt, und du

bist auch noch nie im Ausland gefahren. Und ehrlich gesagt glaube ich sowieso nicht, dass sie sich von dir bringen lassen wollte.«

Mir wurde kalt. »Von mir?«, lachte ich.

»Ja. Als ob *du* etwas zu verbergen hättest.« Er zuckte mit den Schultern. Nicht im Traum kam ihm in den Sinn, dass die gute, alte, verlässliche Clare irgendetwas getan haben könnte, von dem er nichts wusste.

»Ja, sie liebt schon das große Drama«, sagte ich und rief die Kinder zum Mittagessen.

»Liebes, hättest du einen Moment Zeit für mich?«, fragte Joy, als die Kinder und ich in der Küche unseren Mittagssnack einnahmen. Mir sank das Herz in die Hose – was wusste *sie*?

»Okay«, sagte ich und aß schnell mein Sandwich zu Ende.

»Ich warte im Wohnzimmer auf dich«, antwortete sie.

Aus ihrem Auftreten konnte ich nicht ableiten, ob eine Zusammenkunft im Wohnzimmer Schlechtes verhieß oder Gin. Aber wie auch immer, ich wollte wissen, was Joy mir zu sagen hatte, also bat ich Violet, auf die anderen aufzupassen, und ging nach nebenan, wo Joy schon in ihrer Strandkleidung im Stil der Fünfzigerjahre auf mich wartete.

»Ich musste dich mal allein erwischen, Liebes«, sagte sie. Sie winkte mich zu sich ins Wohnzimmer und machte gleichzeitig eine Handbewegung, mit der sie mir signalisierte, ich solle die Tür hinter mir schließen.

»Worum geht's?« Ich nahm in einem der Samtsessel Platz.

»Es geht um Ella. Und ich weiß nicht ... also, was ich sagen will, ist ... ich weiß nicht, ob da überhaupt etwas dran ist ...« Joy nahm allen Mut zusammen. »Schau mal, Liebes, ich möchte, dass du bei dem, was ich dir gleich sage, nicht überreagierst, ich möchte, dass du ruhig bleibst ...«

»Okay.« Und ich konnte nur einen einzigen Gedanken

fassen: *Was um Himmels Willen wird sie mir gleich erzählen? Konnte ich noch mehr ertragen?*

Ich war froh, dass ich saß, denn ansonsten hätten meine Beine inzwischen unter mir nachgegeben.

»Als ich Ella und Dan im Garten miteinander reden sah, war ich ein bisschen irritiert und, wie du dir vorstellen kannst, auch neugierig«, hob sie an. »Und ich habe da zufällig etwas mit angehört. Clare, ich glaube, dass sie Dan beschuldigt, etwas getan zu haben, was ... nicht sehr schön ist.«

Ich hätte mir denken können, dass Joy das aufgreifen würde. Was sollte ich dazu sagen? Wahrscheinlich war es besser, sie hörte es von mir als von Ella, also berichtete ich ihr, was Dan mir über Ellas Anschuldigungen bezüglich seiner Unsittlichkeit erzählt hatte.

»Oh Clare, das würde Dan doch nicht ... also, das ist doch nicht unser Dan.«

»Nein«, sagte ich. »Solche Sachen sind schwer zu beweisen – und zu widerlegen. Ich glaube nicht, dass sie ihn wirklich anzeigen wird, sie versucht nur, ihm Angst einzujagen.« Dass Joy nicht dazu in der Lage war, sich trotz Dans vergangener Entgleisungen irgendein Fehlverhalten seinerseits vorzustellen, überraschte mich nicht weiter, aber sicher würde sie jetzt doch endlich Ellas wahres Gesicht erkennen?

»Oh je, es sieht so aus, als hättest du sie von Anfang an richtig eingeschätzt, Clare.«

»Ich wusste es, ich wusste es in dem Moment, als ich gesehen habe, wie sie deine Ohrringe hat mitgehen lassen«, sagte ich. Jetzt, wo ich Joy auf meiner Seite hatte, die Ellas wahren Charakter endlich auch erkannt hatte, fühlte ich mich schon gleich viel stärker.

»Ja, sie ist böse – böse!« Verständlicherweise war Joy von der ganzen Angelegenheit ziemlich mitgenommen. »Was hat sich Jamie da nur eingebrockt? Erpressung, und dann diese unsäglichen Anschuldigungen!«

»Sie macht nur einen Riesenwirbel, Joy. Das sind nichts als Lügen, lass dich davon nicht so verstören«, sagte ich und legte den Arm um sie. Sie wirkte geradezu gebrechlich und war den Tränen nahe.

»Sie hat Sachen zu mir gesagt, Clare, jetzt verstehe ich erst, was sie damit meinte.«

»Was für Sachen?«

»Vor ein paar Tagen meinte sie zu mir, einer meiner Söhne hätte den anderen hintergangen – auf die schlimmste Art und Weise. Das hat sie gesagt.« Joy sah mich an. »Bestimmt meinte sie das hier. Das ganze Theater um Dan, der sie angeblich unsittlich berührt hat. Ekelhaft, wie kann man so etwas einfach behaupten?«

Ich schüttelte den Kopf und verbarg mein Dekolleté hinter einem Kissen.

»Sie hat gesagt: ›Frag Clare‹, als würdest du etwas davon wissen.«

Wieder schüttelte ich den Kopf und bemühte mich um einen verwirrten Gesichtsausdruck, wusste aber, dass sich auf meinem Hals wahrscheinlich gerade verräterische hektische Flecken breitmachten. Ich stand auf und ging zur Anrichte, um uns einen Drink zu holen. Hauptsächlich aber wollte ich etwas Zeit gewinnen, um über meine Antwort nachzudenken und um die Röte zu verstecken, die mir zweifellos den Ausschnitt heraufkroch. »Ich ... ich glaube wirklich nicht – ich habe keine Ahnung, wovon sie redet. Man kann ihr kein Wort glauben, Joy«, sagte ich und schenkte uns beiden einen sehr großen Gin ein. »Wir müssen einfach nur noch heute durch den Tag kommen, ich glaube, morgen fliegt sie wieder ab«, sagte ich und reichte ihr den Drink.

»Ahh, gut. Gestern Abend habe ich noch kurz oben bei Jamie vorbeigeschaut, wollte sehen, ob er wirklich einen Sonnenstich hat. In der ganzen Welt ist er rumgekommen, ohne sich jemals einen Sonnenstich einzufangen. Als sie in der

Küche beschäftigt war, bin ich also zu ihm gegangen. Er hat ganz mitgenommen gewirkt und gesagt, sie wolle bei irgend so einer Reality-Show mitmachen?«

Ich wurde nicht gern an meinen eigenen Beitrag zu dieser ganzen Angelegenheit erinnert.

»Irgendetwas in der Art«, seufzte ich. »Ich glaube, es hätte sie in keinem Fall länger gehalten – wenn es nicht wegen der vagen Aussicht auf Ruhm gewesen wäre, dann wegen etwas anderem. Ella hat uns für steinreich gehalten. Sie dachte, dass diese Villa dir und Bob gehöre und das Wort ›Familienunternehmen‹ nur eine etwas verschrobene Ausdrucksweise für einen global agierenden Immobilienkonzern sei. Sie ist auf Jamie reingefallen und hat sich dann in die Vorstellung verstrickt, nach Italien durchzubrennen, weil sie wusste, dass sich das gut auf Instagram machen würde. Das ist ihr Lebensinhalt«, fügte ich hinzu. »Man muss sich schon fragen, warum sie ihr Leben damit zubringt, im Ausland unterzutauchen, wo niemand sie kennt, wo niemand irgendwelche Erklärungen von ihr verlangt. Und nach allem, was sie mir erzählt hat, glaube ich, dass sie ihr Geld auf die harte Tour verdient hat, falls du weißt, was ich damit sagen will.«

»Oh Gott, eine Prostituierte und eine Erpresserin ...«

»Eine richtige Prostituierte war sie, glaube ich, nicht«, sagte ich, »mehr so etwas wie eine Beziehungstouristin. Sie sucht sich einfach jemanden, in den sie eine Zeit lang ›verliebt‹ sein kann, lässt sich von ihm aushalten und eine Saison lang in sein Leben involvieren und zieht dann weiter.«

»Aber sie hat Jamie *geheiratet*, warum hätte sie das tun sollen, wenn sie in ihm nur eine Sommerromanze gesehen hat?« Sie wirkte entsetzt und tat mir leid.

»Für Leute wie Ella sind Männer quasi der Beruf«, sagte ich. »Sie muss sich um Geld keine Sorgen machen. Die Männer sind wohlhabend, kaufen ihr Geschenke, füttern sie durch, kleiden sie ein und geben ihr eine Zeit lang ein Zuhause.«

»Oh je, ich wusste, dass sie nicht die Richtige für ihn ist. Von Anfang an habe ich in der Beziehung keine Zukunft gesehen. Jamie gegenüber habe ich kein Wort gesagt, aber sonderlich begeistert war ich nicht, Clare.« Die Worte sprudelten aus ihr hervor, als hätte sie sie schon viel zu lange zurückgehalten. Das war die Joy, die ich kannte: Geschwätzig und unverblümt und gerne bereit, aus Spaß an der Freude bei einem Glas Gin mit Eis und Zitrone über alle möglichen Leute herzuziehen. »Jamie hat es ja gutgetan«, fuhr sie fort, »aber hast du gesehen, wie sie ihre Bikinihöschen hochzieht? Widerlich«, zischte sie.

»Ja, aber so trägt man das wohl heute, Joy«, sagte ich. Wir waren dabei, unsere Beziehung wieder neu aufzubauen. Sie hatte endlich alles verstanden, und ich hatte auch das Gefühl, dass sie mir endlich vergeben hatte, sie herrisch genannt zu haben.

»Wenn die Damen vom Golfclub je ihren Hintern so zu sehen bekämen, würde ich *sterben*.«

Aufs Ganze betrachtet stellte Ellas Hintern wahrscheinlich das geringste unserer Probleme dar, und trotz der vertrackten Situation brachte mich Joys Bemerkung fast zum Lächeln.

32

An diesem Abend kündigten Jamie und Ella an, dass sie nicht mit uns zu Abend essen, sondern im Ort in ein Restaurant gehen würden.

»Ella reist morgen ab«, berichtete Jamie uns traurig. »Sie hat ein tolles Arbeitsangebot bekommen, und wir treten noch einmal einen Schritt zurück, um zu prüfen, ob wir beide wirklich dasselbe wollen.«

Das war offenbar seine Art, allen mitzuteilen, dass sie sich trennten. Sie hatte an der Geschichte mit der Reality-Show festgehalten, und er hatte ihr geglaubt. Er tat mir leid, aber Ella war nicht diejenige, für die er sie hielt, und auf lange Sicht hätte sie ihm nur noch größeren Schmerz zugefügt. Ich konnte gut verstehen, dass die beiden ihren letzten gemeinsamen Abend ohne die Familie verbringen wollten, aber Ella kam noch nicht einmal ins Wohnzimmer, um sich zu verabschieden. Sie wartete im Flur, dann sah ich sie noch einmal kurz durchs Fenster, als sie und Jamie in ein Taxi stiegen. Ich war einfach nur erleichtert, dass wir nicht zusammen um den Tisch sitzen und so tun mussten, als wäre alles in bester Ordnung, während Joy ihren

Smalltalk machen und Ella heimlich gehässige Bemerkungen von sich geben würde.

Diesen Abend verbrachten wir so, wie wir die ersten Tage verbracht hatten: Joy und ich kochten zusammen, dann aßen wir im Freien. Wir waren alle völlig entspannt, wir unterhielten uns, erinnerten uns mit Freude an frühere Urlaube zurück, lachten mit den Kindern. Wir waren einfach nur eine Familie im Urlaub, die endlich durchatmen konnte – ohne drohende Schatten.

Aber das sollte nicht lange anhalten.

Als ich am nächsten Morgen aufwachte, dachte ich sofort daran, dass heute der Tag war, an dem Ella abreisen würde. Ich wollte, dass sie verschwand, und schon der Gedanke daran, sie bald los zu sein, stimmte mich zufriedener. Gleichzeitig war ich hin- und hergerissen und extrem nervös, weil immer noch die Gefahr bestand, dass sie Dan auf dem Weg zum Flughafen alles erzählte. Waren sie vielleicht schon aufgebrochen? Oder hatten Ella und Jamie wieder zueinandergefunden und sie blieb doch – und die beiden hatten es sich längst schon wieder in dem großen, weißen Bett gemütlich gemacht und holten Versäumtes nach?

Da die Kinder noch schliefen, wickelte ich mich in meinen baumwollenen Morgenmantel ein und öffnete leise die Tür, um zu Dans Zimmer zu gehen.

Ich trat in den Flur. Wie immer wurde ich von dem riesigen, raumhohen Fenster angezogen, von dem aus man auf Pool und Garten mit dem dunstig glänzenden Meer im Hintergrund hinunterblicken konnte. Das Fenster war so groß und ausladend, dass man sogar die gefährliche kurvenreiche Küstenstraße erkennen konnte, die sich am Abhang entlangschlängelte. Wieder musste ich an die Frau vom Granita-Wagen denken und fragte mich, ob sie wohl auch jetzt dort war und Passanten vor drohenden Gefahren warnte.

In dem Moment schaute ich auf den Pool hinunter und

brauchte eine Weile, um mich zu versichern, dass meine Augen mich nicht trogen. Auf dem strahlend blauen Wasser trieb ein Körper mit langen, goldblonden Haaren, die sich auf der Oberfläche blähten und wieder in sich zusammensanken wie ein Fallschirm.

Es war Ella, die im Tiefen schwamm, und mein erster Gedanke war: *Das Nicht-Schwimmen-Können war also auch eine Lüge?*

Ich stand nur da, schaute zu und versuchte, mir einen Reim darauf zu machen, was sie da tat. Dann stellte ich zu meinem Entsetzen fest, dass sie mitnichten *schwamm*, sondern dass ihr Gesicht unter Wasser, ihre Gliedmaßen schlaff waren. Ich habe keine Erinnerung ans Rennen, aber gerannt sein muss ich, denn nur Sekunden später war ich im Pool und versuchte, sie herauszuziehen. Ich schrie um Hilfe.

Plötzlich merkte ich, dass ich nicht mehr allein war. Es war noch jemand bei mir, der ebenfalls verzweifelt versuchte, Ella zum Beckenrand zu ziehen – es war Dan. Wo war er hergekommen? Als wir sie zur Seite schleppten, bemerkte ich plötzlich, dass Joy dort mit ausgebreiteten Armen stand und Bob zuschrie, er solle sich beeilen. Dann tauchte Bob auf und rannte mit etwas Stockartigem um den Pool herum.

Dan war inzwischen am Beckenrand angelangt. Mit einem Arm stützte er sich ab, im anderen hielt er Ella, während ich sie an den Beinen gepackt hatte. In diesem Moment tauchte Jamie auf. Hysterisch schreiend kam er auf uns zugerannt und warf sich ins Wasser, als wäre ihm völlig egal, wie er landete. Und als er endlich bei Ella anlangte, hielt er sie im Arm und weigerte sich zu glauben, dass sie nicht einfach nur schlief. Es war entsetzlich, mit anhören zu müssen, wie er sie auf irrationale Weise immer wieder anflehte, sie solle aufwachen. Dan blickte von mir zu Joy, die völlig erschüttert war und beide Hände über den Mund geschlagen hatte. Nun kniete sie sich hin und fragte Dan, ob Ella noch am Leben sei. Ich nahm alles nur verschwommen und wie in Zeitlupe wahr. Noch immer erinnere ich mich an das Gewicht des Wassers, an die schiere, rohe Kraft – und an die Panik, diese nackte Panik, an diese verzweifelte Hoffnung, dass noch eine Chance bestand, sie retten zu können.

Mit vereinten Kräften schafften wir es irgendwann, sie aus dem Becken zu hieven, aber an der Art, wie ihr Körper in sich zusammensackte, konnte ich erkennen, dass kaum Hoffnung bestand. An ihrer Haut konnte man sehen, dass sie schon eine ganze Zeit lang im Wasser gewesen sein musste.

Jamie kniete nun bei ihr am Boden und hielt vorsichtig ihren Kopf, schluchzend küsste er sie wieder und wieder, als könnte er sie so wieder zum Leben erwecken – ein bisschen wie im Märchen, nur ohne das glückliche Ende. Ich musste ihn beiseiteschieben, um einen Wiederbelebungsversuch zu starten. Totenstill standen die anderen um uns herum, während ich immer wieder Ellas Brustkorb zusammenpresste und ihr Atem spendete. Ich konnte einfach nicht damit aufhören, musste immer wieder noch ein letztes Mal pressen, ein letztes Mal blasen, als könnte das den Unterschied zwischen Leben und Tod ausmachen, aber tief in meinem Inneren wusste ich, dass sie schon lange verloren war.

Es dauerte eine ganze Zeit, bis ich schließlich von ihr abließ. Ich glaube, es war Dan, der irgendwann sagte: »Hör jetzt auf, Clare. Es ist genug«, und mich sanft von ihr wegzog.

»Bob, ruf einen Krankenwagen«, sagte Joy, ohne sich auch nur zu ihm umzudrehen.

»Für einen Krankenwagen ist es zu spät. Ich glaube, wir sollten eher die Polizei rufen«, sagte ich, und Bob tat wie aufgetragen und ging ins Haus.«

Im Kreis standen Joy, Dan und ich um Ellas Leiche herum und schauten einfach nur auf sie hinab. »Kumpel« war das Einzige, was Dan zu Jamie sagte. Er hatte seinem jüngeren Bruder, der immer noch auf den nassen Kacheln hockte und

Ellas Kopf hielt, die Hand auf die Schulter gelegt. Ellas Augen waren weit geöffnet, sie waren blicklos, und doch fühlte ich mich unwohl, als würde sie mich direkt anschauen. Ich lehnte mich über sie und schloss ihr sanft die Augen.

Bob hatte die Polizei gerufen, dann hatte er auf Joys Aufforderung hin die Kinder geweckt und war mit ihnen zum Spielen in den Garten gegangen. Wir wollten, dass sie zu diesem Zeitpunkt noch nichts sahen oder erfuhren, und da der Garten von Bäumen umsäumt war, bekamen sie von dem Horror auf der anderen Seite nichts mit. Derweil warteten wir benommen mit Ella am Pool, sprachen nur vereinzelt mal ein Wort oder versuchten, Satz an Satz zu reihen, um begreifen und nachvollziehen zu können, was sich überhaupt abgespielt hatte.

»Warum war sie überhaupt im Wasser? Sie kann doch gar nicht schwimmen«, sagte Joy und schüttelte den Kopf. Die Angst war ihr ins Gesicht geschrieben. »Es ist sieben Uhr morgens und sie ist im Pool – und das, obwohl sie nicht schwimmen kann«, wiederholte sie.

»Yoga«, sagte ich, und alle drehten sich zu mir und schauten mich an. »Sie hat hier draußen immer Yoga gemacht – jeden Morgen gegen sechs.« Viel später, als ich durch ihren Instagram-Account scrollte, sah ich sie. Wie immer hatte sie die Möglichkeit für ein Selfie nicht ungenutzt verstreichen lassen: Sie lächelte in die Kamera und trug schon dieselbe Kleidung, ein dunkelrotes Top mit farblich passender Yogahose, in der sie jetzt mit von der Sonne beschienenem Haar vor uns lag.

»Hast du sie beim Yogamachen *beobachtet*?«, fragte Dan vor allen anderen, als wäre ich eine dahergelaufene Stalkerin.

»Nicht heute Morgen, und *beobachtet* habe ich sie eh nie«, verteidigte ich mich, »aber an anderen Tagen habe ich sie morgens manchmal gesehen. Manchmal habe ich, wenn ich früh aufgewacht bin, mein Buch genommen ... und mich einfach ein bisschen hier rausgesetzt, auf die Terrasse. Ich wollte die Kinder nicht stören. Da war sie dann auch hier draußen.«

»Ja ... sie hat morgens Yoga gemacht.« Jamie nickte. »Aber nicht am Pool, da hätte sie zu viel ... Angst gehabt, hineinzufallen ...«, sagte er und sein Gesicht verzerrte sich.

»Sie *war* im Garten«, sagte ich sanft. »Sie hat immer im Garten Yoga gemacht.«

»Und wie ist sie dann verdammt noch mal im Pool gelandet? Allein wäre sie niemals auch nur in die Nähe des Wassers gegangen«, stieß er mit tränenerstickter Stimme hervor.

»Vielleicht war noch jemand da?«, sagte Dan und sah mich an. Ich fühlte mich nicht ganz wohl dabei.

»Vielleicht wollte sie einfach nur eine neue Figur am Pool ausprobieren?«, schlug ich vor. »Der Pool würde sich als Hintergrund für ein Foto doch gut machen – für ihr Instagram?«

»Oder vielleicht«, meldete sich Joy, »und ich sage das nicht gerne ... aber sie war ja wegen irgendetwas aufgewühlt, und ...?«

»Niemals.« Jamie schüttelte den Kopf. »So etwas würde sie nie tun.«

Ich selbst konnte es mir auch nicht wirklich vorstellen. Ella war wütend auf mich gewesen und enttäuscht darüber, dass es doch kein TV-Angebot gab, aber doch nicht lebensmüde.

»Sie war aufgewühlt, weil sie mich verlassen würde, aber wir hatten darüber geredet. Ich hatte gesagt, dass ich sie besuchen würde, sobald sie mit den Dreharbeiten durch wären. Ich war verletzt, ich habe ein paar Sachen gesagt, die mir leidtun, aber ich habe das hier nicht verursacht!« Er ließ ihren Kopf los und lehnte sich mit ausgestreckten Armen zurück.

»Das sagt doch auch keiner, mein Schatz.« Joy ging zu ihm, um ihn zu umarmen, aber er wich ihr aus.

Joy fasste sich an die Brust. Zweifellos litt sie mit ihrem Sohn und daran, dass sie ihn nicht trösten konnte. »Das wird mir alles zu viel, ich muss mich hinlegen«, sagte sie und zog einen goldenen Lippenstift aus ihrer Kimonotasche, um ihre

Lippen vor der Ankunft der Carabinieri noch schnell mit Pink nachzuziehen.

Während Jamie und Dan darüber diskutierten, ob sie Ellas Leiche für die Polizei an Ort und Stelle liegenlassen oder sie aus der Sonne holen sollten, ging ich hinüber in den Garten, um nach Bob und den Kindern zu sehen. Ich hatte das Gefühl, dass es vielleicht ganz gut wäre, Violet und ansatzweise auch Alfie zu erklären, warum gleich Männer in Uniform hier auftauchen würden. Ich erzählte ihnen, dass etwas sehr Trauriges passiert, dass Ella ins Wasser gefallen und nun im Himmel sei.

»Ist sie gerannt, Mummy?«, fragte Alfie. Tag für Tag hatte er sich die Ermahnung anhören müssen, am Pool nicht zu rennen, so dass ihm das geradezu als Todsünde erschien.

»Das wissen wir nicht, mein Schatz. Aber das ist der Grund dafür, dass du dich am Pool immer vernünftig verhalten und nicht rennen oder rumalbern sollst.«

»Hat Ella am Pool *rumgealbert*, Mummy?«, fragte er.

»Auf gewisse Weise«, sagte ich. Ich war noch immer fassungslos angesichts der Ereignisse, fand aber einen gewissen Trost in der Naivität, mit der meine Kinder mit Leben und Tod umgingen.

Violet war offenbar durcheinander und bestürzt, und dann fing Alfie an, mich mit Fragen zum Himmel zu löchern – »Wie ist es im Himmel, Mummy? Kann Ella im Himmel auch *Thomas, die kleine Lokomotive* gucken – läuft das auch im Himmel?« und so weiter.

Ich bot Bob an, er könne zu Joy gehen, um ihr Trost zu spenden, ich würde derweil ein bisschen mit den Kindern spielen, was nicht nur ihnen, sondern auch mir guttat. Ich wollte sie um mich haben, sie waren mein kleiner Kokon. Ich sammelte sie ein und ging mit ihnen ins Haus, wo ich das Frühstück ein wenig in die Länge zog, damit wir noch in der Küche waren, wenn die Polizei ankam. Aber nach einer Weile wurden die Kinder unruhig. Egal was passiert war, sie hatten Ferien, sie wollten toben, und da ich klargemacht hatte, dass der Pool heute nicht infrage kam, schlug ich ihnen vor, weiter im Garten zu spielen. Ich gab mir solche Mühe, alles normal erscheinen zu lassen, und als die Polizei ankam, lachte ich gerade mit den Kindern, was Dan mir später direkt unter die Nase hielt. »Ich weiß, dass du Ella nicht mochtest, aber ein bisschen Respekt hättest du schon zeigen dürfen«, sagte er.

»Und wir alle wissen nur zu gut, wie sehr *du* sie gemocht hast«, giftete ich zurück.

Zusammen mit der Polizei kam auch ein Kriminalkommissar an, der verkündete, das Ganze sehe ihm nach »*omicidio*« aus.

Schnell versicherte Joy ihm in ihrer italienischen Tonlage: »Nein, lieber Herr Inspektor – niemand hat dieses Mädchen umgebracht. Es muss *suicidio* gewesen sein.« Offenbar hatte sie sich auf *Google Translate* schlaugemacht. Der Kriminalkommissar erkundigte sich, welchen Eindruck Ella auf uns gemacht habe, als wir sie zuletzt gesehen hätten, und ob sich irgendetwas Ungewöhnliches zugetragen habe, aber wirklich viel hatten wir nicht beizutragen.

»Ich halte es ehrlich gesagt für einen Unfall«, sagte ich. »Wahrscheinlich hat sie gerade ein Selfie gemacht und ist dabei ins Wasser gefallen. Sie konnte nicht schwimmen, wissen Sie ...«

Der Kriminalkommissar wies allerdings darauf hin, dass ihr Telefon im Garten gefunden worden sei – »Wenn sie ein Selfie gemacht hätte, wäre das Handy dann nicht mit ins Wasser gefallen?«

Natürlich wäre es das. In dem ganzen Chaos hatte ich das gar nicht bedacht. Was war also passiert?

»Sie hatte ein Angebot bekommen, fürs Fernsehen zu arbeiten«, sagte Jamie niedergeschlagen. Das ließ mir das Herz bis zum Hals klopfen. Außer Ella und mir kannte niemand die Wahrheit über besagtes Angebot. »Sie hat gesagt, es würde ihr das Herz brechen, das Angebot nicht anzunehmen ... Ich habe sie angefleht, es zu lassen – aber es war einfach eine Wahnsinnschance.« Dann fügte er hinzu: »Ich glaube, das hat sie überwältigt und irgendetwas mit ihrem Kopf angestellt, sie war sehr labil.«

»Ja ...«, nickte Joy zustimmend. »Es ging ihr nicht gut.«

Jedes Wort durchfuhr mich wie ein Nadelstich und rief mir in Erinnerung, dass wir, wenn ich Ella nicht mit der gefälschten Instagram-Nachricht provoziert hätte, jetzt wahrscheinlich nicht in dieser misslichen Situation wären. Was für eine Idiotin ich doch war. Da hätte ich sie eigentlich gleich direkt selbst ins Wasser stoßen können.

»Sie hat sich immer höchstens an den Beckenrand gesetzt, und neulich ist sie schon einmal hineingefallen und in Panik geraten ...«, berichtete ich der Polizei. »Aber deshalb bezweifle ich, dass sie sich umgebracht hat. Hätte sie sich das Leben nehmen wollen, hätte sie sicher einen anderen Weg gefunden. Ich glaube, es war einfach ein schrecklicher Unfall.«

Etwas später befragte uns der Kriminalkommissar einzeln zu möglichen Motiven, zur Familiendynamik und zu möglichen Gründen für einen Selbstmord. So hatte jeder die Möglichkeit, frei und offen zu sprechen, ohne dass andere Familienmitglieder das mitbekamen, und ich hoffte inständig, dass Jamie ihnen nichts über ihn und mich verraten würde. Mit ihrem Tod hatte das schließlich nichts zu tun. Ja, sie hatte gewollt, dass Jamie als Freddies Vater anerkannt wurde, aber ich wusste, dass das nicht der Grund für ihr Ertrinken gewesen war. Sie war viel zu eitel, als dass sie sich umgebracht hätte, und auch wenn sich das Angebot des Fernsehsenders als falsch herausgestellt hatte, war sie schon dabei gewesen, alles hinter sich zu lassen und so mit dem Leben weiterzumachen, wie sie es vor Jamie, vor den Taylors getan hatte. Wie ich der Polizei darlegte, war nichts, was sich in der Villa abgespielt hatte, von Bedeutung für ihren Tod, weil keiner von uns ihr wirklich etwas bedeutet hatte. Es musste sich um einen Unfall handeln – was hätte es sonst sein sollen.

Während ich sprach, schrieb der Kriminalkommissar alles auf, dabei nickte er nur und bat mich ab und zu, etwas zu wiederholen. Ich war so ehrlich, wie ich sein konnte, ohne meine eigenen Geheimnisse auszuplaudern. »Ella war eigentlich ganz zufrieden. Ich bin Krankenschwester und habe Erfahrung mit psychisch kranken Patienten. Ella machte keinen depressiven Eindruck, auf mich hat sie jedenfalls überhaupt nicht lebensmüde gewirkt.«

Aber warum, verdammt nochmal, war sie dann so nah am Wasser gewesen, ohne dass jemand anders in der Nähe war? Ella hatte einen starken Selbsterhaltungstrieb, niemals hätte sie sich selbst in Gefahr begeben. Aber wenn es weder Selbstmord noch ein Unfall war, dann stellte sich natürlich die Frage, welches Mitglied der Familie Taylor ein Interesse an Ellas Tod hatte ... wobei die Frage streng genommen eigentlich lauten musste: welches nicht?

33

»Du hattest den richtigen Instinkt gehabt«, gab Dan zu, sobald die Kinder abends im Bett und wir allein im Garten waren. »Ella ... sie war nicht vertrauenswürdig. Ich will nicht sagen, gut, dass sie tot ist. Aber sie hätte uns ein Vermögen gekostet. Und nicht nur wegen ihres schäbigen Versuchs, mich zu erpressen. Was wäre bei einer Scheidung passiert, die, wenn man ehrlich ist, wahrscheinlich eher früher als später angestanden hätte. Wie Mum meinte – Ella war die Sorte Frau, die im Scheidungsfall eine Riesenabfindung gefordert hätte.«

»Das hat deine Mum gesagt?«

»Ja, und ich wusste, dass es nur eine Frage der Zeit war, bis sie die Scheidung eingereicht und eine Riesensumme verlangt hätte. Ich mag gar nicht daran denken, was das für das Unternehmen hätte bedeuten können, wenn sie noch am ...« Er ließ den Satz in der Luft hängen, es war auch nicht notwendig, ihn zu Ende zu sprechen. Aber in mir kam die Frage hoch, ob Dan nicht mehr als nur einen guten Grund gehabt hatte, bei Tagesanbruch hinunter zum Pool zu gehen und sie hineinzustoßen.

·   ·   ·

Die Hitze und Anspannung hielten achtundvierzig Stunden lang an und pulsierten durch die Villa, während die Polizisten in ihren wuchtigen Stiefeln an diesem wunderschönen Ort herumliefen und auch ein Forensikteam dazukam. All das übte eine mächtige Faszination auf die Kinder aus, und Alfie trompetete die ganze Zeit seine verrückten Fragen heraus: »Wo ist Auntie Ella, ist sie schon oben im Himmel? Ich kann sie da gar nicht sehen« und »Wer kommt als nächstes in den Himmel, Mummy?«

Es war eine schwierige Situation. Wir alle standen unter Schock und liefen wie Zombies durch die Villa, während die Carabinieri noch immer überall herumwuselten. Sie hatten den Pool gründlich untersucht und jeden von uns in gebrochenem Englisch befragt, und alle miteinander hatten wir versucht, ihnen zu helfen und sie mit möglichst vielen Informationen zu versorgen.

Ich hatte nicht viel geschlafen. Dass das Angebot des Fernsehsenders nicht echt gewesen, sondern von mir gekommen war, hatte ich der Polizei gegenüber noch nicht erwähnt, und ich befürchtete, dass das noch wie ein Bumerang zu mir zurückkommen würde. Die Familie wusste noch nichts davon, und ich wollte auch nicht, dass sie davon erfuhr. Es würde die Dinge nicht gerade einfacher machen. Also fragte ich den Kriminalkommissar, ob ich ihn unter vier Augen sprechen könne.

»Aber wir haben Sie doch schon befragt«, sagte er. Er saß draußen am Gartentisch und blätterte durch seine Aufzeichnungen.

»Ja, ich weiß, aber ... es gibt da noch etwas, was ich noch nicht erwähnt habe.«

»Okay«, seufzte er und bedeutete mir mit der Hand, mich zu setzen.

Nachdem ich mich gesetzt hatte, wartete ich, bis er seine Aufzeichnungen beiseitegelegt hatte. Schließlich lehnte er sich auf dem Stuhl zurück und machte eine auffordernde Handbewegung. Ich holte tief Luft und sagte: »Das Angebot des Fernsehsenders hatte ich mir nur ausgedacht.«

Er wirkte verwirrt und neigte den Kopf zur Seite, als versuchte er angestrengt, mich zu verstehen.

»Es war nicht echt ... das Angebot von dem Fernsehsender«, wiederholte ich.

Er nickte, aber ich war nicht sicher, ob er mich wirklich verstand.

»Und jetzt ist es so, also, Ella ist darauf reingefallen ... sie hat wirklich geglaubt, dass sie bei einer Fernsehshow mitmachen soll, aber dann habe ich ihr erzählt, dass ich das war, und dann hat sie sich aufgeregt und hat gesagt, dass sie abreist.«

»Aufgeregt?«

»Ja, aber ich glaube trotzdem nicht, dass sie sich umgebracht hat. Sie musste nur ein bisschen ihre Wunden lecken, dann wäre alles wieder gut gewesen.«

»Seine Wunden lecken?«

»*Ihre* Wunden. Wie ein Tier? Das ist eine Redewendung. Was ich sagen will: Sie hat sich aufgeregt, aber sie wäre darüber hinweggekommen. Also, ihr war es mit Jamie offensichtlich nicht ganz so ernst – denn sonst hätte sie dem angeblichen Fernsehsender gegenüber ja wohl kaum behauptet, single zu sein, oder?«

»Nicht?« Er wirkte nach wie vor etwas verwirrt. Sein Englisch war nicht sonderlich gut und mein Italienisch nicht vorhanden, also war ich unsicher, ob er mich verstanden hatte. Ich redete mich um Kopf und Kragen, aber ich hatte Sorge, die Polizei könnte die Nachrichten auf ihrem Handy finden und einen falschen Eindruck bekommen. Aber selbst für jemanden mit besseren Englischkenntnissen musste mein Geschwafel verwirrend sein. Trotzdem fuhr ich mit meiner Geschichte fort.

»Sie war wütend auf mich, aber ich glaube nicht, dass das etwas mit ihrem Tod zu tun hatte. Ich dachte nur, dass Sie davon wissen sollten.«

»Wütend, sagen Sie?«

»Ja, wütend, aber im Prinzip war sie den ganzen Urlaub über schon wütend auf mich. Wir sind nicht gut miteinander ausgekommen ... wir haben uns auf Anhieb nicht *gemocht*«, fügte ich hinzu, um ihm das Verständnis zu erleichtern.

»Ah. Ja ... ja, Signora Taylor, sie sagt ...« Er schaute in seine Aufzeichnungen. »Sie und die *vittima* ... ähm, das Opfer? Sie *hassen* ...«

»*Hassen* ist ein starkes Wort«, sagte ich. »Hat Signora Taylor – hat Joy das so gesagt? Zu Ihnen?« Es überraschte mich, dass Joy es für notwendig befunden hatte, das zu erwähnen.

»Ja, ich habe so notiert. Keine Sorgen!« Er machte eine wegwerfende Handbewegung, als wäre das alles gar nicht wichtig, aber bevor ich noch etwas dazu sagen konnte, wurde er schon von einem der anderen Beamten weggerufen.

Jetzt, wo ich der Polizei alles gesagt hatte, fühlte ich mich gleich viel besser. Trotzdem war alles so kompliziert.

Direkt nach dem Gespräch ging ich zu den anderen an den Frühstückstisch. Es war unser letzter Urlaubstag und wir konnten es kaum abwarten, endlich abzureisen, mussten jedoch bleiben, bis die Polizei ihre Ermittlungen abgeschlossen hatte. Es herrschte eine bedrückende und angespannte Atmosphäre, und die Hitze lag weiterhin wie eine schwere, stickige Decke auf uns allen. Um der Kinder willen bemühten wir uns um Fröhlichkeit, aber es fiel uns schwer, und irgendwie kehrte unsere Unterhaltung immer wieder zu Ella zurück. Sie war fort und trotzdem noch bei uns und würde aufgrund dessen, was passiert war, nun auch für immer bei uns bleiben.

Es war eine eigenartige Zeit der Trauer, der Reue und der Angst, weil wir nicht wussten, was *wirklich* passiert war. Aber zu Joys Freude war Jamie wieder in den Schoß der Familie zurückgekehrt. Mit seiner Aufmerksamkeit war er nun wieder bei ihr, und sie wirkte eigenartig zufrieden.

Inmitten der Traurigkeit gab es bittersüße Momente, wenn

wir gemeinsam aßen oder eins der Kinder uns mit einer witzigen Formulierung zum Lachen brachte. Und obwohl wir so dicht am Abgrund gestanden hatten, hatten wir – wie ein zurückschnellendes Gummiband – wieder zueinandergefunden.

»Oh Gott, was für ein tragischer Tod«, stieß Joy an einem der Abende während des Essens hervor. »Hoffen wir, dass diese zerbrechliche Blume nun in Frieden ruht.« Sie stieß einen kleinen Seufzer aus und betupfte sich ein Auge mit ihrem Taschentuch. »Zerbrechliche Blume« war nicht gerade der Ausdruck, der mir als erstes in den Sinn gekommen wäre, um Ella zu beschreiben – selbst nicht im Tod –, aber wenigstens konnte Joy auf diese Weise ein positives und unschuldiges Bild ihrer verschiedenen Schwiegertochter zeichnen. »So ein trauriges Leben. Nach dem Tod ihrer Schwester hatte sie gar keine Familie mehr, wisst ihr. Das führt mir einfach immer wieder vor Augen, wie glücklich wir uns schätzen können, dass wir einander haben – zusammen sind wir so stark«, versicherte sie uns immer und immer wieder. »Kommissar Bianchi – Roberto – sagt, dass er es für einen Selbstmord hält«, berichtete sie uns bei einem Glas Gin »gegen den Schock«. »Das arme, arme Mädchen.«

»Das ist ja mal wieder typisch Joy, dass sie mit dem Kommissar auf Du ist. Da hat sie ihren Charme aber ordentlich spielen lassen«, sagte ich später zu Dan, als wir unter uns waren.

»Mum scheint in schweren Zeiten immer erstaunlich gut zurecht zu kommen. Wenn etwas Schlimmes passiert, hat sie schnell wieder alles im Griff.«

»Du meinst so, wie sie auch ›alles im Griff‹ hatte, als sie deine Liebhaberin aus dem Unternehmen entfernt hat? Das war doch deine Mutter, oder? Die sie rausgekickt hat?«, sagte ich. Es mochte etwas herzlos erscheinen, das in dieser Situation anzusprechen, aber ich konnte mir nicht helfen, es brach einfach aus mir hervor. Ich hinterfragte einfach alles und jeden.

»Ja«, gab er widerstrebend zu. Und ich erkannte in ihm das Kind, das Muttersöhnchen, das immer beschützt wurde und stets im Recht war, was immer es auch angestellt haben mochte.

»Deine Mutter würde *alles* tun, um diese Familie beieinander zu halten, besonders wenn sie einen Außenstehenden als Bedrohung betrachtet.« Ich hielt inne. Seit Ellas Tod hatte ich immer und immer wieder darüber nachgedacht.

»Weißt du eigentlich, wo sie jetzt ist ... Marilyn, oder wie sie noch gleich hieß?« Ich tat so, als könnte ich mich nicht mehr so genau an ihren Namen erinnern, als hätte ich mich nicht in Tagträumen verloren, in denen ich diesen Namen mit ihrem eigenen Blut schrieb.

»Ich glaube, jetzt ist nicht der richtige Zeitpunkt, um da nachzubohren ...« Unruhig rutschte er hin und her.

Damals hatte ich mir keine weiteren Gedanken dazu gemacht, ich war einfach nur dankbar gewesen, dass sich jemand anderes um die Drecksarbeit gekümmert hatte und Marilyn danach Vergangenheit war. Aber inzwischen fragte ich mich, ob hinter Marilyns »Entlassung« bei Taylor's nicht doch mehr gesteckt hatte.

»Ich *bohre* überhaupt nicht nach, Dan. Wirklich nicht. Ich frage mich einfach nur, was deine Mum ... mit ihr *gemacht* hat?«

»Mit ihr *gemacht* hat?« Er lachte nervös. »Man hat irgendwelche Unregelmäßigkeiten in der Abrechnung gefunden ... Wir mussten uns von ihr trennen.« Er unterbrach sich und hielt einen Moment inne. »Worauf willst du hinaus, Clare?«

»Keine Ahnung.« Ich konnte einfach immer nur denken: *Was verpasse ich hier eigentlich?* Ich wurde den Gedanken nicht los, dass Ella, hätte sie sich umbringen wollen, das weitaus ästhetischer inszeniert hätte. Sie hätte ein langes, weißes Kleid getragen, *die ertrunkene Braut* – nicht dunkelrotes Lycra. Als

Krankenschwester wusste ich sehr gut darüber Bescheid, mit welchen Dämonen Menschen zu kämpfen hatten und wie psychische Probleme in Selbstmord enden konnten. Wie oft hatte ich bei verängstigten Überlebenden mit schreckensweiten Augen oder trauernden Familien gesessen und Hände gehalten. Mit den Grauen des Selbstmords kannte ich mich aus. Aber das hier fühlte sich so anders an. Natürlich konnte ich nicht wissen, was in Ellas Kopf vorgegangen war, aber sie war zufrieden gewesen und hatte sich auf ihr nächstes Abenteuer gefreut. Sie hatte vorgehabt, wie immer das Alte zurückzulassen und sich neu zu orientieren.

»Wer weiß, was passiert ist, vielleicht war ja gerade *das* der Grund dafür, es zu tun, vielleicht hatte sie dieses ganze Instagram-Leben über?«, überlegte Dan.

Meiner Meinung nach war das weit gefehlt, Instagram war ihr Leben, es war Teil ihrer DNA, aber ich behielt meine Gedanken für mich.

»Also, wo *ist* Marilyn *jetzt*«, fragte ich sanft.

»Sie ist nach Australien gezogen, da hat sie Familie. Aber ich habe mich nicht mit ihr in Verbindung gesetzt ... Wir hatten keinen Kontakt ...«

»Und hat irgendjemand seit ihrem Weggang irgendetwas von ihr gehört?«, fragte ich, ohne weiter auf seine Unschuldsbeteuerungen einzugehen.

»Woher soll ich das wissen? Clare, können wir das nicht hinter uns lassen?«, sagte er.

»Ich würde ja gern«, sagte ich, »ich weiß nur nicht, ob ich das kann.«

Später, nachdem wir die Kinder ins Bett gebracht hatten, saßen Dan, Joy, Bob und ich in der Küche und aßen Reste. Es wurde nicht viel gesprochen. Plötzlich begegneten wir einander wie

höfliche Fremde, gaben die Butter weiter, redeten übers Wetter.
Was vorgefallen war, war so übermächtig, dass man kaum
darüber sprechen konnte. Ob es nun Selbstmord gewesen war
oder etwas anderes, es war nichts, über das sich so einfach sprechen ließ. Trotz fortgeschrittener Stunde war es heiß und
stickig, besonders in der Küche, wo wir alle um den runden
Tisch herumsaßen und unseren eigenen Gedanken nachhin-
gen. Ich hatte das Gefühl, nur noch Wirrwarr im Kopf zu
haben, und musste mal nach draußen, um ein bisschen umher-
zugehen und nachzudenken.

»Ich muss einfach mal ein bisschen frische Luft schnappen«, sagte ich und versprach, bald zurück zu sein. Kaum
jemand regte sich. Alle waren so in ihre eigenen Gedanken und
Theorien vertieft, dass sie noch nicht einmal den Kopf dafür
frei hatten, mein Gehen zur Kenntnis zu nehmen. So ließ ich
sie also zurück, und als ich in die ein wenig kühlere Nachtluft
hinaustrat, bemerkte ich Jamie, der allein im Garten saß.

Einen Moment lang blieb ich stehen und beobachtete ihn.
War es die Beziehung zwischen ihm und mir, die Ella mehr als
alles andere gegen den Strich gegangen war, und war das der
Grund dafür, dass sie einen solchen Hass gegen mich
empfunden hatte? Natürlich drängte sich mir die Erinnerung
an jene andere Gelegenheit auf, als ich Jamie zufällig im
Garten über den Weg gelaufen war. Ich fragte mich, wie anders
alles möglicherweise gekommen wäre, wenn Dan an jenem
Abend vor mehreren Jahren nicht mit Carmel, seiner Geliebten, telefoniert hätte, und wenn ich nicht in die Nacht hinaus-
gelaufen und auf Jamie gestoßen wäre. Hätte Ella sich mir
gegenüber dann anders verhalten? Wäre sie dann noch am
Leben? Vielleicht würden wir dann gerade einen kleinen Gang
zusammen machen und gemeinsam über die Taylor-Jungs
lachen.

Jamie saß an dem gusseisernen Tisch, an dem erst vor
wenigen Tagen Ella und Dan miteinander gesprochen hatten.

»Darf ich mich zu dir setzen?«, fragte ich, aber Jamie schaute noch nicht einmal auf.

Einen Augenblick stand ich nur da und wusste nicht, wie ich mich verhalten sollte, dann nahm ich vorsichtig auf der Stuhlkante Platz.

»Wie geht es dir, Jamie?«

Er gab mir keine Antwort, also berührte ich ihn am Arm und er zuckte einfach nur mit den Schultern.

»Jamie«, sagte ich schließlich, nachdem ich endlich allen Mut zusammengefasst hatte, »glaubst *du*, dass es ein Unfall war ... oder ...?«

Ohne ein Lächeln wandte er sich mir zu. »Ich glaube, es war Mord.«

»Oh.« Ich war schockiert. Ich hatte erwartet, er würde sagen, er halte es für Selbstmord – meinetwegen auch einen Unfall – aber doch nicht Mord.

»Wie ich's auch der Polizei gegenüber gesagt habe: Sie hätte sich nicht umgebracht. Und sie hätte sich auch nicht allein in der Nähe des Pools aufgehalten. Ich glaube, jemand hat sie hineingestoßen.«

Ich antwortete nicht. Es gab nichts, was ich ihm hätte sagen können.

»Ella war mutiger als ich«, seufzte er. »Sie war nicht dazu bereit, ihr Leben im Schatten zu verbringen wie wir. Auch wenn wir dabei waren, uns zu trennen, hatte sie trotzdem recht damit, dass ich ein für alle Mal herausfinden muss, ob ich Freddies Dad bin, und die Vaterschaft dann ausleben muss. Was Ella zugestoßen ist, hat dir das Leben deutlich einfacher gemacht. Ich wette, du bist *froh*, dass sie tot ist.« Er schaute mich mit unverhohlenem Hass an. Dieselben Augen, aus denen immer nur Zuneigung oder Verlangen gesprochen hatte, waren nun wie Dolche.

Anders als Jamie vermutete, war ich nicht froh, dass Ella tot war, aber natürlich hatte er recht damit, dass mein Leben dadurch, dass sie nun nicht mehr da war, einfacher geworden war – wie sollte es auch anders sein. Jamie war nun der einzige Mensch auf der Welt, der noch wusste, wie sehr ich mir ihren Tod hätte herbeiwünschen können und warum. Mehr konnte ich nicht ertragen, also stand ich langsam auf und ging davon.

34

Kommissar Bianchi und sein Team packten schließlich ein und erteilten uns die Erlaubnis zur Abreise. Er sagte, er habe anfangs in Richtung Mord gedacht, könne aber mangels Beweisen nur auf Tod durch Unfall schließen. Weiterhin sagte er, es sei durchaus möglich, dass wir im Laufe des Prozesses noch einmal nach Italien beordert würden, um als Zeugen auszusagen, aber bis dahin stehe es uns frei, nach England zurückzukehren.

Wir waren alle enorm erleichtert, endlich der Hitze und einander entkommen und nach Hause fliegen zu können.

Am Tag vor unserem Abflug spielte ich noch mit den Kindern im Garten. Den Pool hatten wir nicht wieder benutzt. Dan ging ich aus dem Weg. Noch immer wusste ich nicht, ob ich meinen Mann überhaupt kannte, vor allem aber brauchte ich Zeit zum Nachdenken. Eigenartigerweise hatte ich das Bedürfnis, um Ella zu trauern, um die Frau, die mir das Leben zur Hölle gemacht hatte, und immer wieder ertappte ich mich dabei, wie ich durch ihren Instagram-Account scrollte oder mir Unterhaltungen in Erinnerung rief. Ich kam mir vor wie eine Detektivin, die auf der Suche nach einer Erklärung dafür war, was Ella wirklich zugestoßen war, und dafür immer und immer wieder ihre Hinweise durchging, aber zu keinem Ergebnis kam. Wenn Dan doch einmal auf der Bildfläche erschien, machte er einen entmutigten Eindruck, und ich fragte mich, ob er den Schlüssel zu dem Vorfall in der Hand hielt, aber möglicherweise fragte er sich dasselbe auch über mich? Wir sprachen nicht viel miteinander, allenfalls oberflächlich, und spielten vor den anderen die Rollen, die von uns erwartet wurden.

Bob fuhr Jamie zur Leichenhalle, in der Ella lag. Ihre Leiche sollte ein paar Tage später ausgeflogen werden. An jenem Abend berichtete er uns beim Abendessen, die Polizei in England habe ihre Familie ausfindig gemacht.

»Ich wusste gar nicht, dass sie überhaupt Familie hatte«, wunderte sich Joy und tupfte sich den Mund mit einer Serviette ab.

»Ja, es sieht wohl so aus, als wären Ellas Eltern beide noch am Leben«, sagte er mit zittriger Stimme.

Verblüfft schauten wir einander an.

»Was zum ...?«, stieß Dan hervor.

Jamie war durch diese Nachricht verständlicherweise am Boden zerstört und versuchte verzweifelt, sich einen Reim daraus zu machen, wohl allein schon, um selbst bei Verstand zu bleiben.

Joy und ich versuchten beide, ihn bei Tisch zu trösten, während Dan die Kinder ins Bett brachte. Bob kümmerte sich um den Abwasch, so dass Jamie Gelegenheit hatte zu reden. Er war verstört. Alles, was er über seine kurze Ehe zu wissen geglaubt hatte, fiel wie ein Kartenhaus in sich zusammen.

»Warum hat sie nur gesagt, sie wären tot?« fragte er mit vors Gesicht geschlagenen Händen.

Joy lehnte sich vor und umfasste die Hand ihres Jüngsten. »Vielleicht hatten sie sich überworfen?«, schlug sie vor, wirkte aber selbst nicht sonderlich überzeugt.

Jamie hatte es irgendwann geschafft, mit Ellas Eltern zu

telefonieren, und sie hatten bestätigt, dass sie psychisch sehr labil war. Das bereitete mir furchtbare Schuldgefühle. Ich hätte es wissen sollen, hatte aber nichts geahnt. Wenn ich etwas in der Art vermutet hätte, hätte ich mich ihr gegenüber völlig anders verhalten. Gleichzeitig weiß ich natürlich, dass das keine Entschuldigung ist, und konnte mir unsere missglückte Beziehung nicht verzeihen.

»Sie hat immer einen so starken und selbstbewussten Eindruck gemacht«, sagte Jamie. »Aber wenn man sie besser kennengelernt hat, hat man gemerkt, dass sie das nicht war«, fügte er hinzu. »Ihre Eltern haben gesagt, dass sie nie über den Tod ihrer Schwester hinweggekommen ist, dass sie mit der Trauer gelebt hat. Sie sind überzeugt davon, dass sie sich deswegen umgebracht hat.«

»Das klingt nachvollziehbar«, seufzte Joy. »Wie sollen ihre Eltern nur damit klarkommen ...«

»Ich frage mich, ob sie uns deshalb erzählt hat, sie seien beide tot«, sagte er und nahm den Kopf aus den Händen, »weil es sie an ihre Schwester und das, was passiert ist, erinnert hat, wenn sie sie gesehen hat? Wenn sie mich doch nur nicht angelogen hätte, wenn sie mir doch einfach die Wahrheit erzählt hätte.«

»Wer weiß«, sagte ich. »Manchmal geht es weniger darum zu lügen, als darum, zum Schutz von anderen nicht die Wahrheit zu sagen.« Ich wusste, wie sich das anfühlte, und spürte plötzlich eine traurige Verbundenheit mit Ella, wie ich sie zu ihren Lebzeiten nie wahrgenommen hatte.

»Sie wird ihre Gründe gehabt haben«, sagte Joy. »Man hat den Eindruck, dass ihr ganzes Leben ein einziges Rätsel war.«

»Ja – selbst für mich. Das habe ich an Ella so faszinierend gefunden – dass man sie nicht wirklich einordnen konnte.« Die verschwommene Erinnerung an vergangene Momente zauberte ein Lächeln auf Jamies Lippen.

»Ich frage mich ja immer noch, ob sie sich ihren Lebensunterhalt wirklich einfach nur damit verdient hat, Bilder zu posten. Haben ihre Eltern da irgendetwas Erhellendes gesagt?«, erkundigte sich Dan, als er an den Tisch zurückkam.

Kurz zögerte Jamie, dann sagte er: »Offenbar hat sich Ella von einem Mann zum nächsten gehangelt. Die Männer sind für alles aufgekommen, einen Job hat sie gar nicht gebraucht. Sie hat einfach nur ihr Leben gelebt ... Wahrscheinlich war auch ich nichts weiter als einer dieser Männer.« Ich vermute, dass Jamie traurig darüber war, dass Ella ihm gegenüber weniger offen gewesen war als umgekehrt.

»Oh, mein Gott!« Vor Entsetzen packte sich Joy an die Brust und zog laut hörbar die Luft ein. Zwar hatte ich genau das vermutet und ihr meinen Verdacht auch mitgeteilt, aber wahrscheinlich konnte sie es trotzdem kaum fassen.

»Ich frage mich, ob sie jemals wirklich etwas für mich empfunden hat«, seufzte Jamie.

Joy versuchte es mit einem halbherzigen »Natürlich hat sie das«, aber ich hatte keine tröstenden Worte für ihn. Ich hatte keinerlei Beweis dafür, dass sie ihn geliebt hatte. So sehr wie ich sein Leid lindern wollte, konnte ich ihn doch nicht belügen. Die Tatsache, dass Ella kein Problem damit gehabt hatte, ihn nach Erhalt meiner Nachricht sitzenzulassen, legte die Vermutung nahe, dass sie ihn nicht geliebt hatte. Ich fragte mich, ob sie nach dem Tod ihrer Schwester überhaupt wieder zu Liebe fähig gewesen war?

»Kumpel, sie war ganz klar auf Geld aus.« Dan sprach aus, was sich sonst niemand zu sagen traute. »Mir ist bewusst, dass das hier ein schlechter Zeitpunkt ist, dir davon zu erzählen – aber Ella hat versucht, mich zu erpressen.«

»Was?« Alles Blut wich aus Jamies Gesicht. »Das kann ich einfach nicht glauben«, sagte er sichtlich geschockt. Er hatte seine Frau wirklich nicht gekannt, aber wer hatte schon von sich behaupten können, Ella zu kennen? Wahrscheinlich hatte sie noch nicht einmal selbst gewusst, wer sie wirklich war.

»Ja, sie hat versucht zu behaupten, ich hätte ihr unsittliche Angebote gemacht und sie angefasst.«

Ungläubig schüttelte Jamie den Kopf, und Bob gab grunzende Laute der Zustimmung von sich, als er vom Abwasch zurückkehrte.

»Genug davon jetzt«, entschied Joy, der das Ganze ein bisschen zu anstößig wurde. »Bob mixt uns jetzt allen einen schönen Gin Tonic mit Eis und Zitrone, nicht wahr, und dann gehen wir vor dem Flug morgen früh heute Abend alle früh zu Bett.«

So lief es immer bei den Taylors – Joy übernahm das Kommando und kehrte alle Probleme unter den Teppich. Bis jetzt hatte das immer gut funktioniert. Aber vielleicht hatte Joy verstanden, dass Ella sich nicht so einfach hätte beschwatzen lassen?

In der Abflughalle am nächsten Tag müssen wir gewirkt haben wie eine ganz normale Familie auf der Rückreise aus dem Urlaub. Die Kinder tobten, Joy saß mit Augenmaske herum (offenbar hatte der Stress der letzten Tage sich verheerend auf ihre Haut ausgewirkt), Bob löste ein Kreuzworträtsel, und Dan und ich stritten darüber, wann der beste Zeitpunkt wäre, den Kindern etwas zu essen zu geben. Derweil saß der arme Jamie einfach nur still da und versuchte wahrscheinlich immer noch zu verstehen, was zum Teufel ihm da widerfahren war. Nur wenige Tage zuvor war er als Frischvermählter angekommen, nun reiste er als Witwer wieder ab.

Plötzlich zog Violet mich am Arm. »Mum, Mum, ein Notfall!«, rief sie, und instinktiv schaute ich zu der Doppeltür hinüber, durch die wir nach der Passkontrolle gekommen waren – ich hatte das Gefühl, dass Kommissar Bianchi doch noch nicht ganz fertig mit uns war.

»Was für ein Notfall, mein Schatz?«, fragte ich.

»Ich muss mal.«

Erleichtert darüber, dass doch keine Carabinieri gekommen waren, um uns zu verabschieden oder Schlimmeres, musste ich lachen, und ließ dann die Jungs bei Dan und ging mit Violet zur Toilette. Im Anschluss streunten wir, ganz Mädchen, noch ein bisschen durch den Duty-free-Shop, wo Violet uns beide mit Parfum besprühte und wir uns den Schmuck ansahen. Violet sagte, sie hätte gerne den großen Diamantring im Schaufenster, worauf ich erwiderte, ich würde mich eher für die kleinen Diamantohrringe entscheiden.

»Du kannst doch die von Granny nehmen«, schlug sie vor. »Sie hätte bestimmt nichts dagegen. Ella braucht sie ja wohl jetzt nicht mehr.«

Mit ihren nur neun Jahren war Violet natürlich nicht darin eingeweiht, was sich wirklich abgespielt hatte, und hatte sich offenbar einen etwas verworrenen Reim aus den Gesprächsfetzen gemacht, die sie mitbekommen hatte.

»Ich glaube, die hat Granny«, sagte ich, denn ich wusste ja, dass Joy die Ohrringe zurückbekommen hatte.

»Nein, nein, sie hat sie Ella geschenkt.« Energisch schüttelte Violet den Kopf.

Mein Herz schlug mir bis zum Hals. »Wie kommst du darauf?«, fragte ich.

»Weil ich dabei war. Ich habe mit Alfie Verstecken gespielt. Ich war hinterm Sofa versteckt, da sind sie reingekommen, und Granny hat gesagt: ›Ella, ich möchte dir meine Diamantohrringe zur Hochzeit schenken, aber sag Clare nichts davon. Geh einfach hoch, hol sie dir und versteck sie in deinem Schmuckkästchen, *Liebes*‹«, sagte sie in Joys Tonfall. Ella hatte also die Wahrheit gesagt ... Sie hatte die Ohrringe tatsächlich nicht geklaut.

35

GEGENWART

Ich erinnere mich an jedes Detail. Daran, wie sie nach Salz und Zitronen duftete. Daran, wie ihre Haut golden glänzte und wie sie lachte, mit zurückgeworfenem Kopf, weit geöffnetem Mund, entblößten weißen Zähnen, ganz dem Augenblick hingegeben. Erst jetzt, ein Jahr später, gelingt es mir, um die junge Frau zu trauern, die nur kurz in unser Leben getreten ist und deren wahre Natur so schwer zu fassen war wie ein Silberfischchen, das einem immer wieder entgleitet.

Heute, mit etwas Abstand zu der angespannten Situation des letzten Sommers, kann ich erkennen, dass sie vielleicht nicht diejenige war, für die ich sie gehalten habe. Möglicherweise hatte ich etwas von meinem eigenen Misstrauen, meiner eigenen Verletzlichkeit und meinen eigenen Ängsten auf diese Fremde projiziert, die sich in Wirklichkeit nur selbst schützen wollte, die allein in der Welt herumreiste und ohne ihre Schwester orientierungslos war. Gelogen und manipuliert haben damals andere. Sie waren es, die ihre eigene Haut retten wollten und dabei billigend in Kauf nahmen, mich zu verletzen.

In dem Jahr seit unserem verhängnisvollen Urlaub habe ich vieles verstanden. Dass die Taylors nicht so perfekt – und auch

nicht so nett und offen sind –, wie ich angenommen hatte. Und
dass Joy nicht die harmlose, gütige Dame ist, die sie vorgibt zu
sein. Das hätte ich schon merken sollen, als sie meine Flitterwochen organisierte, die andere Frau aus dem Weg schaffte und
mich überredete, in einer Ehe zu bleiben, an der ich zugrunde
ging. In der Hitze und Geheimniskrämerei habe ich auch
verstanden, dass meine Ehe dem Ansturm durch Dans Seiten-
sprünge nicht gewachsen war, sondern dass ich permanent am
Abgrund lebte, in ständiger Unsicherheit, unfähig zu vertrauen
und immer auf der Hut. In meinem tiefsten Innern hatte ich es
die ganze Zeit gewusst, aber nun ist es unübersehbar geworden
und ich kann so nicht weiterleben.

Jamie ist dann doch nicht ins Unternehmen eingetreten. Er
hat getan, was er immer tut, ist an einen weit entfernten Ort
geflogen und hat sich dort mehrere Monate lang versteckt.
Verständlich, eigentlich. Schließlich war die Frau, die er gerade
erst geheiratet hatte, gestorben – da war kaum zu erwarten
gewesen, dass er Montagmorgen bei der Arbeit erscheinen, sich
motiviert die Hände reiben und fragen würde: »Was gibt's zu
tun?«. Überraschenderweise hat Bob aber tatsächlich alle
Verantwortung abgetreten und vollständig auf Dan übertragen,
der nun allein für das Unternehmen zuständig ist. Allerdings
sieht es so aus, als hätte der vergangene Sommer bei uns allen
Spuren hinterlassen, denn Dan war nicht mit der gleichen
Energie und demselben Enthusiasmus bei der Sache wie zuvor.
Immer wieder nahm er sich frei und verschwand an Abenden,
an denen er angeblich lange arbeitete, von der Bildfläche, so
dass ich mich irgendwann fragte, ob er schon wieder eine neue
Liebschaft angefangen hatte.

Ich fragte ihn freundlich, ich fragte ihn wütend, und als das
alles nichts brachte, ertappte ich mich dabei, heimlich in seinem
Handy herumzuschnüffeln und mich in seinen E-Mail-Account
zu hacken und so zu einer Person zu werden, die ich nicht sein
wollte. Ich hinterfragte seine plötzliche Bereitschaft, früher mit

der Arbeit aufzuhören, um Violet von der Schule abzuholen – etwas, worauf er bis dahin nie besonders scharf gewesen war. Und als er dann auch noch damit anfing, Violets Lehrerin Miss Thomas zu zitieren, wusste ich Bescheid. Es war wie ein halb erinnertes Lied. Der Text war mir entfallen, aber die Melodie erkannte ich wieder. Sie löste Trauer in mir aus und entfachte alten Schmerz. Ich wollte nicht den Rest meines Lebens so fühlen, nie zur Ruhe kommen, hinter jeder Ecke die nächste Bedrohung vermuten. Mein Vertrauen war zerstört, und ohne Vertrauen ist eigentlich alles dahin.

Ich teilte Joy mit, dass ich dieses Mal nicht bleiben, dass ich die Scheidung einreichen würde, aber sie sagte, ich würde einen Fehler machen, und bot an, sich an die Schulleiterin zu wenden, um Miss Thomas von der Schule werfen zu lassen.

»Du begreifst es einfach nicht, Joy«, sagte ich. »Es geht hier nicht um eine Stewardess, die ihm Bier serviert hat, oder um die hübsche Buchhalterin im Büro und noch nicht einmal um Miss Thomas – es geht um *Dan*. Dein Sohn ist nicht der, für den du ihn hältst, er ist nicht so, wie du es immer darstellst.«

»Liebes, ich bin doch nicht blöd, natürlich hast du recht. Aber so sind sie nun mal, die Männer«, war alles, was sie daraufhin sagte, und ich wusste sofort, dass sie mir ihre Unterstützung entzogen hatte. Ich verließ die Taylors, also verließen die Taylors mich.

Heute kann ich sehen, dass sowohl Ella als auch ich Opfer waren. Beide waren wir Außenseiterinnen in einer Familie, in der, wenn es hart auf hart kam, Blut dicker war als Wasser. Mit Joy war gut auskommen, solange man ihrer Meinung und auf ihrer Seite, solange man Teil der Familie war, aber sobald sie eine Bedrohung wahrnahm, zog sie unbarmherzig ihre Fäden. Auf ihre ganz eigene, subtile Art hatte sie einen Keil zwischen uns getrieben. *Magst du Clare, Ella? Ich mache mir Sorgen, weil sie so empfindlich ist ... Im Moment fühlt sie sich ziemlich schnell angegriffen, vor allem in Gegenwart von attraktiven*

Leuten wie dir.« Sie hatte alles eingefädelt: indem sie andeutete, es könnte ein Problem zwischen uns geben, und indem sie Ella die Diamantohrringe schenkte, die mir immer so gut gefallen hatten, obwohl sie sehr genau wusste, wie mich das verletzen und welche Missgunst das wahrscheinlich hervorrufen würde. Joy hatte nicht wissen können, dass ich Ella beim »Stehlen« der Ohrringe beobachten und welche Konflikte und Verletzungen das nach sich ziehen würde. Inzwischen kann ich sehen, wie Joy mich ausgenutzt hat, wie sie mich die Kugeln hat abfeuern lassen, während sie selbst scheinbar tatenlos blieb. Die Idiotin, die Ella zwei Wochen lang das Leben zur Hölle machte, war ich. Aber Joy spielte mit uns wie mit Marionetten. Ella war beileibe kein Unschuldslamm, sie konnte unehrlich, niederträchtig und selbstbesessen sein und ließ sich offensichtlich von ihren Liebhabern aushalten. Weiß der Himmel, was sie ausgerechnet mit Jamie wollte, der ja nun nicht gerade Millionär mit Jacht und herrschaftlichem Anwesen war. Ich habe keine Ahnung, warum sie ihn hätte heiraten sollen, wenn sie ihn nicht tatsächlich geliebt hätte. Ihre wahren Motive, in sein Leben zu treten, werden mir wahrscheinlich immer verborgen bleiben, aber letztlich war auch sie eine Spielfigur.

Was Jamie betrifft – ihm geht es gut und endlich sprechen wir auch wieder miteinander. Als er letztes Weihnachten zurückgekommen ist, hat er mich wie immer in den Arm genommen und es war, als wäre nichts gewesen, irgendwie ist alles einfach wieder an seinen alten Platz gerutscht. Nie wieder hat er davon gesprochen, Freddies Dad sein zu wollen, er hat sich einfach immer nur gefreut, ihn zu sehen – wie die anderen Kinder auch. Ich will, dass wir Freunde sind. Wir haben letzten Sommer so viel zusammen durchgemacht – ich will darüber sprechen, und Jamie geht es genauso. Joy und Dan haben dieses Bedürfnis nicht, sie haben das Ganze hinter sich gelassen, für sie ist es ein Ding der Vergangenheit, mit dem sie sich nicht mehr befassen möchten. »Beiß dich da doch nicht so fest,

Liebes« ist für gewöhnlich Joys Antwort, wenn ich das Thema anschneide. Für Dan ist es wahrscheinlich zu schmerzhaft. Er hat sich durch Ellas Anschuldigungen so verletzt gefühlt, dass er nie wirklich darüber gesprochen hat, wobei ich nicht sicher bin, was ihn mehr getroffen hat – dass man ihn zu Unrecht beschuldigt hat oder dass er seines nächsten Seitensprungs beraubt wurde.

Letzte Woche ist Jamie aus Thailand zurückgekehrt und bei mir vorbeigekommen, was schön war. Ich hatte das seltene Vergnügen, mal einen Vormittag frei zu haben, und er war gerade in der Nähe. Ich machte uns Kaffee und wir setzten uns ins Wohnzimmer, plauderten miteinander und schauten derweil Freddie beim Spielen zu.

»Das ist schön, fast wie früher«, sagte ich, und nachdem wir noch eine Weile darüber geredet hatten, wo er gewesen war und wohin es als nächstes gehen solle, bohrte ich ein wenig tiefer. »Wie geht es dir wirklich?«, fragte ich. »Konntest du das Ganze schon hinter dir lassen ...? Ein bisschen wenigstens?«

»Ja, ich glaube schon. Ich bin noch in Kontakt mit ihren Eltern.« Er lächelte liebevoll.

»Ach, das wusste ich gar nicht.«

»Na ja, ich habe auch nichts davon gesagt – kann mir nicht vorstellen, dass Mum das gutheißen würde. Du weißt ja, wie sie ist.«

»Ja, sie würde am liebsten alles vergessen und so tun, als wäre es nie passiert.«

»Das geht mir nicht anders. Ich bin weggegangen in der Hoffnung, dort vergessen zu können, aber ich schaffe es nicht, und ihre Eltern sind das einzige Bindeglied. Es ist, als hätte sie nie existiert.«

»Guckst du noch manchmal in ihren Instagram-Account?«

»Das kann ich nicht. Das wäre wie ein Blick in die Vergangenheit, als wir noch glücklich waren, die Hochzeitsfotos – einfach alles.« Er schüttelte den Kopf, seine Augen röteten sich, als würden ihm gleich die Tränen kommen. »Nein ... vielleicht irgendwann mal?« Er versuchte zu lächeln.

Ich hingegen schaue manchmal noch hinein. Es ist eigenartig, dass der Account noch existiert und sie nicht. Ihre Fantasiewelt hat sie überlebt. Es kommt mir vor wie ein Grabstein des einundzwanzigsten Jahrhunderts: »Ella war hier«. Unsere Online-Existenzen machen uns unsterblich. Ich kann mir vorstellen, dass ihr das gefallen hätte.

Nach ihrem Tod brachte die Lokalzeitung einen großen Artikel über sie, in dem ausführlich über die traurige Geschichte der frisch verheirateten Braut berichtet wurde, die nicht weiterleben mochte.

»Wie geht es ihren Eltern?«, fragte ich.

»Am Boden zerstört. Sie waren noch nicht über den Tod der Schwester hinweg.«

Ich musste an die grauen Gesichter der beiden bei der Beerdigung denken. Wir hatten kurz miteinander gesprochen, ihnen unser Beileid ausgesprochen, aber dieses arme Paar, das beide Kinder verloren hatte, war untröstlich gewesen. »Beide Töchter zu verlieren ...« Ich schüttelte den Kopf, es war unvorstellbar.

»Sie haben gesagt, dass sie nie entspannt waren, wenn Ellas Schwester geflogen ist, und bei Ella haben sie sich wegen ihrer Reiserei Sorgen gemacht – manchmal haben sie monatelang nichts von ihr gehört.«

»Geflogen ist?«

»Ja, Carmel war Stewardess. Es klingt, als wäre sie genau wie Ella gewesen, ein Freigeist«, sagte er wehmütig.

Ich versuchte, das mit einem Lächeln zu quittieren, aber ich konnte mich nur auf einen ganz bestimmten Teil der Information konzentrieren – *Carmel war Stewardess.*

Bestimmt gab es mehr als nur eine Stewardess aus Manchester, die Carmel hieß ... oder?

»Was war eigentlich los ... mit Carmel?«, fragte ich.

»Sie war depressiv, das hatte wohl irgendetwas mit einem

Mann zu tun ... Er war verheiratet, hat erst behauptet, er werde seine Frau verlassen, hat's dann aber nicht getan, und als er Schluss gemacht hat, ist sie wohl ziemlich durchgedreht. Ihre Mum meinte, sie habe nicht darüber wegkommen können und immer wieder versucht, ihn zu kontaktieren, aber er ist nicht drangegangen, hat seine Nummer geändert. Eine Zeit lang hat sie sich da wohl ziemlich reingesteigert und ihn sogar einmal zu Hause angerufen, aber seine Frau war schwanger und hat gesagt, sie wisse alles. Sie hat behauptet, er würde sie nie für Carmel verlassen, hat ihr sogar noch mit der Polizei gedroht, sollte sie sie je wieder kontaktieren. Die Art, wie der Typ auf gar keinen Kontaktversuch mehr eingegangen ist und sich Carmel gegenüber komplett hat verleugnen lassen, hat ihr dann wohl den Rest gegeben. Sie hatte das Gefühl, nichts zu haben, wofür sie hätte leben sollen. Stell dir mal vor, wie es sein muss, sich so zu fühlen! Gott, sie muss ein gebrochener Mensch gewesen sein. Am Ende hat sie sich dann umgebracht.«

36

Von Ellas Schwester zu hören war, als wäre eine Bombe in meinem Kopf explodiert. Auch wenn ich mir einzureden versuchte, dass es sich um einen Zufall handeln musste, wusste ich doch, dass dem nicht so war. Tatsächlich war ich diejenige gewesen, die Carmel den Todesstoß verpasst hatte. Kein Wunder, dass Ella mich gehasst hatte, sie musste davon gewusst haben. Sie war auf Rache aus gewesen. Sie war Jamie nicht zufällig in einer Bar in Manchester »über den Weg gelaufen«, sie hatte ihn online entdeckt, hatte seine Posts gesehen, sie hatte gewusst, dass er Dans Bruder war und dass sie über ihn an Dan (und mich) herankommen konnte. Jamie zu heiraten war zwar extrem, aber ich denke, Ella war nun einmal eine Frau der Extreme. Sie ließ es krachen, reiste in der ganzen Welt herum und konnte alles machen, was sie wollte. Sie war nicht nur ein Freigeist, sie war ein ruheloser Geist gewesen und war ausgezogen, den Tod ihrer Schwester zu rächen. Aber dann war alles fürchterlich nach hinten losgegangen.

Über die nächsten Tage hinweg behielt ich meine Theorien und die Information für mich. Am Anfang erzählte ich nicht einmal Dan davon. Ich wollte einfach nur Zeit, um mich selbst ein wenig zu sortieren, und fragte mich, was man aus all dem folgern konnte. Wusste Dan, dass Ella Carmels Schwester war?

Im Laufe des letzten Jahres hatte ich gemerkt, wie unsere Ehe immer weiter den Bach runterging, und Dans jüngste Affäre mit Miss Thomas hatte ihr vollends den Rest gegeben. Aber wie heißt es doch, es hat alles auch sein Gutes und auf Regen folgt Sonnenschein und so weiter – denn in gewisser Weise hat mich das komplett befreit: Für meinen Sonnenschein – und meinen Schatten – bin ich nun nicht mehr von Dan abhängig. Während wir darauf warten, dass die Scheidung durchkommt, leben wir noch unter einem Dach, kümmern uns gemeinsam um die Kinder. Und es geht mir gut. Nachdem ich mein Herz und meinen Kopf von Dan befreit habe, sehe ich einem neuen Abenteuer mit Vorfreude entgegen.

Am Abend nach Jamies Besuch letzte Woche saßen Dan und ich zu einem letzten gemeinsamen Essen zusammen, um finanzielle Dinge zu regeln, jetzt, wo das Haus verkauft worden war. Wir sprachen über das neue, kleinere Haus, in das ich mit den Kindern ziehen werde, während Dan in der Nähe eine Wohnung mietet, damit er sie regelmäßig sehen kann.

»Bist du sicher, dass du das so willst?«, fragte er. Zum hundertsten Mal versicherte ihm, dass dem so war.

»Nach letztem Sommer war es für uns nie wieder wie früher«, seufzte er und schenkte sich Wein ein.

»Schon lange vorher nicht, Dan.« Ich schaute ihn prüfend an.

»Ach, die hatten keine Bedeutung, und das wusstest du auch.«

»Nein, das wusste ich nicht, und für dich hatten sie vielleicht keine Bedeutung, für mich aber sehr wohl. Sie haben meine Ehe zerstört – beziehungsweise du.«

»Du weigerst dich wirklich beharrlich, auch nur einen Teil der Verantwortung zu übernehmen«, sagte er kopfschüttelnd und schaute mich an. Genau solche Situationen waren es, aus denen ich Stärke zog und die mir die Gründe dafür in Erinnerung riefen, weshalb ich die Kinder entwurzelte und unser gemeinsames Zuhause auflöste.

»Verantwortung übernehmen? Ich? Übernimmst *du* denn Verantwortung?« Ich hielt einen Moment inne. »Hast du jemals Schuldgefühle wegen ihres Todes ... also, Ellas?«

Er zog die Stirn in Falten und sah wütend aus. »Nein. Warum sollte ich auch? Sie hätte mich ruinieren können.«

»Schon, und trotzdem frage ich mich, warum sie dich auf diese Weise angeschuldigt hat.«

»Toxische Persönlichkeit«, seufzte er.

»Oder vielleicht wollte sie dir schaden? Uns schaden?«

»Clare, bitte. Ich bin müde. Dir macht es vielleicht Spaß, das immer wieder durchzukauen, mir aber nicht. Zu verstehen, was in der Psyche einer Irren vorgegangen sein mag, steht nicht auf meiner To-do-Liste, also lassen wir das doch einfach, okay?« Seine Wut hatte noch nicht nachgelassen, sie war frisch und lebendig. Fahrig stieß er mit der Gabel in die Brokkoliröschen auf seinem Teller, dann schaute er auf und bemerkte, dass ich ihm zusah. »Was? Ich will einfach nur vergessen, dass es sie je gegeben hat.«

»Wie Carmel?«

Er schmetterte seine Gabel auf den Teller. »Wer? Oh Gott, sie? Wir lassen uns scheiden, Clare, warum reitest du immer noch darauf herum? Du kannst das echt nicht hinter dir lassen, was?«

»Im Unterschied zu dir«, sagte ich. »Du kannst offenbar einfach abhauen und alles und jeden hinter dir lassen. Ihr seid doch alle gleich, ihr Taylors, wenn euch was nicht in den Kram passt, orientiert ihr euch halt anderweitig.«

»Na, dann trifft es sich ja gut, dass wir uns trennen und du uns nicht länger aushalten musst. Und selbst auch keine Taylor mehr sein wirst, da freust du dich wahrscheinlich schon drauf.«

»Wusstest du, dass Carmel sich umgebracht hat?«, fragte ich, seine kindischen Kommentare ignorierte ich einfach.

»Ich habe ... so etwas gehört«, brummelte er und wandte sich wieder seinem Brokkoli zu.

»Erwähnt hast du nichts.«

»Warum auch? Das ist Jahre her, warum sollte ich das plötzlich ansprechen?«

»Woher hast du es erfahren ... dass sie tot ist?«

»Keine Ahnung ... irgendwer hat mich angerufen. Hatte meinen Namen und meine Nummer in ihrem Handy gefunden.«

»Wer?«

»Mein Gott, Clare!« Sein Gesicht war rot vor Wut oder etwas anderem.

»Bitte, es ist wichtig. War es ihre Schwester, die dich angerufen hat?«

»Schon möglich ... ja, ja, ich glaube schon.«

»Ella?«

»Was zum Teufel faselst du da eigentlich?«

»Hat ihre Schwester gesagt, es sei deine Schuld?«

Er zuckte mit den Schultern. »Ihre Schwester hat mich durchs Telefon angeschrien, mich als Mörder bezeichnet. Ich habe das Handy einfach ausgeschaltet. Mit solchen Leuten kann man sich nicht abgeben.«

»Na ja, kann man schon, vorausgesetzt man verfügt über ein gewisses Maß an Mitleid oder Verantwortungsgefühl – was bei dir aber ja wohl nicht der Fall ist, oder?«

»Mit mir hatte das nichts zu tun!«, sagte er mit erhobener Stimme und knapp unter der Oberfläche brodelnder Wut.

»Natürlich hatte es etwas mit dir zu tun. Alles sogar«, erwiderte ich.

Er stand auf, ließ sein Essen stehen und ging auf die andere Seite der Küche, wo er sich in maximaler Entfernung zu mir gegen die Arbeitsplatte lehnte. »Wie ich dir gesagt habe, ich konnte nichts dafür. Du weißt doch, wie die drauf war und mich gestalkt und zu jeder Tages- und Nachtzeit angerufen hat, die hat mich in den Wahnsinn getrieben.«

»Dann hat sie bei dir zu Hause angerufen und ich bin drangegangen. Danach haben wir nie wieder von ihr gehört.«

»Gut so.«

»Nein, nicht ›gut so‹. Sie war verzweifelt. Eine junge Frau, der du das Blaue vom Himmel versprochen hattest, hat sich wegen dir das Leben genommen – wegen uns. Und es ist höchste Zeit, dass du das erfährst. Ella war ihre Schwester.«

Er wirkte ehrlich geschockt. Er kam zurück zum Tisch und ließ sich auf seinen Stuhl fallen. »Carmel und Ella – Schwestern?«

Ich nickte. »Du wusstest das wirklich nicht?«

»Hoch und heilig!«

Ich war mir nicht sicher, ob ich ihm glaubte. Ob ich jemals wieder irgendetwas von dem, was er sagte, würde glauben können.

37

In den folgenden Tagen musste ich immer über Ella und Carmel nachdenken und hatte das Bedürfnis, mich bei ihren Eltern zu melden. Ich wollte ihnen zeigen, dass ich den Tod ihrer Tochter im Kopf hatte, und würdigen, dass es nun ein Jahr her war, seit sie sie verloren hatten. Ich hoffte, dass es ihnen nun, wo ein wenig Zeit ins Land gegangen war, vielleicht helfen konnte, mit jemandem zu sprechen, der ihre letzten Tage miterlebt hatte.

Ihre Nummer bekam ich von Jamie. Ich hielt es nicht für nötig, ihm bereits alles zu erzählen. Auch so hatte es ihm schon das Herz gebrochen, und er zweifelte daran, ob Ella ihn jemals geliebt hatte. Was Dan und ich über ihre Schwester wussten, würde seine schlimmsten Befürchtungen bestätigen: dass Ella aus anderen Gründen als aus Liebe mit ihm zusammen gewesen war.

Ich rief also bei Mrs Bailey an, die sich fast zu freuen schien, von mir zu hören. »Nennen Sie mich doch Sheila«, sagte sie, und stellte unzählige Fragen dazu, was sich an jenem Tag abgespielt hatte.

»Jamie hat uns erzählt, wie sehr Sie sich darum bemüht

haben, sie wiederzubeleben, meine Liebe – Robert und ich sind Ihnen sehr dankbar«, sagte sie.

Ich kam mir wie eine Betrügerin vor. Im Leben waren wir Feindinnen gewesen, und doch hatte Ellas Tod das alles für mich verändert. Ich hatte ein Jahr dafür gebraucht, alles zu bewältigen und aufzuarbeiten und zu begreifen, was sie für Gründe für ihr Verhalten gehabt hatte – und dass auch sie letztlich ein Opfer gewesen war.

Im Verlauf des Gesprächs erzählte mir Sheila viel aus dem Leben ihrer beiden Töchter. Ich hörte zu und stellte dann vorsichtig alle relevanten Fragen. Ganz eindeutig handelte es sich hier um dieselbe Carmel, der Dan alles versprochen hatte. Sie war jung und verletzlich gewesen, und ihr war das Herz gebrochen worden und der Verstand.

»Unsere Ella hat den Verlust ihrer Schwester nie verwunden«, seufzte Sheila. »Sie hat damit gedroht, zu dem Mann nach Hause zu fahren und ihn umzubringen. Robert und ich konnten sie zum Glück davon überzeugen, dass das nicht der richtige Weg war. Aber sie hatte seitdem immer diese Trauer und diese Wut in sich, so dass es wahrscheinlich unabwendbar war.«

»Kennen Sie den Namen des Mannes, also den Namen des Mannes, mit dem Carmel zusammen war?«, fragte ich und hielt die Luft an.

»Nein, den hat sie uns nie gesagt. Ich glaube, Ella kannte ihn, aber wir haben nie danach gefragt. Ich glaube, es ist besser, wenn wir ihn nicht kennen.«

Das glaubte ich allerdings auch. Was ich Carmel gesagt hatte, als sie bei uns zu Hause anrief, war zwar auf Joys Mist gewachsen, aber ich übernehme die volle Verantwortung dafür. Ich hatte ihr von meiner Schwangerschaft erzählt und behauptet, dass wir glücklich seien – dabei war ich in Wirklichkeit noch nie so unglücklich gewesen und das Baby war wahrscheinlich noch nicht einmal von Dan. Die Lügen, die ich ihr an jenem Tag erzählt hatte, hatten eine Kettenreaktion in Gang gesetzt, an deren Ende die beiden Schwestern tot waren. Zwei Schwestern, die noch ihr ganzes Leben vor sich gehabt hätten, wenn die Taylors nicht gewesen wären – und ich.

Gestern war ich zum Nachmittagstee bei Joy eingeladen. Sie will mich unbedingt auf ihrer Seite behalten und besteht darauf, dass wir Freundinnen bleiben, auch wenn ich mich von ihrem Sohn scheiden lasse.

»An unserer Beziehung ändert das gar nichts!«, hatte sie gesagt, und dafür bin ich dankbar. Es ist wichtig, dass die Kinder Kontakt zu ihren Großeltern haben können, und außerdem möchte ich mich bei ihr melden können, wenn ich Hilfe mit den Kindern oder einen Rat brauche.

Es war abzusehen, dass der Nachmittag geringe Mengen an Essen, dafür umso mehr Tratsch beinhalten würde, und obwohl ich damit eigentlich wenig anfangen konnte, war mir klar, dass Joy mich für den schönen Schein dabeihaben wollte. Sie wollte ihren Freundinnen zeigen, wie zivilisiert ihre Familie doch war, dass wir uns selbst mitten in einer Scheidung noch zum Tee treffen konnten.

Ich kam etwas vor der Zeit bei ihr an und hatte selbstgebackenen Schokoladenkuchen dabei. Die Kinder hatten tüchtig geholfen, und ich bezweifelte, dass der Kuchen es mit seiner wilden Dekoration aus Smarties und Handabdrücken bis auf Joys Tisch schaffen würde. Den Kindern würde ich natürlich erzählen, dass er einen Ehrenplatz erhalten hätte, und was davon übrigblieb, würde ohnehin den Weg zu ihnen zurückfinden – zusammen mit allen übrigen Resten, denn Joy musste schließlich auf ihr Gewicht achten. Alles jenseits Konfektionsgröße Achtunddreißig war für sie völlig undenkbar.

»Joy, ich bin ein bisschen früher gekommen, weil ich

gerne noch kurz mit dir reden wollte«, sagte ich, während sie dabei war, den Esstisch, den sie von Bob in den Wintergarten hatte schaffen lassen, mit ihrem besten Porzellan einzudecken.

»Wunderbar, Liebes«, sagte sie mit kaum verhohlener Abscheu, als ich ihr den kunterbunten Kuchen reichte.

»Also, können wir reden?«

»Natürlich«, sagte sie und war ganz augenscheinlich der Ansicht, dass nichts, was ich zu sagen hatte, in Bedeutung mit ihrem Nachmittagstee mithalten konnte, weshalb sie ihre Vorbereitungen dafür auch nicht unterbrach.

»Es geht um Ella.«

Fast hätte sie eine Teetasse fallen lassen und drehte sich, die Tasse gegen die Brust gedrückt, schnell zu mir um. »Was *ist* denn mit ihr?«

»Weißt du irgendetwas über ihre Familie?«, erkundigte ich mich.

»Nein, nur dass sie erst angeblich keine Eltern hatte und dann plötzlich doch«, erwiderte sie spitz, während sie ein Sahnekännchen mit einem Geschirrtuch auswischte. »Bob weiß wirklich nicht, wie man abwäscht«, murmelte sie.

»Erinnerst du dich noch daran, dass Ella ihre Schwester erwähnt hat?«, drängte ich weiter.

»Ach, die, die ins Wasser gegangen ist? Ja, daran erinnere ich mich, aber dann wiederum wusste man bei Ella ja nie so wirklich, was man glauben konnte und was nicht.«

Darauf sagte ich nichts. Joy versuchte, mich auf ihre Seite zu ziehen. Plötzlich hatte sie kein Problem damit, über Ella zu lästern, aber in Amalfi hatte sie sich auf ihre Seite geschlagen und jede Freundschaft, die zwischen uns hätte entstehen können, im Keim erstickt.

»Erinnerst du dich noch an Carmel, Dans erste Affäre?«, fuhr ich fort.

»Oh Liebes, jetzt fängst du aber bitte nicht damit wieder an, ja?« Sie unterbrach, was sie gerade tat, und schaute mich mit gequältem Gesichtsausdruck an.

»Nein«, sagte ich bestimmt, »ich habe herausgefunden, dass Carmel Ellas Schwester war.«

»Nein!«, rief sie aus und blieb einen Moment mit einer Kuchengabel in der Hand stehen. Sie wirkte verunsichert, fuhr dann aber damit fort, die Gabeln sorgfältig in einer Reihe auf den Servietten auszulegen. »Bist du sicher?«

Ich erklärte, dass die Mutter bestätigt hatte, dass Ella und Carmel Schwestern waren, und auch berichtet hatte, dass Ella voller Zorn gewesen sei.

»Sie war auf Rache aus«, sagte ich. »Sie hat Dan gehasst – und mich natürlich. Sie wollte, dass wir den Preis dafür bezahlen, was passiert ist. Der arme Jamie war ein Kollateralschaden – und du auch, aber sie hat die Taylors gehasst.«

»Rache und Hass sind sehr starke Wörter, Liebes. Ich glaube eher, dass sie es uns einfach nur verübelt hat, wie nah wir uns alle stehen, was für einen wunderbaren Familienzusammenhalt wir haben. Aber sie hätte niemals einen Keil zwischen uns treiben können. Wahrscheinlich ist das der Grund dafür, dass sie aufgegeben hat«, sagte sie und räumte geschäftig am Tisch weiter.

»Nein, das war es nicht, Joy«, widersprach ich. »Offenbar konnte sie es nicht ertragen, dass Dan nach wie vor eine Familie hatte, einen Bruder und eine glückliche Ehe, während sie durch seine Schuld ihre eigene verloren hatte.«

»Ich habe ihren Zorn spüren können. Sie war ein sehr gefährliches Mädchen, wie sie unseren Jamie hinters Licht geführt und diese schrecklichen Dinge über Dan behauptet hat.«

Sie wurde rot vor Wut, genau wie Dan, als ich ihm davon berichtet hatte. Sie hatte gar nicht richtig zugehört, was ich ihr erzählt hatte. Sie war nicht bereit dazu, sich mit anderer Leute Schmerz zu befassen, sondern ausschließlich mit ihrem eigenen und dem von Jamie und Dan. Und mir kam der Gedanke, dass Dans Verhalten und Joys anschließendes Bedürfnis, ihn zu beschützen, das alles verursacht hatten.

Aber was ich in Bezug auf die beiden toten Frauen gesagt hatte, hatte sie noch nicht einmal zur Kenntnis genommen. Das Einzige, was sie interessierte, war sie selbst und ihre kostbare Familie.

38

Ich konnte kaum glauben, dass Joy von der Neuigkeit, Carmel habe sich wegen Dan das Leben genommen, so unberührt blieb. Daher beschrieb ich ihr sogar noch, wie stockend Ellas Mutter am Telefon gesprochen hatte. Ich bat sie, sich vorzustellen, wie es sich für eine Mutter anfühlen musste, beide Kinder zu verlieren.

»Oh, ich weiß. Schlimm, schlimm«, seufzte sie. »Liebes, würdest du mir wohl mal eben die Zuckerlöffel reichen, die kleinen dort drüben? So viel hübscher als die normalen Teelöffel, findest du nicht?«

Die Damen trafen ein und wurden von Joy begrüßt, als wäre sie die Queen. Sie sahen alle aus wie Joy – Seidentücher, falsches Lächeln. Ich weiß nicht, warum, aber ich saß eine Stunde bei Macarons und Tratsch dabei, bis ich es nicht mehr aushalten konnte und mich erbot, den Tisch abzuräumen.

Ich lächelte ruhig, sammelte einige der mit Lippenstift beschmierten Teetassen ein und trug sie in die Küche, wo ich sie abstellte, mich gegen die Kücheninsel lehnte und ein Mal tief Luft holte.

»So, du konntest also entkommen?«, kam eine Stimme aus der Ecke.

Ich bekam einen Schrecken, aber es war nur Bob, der in aller Ruhe Teller in den Geschirrspüler räumte.

»Ach, es ist mir alles ein bisschen zu viel«, sagte ich, froh darüber, jemanden – irgendjemanden – zu haben, mit dem ich sprechen konnte.

»Wie wär's mit einem schönen Becher Tee?«, fragte er, wofür ich ihn am liebsten umarmt hätte.

»Sehr gerne. Das war so viel feines Porzellan heute Nachmittag, dass es mir für mein ganzes Leben reichen wird!«

Er lachte. »Joy liebt ihr edles Geschirr. Das Porzellan war ein Hochzeitsgeschenk von einer meiner Tanten, hat ein Vermögen gekostet. ›Das können wir uns nicht wünschen‹, hab ich gesagt, ›das ist zu viel Geld‹, aber du kennst ja Joy, sie hat's auf die Liste gepackt und es bekommen.«

»Mmm, Joy bekommt immer, was sie will«, murmelte ich lächelnd.

»Ja, sie kann schon sehr ... willensstark sein, unsere Joy.«
Ich bestätigte das mit einem Lächeln.

»Ich weiß, dass sie ein bisschen kratzbürstig ist«, sagte er entschuldigend. »Aber es war ein schweres Jahr für sie – seit Jamie und Ella ... und überhaupt. Jetzt macht sie sich Sorgen wegen dir und Dan und hat Angst, du könntest die Kinder nehmen und mit ihnen wegziehen, so dass wir sie nicht mehr zu Gesicht bekommen.«

»Das würde ich niemals tun, Bob.«

Freundlich schaute er auf mich herab. »Das freut mich zu hören«, sagte er. »Ich kenn ja unseren Dan, der schaut ganz gern mal nach links und rechts, aber das war alles nichts Ernstes. Du bist immer seine wahre Liebe gewesen, seine Frau und die Mutter seiner Kinder.«

Schaut ganz gern mal nach links und rechts? War das jetzt

also die Art, wie Joy und Bob die Untreue ihres Sohnes in schöne Worte packten?

»Und dann dieser ganze Ella-Kram. Das hat Joy so was von fertiggemacht zu hören, was sie über Dan gesagt hat, von wegen, dass er sie unzüchtig angepackt hat. Wie er zu mir gesagt hat: ›Dad‹, hat er gesagt, ›ich hab ihr nur den Arm um die Hüfte gelegt, bin ihr dabei höchstens aus Versehen mal ein bisschen an den Hintern gekommen‹, und zack verbreitet sie schon wer weiß was. Die Welt ist aus den Fugen, Clare, und unser Dan hat gesagt, sie hätte ihn den ganzen Urlaub über angeflirtet und wär dann plötzlich durchgedreht und hätte gleich die Polizeikeule geschwungen. Ich sag dir, das ist dieser ganze ›Me-too‹-Quatsch, der hat den Ladys den Kopf verdreht. Man kann's auch übertreiben mit der *Political Correctness*, Clare.«

Mir fehlten die Worte, ich wusste gar nicht, wie ich darauf reagieren sollte. Das war die andere Seite von Bob, die ich nur ab und zu mal hatte durchblitzen sehen. Das war der Bob, der hinterm Haus Zigarren rauchte und sich vor dem Essen den Appetit mit geschmuggelten Keksen verdarb. Dieser Bob kam nur zum Vorschein, wenn Joy nicht in der Nähe war, um ihn zu maßregeln oder zu korrigieren.

Dann sagte er: »Aber im Ernst jetzt, Clare, selbst wenn ihr zwei nicht mehr zusammen seid, steht im Endeffekt trotzdem die Familie im Mittelpunkt. Alles andere ist unwichtig – wenn es nur der Familie gutgeht, das sagt Joy immer. Und recht hat sie.«

»Familie *ist* wichtig«, räumte ich ein. »Ich glaube nur, dass Joy es manchmal zu weit treibt damit, wenn sie die Familie um jeden Preis beschützt«, fügte ich hinzu und musste an Dan denken und daran, wie Joy die Frauen, denen er wehgetan hatte, einfach so abtat, als wäre es alles nur ihre Schuld und Dan ohne jede Verantwortung.

»Aber letztlich ist sie alles, was wir haben, oder etwa nicht, Clare? Unsere Familie? Joy hat mir gegenüber mal gesagt, dass ihr Leben vorbei wäre, wenn unseren Jungs irgendwas zustoßen würde. ›Wir müssen dafür sorgen, dass sie in Sicherheit sind, Bob‹, hat sie gesagt. ›Koste es, was es wolle …‹«

Ich merkte, wie sich die Haare auf meinen Armen aufstellten, und schlagartig fiel es mir wie Schuppen von den Augen. Ich sah Bob zu, wie er in der Küche herumwerkelte, die er nach Joys Vorgaben im Schweiße seines Angesichts gebaut hatte.

»Ella hat sich nicht umgebracht, oder?«, hörte ich mich in das Schweigen hinein sagen.

Bob schaute mich an, während er eine Schranktür schloss. Er legte ein Geschirrtuch zusammen und schüttelte schließlich sehr langsam dem Kopf. »Ella hat unserem Dan Probleme gemacht«, sagte er schließlich und holte tief Luft. »Sie war nicht die Richtige für Jamie, für die Familie.« Ein weiteres Mal faltete er langsam das Geschirrtuch, so dass er mir nicht in die Augen sehen musste. »Ich habe versucht, mit ihr zu reden, Clare, aber sie wollte nichts davon hören und hat damit gedroht, uns alle zu ruinieren. Nun, das können wir nicht zulassen, das wäre Joy oder den Jungs gegenüber nicht fair, das musst du verstehen. Du wirst doch niemandem davon erzählen? Es würde Joy völlig verstören, wenn sie dächte, dass ich …«, setzte er an, und ich sah, wie ihm Tränen in die Augen traten.

Ich konnte mich gar nicht wieder einkriegen. Nach einem Jahr, in dem ich immer wieder darüber nachgedacht hatte, was wohl genau passiert war, in dem ich immer wieder versucht hatte, Ellas Tod auf den Grund zu gehen, war das ein Szenario, das ich noch nicht einmal in Erwägung gezogen hatte. Bob, der Ruhige, der ineffektive Abwäscher im Hintergrund, dessen Lebensinhalt es war, Joy zu gefallen und sie bei Laune zu halten.

»Bob, das kannst du nicht von mir verlangen. Wir reden hier vom Leben einer Frau, nicht von einer kleinen Ordnungswidrigkeit …«

»Aber Joy – sie würde mir niemals verzeihen.«

»Du kannst das nicht für immer verborgen halten.«

»Ich muss. Wenn sie das herausfände, würde sie mich verlassen – und das könnte ich nicht ertragen. Clare, bitte. Meine Aufgabe ist, Joy und die Jungs zu beschützen. ›Sorg dafür, dass sie in Sicherheit sind, Bob‹, sagt sie immer ... Deshalb musste ich mich um Ella kümmern. Sie hat eine Gefahr dargestellt, nicht nur für unsere Jungs – für uns alle. Mit diesen Anschuldigungen gegen Dan, von wegen, dass er sie angefasst hat, hat sie unseren Jamie fertiggemacht *und* sie wollte alles über dich und Jamie rausposaunen und ...«

»Du weißt über mich und Jamie Bescheid?«

Er nickte. »Oh ja. Schon lange. Unser Jamie hatte schon immer eine Schwäche für dich – ach, da wär nie wirklich was draus geworden, er wollte halt einfach das Gleiche haben wie Dan, war schon immer so. An dem Abend, als ihr beiden ... na ja, als wir heimlich unsere Zigarre im Garten geraucht haben, hab ich bemerkt, wie er dich angeschaut hat. Ich geb ja Joy die Schuld, die hat den beiden als Kindern immer die gleichen Spielsachen gekauft ...« Leise gluckste er vor sich hin. »Wie auch immer, ich bin ins Bett gegangen, du und Jamie, ihr seid noch im Garten geblieben, und später dann, viel später, hat Joy mich nochmal runtergeschickt. Ich sollte ihr ein Wasserglas holen, du weißt doch, wie sie immer nur aus bestimmten Gläsern trinken will?«

»Ja«, bestätigte ich. Mir war schlecht.

»Da habe ich euch beide im Wohnzimmer gehört. Man musste nicht gerade Columbo sein, um rauszufinden, womit ihr da zugange wart.« Er lachte über seinen eigenen, eher flachen Witz.

»Weiß Joy davon ... von Jamie und mir?«

»Nein. Das würde ihr auch das Herz brechen. Sie vergöttert unsere Jungs. Und allein die Vorstellung, dass einer von ihnen ... mit der Frau des anderen ... Und wie ich würde sie dann auch nicht lange brauchen, um eins und eins zusammenzuzählen. Der Gedanke, dass eins von Dans Kindern von Jamie sein könnte? Stell dir das doch nur mal vor!« Er lehnte an der Arbeitsplatte und wurde bleich bei der Vorstellung. »Ich hatte gedacht, wir hätten es geschafft, die Wahrheit unter den Teppich zu kehren, aber dann ist Ella plötzlich in Italien aufgetaucht. Einmal haben wir zusammen am Pool gesessen«, fuhr er fort, »und da habe ich mitbekommen, wie Jamie zu dir gesagt hat, dass er und Ella das Sorgerecht für Freddie wollten, dass sie allen davon erzählen würde. Und dann der ganze Quatsch, den sie über Dan gesagt hat. Joy hat mir davon erzählt ... und ich konnte das nicht ertragen. Diese ganze Aufregung, Clare. Das war einfach zu viel. Joys Herz hätte das nicht ausgehalten.«

»Also hast du ...?«

»Sie war halt da, im Garten, hat ihre Yogasachen gemacht. Ich hab sie hergerufen, zum Pool. Ich habe nur getan, was ich tun *musste*, Clare – ich habe für unsere Sicherheit gesorgt.« Er füllte zwei Teebeutel in frische Becher und sah mich an. Einen Moment lang hatte er diesen unbestimmten Gesichtsausdruck, der so typisch für ihn war, wenn er verwirrt war oder verwirrt erschien. Dann lächelte er mir kurz zu. »Jetzt kennen wir gegenseitig unsere Geheimnisse. Wenn du meins nicht verrätst, verrate ich auch deins nicht.« Damit stellte einen Becher Tee vor mich und zwinkerte mir zu.

EPILOG

Ich stehe im Wohnzimmer und warte darauf, dass Dan nach Hause kommt. Durch das große Fenster dringt goldenes Herbstlicht herein. Wie ein riesiges Bild ist der Rahmen mit unzähligen Blättern in allen Farben ausgefüllt. Dieses Haus zu verlassen wird mir schwerfallen.

Es ist kühl und ich ziehe meine Strickjacke fester um mich. Die Sommerhitze von damals ist nur noch eine ferne Erinnerung, die Dampfkesselatmosphäre jenes Sommers ist lange vergangen. Und heute Abend werde ich alles noch weiter aus meinem Leben schieben.

Ich habe Joy gebeten, auf die Kinder aufzupassen, weil es an der Zeit ist, dass Dan und ich miteinander sprechen.

»Oh – *Date-Night?*«, fragte sie mit erwartungsvollem Blick und schürzte hoffnungsvoll ihre knallpinken Lippen. »Habt ihr beiden euch das mit der Scheidung nochmal anders überlegt? Hoffentlich! Ich bin so froh, dass du Vernunft angenommen hast, Liebes«

»Ja, ich bin endlich zur Vernunft gekommen«, sagte ich lächelnd.

Ihre Freude war nicht zu übersehen. »Braves Mädchen«,

sagte sie, als wäre ich fünf Jahre alt. Das war die Clare, wie sie sie kannte und liebte. Ich hielt durch, ignorierte ihre »Anbändelungsversuche« und ließ mich von ihr nicht abbringen. Joy dachte, sie hätte uns alle wieder unter ihrer Fuchtel und könnte vor allem nun den Familienurlaub für den kommenden Sommer buchen.

Wie konnte Dans Mutter auch nur denken, dass ich in Erwägung ziehen würde, doch bei ihm zu bleiben? Als bräuchte ich noch mehr Ermutigung dazu, diese Scheidung durchzuziehen, habe ich gehört, dass Marilyn aus Australien zurück ist und sie und Dan wieder Kontakt haben. Eine Freundin von mir hat sie in einem Restaurant in Manchester gesehen, und offenbar sind sie sich nach wie vor »sehr nah«. Diese Neuigkeiten tangierten mich nicht im Geringsten, ich verspürte nicht die Spur von Eifersucht oder Kummer. Der einzige Gedanke, der mir kam, war: »Wenigstens ist sie noch am Leben«. Und ich hoffe einfach nur, dass das auch so bleibt, denn nicht alle überleben wir die Taylors.

Heute Abend werde ich also meinem künftigen Ex-Mann bei Kerzenschein in einem Restaurant in der Nähe – bei unserer vermeintlichen *Date-Night* – von mir und seinem Bruder erzählen. Ich werde ihn darüber informieren, dass unser Jüngster möglicherweise nicht von ihm ist und dass sein eigener Vater versucht, mich zu erpressen, damit ich sein Geheimnis für mich behalte. Dann werde ich ihm mitteilen, wie Ella zu Tode gekommen ist und dass ich die Polizei einschalten werde.

Ich habe keine Ahnung, wie Dan das alles aufnehmen wird, und ich glaube, es ist mir auch egal. Ich will einfach nur noch, dass diese Lügen ein Ende haben. Seine Mutter hat ihm ein überzogenes Selbstbewusstsein und Anspruchsdenken anerzogen und es zugelassen, dass ihre Söhne ein Leben ohne Konsequenzen führen. Immer war sie zur Stelle, um ihnen in schwierigen Situationen den Hals aus der Schlinge zu ziehen und ihnen Leute, die Probleme machten, aus dem Weg zu räumen. Nur dass Bob diesmal ohne ihr Wissen noch einen Schritt weiter gegangen war.

Ich für meinen Teil bin froh, dieses toxische Leben nun hinter mir lassen zu können, das nur aus Lügen und Geheimnissen besteht, aus Egoisten, die nur an sich selbst denken können und denen alle anderen im Grunde egal sind. Vielleicht sind sie noch nicht einmal zu Liebe fähig. Wir werden ja sehen, was passiert, wenn die Wahrheit ans Licht kommt und Joys Liebe zu Bob auf die Probe gestellt wird.

Ich habe das Gefühl, die Taylors wollten, dass ich niemandem traue, niemandem außer ihnen. Aber ich lerne nun, dass ich niemandem trauen kann außer mir selbst, und ich weiß, dass ich meinen Kindern beibringen kann, anderen zu vertrauen und selbst vertrauenswürdig zu sein und niemals Geheimnisse vor den Menschen zu haben, die sie lieben. Meine Familie, das sind Violet, Alfie und Freddie, und ich bin fest entschlossen, sie immer zu beschützen und ein enges, vertrauensvolles Verhältnis zu ihnen zu haben.

Letzten Sommer ist meine Schwägerin in mein Leben getreten und hat es für immer verändert. Damals habe ich in Ella nur die Feindin gesehen, obwohl sie in Wirklichkeit meine Verbündete hätte sein können. Aber auch wenn sie es nicht mehr erleben kann, werde ich ihr helfen, ihr Ziel zu erreichen. Ich werde die Taylors zu Fall bringen und ihr und Carmel zu Gerechtigkeit verhelfen. Zu einer anderen Zeit und an einem anderen Ort hätten wir nicht nur Schwägerinnen, sondern auch Freundinnen sein können. Leider haben die Taylors das zunichte gemacht, wie sie so vieles zunichte gemacht haben. Aber damit ist nun Schluss. Ich habe Ella aufs Schlimmste im Stich gelassen, aber das wird nicht wieder passieren. Letzten Endes können wir uns auf niemanden verlassen, nur auf uns selbst. Ella wusste das, aber am Schluss konnte auch sie sich nicht mehr helfen. Jetzt ist es also an mir, für uns alle einzustehen: für mich, für Carmel und Marilyn und für Ella – meine

Schwägerin, die mich *immer* finden wird. Egal, wie weit ich weglaufe, ich weiß, dass sie immer dort sein wird. Wie mit dem Flügelschlag eines Schmetterlings hat sie einen Hurrikan heraufbeschworen, das Sediment vom Boden des abgestandenen Tümpels aufgewirbelt und die Geheimnisse ans Tageslicht gebracht, die uns alle aneinanderbanden. Dadurch hat sie mir gezeigt, was ich tun muss, um das Leben zu führen, das ich verdiene.

Nach heute Abend wird in meinem Leben Schluss sein mit Verheimlichungen, Geheimnissen und Lügen. Sollte eines Tages ein neuer Hurrikan heraufziehen, werde ich bereit sein, mich ihm zu stellen.

Ich hoffe, die Lektüre von *Die Schwägerin* hat euch Freude bereitet. Wenn euch das Buch gefallen hat und ihr über meine neuesten Veröffentlichungen auf dem Laufenden bleiben möchtet, könnt ihr euch einfach über den folgenden Link für meinen Newsletter anmelden. Eure E-Mail-Adresse wird niemals an Dritte weitergegeben, und ihr könnt euch jederzeit wieder abmelden.

www.bookouture.com/bookouture-deutschland-sign-up

Wir leben in unsicheren Zeiten, und wer weiß, was gerade in der Welt los sein wird, wenn ihr diese Zeilen lest. Ich hoffe einfach nur, dass ich euch mit dieser Geschichte für eine Weile an einen anderen Ort und in eine andere Zeit entführen kann, als wir uns noch mit Freunden treffen, unsere älter werdenden Eltern umarmen und mit der Familie in den Urlaub fahren konnten. Damals haben wir uns wahrscheinlich gar nicht so sehr bewusst gemacht, was für ein Glück wir hatten, uns diesen einfachen Freuden hingeben zu können, und ich glaube, wir werden sie künftig niemals wieder als Selbstverständlichkeit empfinden. Freuen wir uns auf ihre Rückkehr und achten wir bis dahin auf unsere Sicherheit.

Dieser Roman wurde zum Teil durch das Drama inspiriert, das sich vor nicht allzu langer Zeit im britischen Königshaus abgespielt hat, als Meghan Markle hereinrauschte – und wieder verschwand! Diese wahre Begebenheit hat mich darüber nachdenken lassen, was passiert, wenn jemand Fremdes plötzlich Teil der Familie wird, und was für Auswirkungen eine einzige Person auf ein vormals eng gestricktes Familiengeflecht haben kann. Bei der Recherche zu diesem Buch habe ich mich mit vielen verschiedenen Menschen mit den unterschiedlichsten familiären Hintergründen unterhalten und dabei festgestellt, dass selbst die engsten Familien empfindlich und verletzlich sein können. Sobald eine neue Person in das System integriert wird, verschiebt sich die Dynamik, zerbrechen Loyalitäten, kommen Geheimnisse ans Licht – und gegenseitige Verletzungen sind die Folge.

Es hat mir viel Spaß gemacht, dieses Buch zu schreiben, und ich hoffe, dass es euch Spaß gemacht hat, es zu lesen. Falls ja, würde ich mich sehr freuen, wenn ihr eine Rezension dazu verfassen könntet. Ich bin gespannt auf eure Rückmeldungen, und darüber hinaus helfen sie mir sehr dabei, neue Leserinnen und Leser für meine Bücher zu gewinnen.

Ich liebe den Austausch mit meinen Leserinnen und Lesern, ihr könnt mich gern jederzeit kontaktieren. Ich würde mich freuen, wenn ihr mir auf Facebook eine Freundschaftsanfrage senden oder meine Seite liken würdet. Oder wie wäre es mit einem kleinen Chat auf Twitter?

www.suewatsonbooks.com

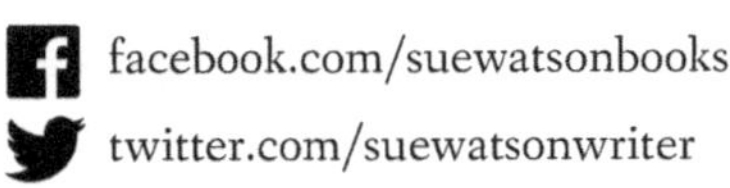

DANKSAGUNG

Wie immer geht mein Dank an das wunderbare Team bei Bookouture, das sich voll und ganz für jedes einzelne Buch einsetzt.

Ich bedanke mich bei meiner Lektorin Isobel Akenhead dafür, dass sie die Idee mit dem Mörder hatte und sich gleichzeitig durch mein Wortdickicht gekämpft und in all den Bäumen den Wald gesehen, die Handlungsstränge entwirrt und meine Bildbrüche ausgemerzt hat. Und bei meiner Korrektorin Jade Craddock für den letzten Schliff.

Vielen Dank auch an Kim Nash und Noelle Holten, die viel Arbeit in die Vermarktung meiner Bücher gesteckt haben, und an Sarah Hardy, die eine frühe Version gelesen und mir viele wertvolle Rückmeldungen gegeben hat.

Und herzlichen Dank an meine Familie und meine Freundinnen und Freunde für ihre fortwährende Liebe und Unterstützung, und dafür, dass sie mich immer mit einem »Du schaffst das!« ermutigt haben, selbst wenn es sich für mich zeitweise nicht so angefühlt hat.